MEINE OBSESSION

MEIN PEINIGER: BUCH 2

VON ANNA ZAIRES

♠ MOZAIKA PUBLICATIONS ♠

Veröffentlicht von Mozaika Publications, einer Druckmarke von Mozaika LLC.
www.mozaikallc.com

Aus dem Amerikanischen von Grit Schellenberg
Lektorat: Fehler-Haft.de

Cover Design von Najla Qamber Designs
najlaqamberdesigns.com

e-ISBN: 978-1-63142-319-2
Print ISBN: 978-1-63142-320-8

TEIL I

Sara

TRÄNEN AUS PANIK UND BITTERER FRUSTRATION LAUFEN über mein Gesicht, als die Räder des Jets von der Landebahn abheben und die Lichter des kleinen Flughafens in der tiefschwarzen Dunkelheit verblassen. In einiger Entfernung sehe ich das Lichtermeer Chicagos und seiner Vororte, aber nach kurzer Zeit verschwinden auch diese und lassen mich mit dem vernichtenden Wissen zurück, dass mein altes Leben verschwunden ist.

Ich habe meine Familie, meine Freunde, meine Karriere und meine Freiheit verloren.

Mein Magen ist vor Übelkeit ganz aufgewühlt, während Scherben meine Schläfen durchbohren, und meine Kopfschmerzen werden durch das verschlimmert, was Peter mir gespritzt hat, um mich zu betäuben. Am schlimmsten ist aber das erdrückende Gefühl in meiner Brust, das schreckliche Gefühl, dass ich nicht genug Luft bekommen kann. Ich atme tief ein, um dagegen anzukämpfen, aber es wird nur schlimmer. Die Decke ist wie eine Zwangsjacke, die meine Arme an meine Seiten fesselt, wodurch ich nicht genug Luft in meine Lungen bekommen kann.

Mein Peiniger hat seine Drohung wahrgemacht.

Er hat mich entführt, und vielleicht sehe ich mein Zuhause nie wieder.

Er ist jetzt nicht neben mir – sobald wir abgehoben waren, ist er aufgestanden und im hinteren Teil der Passagierkabine verschwunden, wo zwei seiner Männer sitzen – und ich bin froh. Ich kann es nicht ertragen, ihn anzuschauen, zu wissen, dass ich dumm genug war, um ihn zu warnen, als er alles schon wusste.

Als er diese Spritze bereitliegen hatte und mit mir spielte.

Wie konnte er es wissen? Gab es Kameras und Abhörgeräte in der Umkleidekabine des Krankenhauses, in der Karen mit mir gesprochen hat? Oder haben die Männer, die Peter darauf angesetzt hatte, mir zu folgen, meine FBI-Beschattung bemerkt und ihm davon erzählt? Oder vielleicht hat er Verbindungen zum FBI, genau wie der eine Kontakt von ihm Verbindungen zum CIA hatte? Ist das möglich oder gehe ich zu weit? Jetzt ist das sowieso egal; der Punkt ist, dass er es wusste.

Er wusste es, aber er hat so getan, als wisse er es nicht und mit meinen Gefühlen gespielt, während er darauf gewartet hat, dass ich zerbreche.

Gott, wie konnte ich nur so doof sein? Wie konnte ich ihn warnen, obwohl ich wusste, dass so etwas passieren könnte? Wie konnte ich nach Hause gehen, wenn ich vermutet habe – nein, wenn ich *wusste* –, was mein Stalker wahrscheinlich tun würde, wenn er von der bevorstehenden Gefahr erfahren würde? Ich hätte Karen alles erzählen sollen, als ich die Chance dazu hatte, hätte sie die Beamten zu mir nach Hause senden lassen sollen, während das FBI mich in Schutzhaft genommen hätte. Ja, Peter hätte immer noch entkommen können, aber er hätte mich nicht mit sich genommen – nicht jetzt zumindest. Ich hätte mehr Zeit zum Planen gehabt, hätte den besten Weg finden können, wie meine Eltern und ich in Sicherheit bleiben könnten. Er wäre höchstwahrscheinlich für mich zurückgekommen, aber es bestand zumindest die Möglichkeit, dass das FBI uns beschützt hätte.

Stattdessen tappe ich direkt in Peters Falle. Ich bin nach Hause gegangen und habe mich anlügen lassen. Ich habe mir von ihm vorspielen lassen, dass es in ihm etwas Menschliches gibt – etwas Gutes. »Ich liebe dich«, hat er gesagt, und ich bin darauf hereingefallen, habe ihm die Illusion abgekauft, dass wir etwas Echtes hätten, dass seine Zärtlichkeit bedeutete, dass ich ihm wirklich etwas bedeute.

Ich habe mich von meiner irrationalen Verbindung zu dem Mörder meines Mannes über die Realität dessen, was wirklich ist, täuschen lassen, und alles verloren.

Das Engegefühl in meiner Brust wächst, und meine Lungen ziehen sich zusammen, bis jeder Atemzug ein Kampf ist. Wut und Verzweiflung vermischen sich, bis ich schreien will, aber alles, was ich herausbekomme, ist ein gequältes Keuchen, da die Decke um meinen Körper so erstickend ist wie eine Schlinge um einen Hals. Mir ist zu heiß, ich fühle mich zu eingeengt, und mein Herz schlägt zu schnell. Ich fühle mich, als würde ich ersticken, sterben, und ich möchte meinen Hals umklammern, ihn aufreißen, damit ich Luft einsaugen kann.

»Hey, alles ist in Ordnung.« Peter kauert vor mir, auch wenn ich nicht gesehen habe, dass er überhaupt zurückgekommen ist. Seine starken Hände lockern die Decke und streichen meine Haare aus meinem schweißnassen Gesicht. Ich zittere und keuche, da ich gerade eine ausgewachsene Panikattacke habe, aber seine Berührung ist eigenartig beruhigend und nimmt mir einen Großteil des Gefühls, zu ersticken.

»Atme, Ptichka«, drängt er mich, und das tue ich auch, da meine Lungen genauso sehr auf ihn hören, wie sie sich mir verweigern. Meine Brust weitet sich für einen vollen Atemzug, danach für einem weiteren, bis ich halbwegs normal atme, da sich mein enger Hals öffnet, um den kostbaren Sauerstoff hereinzulassen. Ich schwitze und zittere immer noch, aber mein Puls wird langsamer, und die Angst, zu ersticken, verschwindet, als Peter meine Arme aus der Decke befreit und mir ein schwarzes Herren-T-Shirt reicht.

»Es tut mir leid. Ich hatte keine Chance, einige deiner Sachen einzupacken«, sagt er, während er mir hilft, das riesige T-Shirt über meinen Kopf zu ziehen. »Zum Glück hatte Anton Wechselklamotten im Kofferraum. Hier, du kannst auch diese Hose anziehen.« Er steckt meine zitternden Füße in schwarze Herrenjeans, hilft mir dabei, ein Paar schwarze Socken anzuziehen, und nimmt die Decke komplett von mir herunter, um sie auf den Tisch neben uns zu werfen.

Die Hose ist genau wie das T-Shirt zu groß für mich, aber sie hat einen Gürtel, den Peter fest um meine Hüften zieht, bevor er ihn vor meinem Bauch verknotet und die Beine hochrollt.

»So«, sagt er und schaut zufrieden seine Kreation an. »Das sollte für den Flug genügen, und danach werde ich dir eine brandneue Garderobe besorgen.«

Ich schließe meine Augen und blende ihn aus. Ich kann es nicht ertragen, sein hübsches, exotisches Gesicht anzuschauen, kann die Wärme in diesen stahlgrauen Augen nicht tolerieren. Das ist alles eine Lüge, eine Illusion. Ich bin ihm nicht wichtig, nicht wirklich. Besessenheit ist nicht Liebe, und genau das ist es, was er für mich empfindet: eine dunkle, schreckliche Besessenheit, die ruiniert und zerstört.

Er hat mein Leben bereits auf so viele Arten zerstört.

Ich höre ihn seufzen, bevor seine großen Hände sich um meine kalten Handflächen legen.

»Sara ...« Seine tiefe Stimme mit dem leichten Akzent fühlt sich auf meiner Haut wie ein Streicheln an. »Wir bekommen das hin, Ptichka, das verspreche ich. Es wird nicht so schlimm werden, wie du es dir vorstellst. Und jetzt sag mir bitte ... möchtest du deine Eltern anrufen und ihnen alles erklären?«

Meine Eltern? Überrascht öffne ich meine Augen und starre ihn an. Dann wird mir klar, dass er es schon einmal gesagt hat, ich es aber einfach nicht aufgenommen habe. »Du lässt mich meine Eltern anrufen?«

Mein Entführer nickt, ein kleines Lächeln umspielt seine geschwungenen Lippen, und seine Hände drücken sanft meine, während er weiterhin vor mir knien bleibt. »Natürlich. Ich weiß, dass du nicht möchtest, dass sie sich Sorgen machen, gerade wegen des Herzens deines Vaters.«

Oh Gott. *Das Herz meines Vaters.* Meine Kopfschmerzen verstärken sich nach dieser Erinnerung. Mit seinen 87 Jahren ist mein Vater bemerkenswert gesund für sein Alter, aber vor einigen Jahren hatte er eine dreifache Bypass-Operation und muss Stress vermeiden. Und ich kann mir nichts vorstellen, was mehr Stress auslöst als ... »Denkst du, das FBI hat schon mit ihnen gesprochen?«, frage ich ihn entsetzt. »Haben sie meinen Eltern gesagt, dass ich entführt wurde?«

»Ich bezweifle, dass sie die Zeit dazu gehabt

haben.« Peter drückt meine Hände beruhigend, bevor er sie loslässt und sich hinstellt. Er greift in seine Tasche, zieht ein Smartphone hervor und reicht es mir. »Ruf sie an, damit sie zuerst deine Version der Geschichte hören.«

»Meine Version der Geschichte? Und was für eine Version ist das?« Das Telefon fühlt sich in meiner Hand wie ein Ziegelstein an, da sein Gewicht durch das Wissen vervielfacht wird, dass ich tatsächlich meinen Vater umbringen würde, wenn ich das Falsche sage. »Was kann ich ihnen sagen, was diese Situation hier auch nur ansatzweise akzeptabel macht?«

Mein Ton ist ätzend, aber meine Frage ist ehrlich. Mir fällt nichts ein, was ich sagen kann, um die Panik meiner Eltern über mein Verschwinden zu besänftigen, wie ich erklären kann, was das FBI ihnen sagen wird – besonders deshalb nicht, weil ich nicht weiß, was die Beamten alles enthüllen werden.

Das Flugzeug gerät genau in diesem Moment in Turbulenzen, und Peter setzt sich neben mich. »Sag ihnen, dass du einen Mann getroffen hast ... einen Mann, in den du dich verliebt hast.« Er bedeckt mein Knie mit seiner warmen Handfläche, und sein metallischer Blick ist hypnotisierend intensiv. »Sag ihnen, dass du zum ersten Mal in deinem Leben beschlossen hast, etwas Verrücktes und Unverantwortliches zu tun. Dass es dir gut geht, aber dass du in den nächsten Wochen mit deinem Freund um die Welt reisen wirst.«

»Die nächsten Wochen?« Eine wilde Hoffnung erblüht in mir. »Meinst du ...«

»Nein. Du wirst nicht in einigen Wochen zurück sein. Aber das müssen sie ja noch nicht wissen.«

Die Hoffnung verwelkt und stirbt, und die vernichtende Verzweiflung kehrt zurück. »Ich werde sie niemals wiedersehen, stimmt's?«

»Doch, das wirst du.« Seine Hand drückt mein Knie. »Irgendwann, wenn es sicher ist.«

»Und wann wird das sein?«

»Ich weiß es nicht, aber wir werden es herausfinden.«

»*Wir*?« Ein bitteres Lachen entweicht meinem Mund. »Hast du den Eindruck, dass das hier eine Art Partnerschaft ist? Dass *wir* mich zusammen entführt haben?«

Peters Blick verhärtet sich. »Es *kann* eine Partnerschaft sein, Sara. Wenn du das möchtest.«

»Ach wirklich?« Ich schiebe seine Hand von meinem Knie. »Dann dreh das verdammte Flugzeug um, *Partner*. Ich will nach Hause gehen.«

»Das ist unmöglich, und du weißt das.« Sein durch Bartstoppeln dunkles Kinn spannt sich an.

»Ist es das? Warum? Weil du es liebst, mich zu ficken? Oder weil du mich verdammt nochmal liebst?« Meine Stimme wird lauter, als ich mit meinen an den Seiten zu Fäusten geballten Händen aufspringe. Ich kann seine Männer in den Sitzen hinter uns sehen, wie sie mit steinigen Gesichtern aus dem Fenster schauen und so tun, als würden sie nicht zuhören, aber das ist mir egal. Ich habe Verlegenheit und Schamgefühl bereits hinter mir gelassen; alles, was ich spüre, ist Wut.

Ich wollte noch nie einer lebenden Person so sehr wehtun wie Peter in diesem Moment.

Der Blick meines Peinigers ist dunkel, und sein Gesichtsausdruck hart, als er aufsteht. »Setz dich hin, Sara«, sagt er fest, während er sich nach mir ausstreckt, als das Flugzeug ein weiteres Mal durchgeschüttelt wird und ich mich an der Wand mit dem Fenster festhalte, um nicht hinzufallen. »Das ist nicht sicher.« Er nimmt meinen Arm, um mich in den Sitz zurückzudrücken, und meine andere Hand reagiert aus eigenem Antrieb.

Ich halte das Telefon immer noch fest in meiner Hand, als ich aushole – und ihn nicht verfehle, weil in diesem Moment das Flugzeug erneut wackelt und wir die Balance verlieren. Mit einem hörbaren Aufschlag trifft das Telefon auf Peters Gesicht, und der Aufprall erschüttert mich bis in die Knochen, während sein Kopf zur Seite geschleudert wird.

Ich weiß nicht, wer schockierter darüber ist, dass ich es geschafft habe, ihn zu treffen, ich oder Peters Männer.

Ich kann ihre ungläubigen Blicke sehen, als Peter langsam und sehr bewusst meinen Arm loslässt und sich das Blut abwischt, das seine Wange herunterläuft. Das Metallgehäuse des Telefons muss in seine Haut geschnitten haben; das oder die unerwarteten Turbulenzen haben meinem Schlag mehr Schwung verliehen, die Kraft hinter ihm verstärkt.

Unsere Blicke treffen sich, und mein Herz schlägt mir bis zum Hals, als ich diese eisige Wut in den silbrigen Tiefen sehe. Ich ziehe mich vorsichtig zurück, und das Telefon rutscht aus meinen tauben Fingern und schlägt mit einem metallischen *Scheppern* auf dem Boden auf.

Ich habe nicht vergessen, wozu Peter in der Lage ist, was er mir angetan hat, als wir uns kennengelernt haben.

Ich kann nur zwei Schritte gehen, bevor mein Rücken sich gegen die Wand der Pilotenkabine drückt und meinen Rückzug beendet. Ich kann in diesem Flugzeug nirgendwohin flüchten, mich nirgendwo verstecken, und mein Magen zieht sich vor Angst zusammen, als sein wütender Blick mich in seinem Bann hält, während er seine Handflächen rechts und links neben meinem Kopf an die Wand legt, wodurch ich zwischen seinen muskulösen Armen eingesperrt werde.

»Ich …« Ich sollte sagen, dass es mir leidtut, dass ich es nicht so gemeint habe, aber ich schaffe es nicht, zu lügen, also presse ich meine Lippen zusammen, bevor ich es dadurch schlimmer mache, dass ich ihm sage, wie sehr ich ihn hasse.

»Du was?« Seine Stimme ist leise und hart. Er lehnt sich zu mir und beugt seinen Kopf nach vorn, bis seine Lippen am oberen Rand meines Ohres entlangfahren. »Was, Sara?«

Ich erzittere durch die feuchte Hitze seines Atems, meine Knie werden weich und mein Puls beschleunigt sich noch mehr. Allerdings ist der Grund diesmal nicht ausschließlich Angst. Seine Nähe überwältigt meine Sinne, und mein Körper zittert in erregter Erwartung seiner Berührung. Er war erst vor einigen Stunden in mir, und ich spüre immer noch die Nachwirkungen seiner Inbesitznahme, das innere Wundsein vom harten Rhythmus seiner Stöße. Zur gleichen Zeit bin ich mir schmerzlich meiner gehärteten Brustwarzen bewusst, die sich deutlich durch das geliehene T-Shirt abzeichnen, und die warme Feuchtigkeit, die sich zwischen meinen Beinen sammelt.

Selbst bekleidet fühle ich mich in seinen Armen nackt.

Er hebt seinen Kopf, starrt auf mich hinab, und ich weiß, dass er sie auch fühlt, die magnetische Hitze, die dunkle Verbindung, die in der Luft um uns vibriert und sich jeden Moment intensiviert, bis sich eine Millisekunde anfühlt wie Stunden. Peters Männer befinden sich weniger als dreieinhalb Meter von uns entfernt und beobachten uns, aber es fühlt sich an, als seien wir in einer Blase sinnlicher Bedürfnisse und flüchtiger Spannungen. Mein Mund ist trocken, mein Körper pulsiert, da er sich seiner Gegenwart bewusst ist, und ich kann gerade noch verhindern, mich ihm entgegenzulehnen, still stehen zu bleiben, anstatt mich an ihn zu pressen und dem Verlangen nachzugeben, das mich von innen heraus verbrennt.

»Ptichka ...« Peters Stimme wird weicher und

nimmt einen vertrauten Ton an, während das Eis in seinem Blick schmilzt. Seine Hand löst sich von der Wand, um sich um meine Wange zu legen, und die Fingerkuppe seines Daumens streicht über meine Lippen, während mein Atem stockt. Zur gleichen Zeit umfasst seine andere Hand meinen Ellenbogen, und sein Griff ist sanft, aber unausweichlich. »Komm, lass uns hinsetzen«, drängt er mich, während er mich von der Wand wegzieht. »Es ist gerade nicht sicher, hier zu stehen oder herumzugehen.«

Benebelt lasse ich mich von ihm zurück zum Sitz führen. Ich weiß, dass ich weiterkämpfen oder mich zumindest wehren sollte, aber die Wut, die mich erfüllt hat, ist verschwunden und hat Taubheit und Verzweiflung hinterlassen.

Trotz allem, was er getan hat, sehne ich mich nach ihm. Ich will ihn genauso sehr, wie ich ihn hasse.

Meine Füße, die nur in Socken gehüllt sind, sind durch das Laufen auf dem kalten Boden eisig, und ich bin dankbar, als Peter die Decke vom Tisch nimmt und sie um meine Beine wickelt, bevor er sich neben mich setzt. Er legt den Gurt um mich, schnallt mich an, und ich schließe meine Augen, weil ich die Wärme nicht sehen will, die jetzt seinen Blick erfüllt. So erschreckend die dunkle Seite von Peter auch ist, der Mann, der diese Dinge tut – der zarte, fürsorgliche Liebhaber – ist derjenige, der mir am meisten Angst einjagt.

Ich kann dem Monster widerstehen, aber der Mann ist eine andere Geschichte.

Warme Finger streichen über meine Hand, und kaltes Metall drückt sich in meine Handfläche. Erschrocken öffne ich die Augen und schaue auf das Telefon, das Peter mir gerade gegeben hat.

Er muss es dort aufgehoben haben, wo ich es fallen gelassen habe.

»Wenn du deine Eltern anrufen möchtest, kannst du es jetzt gern tun«, sagt er sanft. »Nicht dass sie etwas hören, bevor du es ihnen sagst.«

Ich schlucke und starre auf das Telefon in meiner Hand. Peter hat recht, es gibt keine Zeit zu verlieren. Ich weiß nicht, was ich meinen Eltern erzählen werde, aber alles ist besser als das, was die FBI-Beamten wahrscheinlich sagen werden.

»Wie rufe ich an?« Ich schaue Peter an. »Gibt es einige spezielle Codes oder etwas anderes, was ich benutzen muss?«

»Nein. Alle meine Gespräche werden automatisch verschlüsselt. Gib einfach wie immer die Nummern ein.«

Ich atme tief durch und gebe die Handynummer meiner Mutter ein. Wahrscheinlich verfällt sie eher in Panik, wenn sie einen Anruf mitten in der Nacht bekommt, aber sie ist neun Jahre jünger als mein Vater und hat keine mir bekannten Herzprobleme. Ich halte das Telefon an mein Ohr, drehe mich von Peter weg und betrachte den Nachthimmel durch das Fenster, während ich darauf warte, dass der Anruf durchgeht.

Es klingelt ein Dutzend Mal, bevor die Voicemail anspringt.

Meine Mutter muss zu tief schlafen, um es zu hören, oder sie hat ihr Telefon nachts ausgestellt.

Frustriert versuche ich es noch einmal.

»Hallo?«, die Stimme meiner Mutter ist schläfrig und verärgert. »Wer ist da?«

Ich atme erleichtert aus. Es klingt nicht so, als hätten die FBI-Beamten bereits mit ihnen gesprochen; wäre das der Fall, hätte meine Mutter nicht so tief geschlafen.

»Hallo, Mama. Ich bin es, Sara.«

»Sara?« Meine Mutter hört sich sofort wacher an. »Was ist passiert? Woher rufst du an? Ist etwas passiert?«

»Nein, nein. Alles ist in Ordnung. Mir geht es hervorragend.« Ich hole Luft, und meine Gedanken überschlagen sich, als ich versuche, mir eine weniger beunruhigende Geschichte auszudenken. Irgendwann *wird* das FBI Kontakt zu meinen Eltern aufnehmen, und meine Geschichte wird als Lüge entlarvt werden. Trotzdem sollte die Tatsache, dass ich angerufen und eine Geschichte erzählt habe, meine Eltern beruhigen, da ich zum Zeitpunkt des Anrufes zumindest am Leben war. Außerdem sollte er das, was die Beamten ihnen sagen, weniger schlimm machen.

Ich festige meine Stimme und sage: »Es tut mir leid, dass ich so spät anrufe, Mama, aber ich verreise spontan und wollte dir Bescheid sagen, damit du dir keine Sorgen machst.«

»Du verreist?« Meine Mutter hört sich verwundert an. »Wohin? Warum?«

»Na ja ...« Ich zögere zuerst, aber dann beschließe ich, Peters Idee zu folgen. Dadurch werden meine Eltern, wenn sie von der Entführung erfahren, vielleicht denken, dass ich aus freien Stücken mit Peter mitgegangen bin. Was das FBI denken wird, ist eine andere Sache, aber darüber werde ich mir heute keine Gedanken machen. »Ich habe jemanden kennengelernt. Einen Mann.«

»Einen Mann?«

»Ja, ich treffe mich seit ein paar Wochen mit ihm. Ich wollte noch nichts sagen, weil ich ihn noch nicht so gut kannte und mir nicht sicher war, wie ernst die Sache ist.« Ich kann spüren, dass meine Mutter gleich mit einer Befragung beginnen wird, also sage ich schnell: »Auf jeden Fall muss er unerwartet das Land verlassen, und hat mich eingeladen, mitzukommen. Ich weiß, es ist völlig verrückt, aber ich musste mal weg. Weg von allem, weißt du? Und das hier schien eine gute Gelegenheit zu sein. Wir werden einige Wochen umherreisen, also ...«

»Was?« Die Stimme meiner Mutter wird schriller. »Sara, das ist ...«

»Verrückt? »Ich weiß.« Ich ziehe eine Grimasse und bin dankbar dafür, dass sie meinen schmerzhaften Ausdruck nicht sehen kann. Dadurch, dass ich sie anlüge, und meine Kopfschmerzen immer noch da sind, fühle ich mich beschissen. »Es tut mir leid, Mama. Ich wollte nicht, dass du dir Sorgen machst, aber das ist etwas, was ich tun musste. Ich hoffe, du und Papa, ihr versteht das.«

»Warte mal ganz kurz. Wer ist dieser Mann? Wie heißt er? Was macht er? Wo habt ihr euch getroffen?« Jede Frage schießt wie eine Kugel aus ihr heraus.

Ich drehe mich um, um Peter anzuschauen, und er nickt mir mit ausdruckslosem Gesicht leicht zu. Ich weiß nicht, ob er meine Unterhaltung hören kann, aber ich nehme an, dass das Nicken bedeutete, dass ich meinen Eltern noch ein wenig mehr erzählen kann.

»Sein Name ist Peter«, sage ich und beschließe, so nah wie möglich an der Wahrheit zu bleiben. »Er ist Unternehmer und arbeitet meistens im Ausland. Wir haben uns kennengelernt, als er in Chicago zu tun hatte, und seitdem haben wir uns regelmäßig gesehen. Ich wollte dir bei unserem Sushiessen von ihm erzählen, aber es schien irgendwie nicht der richtige Zeitpunkt zu sein.«

»Okay, aber ... aber was ist mit deiner Arbeit? Und der Klinik?«

Ich massiere meinen Nasenrücken. »Das werde ich alles klären, mach dir keine Gedanken.« Das werde ich natürlich nicht – selbst wenn Peter mich dort anrufen lässt, ist so etwas mit meiner Praxis im Krankenhaus nicht zu vereinbaren –, aber das kann ich meiner Mutter nicht sagen, ohne sie vorzeitig zu beunruhigen. Sie wird bald genug eine Panikattacke bekommen, wenn erst die Beamten auf ihrer Türschwelle stehen. Bis dahin können sie und mein Vater genauso gut denken, dass ich verrückt geworden bin.

Eine Tochter, die sich in letzter Zeit komisch

benimmt, ist unendlich viel besser als eine Tochter, die vom Mörder ihres Ehemanns entführt wurde.

»Sara, Liebling ...« Meine Mutter klingt trotzdem besorgt. »Bist du dir damit sicher? Ich meine, du hast ja selbst gesagt, dass du nicht viel über diesen Mann weißt, und jetzt verlässt du das Land mit ihm? Das sieht dir gar nicht ähnlich. Du hast mir nicht einmal gesagt, wohin du gehst. Fliegt ihr oder fahrt ihr mit dem Auto? Und was ist das für eine Nummer, von der aus du anrufst? Sie wird als blockiert angezeigt, und der Empfang ist auch eigenartig, so als ob du ...«

»Mama.« Ich reibe mir die Stirn, da sich meine Kopfschmerzen verschlimmern. Ich kann keine weitere ihrer Fragen beantworten, also sage ich: »Hör zu, ich muss los. Unser Flugzeug wird gleich starten. Ich wollte dich das einfach nur kurz wissen lassen, damit du dir keine Gedanken machst, okay? Ich ruf' dich noch mal an, sobald ich kann.«

»Aber, Sara ...«

»Tschüss, Mama. Bis bald!«

Ich lege auf, bevor sie etwas sagen kann, und Peter nimmt mir das Telefon ab, wobei ein zufriedenes Lächeln seinen Mund umspielt.

»Gut gemacht. Du hast wirklich Talent dafür.«

»Dafür, meine Eltern anzulügen, um ihnen nicht zu sagen, dass ich entführt wurde? Ja, mit Sicherheit ein echtes Talent.« Bitterkeit tropft aus meinen Worten, und ich mache mir nicht die Mühe, sie zu unterdrücken. Ich bin fertig damit, nett und pflegeleicht zu sein.

Wir werden dieses Spiel nicht länger spielen.

Peter sieht nicht beunruhigt aus. »Du hast ihnen etwas gesagt, was ihre schlimmsten Sorgen zerstreuen wird. Ich weiß nicht, was die Agents sagen werden, aber das sollte deinen Eltern die Sicherheit geben, dass du heute lebst und es dir gut geht. Hoffentlich wird das ausreichen, bis du dich wieder bei ihnen meldest.«

Das Gleiche habe ich auch gedacht, und es beunruhigt mich, dass wir auf derselben Wellenlänge liegen. Es ist eine Kleinigkeit, diesmal derartig gleich zu denken, aber es fühlt sich an wie ein rutschiges Gefälle, wie ein Schritt in Richtung der Partnerschaft, die Peter erwähnt hat. In Richtung der Illusion, dass es ein »wir« gibt, dass unsere Beziehung irgendwie echt ist.

Ich kann – und werde – nicht noch einmal auf diese Lüge hereinfallen. Ich bin nicht Peters Partnerin, seine Freundin oder seine Geliebte.

Ich bin seine Gefangene, die Witwe eines Mannes, den er getötet hat, um seine Familie zu rächen, und diese Tatsache kann ich niemals vergessen.

Ich muss mich anstrengen, um meine Stimme ruhig zu halten, als ich frage: »Also werde ich die Gelegenheit bekommen, mich wieder bei ihnen zu melden?« Als Peter zustimmend nickt, bohre ich weiter: »Wann?«

Seine grauen Augen leuchten auf. »Sobald sie vom FBI gehört haben und eine Chance hatten, alles zu verdauen. Also, mit anderen Worten, bald.«

»Woher willst du wissen, wann sie vom FBI ...? Ach,

schon gut. Du lässt auch meine Eltern gerade überwachen, stimmt's?«

»Ich lasse ihr Haus überwachen, ja.« Er sieht nicht so aus, als sei ihm das auch nur das kleinste bisschen unangenehm. »Und deshalb werden wir wissen, was die Agents ihnen erzählen, und wann. Dann überlegen wir uns, was du sagen solltest und wie du dich wieder bei ihnen meldest.«

Ich presse meine Lippen zusammen. Da ist dieses hinterhältige »wir« wieder. Als sei das ein gemeinsames Projekt – wie ein Haus einzurichten oder eine Flasche Wein für ein Familientreffen auszuwählen. Erwartet er, dass ich dafür dankbar bin? Ihm dafür danke, dass er so nett und umsichtig bei der Logistik meine Entführung war?

Denkt er, dass ich vergessen werde, dass er mein Leben gestohlen hat, wenn er mich die Sorgen meiner Eltern lindern lässt?

Ich knirsche mit den Zähnen und drehe mich weg, um aus dem Fenster zu starren, bis mir klar wird, dass ich immer noch nicht die Antwort auf eine der Fragen meiner Mutter weiß.

Ich drehe mich wieder zu meinem Entführer um und erwidere seinen kühlen amüsierten Blick. »Wohin fliegen wir?«, frage ich und zwinge mich dabei dazu, ruhig zu sprechen. »Wo genau werden *wir* uns das alles überlegen?«

Peter grinst und legt dabei seine weißen Zähne frei, die unten leicht schief sind. Deswegen, und wegen der kleinen Narbe auf seiner Unterlippe, sollte sein

Lächeln abstoßend sein, aber diese Makel unterstreichen seine gefährlich sinnliche Ausstrahlung nur noch.

»*Wir* werden es in Japan herausfinden, Ptichka«, sagt er und streckt sich über den Tisch aus, um meine Hand in seine große Handfläche zu nehmen. »Das Land der aufgehenden Sonne ist unser neues Zuhause.«

2

»Sie holen auf«, sagt Ilya, als das Heulen der Sirenen und das Dröhnen der Hubschrauber lauter wird. Lichter von den Autos auf der anderen Seite der Autobahn werden von seinem rasierten Kopf reflektiert und erschaffen die Illusion, dass die Tattoos auf seinem Schädel tanzen, als er mit einem besorgten Stirnrunzeln in den Rückspiegel blickt.

»Stimmt.« Ich ignoriere das Adrenalin in meinen Adern und ziehe Sara mit meinen Arm fester an mich, um zu verhindern, dass ihr Kopf von meiner Schulter gleitet, während Ilya schwungvoll ein langsameres Auto überholt. Ich habe natürlich erwartet, dass wir verfolgt werden – man stiehlt nicht so einfach eine

Frau, die vom FBI bewacht wird –, aber jetzt, da es geschieht, bemerke ich, dass ich mir Sorgen mache.

Meine drei Teamkollegen und ich kommen problemlos mit einer High-Speed-Verfolgungsjagd zurecht, aber ich darf Sara nicht gefährden.

Ich treffe eine Entscheidung und sage zu Ilya: »Fahr langsamer. Lass sie näher kommen.«

Anton auf dem Beifahrersitz dreht sich um, und sein bärtiges Gesicht sieht ungläubig aus, als er seine M16 ergreift. »Bist du wahnsinnig?«

»Wir können sie nicht zum Flughafen führen«, meint Yan, Ilyas Zwilling. Er sitzt auf der anderen Seite von Sara und muss meinen Plan verstanden haben, denn er durchwühlt bereits den großen Seesack, den wir unter dem Rücksitz unseres Geländewagens verstaut haben.

»Denkt ihr, dass die FBI-Agenten wissen, dass wir sie haben?« Anton schaut auf die bewusstlose Frau, die ich an meine Seite gedrückt halte, und ich fühle einen irrationalen Anflug von Eifersucht, als sein dunkler Blick über Saras Gesicht fährt und einen Moment länger als nötig auf ihren vollen rosa Lippen verweilt.

»Sie müssen. Die Jungs, die sie beschattet haben, waren dumm, aber nicht völlig unfähig«, sagt Yan, der sich mit einem Granatwerfer in seinen Händen wieder aufrichtet. Im Gegensatz zu seinem Zwillingsbruder bevorzugt er eine konservative Frisur und ordentlich gebügelte Business-Kleidung – seine Banker-Verkleidung, wie Ilya sie nennt. Überhaupt sieht Yan wie jemand aus, der nicht mit einem

Schraubenschlüssel, geschweige denn mit einer Waffe umgehen kann, aber er ist eine der tödlichsten Personen, die ich kenne – genau wie der Rest meines Teams.

Unsere Kunden zahlen uns aus gutem Grund Millionen, und der hat nichts mit unserem Kleidungsstil zu tun.

»Ich hoffe, du hast recht«, sagt Ilya und verstärkt seinen Griff am Lenkrad, während er erneut in den Rückspiegel blickt. Zwei schwarze Geländewagen der Regierung und drei Polizei-Kreuzer sind jetzt vier Autos hinter uns, und blaue und rote Lichter blinken, als sie langsamere Fahrzeuge überholen. »Amerikanische Polizisten sind weich. Sie werden es nicht riskieren, zu schießen, wenn sie wissen, dass wir sie haben.«

»Und sie werden auch nicht das Feuer mitten auf einer Autobahn eröffnen«, sagt Yan und drückt einen Knopf, um das Fenster nach unten zu fahren. »Es sind zu viele Zivilisten hier.«

»Warte einen Moment«, sage ich ihm, als er sich mit dem Granatwerfer in der Hand näher zum Fenster bewegt. »Der Hubschrauber soll so niedrig wie möglich über uns fliegen. Ilya, fahr noch etwas langsamer und ordne dich in der richtigen Spur ein. Wir nehmen die nächste Ausfahrt.«

Ilya macht, was ich sage, und wir wechseln auf die langsamere Spur, während unsere Geschwindigkeit unter das vorgegebene Limit fällt. Ein grauer Toyota Camry schießt auf der linken Seite an uns vorbei, und ich drücke Sara näher an mich, als ich Yan sage, sich bereitzuhalten. Der Lärm des Hubschraubers ist ohrenbetäubend – er schwebt jetzt fast direkt über uns – aber ich warte.

Wenige Augenblicke später sehe ich es.

Das Zeichen für die Abfahrt, die in vierhundert Metern kommt.

»Jetzt«, schreie ich und Yan reagiert sofort. Sein Kopf und sein Oberkörper schießen aus dem Fenster, und er hält den Granatwerfer in seinen Händen.

Bumm! Es hört sich an, als sei die Mutter aller Feuerwerke über uns losgegangen. Bremsen kreischen um uns herum, aber wir sind bereits an der Ausfahrt, und Ilya fliegt in dem Moment vom Highway, in dem die Hölle ausbricht und Autos auf beiden Fahrspuren mit einem metallischen Kreischen kollidieren, als der Hubschrauber über uns wie ein metallener Feuerball explodiert.

»Scheiße«, sagt Anton schwer atmend, als er auf die Verwüstung starrt, die wir zurückgelassen haben. Als die brennenden Hubschrauberstücke herunterregnen, ist ein riesiger Walmart-LKW dabei, umzukippen, und mindestens ein Dutzend Autos sind bereits ineinandergefahren, und mit jeder Sekunde stoßen weitere in den Haufen. Die Geländewagen der Regierung gehören ebenfalls zu den Opfern, und die Polizei-Kreuzer sitzen dahinter fest. Jetzt ist es unmöglich, dass unsere Verfolger uns weiterhin folgen, und obwohl ich nicht glücklich über die verletzten

Zivilisten bin, weiß ich, dass wir dadurch unsere Flucht ermöglichen.

In der Zeit, die sie brauchen, um ihre Pläne anzupassen und weitere Polizisten zu uns zu schicken, werden wir lange verschwunden sein.

Niemand wird mir Sara wegnehmen.

Sie hat sich für mich entschieden, und sie wird bei mir bleiben.

~

WIR KOMMEN BEI DER UNTERFÜHRUNG AN, WO WIR unser anderes Fahrzeug, das nicht verfolgt wird, abgestellt hatten, und als wir die Autos gewechselt haben, atme ich ein wenig leichter. Ich zweifle nicht daran, dass die FBI-Beamten unsere Spur finden werden, aber wenn sie das tun, sollten wir bereits sicher in der Luft sein.

Wir sind fast am Flughafen, als Sara leise stöhnt und ihre Augenlider sich öffnen, während sie sich an meiner Seite bewegt.

Das Medikament, das ich ihr gegeben habe, hat nachgelassen.

»Schscht«, sage ich beruhigend und küsse ihre Stirn, als sie versucht, sich aus der Decke zu winden, die sie vom Hals an bedeckt. »Es geht dir gut, Ptichka. Ich bin hier, und alles ist gut. Hier, trink das.« Mit meiner freien Hand öffne ich eine mit Wasser gefüllte Trinkflasche und drücke sie an ihre Lippen, damit sie etwas Flüssigkeit zu sich nehmen kann.

»Was ... wo bin ich?«, krächzt sie heiser, als ich die Flasche wegnehme und meinen Arm fester um ihre Schultern lege, damit sie die Decke nicht abnimmt und ihren nackten Körper entblößt. »Was ist passiert?«

»Nichts Schlimmes«, versichere ich ihr und stelle die Flasche ab, um ihr eine Haarsträhne aus dem Gesicht zu streichen. »Wir gehen nur auf eine kleine Reise.«

Auf Saras anderer Seite schnaubt Yan und murmelt in russischer Sprache etwas über größere Untertreibungen.

Saras Blick schnellt in Richtung Yan, dann im Auto umher, und ich sehe den genauen Moment, in dem sie versteht, was geschieht.

»Bitte sag mir, dass du nicht ...« Ihre Stimme wird höher. »Peter, sag mir, dass du nicht gerade ...«

»Schscht.« Ich drehe sie ganz zu mir herum und lege zwei Finger auf ihre weichen Lippen. »Ich konnte weder bleiben noch dich zurücklassen, Ptichka. Das weißt du auch. Alles wird gut werden. Dir wird nichts Schlimmes passieren. Ich werde für deine Sicherheit sorgen.«

Sie starrt mich an, und ihre braunen Augen sind voller Schock und Entsetzen, so dass sich meine Brust unangenehm verengt, obwohl ich weiß, dass ich das Richtige tue.

Sara hatte mich vor dem FBI gewarnt, obwohl sie wusste, dass ich sie höchstwahrscheinlich mit mir nehmen würde, aber sie hatte wohl nicht erwartet, dass ich es auf diese Weise tun würde. Und vielleicht gab es einen anderen Weg, etwas, was ich getan haben könnte, ohne sie zu betäuben und sie mitten in der Nacht zu stehlen.

Nein. Ich schüttele diese uncharakteristischen Selbstzweifel ab und konzentriere mich auf das Wesentliche: Sara zu beruhigen und sie dazu zu bewegen, die Situation zu akzeptieren.

»Hör mir zu, Ptichka.« Ich lege meine Handfläche um ihren zarten Kiefer. »Ich weiß, du machst dir Sorgen um deine Eltern, aber sobald wir in der Luft sind, kannst du sie anrufen und ...«

»In der Luft? Also sind wir immer noch ...? Oh, Gott sei Dank.« Sie schließt die Augen, und ich fühle ein Zittern durch ihren Körper laufen, bevor sie ihre Augen öffnet, um meinen Blick zu erwidern. »Peter ...« Ihre Stimme wird weich und schmeichelnd. »Peter, bitte. Das brauchst du nicht zu tun. Du kannst mich einfach hierlassen. Es wäre so viel sicherer für dich ... so viel einfacher, zu entkommen, wenn sie nicht nach mir suchen. Du könntest einfach verschwinden, und sie würden dich nie fangen, und dann ...«

»Sie werden mich auch so nie fangen.« Meine Stimme ist hart, aber ich kann den aufflackernden Ärger nicht unterdrücken, als ich meine Hand herabsinken lasse. Sara hatte ihre Chance, mich loszuwerden, aber sie hat sie nicht genutzt. Als sie mich gewarnt hat, hat sie ihr Schicksal besiegelt, und jetzt ist es zu spät, um sich zurückzuziehen. Ja, ich habe ihr Drogen verabreicht und sie ohne zu fragen mitgenommen, aber sie hätte wissen müssen, dass ich sie nicht zurücklassen würde. Ich habe ihr gesagt, wie sehr ich sie liebe, und auch wenn sie nicht das Gleiche erwidert hat, weiß ich, es ist ihr nicht egal. Vielleicht ist das nicht genau das, was sie wollte, aber sie hat sich für mich entschieden, und dass sie mich jetzt bittet, sie zurückzulassen, versucht, mich mit ihren großen Augen und ihrer süßen Stimme zu manipulieren ... Sie tut weh, ihre Zurückweisung, auch wenn sie es nicht tun sollte.

Ich *habe* ihren Mann getötet und meinen Weg in ihr Leben erzwungen.

»Wir sind da«, sagt Anton auf Russisch, als das Auto bremst, und ich drehe meinen Kopf um und sehe unser Flugzeug etwa zwanzig Meter vor uns.

»Peter, bitte.« Sara beginnt, sich in der Decke zu bewegen, und ihre Stimme wird lauter, als das Auto stehen bleibt und meine Männer herausspringen. »Bitte tu das nicht. Das ist falsch. Du weißt, dass das falsch ist. Mein ganzes Leben ist hier. Ich habe meine Familie und meine Patienten und meine Freunde ...« Sie weint jetzt und wehrt sich stärker, als ich mich herunterbeuge, um ihre mit der Decke umwickelten Beine zu umfassen und sie aus dem Auto zu heben. »Bitte, du hast gesagt, dass du das nicht tun würdest, wenn ich kooperativ bin, und das war ich. Ich habe alles getan, was du wolltest. Peter, bitte, hör auf! Lass mich hier! Bitte!«

Jetzt ist sie hysterisch, dreht und windet sich in ihrer Decke, als ich sie gegen meine Brust gedrückt aus dem Auto heraushebe, und Anton wirft mir einen unangenehm berührten Blick zu, während er den Zwillingen dabei hilft, die Waffen unter der Rückbank hervorzuholen. Obwohl mein Freund mir bei mehr als einer Gelegenheit nahegelegt hat, dass ich Sara einfach nehmen sollte, wenn ich sie wollte, muss die Realität grausamer sein, als er gedacht hatte.

Andere Menschen könnten uns für Monster halten, aber wir *können* fühlen – und man müsste ein Herz aus Stahl haben, um nichts zu fühlen, als Sara weiterhin bettelnd und flehend in dem Deckenkokon kämpft, während ich sie zum Flugzeug trage.

»Es tut mir leid«, sage ich zu ihr, als ich sie in die Passagierkabine bringe und sie sanft auf einem der breiten Ledersitze vorn absetze. Ihre Verzweiflung ist wie ein vergiftetes Messer in meiner Seite, aber der Gedanke, sie zurückzulassen, ist noch quälender. Ich kann mir ein Leben ohne Sara nicht vorstellen, und ich bin rücksichtslos – und egoistisch – genug, um sicherzustellen, dass ich es nicht muss.

Sie mag gerade ihre Entscheidung bereuen, aber sie wird sich damit abfinden und die Situation akzeptieren, genauso wie sie gerade damit begonnen hat, unsere Beziehung zu akzeptieren. Und dann wird sie wieder glücklich sein – sogar glücklicher. Wir werden zusammen ein Leben aufbauen, und es wird eines sein, das sie auch genießen wird.

Ich muss das glauben, weil das der einzige Weg ist, sie zu haben.

Das ist der einzige Weg für mich, wieder zu lieben.

3

ICH SPRECHE DEN REST DES FLUGES NICHT MIT PETER. Stattdessen schlafe ich ein, und mein Gehirn schaltet sich aus, so als wolle es der Realität entfliehen. Ich bin dankbar dafür. Der Kopfschmerz ist unerbittlich, und jedes Mal, wenn ich versuche, meine Augen zu öffnen, spielen Schlagzeuger in meinem Kopf, und erst als wir mit der Landung beginnen schaffe ich es, genügend aufzuwachen, um mich ins Bad zu schleppen.

Als ich zurückkomme, finde ich Peter, der an einem Laptop arbeitet, in meinem Nachbarsitz vor. Ich kann mir vorstellen, dass er dort den ganzen Flug lang gesessen hat, aber ich bin mir nicht sicher. Ich erinnere mich daran, dass ich eingeschlafen bin, als er meine Hand gehalten hat und seine starken Finger meine

Handfläche massiert haben. Ich erinnere mich auch daran, dass er mich fester in die Decke gewickelt hat, als es in der Kabine kühler wurde.

»Wie fühlst du dich?«, fragt er und schaut von seinem Laptop hoch, als ich um ihn herumgehe und mich in meinen weichen Ledersessel setze. Jetzt, da der anfängliche Schock über die Entführung vorbei ist, fällt mir auf, dass das Flugzeug ziemlich luxuriös, wenn auch klein ist. Im hinteren Bereich des Flugzeugs gibt es neben unserer Sitzreihe zwei weitere, und jeder Sitz ist groß und kann vollständig nach hinten geklappt werden. In der Mitte der Kabine steht ein beigefarbenes Sofa mit zwei an ihm befestigten Beistelltischchen.

»Sara«, hakt Peter nach, als ich nicht antworte, und ich zucke als Antwort mit den Schultern, da ich nicht vorhabe, sein Gewissen damit zu beruhigen, dass ich zugebe, mich nach meinem langen Schlaf besser zu fühlen. Das Medikament muss seine Wirkung vollständig verloren haben, weil die Übelkeit und der Kopfschmerz, die mich gequält haben, verschwunden sind.

Ich *habe* allerdings Hunger und Durst, weshalb ich nach der Wasserflasche und der Schale mit den Erdnüssen greife, die auf dem kleinen Tisch zwischen unseren Sitzen stehen.

»Wir werden bald eine richtige Mahlzeit bekommen«, sagt Peter und schiebt die Schüssel zu mir. »Wir hatten nicht erwartet, das Land so plötzlich zu verlassen, und das ist alles, was wir an Bord hatten.«

»Aha.« Ohne ihn anzublicken, trinke ich die halbe Flasche Wasser, esse eine Handvoll Nüsse und spüle mit dem Rest des Wassers nach. Ich bin nicht überrascht, von dem Mangel an Essen im Flugzeug zu erfahren; das Wunder ist, dass er ein Flugzeug im Standby-Modus hatte, Punkt. Ich weiß, dass ihm und seinem Team unglaublich hohe Geldsummen dafür bezahlt werden, um Verbrecherbosse und dergleichen zu ermorden, aber die Kosten für diesen mittelgroßen Jet müssen gut im achtstelligen Bereich liegen.

Da ich meine Neugier nicht länger zügeln kann, werfe ich einen Blick auf meinen Entführer. »Ist das deins?« Ich bewege meine Hand durch den Raum, um auf meine Umgebung zu zeigen. »Hast du das gekauft?«

»Nein.« Er schließt den Laptop und lächelt. »Ich habe es als Bezahlung von einem unserer Kunden bekommen.«

»Ich verstehe.« Ich schaue weg und konzentriere mich auf den dunklen Himmel außerhalb des Fensters anstatt auf sein magnetisches Lächeln. Jetzt, da ich mich besser fühle, ist mir noch bitterer bewusst, was Peter getan hat – und wie hoffnungslos meine Situation ist.

War ich zu Hause meinem Peiniger ausgeliefert, als ich Angst davor hatte, was passieren könnte, wenn ich zu den Behörden ginge, bin ich es jetzt doppelt. Peter Sokolov kann alles mit mir machen, mich gefangen halten, bis ich sterbe, wenn er das möchte. Seine Männer werden mir nicht helfen, und ich bin gerade dabei, in ein Land zu reisen, dessen Sprache ich nicht spreche und in dem ich nichts und niemanden kenne.

Ich liebe Sushi, aber damit hört das, was ich über Japan weiß, auch schon auf.

»Sara?« Peters tiefe Stimme dringt in meine Gedanken ein, und ich drehe mich instinktiv um, um ihn anzuschauen.

»Schnall dich an.« Er nickt in Richtung des Sicherheitsgurts, der geöffnet neben mir liegt. »Wir werden in Kürze landen.«

Ich lege den Sicherheitsgurt über meinen Schoß und schließe ihn, bevor ich meine Aufmerksamkeit wieder dem Fenster schenke. Ich kann nicht viel in der Dunkelheit sehen – wir müssen lange genug geflogen sein, um Japan trotz des Zeitunterschieds in der Nacht zu erreichen – aber ich lasse meine Augen weiterhin auf den Himmel draußen gerichtet, da ich hoffe, etwas zu sehen und eine Unterhaltung mit Peter zu vermeiden.

Ich werde mich nicht so benehmen, als *seien* wir wirklich ein Liebespaar, das eine Reise macht, nicht vorgeben, dass das hier irgendwie in Ordnung für mich ist. Das Druckmittel, das er hatte – seine Androhung, mich zu entführen, wenn ich nicht bei seiner häuslichen Glücksfantasie mitspiele – gibt es nicht mehr, und ich habe nicht vor, weiterhin sein folgsames Opfer zu sein. Ich hatte gerade begonnen nachzugeben, mich in seinen kranken Bann ziehen zu lassen, aber das ist jetzt vorbei. Peter Sokolov hat mich gequält, meinen Ehemann getötet, und jetzt hat er mich entführt.

Zwischen uns gibt es nichts außer einer beschissenen Vergangenheit und einer noch beschisseneren Zukunft.

Vielleicht hat er mich, aber er wird das nicht genießen.

Das werde ich sicherstellen.

4

Als wir auf einem privaten Flughafen in der Nähe von Matsumoto landen und in einen Hubschrauber steigen, der dort bereits auf uns wartet, schmerzt mein Wangenknochen immer noch von Saras Schlag. Morgen werde ich ein blaues Auge haben – ein Gedanke, den ich jetzt, nachdem der anfängliche Schreck und die Wut verschwunden sind, amüsant finde. Die Schmerzen, die mir Sara zugefügt hat, sind recht leicht – selbst in einem Routinetraining habe ich schon mehr gelitten – aber die Überraschung, dass meine hübsche, kleine Ärztin mich körperlich angegriffen hat, beschäftigt mich.

Es war so, als würde man von einem Kätzchen

blutig gekratzt werden, einem Kätzchen, das man einfach nur beschützen und streicheln will.

Sie ist immer noch wütend auf mich. Das ist ganz deutlich in ihrer steifen Haltung und daran zu erkennen, dass sie weder mit mir spricht noch in meine Richtung schaut, während der Hubschrauber abhebt. Auch wenn es immer noch dunkel ist, sehe ich, wie sie auf den Anblick unten starrt, und ich weiß, dass sie versucht, sich zu merken, wohin wir fliegen.

Ich weiß, dass sie zum frühestmöglichen Zeitpunkt versuchen wird, zu entkommen.

Anton fliegt den Hubschrauber, und Ilya sitzt hinten bei mir und Sara, während Yan vorne ist. Wir erwarten keine Schwierigkeiten, aber wir sind bewaffnet, also behalte ich Sara sorgfältig im Auge, um sicherzugehen, dass sie nichts Dummes tut, wie zu versuchen, sich eine Waffe von mir oder Ilya zu schnappen.

Sie ist in einer Stimmung, in der ich ihr alles zutraue.

Unser japanischer Unterschlupf befindet sich in der dünn besiedelten, bergigen Präfektur Nagano an der Spitze eines steilen, stark bewaldeten Berges mit Blick auf einen kleinen See. An einem klaren Tag ist die Aussicht atemberaubend, aber der Hauptgrund, warum ich diese Immobilie erworben habe, ist, dass diese Bergspitze nur auf dem Luftweg zu erreichen ist. Früher gab es einen Feldweg am Westhang – auf diesem Weg hat ein wohlhabender Geschäftsmann aus Tokio sein Sommerhaus dort oben in den neunziger

Jahren gebaut –, aber ein Erdbeben löste einen Erdrutsch aus, und der Hang wurde zu einer Klippe, wodurch der Zugang zu dem Grundstück abgeschnitten wurde und sein Wert verfiel.

Die Kinder des Geschäftsmannes waren mehr als dankbar, als eine meiner Briefkastenfirmen das Haus letztes Jahr kaufte und sie von der Bezahlung von Steuern für einen Ort befreit wurden, den sie nicht wollten, zumal sie auch nicht die Mittel hatten, ihn regelmäßig zu besuchen.

»Also, warum Japan?«

Saras Ton ist flach und desinteressiert, während sie aus dem Fenster des Hubschraubers blickt, aber ich weiß, dass sie vor Neugier sterben muss, um das einstündige Schweigen zu brechen und tatsächlich mit mir zu sprechen.

Entweder das – oder sie sucht nach Informationen, die ihr bei der Flucht helfen könnten.

»Weil es der allerletzte Ort ist, an dem irgendjemand nach uns suchen würde«, antworte ich, weil ich mir denke, dass es nichts schadet, ihr die Wahrheit zu sagen. »Nichts verbindet mich mit dem Land. Russland, Europa, der Nahe Osten, Afrika, Amerika, Thailand, Hong Kong, Philippinen – im Laufe der Zeit bin ich an allen diesen Orten irgendwann auf dem Radar der Behörden aufgetaucht, aber niemals hier.«

»Außerdem ist es ein schönes Versteck«, sagt Ilya auf Englisch und spricht damit zum ersten Mal mit Sara. »Viel besser, als sich in irgendeiner Höhle in

Dagestan zu verkriechen oder sich in Indien die Eier abzuschwitzen.«

Sara wirft ihm einen unleserlichen Blick zu, bevor sie ihre Aufmerksamkeit wieder dem Ausblick widmet. Ich mache ihr keinen Vorwurf daraus. Der Himmel erhellt sich mit den ersten Anzeichen des Sonnenaufgangs, und es ist möglich, die Berghänge und Wälder unten auszumachen. Wenn wir erst einmal unseren Rückzugsort auf dem Gipfel des Berges erreichen, wird sie die volle Wirkung des Ausblicks zu spüren bekommen – und ihr wird klar werden, dass sie alle Hoffnungen auf eine Flucht begraben kann. Das ist ein weiterer Grund dafür, dass ich Japan ausgesucht habe: die Abgelegenheit dieses speziellen Hauses.

Der neue Käfig meines kleinen Vögelchens ist so hübsch wie ausbruchssicher.

WIR LANDEN VIERZIG MINUTEN SPÄTER AUF EINEM kleinen Hubschrauberlandeplatz direkt neben dem Haus, und ich beobachte Saras Gesicht, als sie den Anblick unseres neuen Zuhauses aufnimmt – eine umwerfende, moderne Holz-Glas-Konstruktion, die sich nahtlos in die unberührte Natur einfügt, die sie umgibt.

»Magst du es?«, frage ich, als ich ihren Blick einfange, während ich ihr aus dem Hubschrauber helfe, aber sie schaut weg und zieht ihre Hand aus meiner, sobald ihre in Socken gehüllten Füße auf dem Boden stehen.

»Ist das wichtig? Wenn ich Nein sagen würde, würdest du mich dann zurückbringen?« Sie dreht sich um und beginnt, zum Rand des Hubschrauberlandeplatzes zu gehen, wo der Berg als Klippe zu dem darunterliegenden See abfällt.

»Nein, aber wenn du es hier hasst, können wir überlegen, zu einem anderen Versteck zu reisen.« Ich folge ihr, um ihr Handgelenk zu ergreifen, bevor sie zum Rand des Platzes kommt. Ich glaube nicht, dass sie wütend genug ist, um von einer Klippe zu springen, aber ich werde es nicht riskieren.

»Wohin? Nach Dagestan oder Indien?« Endlich sieht sie mich an, und ihre Augen sind zu Schlitzen verengt. Auch wenn es bereits später Frühling ist, ist es in dieser Höhe kalt wie im Winter, und der leichte Morgenwind bewegt die braunen gewellten Haare, die ihr Gesicht umgeben, und drückt das zu weite schwarze T-Shirt gegen ihren schlanken Oberkörper. Ich kann spüren, dass sie zittert und wie schlank und zerbrechlich ihr Handgelenk in meinem Griff liegt, aber ihr zartes Kinn ist stur nach vorne geschoben, während sie meinen Blick erwidert.

Sie ist so verletzlich, meine Sara, aber gleichzeitig so stark. Ein Überlebenskünstler, wie ich, auch wenn ihr der Vergleich wahrscheinlich nicht gefallen würde.

»Dagestan und Indien wären auch zweite Möglichkeiten, ja«, sage ich und lasse sie in meiner Stimme hören, dass mich diese Unterhaltung amüsiert.

Sie versucht, gegen mich anzukämpfen, sie will, dass ich bedaure, sie mitgenommen zu haben, aber kein Sarkasmus und kein Schweigen dieser Welt wird das hinbekommen.

Ich brauche Sara, wie ich Luft und Wasser brauche, und ich werde es niemals bedauern, sie bei mir zu behalten.

Ihr weicher Mund presst sich zusammen, und sie dreht ihren Arm, weil sie versucht, meinen Griff um ihr Handgelenk zu lösen. »Lass mich los«, zischt sie, als ich sie nicht sofort loslasse. »Nimm deine verdammte Hand von mir.«

Trotz meiner Entschlossenheit, unberührt zu bleiben, überkommt mich ein Anflug von Wut. Sara hat mich gewählt, wenn auch nicht genau *das hier*, und ich habe nicht vor, mich von ihr wie ein Aussätziger behandeln zu lassen.

Anstatt ihr Handgelenk loszulassen, festige ich meinen Griff und ziehe sie zu mir, weg vom Rand des Hubschrauberlandeplatzes. Als sie weit genug von dem Abhang entfernt ist, beuge ich mich nach unten und hebe sie hoch, wobei ich ihr erschrockenes Protestquieken ignoriere.

»Nein«, sage ich grimmig und drücke sie an meine Brust. »Ich werde dich nicht gehen lassen.«

Ich ignoriere ihre Versuche, sich aus meinem Griff zu winden, und trage die Frau, die ich liebe, zu unserem neuen Zuhause.

5

Sara

PETER LÄSST MICH NICHT LOS, BIS WIR IM HAUS SIND, und selbst dann, als er mich hinstellt, bleiben seine Finger wie ein Stahlband um mein Handgelenk gewickelt und ketten mich an seine Seite, während ich mein umwerfendes neues Gefängnis betrachte.

Und es *ist* umwerfend. Trotz der Wut und Frustration, die mich innerlich ersticken, kann ich die klaren, modernen Linien des offenen Schnittes und die postkartenreife Ansicht der Berge und des Sees durch die riesigen Fenster vom Boden bis zur Decke bewundern. Mitten im Raum, neben einer ultramodernen Küche, führt eine Hartholzwendeltreppe in den zweiten Stock – und dahin zieht mich Peter, während seine Hand immer noch besitzergreifend mein Handgelenk umfasst.

»Ein japanischer Geschäftsmann hat das vor zwanzig Jahren gebaut, aber ich habe es renoviert, nachdem ich es letztes Jahr gekauft habe«, sagt Peter, als wir die Stufen hinaufgehen. »Ich wusste nicht, dass wir sobald hierherkommen würden, aber ich habe mir gedacht, dass es besser fertig wäre«

Ich antworte nicht, da ich zusammenbrechen und weinen könnte, wenn ich versuchen würde zu reden. In diesem Augenblick könnte das FBI meinen Eltern von meinem Verschwinden erzählen, und zweifellos habe ich ein Dutzend verpasster Anrufe und Nachrichten von meiner Arbeit und von der Klinik, in der ich freiwillig arbeite. Bei einer meiner Patientinnen werden diese Woche die Wehen einsetzen, und ich habe einen Kaiserschnitt für morgen angesetzt. Oder für heute? Es ist früh am Morgen in Japan, bedeutet das, dass es zu Hause gerade Abend ist? Ich weiß nicht, wie groß der Zeitunterschied ist, aber ich kann mir nicht vorstellen, dass es weniger als zehn Stunden sind. Wenn das so ist, muss ich bereits einen ganzen Tag verpasst haben, und die Menschen zu Hause werden mich suchen. Vielleicht fragen sie sogar bei meinen Eltern nach, um herauszufinden, wo ich bin und warum ich weder auf ihre Anrufe noch auf Ihre Nachrichten reagiere.

Meine armen Eltern müssen vor Sorge ganz krank sein.

»Kann ich sie anrufen?«, frage ich mit belegter

Stimme, als Peter mich in ein großzügiges Schlafzimmer führt. Eine der Wände ist komplett aus Glas und gibt einen atemberaubenden Blick auf die schneebedeckten Berge in einiger Entfernung und den See frei, der sich unter uns erstreckt. Oder zumindest wäre der Blick atemberaubend, wenn ich mich auf ihn konzentrieren könnte, anstatt auf den Kloß in meinem Hals, an dem ich zu ersticken drohe.

Bitte lass mit meinem Vater alles in Ordnung sein.

»Noch nicht«, antworte Peter, und sein Gesichtsausdruck wird weicher, als er mein Handgelenk freigibt. Wenn ich es nicht besser wüsste, würde ich denken, dass er sich ebenfalls Sorgen über meine Eltern macht. »Wir müssen uns zuerst die Aufzeichnungen der Kamera ansehen, um herauszufinden, was geschehen ist, damit wir einen Weg finden können, deine Familie zu kontaktieren, ohne jemandem unseren Aufenthaltsort zu verraten.

Ich schlucke und drehe mich weg, bevor er die Tränen sehen kann, die meine Augen füllen. Das ist alles meine Schuld. Wenn ich nicht nach Hause gekommen wäre, wenn ich mich Karen in diesem Umkleideraum anvertraut hätte, wäre alles anders gekommen. Ja, meine Eltern und ich hätten in Schutzhaft gehen und wahrscheinlich umziehen müssen, aber das wäre diesem Albtraum immer noch vorzuziehen gewesen. Ich weiß nicht, was ich mir dabei gedacht habe, als ich gestern Abend vom Krankenhaus nach Hause gefahren bin. Hatte ich gedacht, dass Peter nicht wissen würde, dass das FBI mit mir gesprochen hat, wenn ich normal zu Hause auftauchte? Dass das FBI vielleicht nicht bemerken würde, dass der Mann, den sie jagen, die ganze Zeit bei mir gelebt hat und wir weitermachen würden wie bisher?

Dass, wenn ich meinen Peiniger vor der drohenden Gefahr warnen würde, er mir danken und ruhig seines Weges gehen würde?

»Nicht, Sara.« Er tritt vor mich und zwingt mich, nach oben zu schauen, um seinem Blick zu begegnen. Sein Kiefer ist angespannt, und seine Augen glänzen dunkel, als er mit leiser, harter Stimme sagt: »Tu nicht so, als ob du das nicht gewollt hättest. Ich weiß, dass du Angst und Zweifel hast, aber du hast dich für mich entschieden; du hast dich für *uns* entschieden. Deswegen hast du mir gesagt, dass sie hinter mir her sind, deswegen bist du überhaupt nach Hause gekommen, anstatt dich von ihnen weit wegbringen zu lassen. Ich habe auf dich gewartet. Ich wusste, dass sie in der Nähe waren, und ich habe trotzdem gewartet, weil ich sehen musste, ob du mich wirklich gehasst hast ... ob du wirklich wolltest, dass ich aus deinem Leben verschwinde. Aber das wolltest du nicht, stimmt's?« Er nimmt mein Kinn in seine Hand und streicht mit seinem Daumen über meine Wange. »Oder doch, Ptichka?«

»Doch, das habe ich.« Meine Stimme bebt, und zu meiner Schande laufen heiße Tränen über mein Gesicht. Ich möchte keine Schwäche zeigen, aber ich kann nichts gegen das Gift tun, das in meiner Brust brodelt. »Ich war kaputt und hatte Kopfschmerzen. Ich habe nicht nachgedacht. An jedem anderen Tag ...«

»Ach, wirklich?« Sein Mund verzieht sich grausam belustigt, als er seine Hand zurückzieht. »Ist das die Lüge, die du dir einredest? Dass ich dich gegen deinen Willen genommen habe ... dass du nichts von alledem hier gewollt hast?«

»Das wollte ich auch nicht!« Ich trete zurück und starre ihn ungläubig an. Er kann doch nicht ernsthaft glauben, was er da sagt. »Ich würde niemals zustimmen. Meine Eltern, meine Patienten, meine Freunde, mein ganzes Leben – es ist alles dort. Peter, du hast mich *entführt*. Das steht ja wohl außer Frage. Du hast eine Nadel in meinen Hals gestochen und mich weggetragen, während ich durch die Medikamente bewusstlos war. Wie kannst du also denken, dass ich freiwillig mit dir gekommen bin? Hast du den Teil verpasst, als ich aufgewacht bin und geschrien und darum gebettelt habe, dass du mich zurücklässt? Warst du taub, als ich geweint und dich angefleht habe, das nicht zu tun?« Ich bin mehr als wütend, aber die Tränen hören nicht auf zu fließen, und ich wische mit meinem Handrücken über meine Wangen und zittere vor Wut von Kopf bis Fuß.

Peters Lippen werden zu einer harten, gefährlichen Linie, und ich erblicke den schrecklichen Fremden wieder, der in mein Haus eingebrochen ist und mich gefoltert hat. Nur bin ich dieses Mal zu wütend, um Angst zu verspüren. Wenn er mich dafür bestrafen will, soll er doch.

Ich werde ihn nur noch mehr hassen.

Er bewegt sich nicht auf mich zu, aber seine Stimme ist hart, als er sagt: »Also, warum hast du es getan? Warum hast du mich gewarnt, Sara? Du wusstest, dass ich dich nicht zurücklassen würde. Und erzähl mir keinen Mist darüber, dass du nicht klar denken konntest. Du wusstest ganz genau, welches Risiko du eingingst. Warum hast du es getan, wenn du nicht bei mir sein wolltest?«

Ich atme zitternd ein und drehe mich weg, da ich entschlossen bin, die Tränen zu kontrollieren, die mein Gesicht hinunterströmen. Die Wut, die mich erfüllt hat, verflüchtigt sich und lässt mich müde bis auf die Knochen und leer vor Verzweiflung zurück. Ich will mich behaupten, bestreiten, was er sagt, aber ich kann nicht. Vielleicht war mein Denken nicht so klar, wie es hätte sein sollen, aber ich wusste, was ich tat.

Ich war nicht überrascht, als die Nadel in meinen Hals eingedrungen ist.

Ich spüre Peter hinter mir, obwohl ich nicht gehört habe, dass er sich bewegt hat. »Sag es mir, Ptichka.« Seine Stimme ist wieder weich und seine Berührung sanft, als er meine Schultern umfasst und mich an seinen harten Körper zieht. »Sag mir, warum.« Seine Stoppeln kratzen über meine Wange, als er seinen Kopf beugt, um meine Schläfen zu küssen, und ich spanne mich an und kämpfe gegen den Drang an, mich an ihn zu lehnen und mich von ihm umarmen und streicheln zu lassen, bis ich vergesse, dass ich alles verloren habe.

Bis es mir egal ist, dass er mir mein Leben weggenommen hat.

Peter hebt seinen Kopf und dreht mich zu sich um, damit ich ihn ansehe, wobei seine grauen Augen mich so intensiv ansehen, dass ich weiß, dass er die Angelegenheit nicht fallenlassen wird. Er wird keine Ruhe geben, bis ich meine Schwäche zugestehe, diesen irrationalen, wahnsinnigen Impuls, der mich meine Chance auf Freiheit sabotieren ließ.

Ich lecke meine Lippen und schmecke das Salz meiner Tränen. »Ich ...« Ich schlucke belegt. »Ich wollte nicht, dass du stirbst.« Sogar jetzt noch lassen mich die schrecklichen Bilder nicht in Ruhe, mein Gehirn führt mir grässliche Details vor Augen, wie alles ausgegangen sein könnte. Ich kann quasi den leicht metallischen Geruch von Blut riechen, während die Kugeln des Sondereinsatzkommandos durch Peters muskulösen Körper schießen und die Beamten in Schutzbekleidung sehen, die durch die Schlafzimmertür stürmen, um ihn aus meinem Bett zu ziehen.

Ich kann fast die nackte, erdrückende Einsamkeit fühlen, die mein Leben ohne meinen Peiniger gewesen wäre.

Nein. Nein, nein, nein. Ich schüttele den Gedanken ab, verdränge ihn, weil er wahnsinnig ist. Ich wollte das *nicht.* Nur weil ich Peter vermisst habe, als er auf einer seiner Attentatsmissionen war, heißt das nicht, dass ich nicht mein Leben weitergelebt hätte. Und es war nicht einmal er, den ich vermisst habe. Es war sein trügerischer Trost, die Illusion von Liebe und Fürsorge. Was ich für ihn empfand, war nicht echt, und auch nicht das, von dem er denkt, dass er es für mich empfindet. Alles, was jemals zwischen uns war, ist eine kranke Lüge, eine krankhafte Besessenheit seinerseits und eine ebenso perverse Bedürftigkeit meinerseits.

Peters Augen verengen sich, und sein Griff um meine Schultern festigt sich, während er über das nachdenkt, was ich gerade gesagt habe. »Also hast du mich gewarnt, weil du so ein gutes Herz hast? Du warst ein guter Samariter?«

Ich nicke und blinzele dabei schnell, um eine neue Welle von Tränen zurückzuhalten. Das war nicht der einzige Grund für mein Fehlurteil, aber es ist der einzige, den ich zugeben möchte.

Das Gesicht meines Entführers verhärtet sich, und er lässt die Hände fallen und tritt zurück. »Ich verstehe.«

Wenn ich es nicht besser wüsste, würde ich denken, dass ich ihm wehgetan habe.

Im nächsten Augenblick fährt er allerdings fort, als sei nichts passiert. »Das ist unser Schlafzimmer.« Seine Stimme ist kalt und flach, völlig emotionslos. »Das Badezimmer ist da durch.« Er zeigt auf eine Tür im hinteren Teil des Zimmers. »Du kannst dich frisch machen, während wir einige Lebensmittel auspacken und Frühstück machen. Morgen wird dir Kleidung hierhergebracht, aber in der Zwischenzeit sollte es einen Bademantel im Bad und einige meiner Kleidungsstücke im Schrank geben.« Er nickt zu einer

Reihe von Türen auf der gegenüberliegenden Seite des Zimmers. »Wenn du etwas brauchst, ich bin unten. Das Frühstück ist in einer halben Stunde fertig.«

Ich beiße mir auf die Lippe. »Okay, danke.«

Er verlässt den Raum, und ich gehe zum Fenster, während meine Brust aus Trauer über all das schmerzt, was ich verloren habe – und was ich gerade in den Augen von Peter gesehen habe.

Schmerz.

Ich *habe* ihn verletzt, und aus irgendeinem Grund tut mir das weh.

6

Peter

»Sie ist nicht glücklich, was?«, sagt Anton leise auf Russisch, als ich einen übergroßen Karton Eier herausnehme, den er gerade in den Kühlschrank gestellt hatte, ihn neben der Herdplatte auf die Theke stelle und beginne, nach einer Bratpfanne zu suchen.

»Nein.« Ich kann mich kaum beherrschen, die Schranktür nicht zuzuschlagen, als ich die Bratpfanne dort nicht finde. »Aber sie wird sich daran gewöhnen.«

»Und wenn sie es nicht tut?«

Endlich finde ich die Pfanne in einer der ausziehbaren Schubladen neben dem Herd. »Dann wird es ihr weiterhin beschissen gehen.« Ich nehme die Pfanne heraus, schiebe die Schublade zu und dann verfluche ich mich, als ich einen haarfeinen Riss in dem glänzenden weißen Holz sehe. Das Renovieren des Hauses mit einer Hubschrauberladung nach der anderen war mehr als mühsam, und ich kann es mir nicht leisten, meine Wut an der Kücheneinrichtung auszulassen. Antons Gesicht beim Training später wird ein viel besseres Ziel sein.

»Du weißt, dass das passieren musste, oder?«, fährt mein Freund fort, so als ob ihm die brodelnde Wut in meinem Bauch entginge. »Dieser Vorstadtmist konnte nicht ewig währen. Ein Wunder, dass sie uns nicht früher gefunden haben. Wenn du dieses Mädchen für länger willst – und das willst du doch, oder nicht? – ist das der einzige Weg.«

Ich spanne meinen Kiefer so hart an, dass meine Backenzähne schmerzen. »Hör auf damit, Anton. Das geht dich einen Scheißdreck an.«

»In Ordnung. Ich habe dich nur an die Fakten erinnert. Ich weiß, dass es scheiße ist, dass sie verärgert ist und alles, aber ...« Er hört auf, da er anscheinend merkt, dass ich eine halbe Sekunde davon entfernt bin, ihm seine Zähne auszuschlagen. Er klappt sein Schweizer Armeemesser aus, schneidet ein Netz mit Orangen auf und legt die Früchte in eine große Holzschale auf dem Tresen. Dann schaut er sich interessiert den Karton mit den Eiern an und sagt: »Was gibt's zum Frühstück?«

»Für dich? Nichts.« Ich schlage fünf Eier in eine Rührschüssel, gieße ein wenig Milch hinein und füge vor dem Umrühren Gewürze hinzu. »Du und die Zwillinge, ihr könnt selbst für euch sorgen.«

»Mann, das ist aber hart«, sagt Yan, der gerade die Küche betritt. Er trägt eine riesige Kiste mit noch mehr Obst und Gemüse sowie Brot und tiefgefrorenem Fleisch – Essensvorräte, die unser einheimischer Kontakt in den Hubschrauber geladen hat, bevor er ihn zu uns geschickt hat.

»Ilya und ich sind am Verhungern, und du kochst gern«, fährt Yan fort, als ich nicht antworte. »Wie schwer kann es sein, ein wenig mehr zu machen? Ich verspreche, *ich* werde auch nichts mehr über deine hübsche Ärztin sagen.«

Ich bekämpfe den Drang, ihm unfreundlich zu antworten, und gebe noch ein Dutzend mehr Eier in die Schüssel. Normalerweise koche ich nicht für die Jungs, aber Yan hat recht: es wäre kindisch, meinem Team nach einer so langen Reise ein gutes Frühstück vorzuenthalten.

Sie dürfen nur Sara auf keinen Fall mehr erwähnen, denn wenn ich noch ein Wort über das Thema höre, reiße ich ihnen die Köpfe ab.

Klugerweise schweigen Yan und Anton und packen den Rest des Essens aus, während ich das Omelett koche, und als Ilya hereinkommt, bin ich fast ruhig – wenn man über den sporadischen Drang hinwegsieht, mit meiner Faust durch die weiße Arbeitsplatte aus Quarz schlagen zu wollen.

Ilya setzt sich auf einen der Edelstahl-Barhocker und öffnet seinen Laptop, was mich daran erinnert, dass wir neben Sara auch noch andere Probleme haben, um die wir uns Sorgen machen müssen.

»Was haben die Hacker gesagt?«, frage ich, als ich sehe, dass er seine Stirn runzelt, während er auf den Bildschirm schaut. »Irgendwelche Hinweise auf dieses *Ublyudok*?«

»Nein.« Ilyas Gesicht ist düster, als er aufblickt. »Keine Kreditkartentransaktionen, keine Versuche, Freunde oder Verwandte zu kontaktieren, nichts. Der Wichser ist gut.«

Meine Hand umfasst den Griff der Bratpfanne stärker, als meine Wut zurückkehrt. Der letzte Name auf meiner Liste – ein Walton Henderson III, alias Wally, aus Asheville, North Carolina – ist der General, der für die NATO-Operation verantwortlich war, die schiefging und den Tod meiner Frau und meines Sohnes zur Folge hatte. Er war es, der den Befehl zum Handeln gab, ohne den Wahrheitsgehalt des angeblichen Hinweises auf die Terrorgruppe zu überprüfen, und er war es, der die Soldaten autorisierte, jede notwendige Maßnahme gegen »die Terroristen« einzusetzen.

Ich habe bereits alle Soldaten und Geheimdienstmitarbeiter getötet, die am Daryevo-Massaker beteiligt waren, aber Henderson – derjenige, der am meisten zu verantworten hat – ist immer noch auf freiem Fuß, da er mit seiner Frau und seinen Kindern verschwunden war, sobald Gerüchte über meine Liste die Geheimdienste erreicht hatten.

»Sag den Hackern, sie sollen tiefer bei all seinen Freunden und Verwandten graben, egal wie entfernt die Verbindung ist«, sage ich, als Yan hinübergeht, um sich auf den Barhocker neben seinem Bruder zu setzen. »Sie sollen nach allem suchen, was aus der Norm herausfällt, wie größere Bargeldabhebungen, Käufe von zusätzlichen Telefonen, Reisen ins Ausland, Immobilienkäufe oder Ferienhäuser, jedes noch so winzige Detail, das darauf hindeuten könnte, dass sie diesem Bastard helfen. Jemand muss wissen, wo Henderson hingegangen ist, und ich wette auf irgendeinen entfernten Cousin. Wenn wir in einigen Monaten immer noch nichts herausgefunden haben, sollten wir Hendersons Freunde und Verwandte persönlich besuchen und ihn auf diese Weise hervorspülen, wenn es sein muss.«

»Du hast recht.«, sagt Ilya, und seine dicken Finger fliegen mit überraschender Wendigkeit und Anmut über die Tastatur. »Das wird uns etwas kosten, aber ich denke, du hast recht. Menschen haben Probleme, Verbindungen komplett zu lösen.«

»Yan, haben wir diese Kameraaufzeichnungen?«, frage ich, als der andere Zwilling seinen eigenen Laptop öffnet. »Die aus Saras Elternhaus? Wir müssen sehen, ob das FBI schon mit ihnen gesprochen hat.«

»Ich lade sie gerade runter«, antwortet er, ohne vom Bildschirm aufzuschauen. »Diese Satellitenverbindung ist verdammt langsam. Die Meldung sagt, dass es vierzig Minuten dauert, um die Dateien aus der Cloud runterzuladen.«

»In Ordnung, dann lasst uns zuerst essen«, sage ich und schalte den Herd aus. »Anton, kannst du den Tisch für uns fünf decken? Ich hole Sara.«

Meine Männer schweigen, als ich zur Treppe gehe, aber als ich die Treppe halb hinaufgegangen bin, sehe ich, dass Yan sich zu Ilya lehnt und ihm etwas ins Ohr flüstert.

❦

SARA KOMMT GERADE AUS DEM BADEZIMMER, ALS ICH das Zimmer betrete, und ihr schlanker Körper ist in ein großes, weißes Handtuch gewickelt und ihr nasses Haar in einem unordentlichen Knoten auf dem Kopf zusammengebunden. Ihre blasse Haut ist gerötet, wahrscheinlich von der Hitze des Wassers, und ihre braunen Augen mit den vollen Wimpern sind rot und vom Weinen geschwollen.

Sie sollte erbärmlich aussehen, aber sie sieht stattdessen herzzerreißend schön aus, wie eine unglückliche Disney-Prinzessin. Vielleicht wie die aus *Die Schöne und das Biest*, obwohl ich mir nicht sicher bin, ob ich mich für das Biest in diesem Märchen qualifiziere.

Belle hat ihren Entführer nicht so sehr gehasst, wie Sara mich zu hassen scheint.

»Frühstück ist fertig«, sage ich kalt und versuche, nicht an ihre Offenbarung von vorhin zu denken. Zu wissen, dass Sara mich gewarnt hat, um mein Leben zu retten, sollte mich nicht stören – schließlich ist es die Bestätigung, dass sie nicht möchte, dass ich tot bin –, aber ihre Worte fühlten sich wie ein rotglühendes Schüreisen an, das durch meine Brust wandert. Ich nehme an, das liegt daran, dass ich mich selbst davon überzeugt hatte, dass sie mitkommen wollte und dass sie einfach nur kalte Füße bekommen hatte, als sie mich bat, sie gehen zu lassen.

Es tat weh, weil ich mir eingebildet hatte, dass sie mich eines Tages auch lieben wird.

»Danke. Ich bin gleich unten.« Sie sieht mich nicht an, als sie das sagt, sondern geht einfach in den begehbaren Kleiderschrank und taucht eine Minute später mit einem meiner langärmeligen Flanellhemden und einem Paar Jogginghosen auf.

»Macht es dir etwas aus?«, fragt sie, als sie ihre Bekleidung auf das Bett legt, und ich verschränke meine Arme vor meine Brust, als ich verstehe, dass sie will, dass ich mich umdrehe, während sie sich umzieht.

»Nein, überhaupt nicht. Nur zu.«

Sie schaut mich an. »Ich meinte das ...«

»Ich weiß, wie du das gemeint hast.« Ich lasse mein Gesicht ausdruckslos, auch wenn die Wut weiterhin in mir tobt. Wenn sie denkt, ich werde mich wie ein Fremder behandeln lassen, liegt sie völlig daneben. Sie mag mich vielleicht nicht lieben, aber sie gehört mir, und ich werde nicht so tun, als hätte ich ihren Orgasmus noch nie um meinen Schwanz gespürt. Wenn es eine Sache gibt, die wir immer gehabt haben, ist es diese körperliche Verbindung, ein gegenseitiges Verlangen, das so intensiv ist, dass es die einfache Lust übersteigt. Ich will Sara, wie ich nie eine andere Frau gewollt habe, und ich weiß, dass ich ihr nicht egal bin.

Sie will mich, und ich werde nicht zulassen, dass sie es verleugnet.

Die Röte auf Saras Gesicht vertieft sich, während ihre Knöchel weißer werden, als sie die Hose aufhebt. »Schön.« Sie blickt mich wütend an, lässt sich auf das Bett fallen und zieht die Hose mit ruckartigen Bewegungen an, wobei sie das Handtuch um ihre Brust gewickelt lässt, bis sie die Hose bis zur Taille gezogen und die Hosenbeine aufgerollt hat. Dann steht sie auf und lässt das Handtuch fallen. Ich erhasche einen Blick auf ihre wunderschönen Brüste mit den rosa Nippeln, als sie das Hemd mit wütenden Bewegungen überzieht, und mein Schwanz versteift sich, als mein Körper mit gewohnter Schnelligkeit auf ihren nackten Anblick reagiert.

»Bist du jetzt glücklich?« Sie reißt am Kordelzug im Hosenbund und bindet ihn fest, damit die Hose nicht herunterrutscht, und trotz meiner düsteren Stimmung fällt mir auf, wie bezaubernd sie in meinen Sachen aussieht.

Antons Jeans und T-Shirt waren zu groß für sie, aber meine Jogginghose und mein Flanellhemd sind riesig. Ich bin ein paar Zentimeter größer und breiter als mein Freund, und diese Sachen haben einen weiten Schnitt. Meine junge Ärztin sieht aus wie ein Kind, das Bekleidung für Erwachsene anprobiert – ein Eindruck, der durch ihre kleinen, nackten Füße und die unordentlichen Haare verstärkt wird.

Da ich unfähig bin, mich zu beherrschen, mache ich einen schnellen Schritt vorwärts, umfasse ihr

Handgelenk und ziehe sie an mich, wobei ich die wütende Steifheit ihres Körpers ignoriere, als ich ihre Hüften gegen meine drücke. Mit meiner freien Hand umfasse ich ihren feuchten Haarknoten, ziehe ihren Kopf nach hinten und beuge dann meinen Kopf nach unten, um sie zu küssen.

Ihr Mund schmeckt süß und schwach nach Minze, als hätte sie sich gerade die Zähne geputzt. Ihre Lippen teilen sich, als sie erschrocken einatmet, und ich inhaliere ihren warmen Atem und nehme ihre Luft in Besitz, so wie ich alles an ihr besitzen möchte. Ich will ihren Körper, ihre Gedanken, ihre Wut und ihre Freude. Und vor allem möchte ich ihre Liebe, das einzige, was sie mir vielleicht nie geben wird.

Meine Zunge dringt in ihren Mund ein, streichelt die nassen, seidigen Tiefen, und ihre Finger graben sich unter der Jacke in meine Seiten, und ihre Nägel dringen scharf durch den Baumwollstoff meines Hemdes. Dieser leichte Schmerz belebt meine Nervenenden, schickt mehr Blut zu meinem Schwanz, und meine Eier ziehen sich zusammen, so dass der Drang, sie zu ficken, so stark wird, dass ich sie fast aufs Bett zerre und diese lächerliche sackartige Jogginghose herunterziehe. Einzig das Wissen, dass meine Männer unten warten, hält mich davon ab.

Ich will sie für mehr als einen Zwei-Minuten-Quickie.

Mit übermenschlicher Anstrengung lasse ich sie los und trete schwer atmend zurück. Sara sieht genau so aus, wie ich mich fühle – ihre Augenlider sind schwer und ihr Gesicht ist gerötet als sie benommen Luft holt.

»Geh runter, bevor die Eier kalt werden«, sage ich mit angespannter Stimme und reiße meine Jeans auf, um den schmerzhaften Druck in meiner Hose zu regulieren. »Ich bin in einer Minute da.«

Sie dreht sich um und flieht, bevor ich mit dem Sprechen fertig bin, und ich schließe meine Augen, atme tief ein und denke an die sibirischen Winter, um meinen Steifen verschwinden zu lassen.

7

Sara

Als ich nach unten komme, sitzt Peters Team schon an dem rechteckigen Holztisch, und alle Augen sind sehnsüchtig auf die große Pfanne in der Mitte gerichtet. Einer von ihnen – ganz in Schwarz gekleidet, mit schulterlangen Haaren und einem dicken dunklen Bart – sieht auf, als ich mich nähere.

»Wo ist Peter?«, fragt er und runzelt die Stirn. Sein russischer Akzent ist nur ein wenig stärker als der von Peter. »Das Essen wird kalt.«

»Er kommt sofort«, antworte ich, und die Hitze in meinen Wangen verstärkt sich, als der bärtige Mann seine Augenbrauen in die Höhe zieht. Wahrscheinlich kann er an meinen geschwollenen Lippen erkennen, was oben passiert ist, wenn auch nicht meine aufgewühlten Gefühle. Meine Knie zitterten buchstäblich, als ich die Stufen hinunterging, und ich bin dankbar dafür, dass Peters Hemd locker und dick ist und die harten Spitzen meiner Brustwarzen verdeckt.

Wenn mein Kidnapper beschlossen hätte, mich zu ficken, hätte ich nicht Nein sagen können, und dieses Wissen erfüllt mich mit brennendem Schamgefühl.

»Anton, du bist unhöflich«, sagt ein großer, braunhaariger Mann mit einem sanften Lächeln. Im Gegensatz zu seinem bärtigen Kollegen, der direkt einem Actionfilm über Attentäter entsprungen sein könnte, würde dieser Mann in einer Anwaltskanzlei nicht fehl am Platze aussehen. Sein kurzes, braunes Haar ist modisch geschnitten, sein Gesicht sauber rasiert, und ich wette um hundert Dollar, dass sein subtil gestreiftes Hemd und seine grauen Anzughosen maßgeschneidert sind. Nur seine kühlen grünen Augen strafen sein gepflegtes, seriöses Äußeres Lügen; sie sind hart und emotionslos, unberührt von dem Lächeln, das seine Lippen umspielt.

»Du hast vergessen, dich vorzustellen«, fährt der gut gekleidete Mann fort und spricht wie Anton mit einem ähnlich leichten Akzent. Er dreht sich zu mir, zeigt auf seinen bärtigen Freund und sagt: »Sara, das ist Anton Rezov. Früher hat er bei unserem alten Job alles mit einem Motor geflogen, und jetzt ist er immer noch gelegentlich nützlich. Und ich bin Yan Ivanov. Oh, und das ist mein Bruder Ilya.«

Ich wende meine Aufmerksamkeit dem dritten

Mann zu, Yans Bruder, und erkenne, dass er derjenige ist, der vorhin mit mir gesprochen und mir erklärt hat, warum dieser Ort ein gutes Versteck ist. Er sieht mit seinem dicken Bodybuilder-Oberkörper, seinem rasierten Schädel voller Tätowierungen und seinem übergroßen Kiefer, der mich an einen Gorilla erinnert, am angsteinflößendsten von allen aus. Aber als er mich anlächelt, legen sich die Winkel seiner grünen Augen in Fältchen und mildern die Härte seiner Gesichtszüge.

»Es freut mich, Sie kennenzulernen, Dr. Cobakis«, sagt er mit etwas stärkerem Akzent und steht auf, um mir einen Stuhl zu holen.

»Vielen Dank. Ich freue mich auch, Sie kennenzulernen«, sage ich und setze mich auf den Stuhl. Ich sollte jeden einzelnen dieser Männer hassen – schließlich sind sie Mittäter bei meiner Entführung und waren es bei der Ermordung meines Mannes –, aber etwas an dem echten Lächeln dieses Russen und der respektvollen Art und Weise, wie er mich angesprochen hat, macht es mir unmöglich, wütend auf ihn zu sein.

Ich werde meine ganze Wut für den Mann reservieren, der in diesem Moment die Treppe herunterkommt und dessen schönes Gesicht dunkel und verschlossen ist.

»Endlich«, sagt Anton erfreut, als Peter an den Tisch kommt und neben mir Platz nimmt. Anton greift nach der Pfanne in der Mitte des Tisches, schneidet einen Teil des Omeletts heraus und legt ihn auf seinen Teller. »Ich komme fast um vor Hunger.«

»Bediene dich.« Peters Stimme ist voller Sarkasmus, der Anton zu entgehen scheint. Die Ivanov-Brüder zeigen bessere Tischmanieren und warten, bis Peter eine Portion auf meinen Teller und dann seinen eigenen legt, bevor er den Rest aufteilt.

Wir essen schweigend und verspeisen das Omelett in wenigen Minuten, bevor Peter aufsteht und ein paar Orangen in Scheiben schneidet. »Nachtisch?«, fragt er kurz, und die Jungs nehmen sein Angebot gern an. Ich sage nichts, aber Peter bringt mir trotzdem eine Schale mit einer aufgeschnittenen Orange.

»Danke«, sage ich leise. Selbst in dieser beschissenen Situation sind die Regeln der Höflichkeit, die mir seit meiner Kindheit eingetrichtert wurden, schwer zu brechen. Ich greife in die Schale, fische eine Orangenscheibe heraus, beiße hinein und genieße die süße, erfrischende Saftigkeit. Ich muss neben allem anderen auch niedrigen Blutzucker gehabt haben, weil ich mich jetzt nach dem Essen ein klein wenig besser fühle und das leere Gefühl der Verzweiflung so weit verschwindet, dass ich wieder denken kann.

Ja, auf den ersten Blick ist meine Situation nicht die beste. Als wir einflogen, sah ich nichts, was in der unmittelbaren Umgebung dieses Berges entfernte Ähnlichkeit mit Zivilisation hatte, nur Klippen und dichte Wälder, mit Schnee, der noch einige Berggipfel in der Nähe bedeckte. Selbst wenn ich es schaffe, den vier Attentätern zu entkommen, wird es nicht leicht sein, von hier zu Fuß zu flüchten. Ich bin genau einmal in meinem Leben campen gegangen, und ich bin überhaupt kein Wildnis-Experte. Ganz zu schweigen davon, dass, wenn ich irgendeinen Bauernhof oder ein Dorf in der Nähe erreichen würde, mir noch die Herausforderung bevorstünde, meine Situation den Leuten zu erklären, die vielleicht nicht ein Wort Englisch sprechen.

Es ist jedoch nicht so hoffnungslos, wie es sein könnte. Es hört sich so an, als ob Peter beabsichtigt, mich bald mit meinen Eltern Kontakt aufnehmen zu lassen, und es besteht die Möglichkeit, dass ich meinen Aufenthaltsort an sie – und damit an das FBI – weitergeben kann. Außerdem bin ich weder gefesselt noch anderweitig gefangen. Es sieht so aus, als habe ich die Freiheit, durch das Haus zu streifen, was meine Fluchtchancen erhöht. Wenn ich clever und vorsichtig bin, kann ich vielleicht sogar Wasser und Vorräte stehlen, falls meine Bergwanderung ein paar Tage dauert.

Nicht alles ist verloren. Auf die eine oder andere Weise *werde* ich meinen Fehler ausbügeln und nach Hause zurückkehren.

In der Zwischenzeit muss ich dafür sorgen, dass ich die Dinge nicht noch schlimmer mache, indem ich etwas Dummes tue ... wie mich in meinen Entführer zu verlieben.

~

Nach dem Frühstück gehe ich ins Schlafzimmer und schlafe sofort ein, da mich die Zeitumstellung, kombiniert mit einem Nahrungskoma, trotz des langen Nickerchens im Flugzeug müde macht. Ich wache auf, als ich den Hubschrauber starten höre, und durch das riesige Fenster sehe ich, wie er vom Hubschrauberlandeplatz neben dem Haus abhebt.

Nahrungsmittelnachschub? Ein Arbeitsauftrag? Ich habe keine Ahnung, aber wenn Peter mit dem Hubschrauber weg ist, kann das nur gut sein.

Leider sehe ich ihn unten, als ich ein paar Minuten später herunterkomme, nachdem ich etwas Wasser in mein Gesicht gespritzt habe, um richtig aufzuwachen. Er sitzt auf einem Barhocker hinter dem Küchentresen und runzelt die Stirn über etwas auf einem Laptop-Bildschirm. Als ich näher komme, sehe ich Kopfhörer in seinen Ohren.

Er hört sich etwas am Computer an.

Als er mich bemerkt, nimmt er die Ohrstöpsel heraus und drückt einen Knopf auf der Tastatur – wahrscheinlich, um das anzuhalten, was er sich gerade angehört hat.

»Ist das die Kameraaufzeichnung aus dem Haus meiner Eltern?«, frage ich, und mein Herz schlägt schneller, als Peter nickt.

»Ja. Das FBI war bei ihnen.« Sein Gesichtsausdruck ist vorsichtig neutral.

»Und?« Ich setze mich auf einen Barhocker neben ihn und meine Schultern spannen sich an. »Was haben sie ihnen gesagt?«

»Das ist ... interessant.« Peters Augen glänzen, als er sich zu mir umdreht. »Es sieht so aus, als sei die

Geschichte, die wir deinen Eltern erzählt haben, genau das, was das FBI vermutet.«

Ich starre ihn an, und mein Puls wird noch schneller. »Sie denken, dass ich freiwillig mit dir gegangen bin?«

Er schließt den Laptop. »Davon scheinen sie auszugehen, besonders jetzt, da deine Eltern ihnen von deinem Anruf erzählt haben. Aber ich denke, Ryson hat schon vorher vermutet, dass du etwas mit mir zu tun hattest, wahrscheinlich weil du Karen in der Umkleide nichts von mir erzählt hast.«

Meine Hände verknoten sich auf meinem Schoß. Das ist gleichzeitig gut und schlecht. Ich will nicht, dass das FBI denkt, ich mache gemeinsame Sache mit einem der meistgesuchten Verbrecher, aber ich bin auch erleichtert. Das ist unendlich viel besser, als wenn meine Familie glauben würde, dass ich entführt worden sei. »Und, wie haben meine Eltern reagiert? Haben sie sich Sorgen gemacht? Waren sie aufgebracht? War mein Vater ...«

»Sie haben es gut aufgenommen.« Die harte Linie von Peters Kiefer wird ein wenig weicher. »Sie sind natürlich schockiert und verstört, dass du mit jemand so anstößigem zusammen bist, aber Ryson hat nicht viel dazu gesagt, wer ich bin und warum sie hinter mir her sind. »Ich denke, er macht sich Sorgen, dass die Geschichte an die Medien gelangen könnte.«

Das ergibt Sinn. Das FBI oder die CIA, oder wer die Lüge über die Mafia, die angeblich hinter meinem Mann her war, zusammengebraut hatte, würde nicht enthüllen wollen, was wirklich in Daryevo geschehen ist. Wenn Peter recht hatte mit dem Fehler, der zum Massaker seiner Familie führte, würden die beteiligten Parteien mit Zähnen und Klauen zu verhindern versuchen, dass die Wahrheit ans Tageslicht kommt.

Die Öffentlichkeit neigt dazu, das Abschlachten unschuldiger Zivilisten zu missbilligen.

»Also geht es meinem Vater gut?«, dränge ich und schiebe die Erinnerung an die schrecklichen Bilder auf Peters Handy beiseite. »Er sah nicht krank aus oder so?«

»Deine Eltern sahen beide gesund aus.« Peters Gesichtsausdruck erwärmt sich weiter, während seine Handflächen meine fest geballten Fäuste bedecken. »Sie werden schon wieder, Ptichka. Sie sind stark, genau wie du. Und du kannst sie bald kontaktieren. Anton und Yan sind gerade aufgebrochen, um Nahrungsmittel und andere Dinge zu besorgen, und wenn sie zurückkommen, haben wir alles, was wir brauchen, um eine sichere Verbindung aufzubauen. Du wirst mit deinen Eltern reden, sie beruhigen, und es wird ihnen gut gehen.« Er drückt sanft meine Hände. »Alles wird gut.«

Ich ziehe meine Hände weg, da durch einen plötzlichen Ansturm von Gefühlen meine Augen brennen. Genau das hier macht die Dinge so verwirrend. Ein Mann, der dich entführt, sollte sich nicht um deine Familie kümmern, geschweige denn um deine Gefühle. Was Peter mir angetan hat – *alles*, was er mir angetan hat –, sind die Taten eines grausamen, egoistischen Monsters, und doch ist es, wenn er bei mir ist und mich so ansieht, leicht zu glauben, dass er mich liebt, dass er mich auf seine eigene seltsame überwältigende Art und Weise glücklich machen will.

Ich verdränge diesen gefährlichen Gedanken und zügle meine überwältigenden Emotionen, um mich auf das eigentliche Thema zu konzentrieren. »Aber was genau hat das FBI gesagt? Und wie haben meine Eltern darauf reagiert? Sie hatten bestimmt eine Menge Fragen ...«

»Die hatten sie, aber Ryson hat ihnen nur gesagt, dass sie nach dem Mann suchen, der bei dir ist, und nicht sagen können, warum. Die meiste Zeit haben er und die anderen Agents deine Eltern befragt, sie über die Details deines Telefonanrufs ausgequetscht, und wollten wissen, ob du in den letzten Monaten etwas Ungewöhnliches getan oder gesagt hast, warum du den Hausverkauf abgebrochen hast und so weiter.«

»Okay.« Weil sie mich jetzt verdächtigen. Sie denken, dass ich eine Affäre mit dem Mörder meines Mannes habe – was auf gewisse Weise auch stimmt. Mit Sicherheit eine unwillige Affäre, aber das ändert nichts an den Tatsachen. Ich hätte jederzeit zum FBI gehen, die Situation erklären und um ihren Schutz bitten können, aber stattdessen habe ich mich selbst davon überzeugt, dass es für meine Eltern sicherer wäre, wenn ich mich alleine um meinen tödlichen Stalker kümmere. Und wer weiß? Vielleicht hatte ich recht. In Anbetracht der Unfähigkeit der Behörden, die anderen auf Peters Liste zu schützen, hätte er vielleicht mich *und* meine Eltern gefunden, wenn wir versucht hätten zu verschwinden. Und dann hätten mehr Leute verletzt werden können – wenn nicht meine Familie, dann die Beamten, die uns beschützen sollten.

Die drei Wachen, die auf George aufgepasst haben, sind durch Kugeln im Kopf gestorben.

»Darf ich mir das Video selbst ansehen?«, frage ich, verdränge diese schreckliche Erinnerung, und Peter nickt.

»Wenn du möchtest. Ich werde es später am Fernseher für dich vorbereiten. Er zeigt auf den großen Flachbildschirm, der im Wohnzimmer hängt. In der Zwischenzeit muss ich etwas Arbeit nachholen, also geh ruhig spazieren und dir alles ansehen.«

Ich blinzele und kann nicht glauben, dass es so einfach war. »Okay, das werde ich«, sage ich und versuche, meine Freude zu verbergen.

Wenn ich allein alles auskundschaften darf, kann ich schon heute entkommen.

Ich erinnere mich an meine nackten Füße, schaue nach unten und wackle mit den Zehen. »Denkst du, ich kann mir Schuhe leihen?«, frage ich so beiläufig wie möglich.

»Yan kauft dir heute alles, aber du kannst bis dahin versuchen, meine Turnschuhe anzuziehen. »Wenn du sie fest genug schnürst, sollten sie halten.«

»In Ordnung, ich werde es probieren, danke.« Ich rutsche vom Barhocker und eile zur Treppe, da ich endlich meine Erkundung beginnen möchte.

»Ach, und Sara?«, ruft Peter, als ich schon fast bei der Treppe bin. Als ich mich umdrehe, um ihn anzusehen, sagt er: »Wenn du nach draußen gehst, nimm Ilya mit. Du kennst die Gegend nicht, und es gibt überall Klippen. Du willst ja nicht fallen.«

Und ohne meine verpuffende Freude zu bemerken, öffnet er den Laptop und wendet seine Aufmerksamkeit wieder dem Bildschirm zu.

8

Sara

EINGEHÜLLT IN PETERS DICKES SWEATSHIRT, DAS MIR BIS zu den Knien geht, und mit meinen Füßen, die in Peters riesigen Turnschuhen hin und her rutschen, gehe ich mit Ilya an meiner Seite vorsichtig durch den Wald. Er redet mit mir, erzählt mir etwas über die lokale Vegetation, aber ich höre nur halb hin und konzentriere mich darauf, mir den Weg zu dem Pfad zu merken, den ich im Westen entdeckt habe. Er ist breit genug, um ein Fahrzeug durchzulassen, und scheint den Berg hinunterzuführen.

»... aber wurde durch den Erdrutsch blockiert«, meint Ilya, und plötzlich ist meine Aufmerksamkeit geweckt, da mir klar wird, dass er mir gerade etwas Nützliches erzählt.

»Ein Erdrutsch?«

Er nickt mit seinem rasierten Kopf. »Ja, durch das Erdbeben. Es hatte hier große Auswirkungen gehabt, hat diesen Berg völlig verändert.«

»Wie verändert?«, bitte ich ihn zu beantworten und umarme mich, um das Sweatshirt näher an meinem Körper zu haben. Hier zwischen den Bäumen ist es weniger windig als am Haus, aber es ist durch die Höhe immer noch kalt. Wir laufen seit fast einer Stunde in weiten Kreisen um das Haus herum, und ich bin bereit, wieder in die Wärme hineinzugehen.

Da mir der russische Attentäter an den Fersen klebt, werde ich heute sowieso nicht entkommen, und wenn ich es tue, muss ich dafür sorgen, dass ich ordentlich gekleidet bin.

»Außer die Straße zu blockieren, meinst du?«, fragt Ilya, und ich nicke mit gerunzelter Stirn. Ich hoffe, er meint nicht den Pfad, den ich gerade gesehen habe. Bis jetzt ist es das Einzige, was ich gesehen habe, was einer Straße ähnelt. Wenn er blockiert ist, muss ich durch den Wald – eine um einiges zweifelhaftere Option.

Ilya bleibt stehen und zeigt auf eine Klippe auf der gegenüberliegenden Seite des Sees unter uns. »Siehst du das? Früher war es eine gleichmäßige Steigung. Und davon gibt es noch viele auf diesem Berg. Sehr gefährlich. Der Wald geht genau bis an den Rand einiger dieser Klippen, also wenn man nicht aufpasst, wohin man geht ...«

»Alles klar. Gefährlich. Verstanden.« Das bestärkt mich in meiner Überzeugung, dass ich gut vorbereitet sein muss, bevor ich meine Flucht versuche. Das Letzte, was ich will, ist, von einer Klippe zu fallen. Ich werde ein paar Tage brauchen, um die Gegend kennenzulernen und sie genauer zu erkunden, damit ich weiß, wohin ich gehen muss. Vielleicht mehr über diese Region herausfinden und erfahren, wo die nächstgelegene Siedlung oder irgendein anderer Ort liegt, von dem aus ich die US-Botschaft anrufen könnte.

Wie auch immer, ich muss meine Flucht clever planen, damit ich nicht die kleinen Freiheiten verliere, die Peter mir hier zugesteht.

~

ALS WIR SCHLIEßLICH ZUM HAUS ZURÜCKKEHREN, zittere ich, und meine Ohrenspitzen fühlen sich wie Eiszapfen an. Peter ist nirgendwo zu sehen, also gehe ich nach oben und lasse mir ein heißes Bad ein, um mich aufzuwärmen.

Die hohe weiße Wanne hat eine ungewöhnliche Form: quadratisch und schmal, aber tief und mit innenliegender Treppe. Ich kann mich darin nicht hinlegen wie in meiner ovalen Wanne zu Hause, aber ich kann mich auf die Stufe setzen und mich vom Wasser bis zum Hals bedecken lassen. Es ist eigentlich angenehmer so, entscheide ich und schließe die Augen, während die Hitze des Wassers in mich eindringt und die Kälte und die Anspannung in meinen Muskeln vertreibt. Ich würde nicht so weit gehen, meinen derzeitigen Zustand als entspannt zu beschreiben, aber ich fühle mich definitiv besser.

Wenn ich nicht gegen meinen Willen hier wäre, würde ich das fast als Urlaub ansehen.

»Du magst die japanische Badewanne?«, murmelt eine vertraute tiefe Stimme hinter mir, und ich schlage meine Augen auf, als starke Hände sich auf meine Schultern legen und meine feuchte Haut massieren. Sofort schnellt mein Puls in die Höhe, und das entspannte Gefühl weicht der verwirrenden Mischung aus Wut, Sehnsucht und Angst, die ich immer in Peters Gegenwart verspüre.

Ich drehe mich herum und schlinge meine Arme um meinen Oberkörper, während ich mich gleichzeitig aus seiner Reichweite begebe. Er hat mich hundertmal nackt gesehen, aber ich bin immer noch im Zwiespalt mit dieser Intimität zwischen uns, bin mir immer noch bewusst, wie *falsch* das alles ist. Denn wenn unsere Beziehung vorher krank war, ist sie jetzt doppelt so schlimm, da mein Stalker – der Mann, der mich beim ersten Treffen gewaterboardet hat – jetzt mein Entführer ist.

Er hat mich völlig in seiner Hand, und wir beide wissen das.

Er steht neben der hohen Wanne, und seine großen, sonnengebräunten Hände liegen auf dem Porzellanrand. Die Ärmel seines Thermohemdes sind hochgerollt, und die Tattoos, die seinen linken Arm zieren, liegen frei. Die Tätowierung reicht vom Handgelenk bis zu seiner Schulter, und die komplizierten Designs werden von jeder Bewegung seiner gut definierten Muskulatur zusammengezogen. Sein dickes, dunkles Haar ist verstrubbelt, so als ob er mit den Fingern hindurchgefahren wäre, und sein harter Kiefer ist mit einem Hauch von Stoppeln übersät.

Er sieht auf alle möglichen Arten gefährlich und so kompromisslos männlich aus, dass sich mein Unterleib zusammenzieht. Sexy ist ein zu schwaches Wort, um Peter Sokolov zu beschreiben; was er besitzt, ist eine rein animalische Anziehungskraft, eine rohe, raue, männliche Attraktivität, die etwas beunruhigend Primitives in mir anspricht.

Unter großen Anstrengungen schließe ich die geistige Tür zu diesem Gedanken und ziehe mich so weit zurück, wie es die Wanne erlaubt. »Bitte geh weg. Ich bade.«

»Das kann ich sehen.« Sein Blick wandert über meinen Körper, bevor er zu meinem Gesicht zurückkehrt, und seine metallischen Augen sind dunkel vor Hunger. »Na und?«

»Also lass mich allein.« Ich tue mein Bestes, um seinen Blick zu erwidern, ohne zusammenzuzucken. »Es sei denn, du gestehst deinen Gefangenen keine Privatsphäre zu.«

Seine Augen verengen sich, und seine Finger ziehen sich vom Rand der Wanne zurück. Samtweich sagt er: »Meine *Gefangenen* dürfen nicht viel, Bäder eingeschlossen. Meine *Frau* allerdings kann tun, was sie will – solange sie eine einfache Tatsache versteht.«

»Und die wäre?«

»Dass sie mir gehört.« Er tritt zurück, und bevor ich antworten kann, zieht er sein Hemd über seinen Kopf, lässt es auf den Boden fallen und zieht danach seine Socken aus. Dann öffnet er seinen Gürtel und macht den Reißverschluss seiner Jeans auf.

Ich atme tief ein und ziehe meine Arme enger um meine Brüste. »Was tust du da?«

»Wonach sieht es denn aus?« Er zieht seine Jeans nach unten und tritt aus ihnen heraus, bevor er das Gleiche mit seinem Slip macht und seinen dicken, harten Schwanz freilegt, der sich seinem muskulösen Bauch entgegenbiegt. Der Anblick überflutet mich mit Adrenalin, selbst als sich zwischen meinen Beinen unwillkommene Hitze sammelt.

Ich kann das nicht mit ihm machen. Nicht noch einmal.

»Ich werde keinen Sex mit dir haben.« Wasser schwappt über den Rand der Wanne, als ich aufstehe und es mir bereits egal ist, dass er mich nackt sieht.

Ich muss aus der Wanne heraus, weg von hier.

Peter fängt meinen Arm ein, bevor ich mein Bein über den Beckenrand schwingen kann, und dann tritt er in die Wanne, wobei sein großer Körper mich in dem kleinen, quadratischen Raum einengt, als er mich wieder ins Wasser zieht. Mehr Wasser schwappt über den Rand, wird von seinem Gewicht verdrängt, und ich keuche auf, als mir auffällt, dass ich auf Peters Schoß sitze, mein Rücken an seine Brust gepresst ist und seine Erektion sich zwischen meine Pobacken geschoben hat. Panikerfüllt fange ich an, ihn wegzuschieben, aber er legt einen Arm um meinen Brustkorb und hält mich fest.

»Ach, Ptichka ...« Seine Stimme klingt sanft spöttisch in mein Ohr. »Wer hat was von Sex gesagt?«

Seine Zähne fahren über mein Ohrläppchen, seine freie Hand umfasst meine Brust und sein Daumen streichelt besitzergreifend über meine harte, vor Erregung schmerzende Brustwarze. Ich versteinere und klammere mich an seinem muskulösen Arm fest, während mein Herz gegen meine Rippen trommelt. Ich fürchte mich nicht so sehr vor ihm wie vor meiner eigenen Reaktion, vor der Art und Weise, wie mein Körper schmilzt und bei seiner Berührung weich wird. Und das ist so viel mehr als nur eine Berührung. Peters Schwanz steckt wie eine Stahlstange zwischen meinen Pobacken, seine Eier pressen gegen mein Geschlecht und sein Daumen quält meine Brustwarze, während seine Zunge in mein Ohr eindringt und mich vor hilfloser Lust zittern lässt.

Wir haben vielleicht keinen Sex nach der strengen Definition des Wortes, aber der Effekt ist ebenso verheerend.

»Peter, bitte.« Ich fange wieder an, mich zu wehren, versuche verzweifelt, wegzukommen, bevor ich das Wesentliche aus den Augen verliere. Unsere Körper sind durch das Wasser rutschig, was das erotische Gefühl von Haut an Haut verstärkt, während ich vergeblich an seinem Arm ziehe. »Bitte, hör auf.«

»Womit soll ich aufhören?« Sein Atem erwärmt

meinen Nacken, während seine Hand meine Brust verlässt und tiefer wandert, dorthin, wo meine Muskeln fest angespannt sind und mein Fleisch pulsiert, weil es sich nach seiner Berührung sehnt.

»Hiermit«, er leckt über die äußere Seite meines Ohres, wovon ich Gänsehaut auf meiner inneren Seite bekomme, »oder damit?« Seine von der Hornhaut rauen Finger schieben meine Falten auseinander und drücken gegen meine Klitoris, während sein Mittelfinger mit dem ersten Glied in mich eintaucht. Meine Nägel graben sich in seinen Unterarm, meine inneren Muskeln ziehen sich durch dieses leichte Eindringen gierig zusammen, und Peter lacht, als meinen Lippen ein schwaches Stöhnen entweicht. Ich möchte ihn bitten aufzuhören, mit *allem* aufzuhören, aber mein Verstand schaltet sich ab, als seine Finger sich weiter nach hinten bewegen, vorbei an meinem Geschlecht. Oh Gott, er wird doch sicher nicht ...

Sein Finger findet den engen Muskelring zwischen meinen Backen und drückt auf die winzige Öffnung.

»Oh, ja«, murmelt er, seine Stimme ist dunkel und sündhaft sanft, als ich mich unter dem stechenden Druck anspanne. »Vielleicht möchtest du, dass ich damit aufhöre. Habe ich recht, Ptichka?« Der Druck auf meinen Anus lässt nach, als sein Finger über das fest zusammengezogene Fleisch reibt, als lindere er damit seinen Versuch, dort einzudringen. »Bist du hier eine Jungfrau, mein Schatz?«

Die Zärtlichkeit verwirrt mich fast so sehr wie die fremden Empfindungen, die durch meinen Körper schießen. Fast so etwas wie Sympathie erwärmt seine tiefe, beruhigende Stimme, aber ich kann auch die Lust darin hören, einen Hunger, der von dunkler Besessenheit durchtränkt ist. Er mag ihn, diesen Gedanken, dass er der erste darin sein würde, und das Wissen verstärkt die sich aufbauende Spannung in mir, die tückische Hitze, die tief in meinem Unterleib pocht. Ich sollte das nicht faszinierend finden, es in keiner Weise wollen, aber ich kann eine gewisse perverse Neugierde nicht verleugnen. An einem Punkt, als George und ich noch nicht verheiratet waren, habe ich einmal Analverkehr angesprochen, aber George schien nicht daran interessiert zu sein, also haben wir nie wieder darüber gesprochen.

Ich *bin* in dieser Hinsicht eine Jungfrau, aber wenn ich das meinem Entführer gegenüber zugebe, dann vermutlich nicht mehr für lange.

Ich sammele die zerbröckelnden Stücke meiner Willenskraft auf und ziehe mit all meiner Kraft an seiner quälenden Hand. *»Hör einfach auf.«*

Zu meiner Überraschung gehorcht Peter, zieht seine Hand zurück und hebt seinen anderen Arm hoch. »Dann geh.« Seine Stimme ist angespannt. »Raus.«

Ich klettere mit zitternden Beinen aus der Wanne. Meine nassen Füße rutschen auf den kühlen Kacheln, als ich aus dem Badezimmer rausche und kaum stehenbleibe, um mir auf dem Weg ein Handtuch zu schnappen. Erst als ich im Schlafzimmer stehe, voll bekleidet und mit dem Handtuch um mein nasses Haar gewickelt, verlangsamt sich mein Herzschlag.

Er hat mich gehen lassen. Ich sollte mich über die Begnadigung freuen, aber ich fühle mich seltsam verunsichert und in mehrfacher Hinsicht frustriert. Wieder einmal tut mein Peiniger so, als hätte ich eine Wahl, so als sei das eine normale Beziehung, in der ich Nein sagen kann. Und vielleicht kann ich das – zumindest für eine Weile. Bisher hat er mich nie körperlich gezwungen. Aber ich mache mir nichts vor. Er kann mit mir machen, was immer er will, und irgendwann *werde* ich in seinem Bett landen, entweder durch subtilere Formen des Drucks oder dank meiner mangelnden Willenskraft.

Es wäre mir fast lieber, wenn er mich zwingen würde, weil ich dann auch einfach so tun könnte, als wolle ich ihn nicht.

Dann könnte ich mir vorstellen, dass ich normal und gesund bin, eine Frau, die den Mann hasst, der ihr Leben ruiniert hat, anstatt ihn zu begehren.

eter

SARA MEIDET MICH BIS ZUM MITTAGESSEN, WAS AUCH gut ist. Meine Selbstbeherrschung bekommt langsam Risse, und die Dunkelheit bahnt sich ihren Weg an die Oberfläche. Ich will sie ficken, und gleichzeitig will ich sie unterwerfen und bestrafen, ihr klarmachen, dass sie mir gehört.

Ich will sie zum Abgrund führen und noch weiter gehen, egal, was es mit ihr machen könnte.

»Tu es nicht, Mann«, sagt Ilya leise, als ich Saras fertiges Sandwich zusammenklappe. Er macht sein eigenes Sandwich neben mir. »Worüber du auch gerade nachdenkst, du wirst es bereuen.«

Ich entblößte meine Zähne in einem humorlosen

Lächeln. »Wirklich? Bist du jetzt ein verdammter Hellseher?«

»Nein, aber ich glaube nicht, dass du gerade klar denkst. Sie verdient das nicht.« Er taucht ein Messer in ein Glas mit Mayonnaise. »Das Mindeste, was du tun kannst, ist, ihr ein wenig Zeit zu geben.«

Ich stelle mir vor, wie ich das Messer packe und damit Ilyas Luftröhre zerfetze. Es ist zu langweilig, ihm die Kehle durchzuschneiden, aber es wäre toll, ihn zu ersticken. Zum Glück für ihn spricht mein Teamkollege nicht weiter, und ich gehe schnell mit Saras Teller aus der Küche.

Ich finde sie oben, als sie dabei ist, in eine Kommode in einem der leeren Gästezimmer zu schauen. Lautlos bleibe ich in der Tür stehen und beobachte sie, bin fasziniert vom Anblick ihres geschmeidigen, anmutigen Körpers, der sich biegt und dreht, während sie die Schubladen nacheinander herauszieht und wieder zuschiebt. In der Kommode ist nichts, aber Sara hört nicht auf, bis sie jede Schublade überprüft hat.

Erst dann dreht sie sich um und springt mit einem erschreckten Keuchen auf.

»Peter.« Sie drückt ihre Hand auf ihre Brust, so als ob ihr Herz damit drohte, auszubrechen. »Ich habe dich nicht gesehen.« Ihre Stimme ist atemlos, auch wenn sie versucht, sich zu fangen. »Was machst ...«

»Ich bringe dir Mittagessen.« Ich gehe mit dem Teller in meiner Hand in den Raum. »Ich dachte mir, dass du Hunger haben müsstest.« Mein Ton ist kühl, im Gegensatz zu dem Feuer, das in meinem Blut wütet. Allein wenn ich sie einfach so sehe, immer noch in meine übergroßen Klamotten gekleidet, will ich sie an die Wand nageln und sie so hart ficken, dass wir beide roh und blutend enden.

Vorsichtig nimmt sie mir den Teller ab und tritt zurück, so als würde sie die Gewalt spüren, die in mir brodelt. Während sie das tut, beißt sie nervös auf ihre Unterlippe, und ich stelle mir vor, wie ich das Gleiche tue, das zarte rosa Fleisch mit meinen Zähnen zerreiße, wie ich diesen weichen Mund für mich beanspruche, sie schmecke, sie verschlinge, bis die Lust befriedigt ist, die mich lebendig verbrennt.

»Du isst nichts?«, fragt sie vorsichtig, stellt den Teller auf die Kommode, und ich schüttele den Kopf, während meine Augen jeder ihrer Bewegungen folgen. Die Intensität meines Starrens macht ihr wahrscheinlich Angst, aber ich kann nichts dagegen tun. Ich fühle mich wie ein Raubtier am Abgrund, der Hunger in mir ist so wild und dunkel, dass er kaum etwas so Grundlegendem wie einem sexuellen Verlangen ähnelt. Es ist mehr ein zwanghaftes Bedürfnis, sie zu besitzen, sie meinem Willen zu beugen und sie so vollständig zu meiner zu machen, dass sie nie daran denken würde, nach Dingen zu suchen, die ihr bei ihrer Flucht helfen könnten.

»Ich habe schon gegessen«, antworte ich, und obwohl meine Stimme etwas rau ist, spiegelt sie nicht einmal einen Bruchteil dessen wider, was ich fühle. Rational gesehen weiß ich, dass Ilya recht hat, dass ich

Sara Zeit geben muss, um ihr neues Leben mit mir zu akzeptieren, aber alles in mir verlangt danach, dass ich sie packe und sie eingestehen lasse, dass sie mich braucht ... dass sie mich trotz allem auch liebt.

Ich schiebe den Gedanken beiseite, aber nicht, bevor er mich mit quälender Sehnsucht erfüllt. Denn das ist genau das, was ich am meisten von ihr will. Abgesehen von der Frustration durch die unerfüllte Lust, abgesehen von dem Stich durch ihre Ablehnung, ist es dieses akute, irrationale Verlangen, das mich innerlich zerreißt und das Monster in mir anstachelt.

Ich will, dass Sara mich liebt, und ich weiß nicht, wie ich das hinkriegen soll.

»Okay. Ähm, danke.« Ihr Blick wandert von mir auf den Teller und dann wieder zu meinem Gesicht. »Ich werde den leeren Teller einfach runterbringen, wenn ich fertig bin, in Ordnung?«

Das ist mein Stichwort, zu gehen, aber scheiß drauf. Sie fühlt sich nach dem, was in der Badewanne passiert ist, unwohl in meiner Nähe, und plötzlich bin ich froh darüber. Ein sadistischer Teil von mir will, dass sie sich windet, fragt sich, ob ich letztendlich diese Grenze überschreiten und sie trotz ihrer vorgetäuschten Einwände nehmen werde.

»Es ist alles in Ordnung.« Mein Ton ist übertrieben freundlich, als ich zu dem Bett in der Mitte des Zimmers gehe, mich auf den Rand setze und meine Beine an den Knöcheln überkreuze. »Ich kann warten.«

Sara blinzelt, dann scheint sie sich zu fassen.

»Wirklich? Du wirst einfach nur dasitzen? Hast du nichts Besseres zu tun, vielleicht ein paar Unschuldige zu foltern?«

»Das steht für später am Nachmittag auf dem Plan.« Ich lächele sie scharf an. »Im Moment bist es nur du.«

Ihr Gesicht spannt sich an, aber sie greift nach dem Teller und nimmt das Sandwich in die Hand. Sie beißt hinein, kaut und schluckt viel zu schnell, bevor sie einen weiteren großen Bissen mit ihren geraden, weißen Zähnen abreißt.

»Verschluck dich nicht«, rate ich ihr beiläufig, als sie ab dem dritten Bissen schneller wird. »Wir haben keinen Arzt zur Hand, weißt du? Nun, außer dir, aber das würde nicht viel helfen, wenn du diejenige bist, deren Gesicht sich lila verfärbt.«

Saras Augen verengen sich, aber sie isst nicht langsamer. Sie vernichtet den Rest des Sandwichs im gleichen rasenden Tempo und nimmt dann den leeren Teller und schiebt ihn mir zu. »Hier. Ich bin fertig.«

»Gut. Jetzt bring ihn her.« Ich klopfe neben mir auf das Bett.

Ihr Kiefer spannt sich an, bevor ein unerwartet süßes Lächeln ihren Mund umspielt. »Ach, willst du diesen Teller dort drüben?«

Ihre Augen verraten ihre Absicht eine halbe Sekunde, bevor ihr Arm zurückschwingt, und ich ducke mich, als der Teller direkt hinter mir auf die Wand trifft und in tausend Stücke zerbricht.

Keramikscherben, die sich mit Brotkrumen vermischen, regnen auf das Bett um mich herum.

Als ob sie erkennen würde, was sie getan hat, zieht sich Sara nach links zurück, in Richtung Tür, während ihre Augen mich mit dem gleichen ängstlichen Gesichtsausdruck fixieren, den sie auch hatte, nachdem sie mich schlug. Ich habe ihr damals vergeben, weil ich wusste, dass sie schockiert und überwältigt gewesen war, aber ich werde mir das nicht länger gefallen lassen.

Wenn Sara mich zu einem Bösewicht machen will, bin ich gerne dazu bereit.

»Du wirst das aufräumen.« Meine Stimme ist eiskalt, als ich aufstehe und mir Tellerscherben von den Ärmeln wische. »Dieser Raum wird wieder absolut sauber sein, hast du mich verstanden?«

Sie starrt mich an, und in ihrem Blick kämpfen Trotz und ihr Selbsterhaltungstrieb. Der gesunde Menschenverstand sagt ihr, sich zurückzuziehen und das zu tun, was ich sage, aber sie will nicht zu leicht nachgeben. Sie hebt natürlich auch ihr Kinn an. »Oder was? Wirst du mich waterboarden? Mir mit einem Messer drohen? Mich entführen? Oh, warte, das hast du alles schon getan.«

Trotz der tapferen Worte zittern ihre Hände sichtbar, als sie sie in die Vordertasche ihres Sweatshirts stopft. Wenn ich ein besserer Mann wäre, würde ich mich jetzt zurückziehen und ihr diesen kleinen Sieg gönnen. Aber sie ist nicht die Einzige, die heute wütend ist; die Wut in mir fühlt sich wie ein lebendes Biest an, dunkel und mächtig, angetrieben von ihrer Ablehnung und dem Wissen, dass ich vielleicht nie das bekommen werde, was ich wirklich von ihr will.

Wenn ich ihre Liebe nicht haben kann, werde ich mich mit ihrem Hass zufriedengeben.

»Ach, Ptichka ...« Ich gehe auf sie zu und genieße das Aufblitzen von Angst in ihren Augen, als sie sich instinktiv zur Tür bewegt. Bevor sie mehr als einen Schritt machen kann, bleibe ich vor ihr stehen und schneide ihren Rückzug ab. Ich hebe meine Hand, streiche ihre Haare aus dem Gesicht, beuge mich nach vorn und atme ihren süßen Duft ein, während ich meinen Kopf ganz dicht an sie heranbringe, um in ihr Ohr zu raunen: »Hast du nicht gelernt, dass du diese Spiele nicht mit mir spielen solltest?«

Ich höre, wie sie schluckt, und als ich meinen Kopf hebe, um sie anzublicken, sehe ich, dass ihr Brustkorb sich in einem schnellen Rhythmus hebt und senkt. Sie hat Angst, meine Sara, und aus gutem Grund.

Selbst ich bin mir nicht sicher, wie weit ich heute gehen werde.

Ihre Lippen öffnen sich, so als ob sie mich zurückweisen wollte, und ich senke meinen Kopf wieder, um diesen weichen, zitternden Mund mit all dem gewalttätigen Hunger, den Sara in mir weckt, in Besitz zu nehmen. Meine Hände gleiten in ihr Haar, halten ihren Kopf still, und ich schlucke ihr protestierendes Keuchen, als sich ihre Arme heben und ihre schlanken Finger sich um meine Handgelenke legen, um sie wegzuziehen.

Wie immer schmeckt sie köstlich, die Innenseite ihres Mundes ist wie warme, feuchte Seide. Ihr schlanker Körper biegt sich mir entgegen, als ich sie gegen die Kommode drücke, wobei meine Erektion gegen ihren flachen Bauch reibt, und ihre weichen Brüste, deren Nippel sich zu harten kleinen Spitzen zusammengezogen haben, sich gegen mich drücken. Ich kann hören, dass sie schneller atmet, und ich weiß, dass wenn ich meine Hand in ihre Hose gleiten lassen würde, ich spüren würde, dass sie immer feuchter für mich wird, weil sie mich will.

Zumindest ihr Körper fühlt sich zu mir hingezogen.

Ich muss meine ganze Willenskraft aufbringen, um meinen Kopf zu heben und zurückzutreten, um sie loszulassen, anstatt sie auf der Stelle zu verschlingen. Aber ich tue es, weil wir das ein für alle Mal klären müssen.

»Du willst wissen, was ich dir noch antun kann, Ptichka?« Meine Worte sind leise und rau, überzogen mit der Lust und Wut, die mich innerlich verbrennen. »Willst du wissen, was passiert, wenn du bei mir zu weit gehst?«

Saras Augen sind weit aufgerissen, ihre Brust bebt, als sie versucht, zu Atem zu kommen, und ich gehe wieder nahe an sie heran, um ihr zartes Gesicht in meine Hände zu nehmen, während ich auf sie herabblicke. »Willst du, dass ich dir die Realität deiner Situation erkläre?«, fahre ich fort.

Sie schluckt erneut, und ich spüre das Zittern in ihren Händen, als sie meine Unterarme ergreift. »J-Ja.« Ihre Stimme ist kaum ein Flüstern, aber in ihren haselnussbraunen Augen ist immer noch ein Hauch Trotz zu sehen. »Ja, das möchte ich.«

Meine Lippen formen ein Lächeln, und selbst ich spüre die Dunkelheit darin. »Und, Ptichka, wo soll ich anfangen?«

10

Sara

IN DIE ECKE GETRIEBEN. GEFANGEN.

Sogar während ich Peters Blick erwidere und dem Drang widerstehe, von den hypnotischen silbernen Tiefen wegzuschauen, kann ich spüren, wie meine Kraft nachlässt und meine Entschlossenheit, zu kämpfen, sich erschöpft. Ich habe mich nie mehr als seine Gefangene gefühlt als in diesem Moment, war mir meiner Verwundbarkeit noch nie so sehr bewusst. Er tut mir nicht weh, seine großen Handflächen wiegen mein Gesicht voller Sanftheit, aber diese metallischen Augen erzählen eine andere Geschichte.

Ich bin der Gnade meines Peinigers ausgeliefert, und er hat keine für mich.

»Fangen wir mit den Grundlagen an«, murmelt er,

und ich schließe meine Augen, während er seinen Kopf senkt und mit seinen Lippen über meine Stirn streicht, bevor er seinen Kopf anhebt, um mich wieder anzuschauen. Unter normalen Umständen wäre dieser zarte Kuss entwaffnend, aber meine Nerven vibrieren wie eine Stimmgabel, als er seine Hände auf meine Schultern legt und leise sagt: »Dein altes Leben ist vorbei, Sara. Ich habe dich es so lange leben lassen, wie ich konnte, aber jetzt ist es vorbei. Das wirst du akzeptieren müssen. Und der Übergang kann leicht für dich sein ... oder hart. Das ist deine Entscheidung.«

Mein Puls schnellt in die Höhe. »Was meinst du?«

»Zum Beispiel den Anruf bei deinen Eltern heute Abend.« Seine Hände liegen sanft auf meinen Schultern, obwohl seine Augen dunkel leuchten. »Er muss nicht sein, weißt du? Genauso wenig wie Kontakt zu irgendjemandem aus deinem alten Leben. Du könntest einfach verschwinden, einen sauberen Schnitt machen. Das könnte in mancher Hinsicht sogar besser sein. Du würdest dich schneller daran gewöhnen, wenn du nicht ständig daran erinnert würdest, was du verloren hast, und ...«

»Nein.« Das Wort bricht aus mir heraus, als mein Magen sich aus Panik zusammenzieht, und das Sandwich, das ich gerade gegessen habe wieder hochzukommen droht. Ich greife beschwörend nach seinem Hemd. »Bitte, Peter, tu das nicht. Ich muss mit meinen Eltern reden. Ich muss sie beruhigen. Sie sind zu alt, um sich derartige Sorgen zu machen. Das Herz meines Vaters kann das nicht ertragen – das weißt du doch.«

Er legt seinen Kopf zur Seite. »Tue ich das? Vielleicht war es ein Fehler, dass ich dich im Flugzeug mit ihnen sprechen lassen habe. Du bestehst darauf, dass ich dich entführt habe, dich gegen deinen Willen mitgenommen habe. Wenn das der Fall ist – wenn du meine Gefangene bist und mehr nicht –, warum sollte ich dann das Risiko eingehen, dass du jemanden kontaktierst? Wenn du nur meine Gefangene bist, warum sollte ich mich dann bemühen, deine Familie zu beruhigen?«

Ich starre ihn an, und meine Atmung wird flacher, während meine Hände schlaff an meine Seiten fallen. Ich verstehe, was er jetzt will – was er immer von mir wollte –, und ich weiß, dass ich wieder einmal keine andere Wahl habe, als ihm seinen Wunsch zu erfüllen.

»Du hast gesagt ...« Meine Stimme bricht, und ätzende Tränen brennen in meinen Augen. »Du hast gesagt, dass ich deine Frau bin, dass du mich liebst. Also bin ich nicht nur deine Gefangene, richtig?«

Peters Ausdruck ändert sich nicht. »Ich weiß nicht, Sara. Das liegt an dir.« Er lässt meine Schultern los und tritt zurück. »Ich werde dich darüber nachdenken lassen, während du aufräumst. Der Staubsauger und die Reinigungsutensilien sind unten in der Abstellkammer.«

Und er dreht sich um und verlässt den Raum.

~

DAS GÄSTEZIMMER IST MAKELLOS, ALS ICH MIT IHM fertig bin – das Bett ist perfekt gemacht und frei von den kleinsten Krumen und Keramiksplittern. Hausarbeit ist nichts, was mir Spaß macht, auch deshalb, weil es bei mir wegen meiner perfektionistischen Tendenzen ewig dauert, aber das Endergebnis ist normalerweise sehr gut.

In einem anderen Leben wäre ich eine zufriedenstellende Hausfrau gewesen.

Als mir das Zimmer sauber genug ist, bringe ich den Staubsauger nach unten und suche Peter. Es ist seltsam, aber ich fühle mich nach seinem Ultimatum etwas ruhiger. Wir sind wieder da, wo wir waren, als seine Drohung, mich zu entführen, bedrohlich über meinem Kopf hing, aber jetzt ist es noch einfacher.

Egal, was Peter sagt, ich *bin* seine Gefangene, und ich habe nur eine Wahl.

Mitspielen und ihm geben, was er will, bis ich fliehen kann.

Ich finde meinen Kidnapper draußen beim Training mit Ilya auf einer kleinen Lichtung in der Nähe des Hauses. Trotz des kühlen Wetters sind beide Männer halbnackt, ihre breiten, muskulösen Oberkörper glänzen vor Schweiß, als sie sich im Kreis um die Lichtung bewegen und ab und an einen blitzschnellen Schlag austauschen. Ihre Bewegungen erinnern mich an Kampfsport, obwohl ich keinen bestimmten Stil ausmachen kann. Aber was auch immer es ist, es ist grausam schön, und ich bleibe wie hypnotisiert stehen, als sich Peter unter Ilyas schwingender Faust wegduckt und einen wütenden Gegenangriff beginnt, bei dem er sich so schnell bewegt, dass ich ihm kaum mit meinen Augen folgen kann.

Sie müssen sich vorher nur aufgewärmt haben, denn es folgt ein vor Schnelligkeit verschwommener Kampf ohne Pausen. Ich bin mir ziemlich sicher, dass Peter einen harten Tritt auf Ilyas Brustkorb landet, und ich erwische Peter dabei, wie er mit seinem Unterarm einen Schlag von Ilya abwehrt, der einen Bären umgeworfen hätte. Ansonsten ist der Kampf so rasend schnell, dass ich nicht jede einzelne Bewegung erkennen kann, geschweige denn herausfinden kann, wer gewinnt oder verliert. Alles, was ich sehe, sind zwei kräftige männliche Tiere, deren Muskeln sich bewegen und anspannen, während Gewalt die Luft um sie herum erhitzt.

Nach etwa einer Minute halten sie inne, springen auseinander, umkreisen einander keuchend, und ich sehe, dass Blut von Ilyas Wangenknochen tropft. Ich kann kein Blut an Peter sehen, also schätze ich, dass er der Sieger dieser verrückten Runde ist. Das überrascht mich nicht. Obwohl Ilya wie ein Panzer gebaut ist, fehlt ihm Peters tödliche Anmut, das gewisse Etwas, was meinen Entführer so tödlich macht. Ich habe keinen Zweifel daran, dass der kahlköpfige Russe genauso gut töten kann wie jeder andere – nur ein einziger gut platzierter Schlag mit dieser riesigen Faust würde das wahrscheinlich erledigen –, aber Peter wirkt gefährlicher, unbarmherziger.

In einem Kampf bis zum Tod würde ich mein Geld immer auf Peter setzen.

Ich überlege, etwas zu sagen, um die Männer wissen zu lassen, dass ich hier bin, aber bevor ich das tun kann, blickt Peter in meine Richtung und hält inne. »Sara?«

»Ähm, ja.« Ich atme tief durch, um mein rasendes Herz zu beruhigen. »Entschuldigt die Unterbrechung, aber ich habe mich nur gefragt, ob du die Videos meiner Eltern für mich auf dem Fernseher vorbereiten könntest. Wenn du hier fertig bist, meine ich – es eilt nicht.«

Ich bin extra höflich, um meinen Ausbruch von vorhin wiedergutzumachen. Die Wahrheit ist, dass ich darauf brenne, diese Videos anzusehen und mich zu versichern, dass es meinen Eltern gut geht, aber ich hätte nichts davon, wenn ich das jetzt einfordern würde. Wenn es etwas gibt, was ich in diesem Gästezimmer gelernt habe, dann ist es, dass Peter Sokolov immer noch das komplette Sagen in unserer beschissenen Beziehung hat. Selbst wenn ich denke, dass ich nichts mehr zu verlieren habe, findet mein Peiniger eine Schwäche, einen Weg, mich zu manipulieren, ohne mich zu verletzen – zumindest körperlich.

Emotional hat er mich schon unzählige Male zerstört.

»Das ist in Ordnung«, sagt Ilya und grinst mich mit einem breiten Grinsen an, das das Blut an seinen

Zähnen zum Vorschein bringt. »Ich denke, wir sind sowieso für heute fertig.«

Peter sieht ihn nicht einmal an, da seine ganze Aufmerksamkeit auf mir liegt. »Hast du das Zimmer sauber gemacht?«, fragt er und glättet sein schweißnasses Haar. Seine Muskeln spannen sich an, als er seinen Arm senkt, und ich erwische mich dabei, wie ich mit meinem Blick dem Schweißtropfen folge, der seinen flachen Sixpack-Bauch hinunterläuft.

Hör auf damit, Sara. Starre deinen Entführer nicht an.

Mit Mühe bringe ich meinen Blick zurück zu Peters Gesicht. Ich halte meine Stimme trotz der klaren Provokation in seinen Worten ruhig. »Du kannst es überprüfen, wenn du willst.«

Er starrt mich eine Sekunde lang an, dann nickt er. »Also gut. Gehen wir.«

Er kommt auf mich zu, und ich erröte, als Ilya über die besitzergreifende Art und Weise grinst, mit der Peter meinen Arm anfasst. Es ist irrational, aber was zwischen Peter und mir ist, fühlt sich privat an, wie ein Geheimnis zwischen uns beiden. Offensichtlich sind sich Peters Männer der kranken Natur meiner Beziehung zu ihrem Boss vollkommen bewusst – sie haben ihm ja schließlich dabei geholfen, mich zu verfolgen und zu entführen –, aber ein Teil von mir zuckt immer noch zusammen, wenn sie mich so sehen. Vielleicht ist es meine Abneigung, schmutzige Wäsche in der Öffentlichkeit zu waschen, aber es wäre mir fast lieber, wenn sie mich für Peters Freundin hielten, die freiwillig hier ist.

Peter ignoriert seinen Trainingspartner und führt mich zum Haus, ohne seinen festen Griff um meinen Arm zu lösen. Er ist immer noch wütend auf mich, das spüre ich, und ich bin erleichtert, dass er sein Versprechen über die Videos einhält.

Mit etwas Glück wird er sich, bis der Rest seiner Männer mit dem Nachschub zurückkehrt, so weit abgekühlt haben, dass er mich mit meinen Eltern reden lässt.

Als wir im Wohnzimmer ankommen, lässt er meinen Arm los und geht direkt zu seinem Laptop. Zwei Minuten später erscheinen die Videos auf dem großen Fernsehbildschirm vor mir.

»Viel Spaß«, sagt er schroff und verschwindet die Treppe nach oben.

~

ALS ER ZURÜCKKOMMT, HABE ICH DIE AUFZEICHNUNGEN schon halb durchgesehen. Genau wie Peter mir erklärt hat, haben die FBI-Beamten hauptsächlich meine Eltern befragt und es vermieden, im Gegenzug deren Fragen zu beantworten. Ich sehe, dass meine Mutter und mein Vater gestresst und verärgert waren, aber keiner sah körperlich krank aus, zumindest nicht auf der körnigen Videoaufzeichnung.

»Erzählen Sie mir noch einmal, wie Sara Ihnen erklärt hat, warum sie den Hausverkauf abgebrochen hat«, sagt Agent Ryson zu meiner Mutter, während Peter neben mir auf der Couch sitzt und eine frische

Jeans und ein langärmliges Hemd trägt. Er muss nach seinem brutalen Training geduscht haben, denn ich rieche einen leichten Hauch von Seife, als er über die Couch greift, meine Hand anhebt und seine Finger mit meinen verschränkt.

Ich muss meine ganze Kraft aufwenden, um nicht auf diese kleine Intimität zu reagieren und mich weiterhin auf das Video zu konzentrieren. Das ist auch so, weil ich nicht einmal weiß, wie ich reagieren soll. Soll ich froh sein, dass er mir meinen Wutanfall im Gästezimmer vergeben zu haben scheint? Oder sollte ich verärgert sein, dass die Geste, so einfach sie auch sein mag, meine Brust mit dem gleichen gefährlich warmen Gefühl erfüllt, das mich in diese missliche Lage gebracht hat?

»Also hat sie Ihnen nie erzählt, dass der Verkauf tatsächlich stattgefunden hat?«, hakt Ryson nach, nachdem meine Mutter ihm fast wortwörtlich unser Gespräch vom Sushiessen wiederholt hat. »Sie hat nie erklärt, warum sie in ihrem Haus bleiben konnte, nachdem eine Briefkastenfirma aus Südafrika das Haus von den ursprünglichen Käufern für das Doppelte des Marktpreises gekauft hatte?«

Meine Eltern antworten mit hektischen Verneinungen, gemischt mit Fragen und möglichen Erklärungen, und ich beobachte mit einem schlechten Gefühl in meinem Bauch, wie sich das Gesicht meines Vaters lila färbt, bevor meine Mutter ihn zwingt, sich hinzusetzen und sich zu beruhigen.

»Er wird sich wieder erholen«, sagt Peter, dessen

tiefe Stimme mich beruhigt, und ich merke, dass ich seine Hand so fest zusammendrücke, dass meine Finger taub werden. Ich muss ihm auch wehtun, aber er zieht seine Hand nicht weg. Der harte Gesichtsausdruck, den er den ganzen Nachmittag über aufgesetzt hat, ist verschwunden, und seine grauen Augen schauen mich mit einem warmen Leuchten an, als er leise hinzufügt: »Ich habe den Rest des Videos gesehen, und ich verspreche dir, dass es ihm gut geht.«

Ich nicke, da ich erbärmlicherweise dankbar für diese Zusicherung bin, und wende mich wieder der Videoübertragung zu, in der die Beamten zum Thema meines Telefonats zurückgekehrt sind und bei meiner Mutter nach den exakten Worten nachbohren, mit denen ich über meine Reise gesprochen habe. Es ist klar, dass sie denken, ich hätte das FBI die ganze Zeit belogen, auch wenn ich keine Ahnung habe, ob sie denken, ich sei einer Gehirnwäsche unterzogen worden oder mich einfach für Peters Komplizen von Anfang an halten.

»Wie schlimm ist es?«, frage ich und drehe mich zu meinem Entführer um, als das Video damit endet, dass mein Vater meine weinende Mutter in der Küche tröstet, nachdem die FBI-Beamten gegangen sind. Es fühlt sich an, als ob brennende Nadeln in meinem Herzen feststecken, auch wenn es meinen Eltern, wie Peter sagte, relativ gesehen, gut geht.

Er gibt nicht vor, meine Frage falsch zu verstehen. »Das ist ... nicht gut. Jetzt, da sie wissen, wo sie suchen müssen, haben sie mehr Beweise für unsere Beziehung entdeckt, angefangen bei unserem Treffen im Nachtclub. Und natürlich gibt es da die Tatsache, dass du in meinem Haus gewohnt hast, und nicht einen Piep zum FBI gesagt hast, als sie dir davon berichtet haben, dass ich entdeckt worden sei. Damit, und mit dem Telefonanruf an deine Eltern, haben sie einen ziemlich guten Grund dafür, zu denken, dass wir zusammenarbeiten. Außerdem ...« Er hält inne.

»Was gibt es da auch?« Ich ziehe meine Hand weg, um sie auf meinem Schoß fest zusammenzuballen. »Sag es mir.«

Peter seufzt. »Sie haben deinen Aktenschrank durchsucht und deine Scheidungspapiere gefunden, die von dir unterschrieben sind, aber nicht von deinem Mann, und zwar mit dem Datum vom Tag vor seinem Unfall.«

»Was?« Ich blinzle ihn an, und ein Angstschauer schlängelt sich meinen Rücken hinunter. »Was hat das damit zu tun?«

Peter legt beruhigend seine Hand auf mein Knie. »Es ist nicht die Haupttheorie, an der sie arbeiten«, sagt er sanft, »aber sie *haben* den Verdacht, dass du vielleicht etwas mit dem Tod deines Mannes zu tun gehabt haben könntest – dass unsere Beziehung schon vor unserer ersten Begegnung in deiner Küche begonnen hat.«

»Was? Das ist lächerlich!« Ich springe auf, und mein Hals ist vor Schock ganz eng. »Das können sie doch nicht wirklich glauben. Sie wissen, dass du mich gequält und betäubt und mit einem Messer bedroht hast. Sie wissen das; Sie haben die Folgen gesehen. Oder denken sie, ich habe die Drogen in meinem Körper und das Messer am Hals erfunden? Und die blauen Flecken, die ich wochenlang auf meinem Rücken hatte? Wie können sie ...«

»Es ist nur eine Möglichkeit, die sie erwägen, Ptichka.« Peter steht auf und nimmt meine eisigen Hände in seine großen, warmen Handflächen. Da ist fast so etwas wie Reue in seinem rauen, schönen Gesicht. Vielleicht für das, was er mir bei unserem ersten Treffen angetan hat? Im nächsten Moment aber glätten sich seine Gesichtszüge, und er sagt: »Mach dir keine Sorgen. Wenn sie weiterrecherchieren, werden sie die Wahrheit erkennen. Es ist ihr Job, alle Möglichkeiten zu prüfen, egal wie unwahrscheinlich sie sind, und die Tatsache, dass du kurz davorstandest, dich von deinem toten Ehemann scheiden zu lassen, ist etwas, dem sie nachgehen müssen. Hast du keine Polizeisendungen gesehen? Der Ehegatte ist immer der Hauptverdächtige, besonders, wenn es Grund zu der Annahme gibt, dass die Ehe nicht glücklich war.«

»Keine glückliche Ehe?« Ein hysterisches Lachen entweicht aus meinem Mund. »Du machst Witze, oder? Das ist kein verdammtes Murder-Mystery-Spiel.« Ich reiße meine Hände aus Peters Griff und trete mit bebender Brust zurück. »*Du* hast George umgebracht. Du bist in mein Haus eingebrochen, hast mich gewaterboardet und mich unter Drogen gesetzt, um seinen Aufenthaltsort herauszufinden, und dann hast du ihm sein Hirn rausgepustet – zumindest das, was nach dem Unfall noch übrig war. Oder denken sie, ich habe diesen Unfall verursacht und dann dich angeheuert, um den Job zu Ende zu bringen?« Meine Stimme springt eine Oktave höher. »Ich meine, dieser Unfall *war* auf gewisse Weise meine Schuld, und du tötest Leute gegen Bezahlung, also vielleicht sind sie auf etwas gestoßen, vielleicht haben wir die ganze Zeit heimlich zusammengearbeitet und ...«

»Hör damit auf, Sara.« Peter kommt zu mir, umfasst mein Handgelenk und zieht mich zu sich heran. Erst als er mich in seine kräftigen Arme schließt und mich an seine Brust zieht, merke ich, dass mir so kalt ist, dass ich von Kopf bis Fuß zittere. Wut und Schock toben in mir wie Wellen in einem Hurrikan, und ich schließe meine Augen, in denen aufsteigende Tränen brennen, als Peter in meine Haare flüstert: »Es wird alles gut, Ptichka. Das wird sich alles aufklären. Die Agents sind nicht dumm; sie werden bald die Wahrheit herausfinden. Gib ihnen Zeit.«

»Welche Wahrheit?« Ich schiebe meine Hände zwischen unsere Körper, drücke gegen seine Brust und öffne die Augen, um seinem Blick zu begegnen. Ich fühle mich, als ob ich innerlich zerfalle, und die Wut und der Schock verwandeln sich in bittere Verzweiflung. »Die, bei der ich wochenlang mit dem Mörder meines Mannes geschlafen habe und mich dann entführen lassen habe, indem ich ihn warnte, dass das FBI kommen würde? Oder die, bei der ich meine Eltern angelogen habe, damit sie denken, dass ich in diesen Mörder verliebt bin?«

Peters Gesicht verdunkelt sich. »Ja, diese Wahrheit, Sara. In der du mein Opfer bist. Das willst du doch sein, oder nicht?« Er gibt mich frei, als er zurücktritt, und mein Körper vermisst schmerzlich seine Hitze und den Trost, den seine tödliche Umarmung mir gibt.

Mit Mühe reiße ich mich zusammen. Wir können nicht wieder auf dieses Thema zurückkommen, nicht, wenn ich ihn noch überzeugen muss, mich meine Eltern anrufen zu lassen. »Nein«, sage ich und schüttelte den Kopf. »Das meinte ich nicht. Eigentlich ...« Ich halte inne, bevor ich mich dazu zwinge es zu sagen. »Du hattest recht. Vorhin, als du gesagt hast, dass ich mich selbst belogen habe, hattest du recht. Ich *wusste*, was ich tat, als ich dich gewarnt habe, und es war nicht nur, weil ich nicht wollte, dass du stirbst.«

Sein Kiefer bewegt sich, und seine Fingerspitzen zucken, so als ob er jeden Moment nach mir greifen würde. »Was willst du mir damit sagen, Sara?«

»Ich will sagen ...« Ich atme durch und umarme mich selbst, da ich mich fühle, als würde ich zerbrechen. Obwohl ich das tue, um ihn zu manipulieren, ist alles, was ich sage, die Wahrheit, und sie auszusprechen zerreißt mich. »Ich sage, dass die Agents mit ihren Schuldzuweisungen nicht völlig falschliegen.«

Peters Augen verengen sich. »Wovon sprichst du? Du hattest nichts mit dem Tod dieses Bastards zu tun.«

»Nein, aber ich habe mit dir geschlafen – mit seinem Mörder.« Meine Stimme zittert, als mir erneut

Tränen in die Augen steigen. »Und ich habe dem FBI nichts von dir erzählt. Ich habe nicht um ihren Schutz gebeten, obwohl ich die Möglichkeit dazu hatte. Und jetzt sind wir in dieser verdammten Situation, und es ist alles meine Schuld. Also denke ich, auf einer gewissen Ebene muss ich das gewollt haben, oder nicht? Meine Freiheit zu verlieren und bei dir zu sein, egal um welchen Preis? Ich hatte eine Wahl, und ich habe falsch gewählt. Ich habe *überall* die falschen Entscheidungen getroffen, und deshalb bin ich hier, anstatt im Schutzgewahrsam des FBI, deshalb bin ich bei *dir*, anstatt ein normales Leben zu führen.«

Während ich spreche, verdunkelt sich das harte Silber von Peters Augen, bevor er sich zu mir beugt, einen Arm um meinen Rücken schlingt, seine andere Hand in mein Haar gleiten lässt und mich an sich zieht. »Ach, Ptichka«, murmelt er belegt, und mein Bauch zieht sich zusammen, als ich den wilden Hunger in seinem Gesicht sehe. »Du könntest nicht falscher liegen. Du denkst, du hattest eine Wahl? Glaubst du, ich hätte dich unter irgendwelchen Umständen gehen lassen können?«

Mein Hals schwillt durch etwas Undefinierbares an, und die Tränen in meinen Augen drohen überzulaufen, als ich meine Hände anhebe, um mich an seinen Seiten festzuklammern. »Das hättest du nicht getan?«

»Nein.« Seine Augen funkeln dunkel, während sich seine Finger in meinen Haaren anspannen. »Ich hätte dich gesucht. Es gibt keinen Platz auf der Erde, wo sie dich vor mir verstecken könnten. Du bist mein, Sara, und du wirst mein bleiben, egal um welchen Preis. Egal, was ich tun muss, um dich zu behalten.« Er beugt seinen Kopf, und ich spüre die Wärme seines Atems auf meinen Lippen, als er flüstert: »Egal, wen ich töten muss, um dich zurückzuholen.«

Ich zittere in seinem Griff, und meine Lider schließen sich, als seine Lippen die meinen berühren. Was er sagt, ist erschreckend, psychotisch, doch mein Körper schmerzt sehnsüchtig in seiner Nähe, und mein Geschlecht füllt sich mit flüssiger Hitze, während sein harter Schwanz gegen meinen Bauch drückt. Es ist, als ob ein perverser Teil von mir das von ihm will und die Tiefe seiner Besessenheit genießt.

Genau wie ich mich auf einer gewissen Ebene erleichtert gefühlt habe, als die Nadel in meinen Hals eingedrungen ist.

Peter vertieft den Kuss, seine Zunge dringt in meinen Mund ein, und ich lasse ihn. Ich lasse ihn, weil das Feuer, das in mir brennt, zu stark ist, um dagegen anzukämpfen. Ich sage mir, dass ich nur nachgebe, weil ich es muss, weil der Anruf bei meinen Eltern auf dem Spiel steht, aber tief im Inneren kenne ich die Wahrheit.

Ich gebe nach, weil ich es will.

Denn in gewisser Weise ist meine Krankheit genauso weit fortgeschritten wie seine.

11

Sara

PETER TRÄGT MICH NACH OBEN, UND ICH VERSTECKE mein Gesicht an seiner Schulter, als Ilya in die Küche geht. Ich will nicht wissen, was Peters Kollegen über diesen Wahnsinn denken, ich will überhaupt nicht über das alles nachdenken. Ich habe meine Seele vor meinem Entführer freigelegt, weil ich wollte, dass er mir verzeiht, aber jetzt, da ich es getan habe, fühle ich mich roh und zerbrochen, ein Durcheinander aus Scham und Not, Wut und Verlangen. Ich hasse mich selbst für das, was ich fühle, und gleichzeitig kann ich mich nicht davon abhalten, mich an ihm festzuklammern, ihn so sehr zu wollen, wie er mich will.

Als wir im Schlafzimmer ankommen, setzt er mich

auf das Bett und beginnt, sich auszuziehen, und ich beobachte ihn durch halb geschlossene Augenlider. Ich fühle mich merkwürdig abwesend, als ob ich immer noch unter Drogen stehe, aber ich weiß, dass es nur das Verlangen ist, das er in mir weckt, das dunkle, starke Verlangen, das er in meinem Körper hervorruft. Meine Sehnsucht nach ihm verzehrt alles, stiehlt meinen Verstand und meine Vernunft. Ich will, dass er mich festhält und berührt, mich nimmt und mich besitzt. Ich will seine Dunkelheit und seine perverse Liebe, und vor allem will ich *ihn*.

Ich will alles von ihm, egal wie sehr es mir Angst macht.

Er zwingt dich dazu. Es ist eine winzige Stimme der Vernunft, die in meinem Kopf flüstert und mich daran erinnert, dass ich das tue, damit Peter mir nicht den Kontakt zu meinen Eltern abschneidet, dass ich mich ihm aus dem gleichen Grund geöffnet habe. Mein Peiniger ist zu aufmerksam; er hätte es gemerkt, wenn ich ihn angelogen oder so getan hätte, als hätte ich Gefühle, die ich nicht habe. Die Wahrheit, in ihrer ganzen pathologischen Komplexität, war meine beste Lösung, nur kann ich jetzt nicht den Staudamm einfach wieder verschließen, kann seine Hässlichkeit nicht mit dem undurchsichtigen Schleier der Verleugnung verdecken.

Es stimmt, dass ich keine andere Wahl habe, aber ich würde lügen, wenn ich sagen würde, dass mir das nicht gefällt.

Peter zieht zuerst sein Hemd aus, und ich sehe mit

angehaltenem Atem zu, wie seine Bauchmuskeln sich anspannen, als er nach dem Reißverschluss seiner Jeans greift. Er hat den Körper eines Kriegers, schlank und hart, mit kräftigen, klar definierten Muskeln und Tätowierungen, die seinen linken Arm von der Schulter bis zum Handgelenk bedecken. Wie die kleine Narbe, die seine linke Augenbraue teilt, sind die meisten Narben an seinem Rumpf verblichen, nur die Narbe quer über seinem Bauch ist frisch von einer Stichwunde vor ein paar Wochen bei einem Job in Mexiko. Diese Narben sind eine Erinnerung an das, was er tut, an das, was er *ist*, und mein Herz zieht sich zusammen, als ich erneut über die Tatsache nachdenke, dass ich mit einem Mörder schlafe.

Dem Mörder meines Mannes.

Er erpresst dich.

Es ist die Wahrheit, und es macht es irgendwie besser, als er sich aus seiner Jeans schält und nackt auf mich zukommt, wobei sich sein langer, dicker Schwanz in Richtung Bauchnabel biegt. Es ist verrückt, aber ich will keine andere Wahl haben, nicht wenn das Verlangen, das mich verbrennt, ein Verrat an allem ist, was mir lieb ist. So kann ich mir selbst sagen, dass ich das aus einem bestimmten Grund tue ... dass ich nicht völlig verloren bin.

»Du bist unglaublich schön«, flüstert er rau, als er sich über mich beugt, und ich schließe meine Augen, da ich die Intensität seines metallischen Blicks, während er mich auszieht, nicht ertragen kann. Seine Hände zu spüren, so kräftig und doch so sanft, lässt meinen

Körper vor Verlangen pulsieren, so wie mein Herz für alles blutet, was ich verloren habe, für alles, was mir diese grausamen Hände genommen haben. Die Tränen, die ich zurückgehalten habe, laufen meine Schläfen hinunter, und ich zittere, während er sie wegküsst und ich seine Lippen weich und warm auf meiner feuchten Haut spüre.

Als Nächstes küsst er meine Lippen, dann die zarte Stelle hinter meinem Ohr und die empfindliche Vertiefung unter meiner Kehle. Erst als sein Mund zu meinen Brüsten hinunterwandert, merke ich, dass ich schon nackt bin, meine Kleider ausgezogen wurden, während ich mit verwirrenden Gedanken gekämpft habe. Seine Lippen umschließen meine Brustwarze, und das heiße, feuchte Saugen führt dazu, dass ich mich ihm vom Bett entgegenbeuge. Meine Hände vergraben sich in seinem weichen, dicken Haar, während meine Hüften sich gegen ihn drücken, weil ich von der ansteigenden Anspannung in mir erlöst werden möchte.

»Nicht! Bitte, hör auf.«

Der verzweifelte Schrei hallt in meinem Kopf nach, aber ich spreche ihn nicht aus. Ich kann nicht. Nicht, weil er nicht auf mich hören würde, sondern weil ich es nicht ertragen könnte, wenn er es täte. Vielleicht wäre es einfacher, wenn ich nicht schon davor nachgegeben hätte. Wenn ich nicht wüsste, wie es sich anfühlt, ihn in mir zu haben, hätte ich vielleicht die Willenskraft gefunden, ihm zu widerstehen. Aber ich weiß es, und mein Körper ringt mit meinem Verstand, untergräbt meine Bemühungen, meine Reaktion zu kontrollieren, mich zurückzuhalten, selbst als ich ihm alles gebe.

»Ja, das ist es«, atmet er gegen meine Brustwarze, während seine Finger meine Falten auseinanderschieben, die feucht und geschwollen sind, weil ich unerträglich erregt bin. »Lass es zu, Ptichka. Lass mich dir geben, was du brauchst.« Sein schwieliger Daumen umkreist meine Klitoris, während sein Mittelfinger in mich gleitet, und ich stöhne auf, als meine inneren Muskeln sich um seinen Finger zusammenziehen, weil mein Körper sich nach mehr sehnt.

Peter erhört mein wortloses Bitten, schiebt einen zweiten Finger hinein, und das Stöhnen verwandelt sich in einen keuchenden Schrei, als er wieder an meiner Brustwarze saugt und sich meine Wirbelsäule durch diese doppelte Stimulation nach oben krümmt, während mein Herz in meiner Brust rast. Ich nähere mich meinem Orgasmus, ich kann es deutlich spüren, und als die Anspannung endlich ihren Höhepunkt erreicht, komme ich so intensiv, dass mein Blick verschwimmt, weil ich einige Sekunden lang nicht atme. Mein ganzer Körper erschaudert vor Erleichterung, und die Lustwellen überziehen mich bis zu den Zehen, als Peters Finger sich in meinen Körper hinein- und herausbewegen, mich dehnen und mich auf das vorbereiten, was kommen wird.

Ich bin immer noch voller orgastischen Nachbeben, als er sich nach oben bewegt und seine Knie meine

Oberschenkel spreizen, während er seine Finger zwischen meine schiebt und meine Hände neben meine Schultern drückt.

»Schau mich an«, befiehlt er heiser, und ich gehorche wie betäubt und öffne die Augen, um seinem brennenden Blick zu begegnen. Sein schweres Gewicht drückt mich nach unten, und sein maskuliner Duft erfüllt meine Nasenlöcher, als sein Schwanz hart und dick an meinen Oberschenkelinnenseiten entlangstreicht. Da meine Hände aufs Bett gedrückt werden, bin ich hilflos, völlig seiner Gnade ausgeliefert, und diese Tatsache hat perverserweise etwas Aufregendes, etwas genauso Dunkles wie das kochende Verlangen in meinem Unterleib.

»Sag mir, dass du das nicht willst.« Sein Ton ist hart, sein Gesichtsausdruck fast gewalttätig. »Lüg mich an, und ich werde aufhören.«

Meine Brust bewegt sich hektisch, als ich seinen Blick erwidere und meine Lungen Überstunden einlegen. Ich weiß nicht, warum er das sagt, aber ich weiß, was ich will, und es hat nichts damit zu tun, dass ich meine Eltern anrufen kann.

»Hör nicht auf. Bitte, hör nicht auf.«

Ich weiß nicht, ob ich die Worte laut ausspreche oder ob ich sie nur lautlos mit dem Mund forme, aber Peters Nasenlöcher beben, und sein umwerfend schönes Gesicht spiegelt seinen heftigen Hunger wider. Seine Finger spannen sich zwischen meinen an, zermalmen meine fast durch ihre Stärke, und ich kneife meine Augen fest zusammen, während er seinen

Kopf beugt und meine Lippen mit einem besitzergreifenden Kuss für sich beansprucht. Gleichzeitig schiebt sich seine große Eichel in die Nische zwischen meinen Beinen und gleitet zwischen meine Falten, bis sie den nassen, pochenden Eingang zu meinem Unterleib findet.

Er dringt mit einem tiefen Stoß in mich ein, sein dicker, langer Schwanz dehnt mich bis an die Schmerzgrenze aus, und mein Keuchen wird von seinen Lippen verschluckt, während seine Zunge sich in meinen Mund schiebt, mich ausfüllt, mich verschlingt und mich mit seinem Geruch und Geschmack und Gefühl umgibt. Seine Inbesitznahme ist rau, sein Hunger kaum beherrscht, und als er ein hartes, forderndes Tempo vorlegt, schnellt die Spannung in mir wieder hoch und steuert einem neuen Höhepunkt zu. Es ist zu viel, zu überwältigend, und ich schlinge meine Beine um seine Hüften, da ich ein gewisses Maß an Kontrolle wiedererlangen muss, aber hier gibt es keine.

Es gibt nur Peter und das gewaltige Verlangen, das uns auffrisst.

Ich weiß nicht, wer zuerst kommt oder ob wir gleichzeitig den Höhepunkt erreichen. Alles, was ich weiß, ist, dass die Woge über mich hinwegrollt und er meinen Namen stöhnt, während sein Becken sich an meinem reibt und sein Schwanz in mir zuckt. Das Lustgefühl scheint endlos durch meine Nervenenden zu vibrieren, und als es abgeebbt ist, rollt er von mir herunter und nimmt mich in seine Arme, während ich zusammenbreche und weine, durch die Intensität von alldem zittere ... und wegen der Schuldgefühle, die mich zerreißen.

Ich habe wieder einmal dem Mann gegenüber nachgegeben, der mein Leben zerstört hat.

Erst später, als meine Tränen nachgelassen haben und Peter mir sanft den Rücken streichelt, fällt mir etwas ein, was mir das Blut in den Adern erstarren lässt.

Zum zweiten Mal haben wir kein Kondom verwendet.

ICH BEMERKE DEN EXAKTEN MOMENT, IN DEM SARA DAS Fehlen des Kondoms bemerkt. Ihr ganzer Körper versteift, sie hebt ihren Kopf von meiner Schulter, und ihre Augen weiten sich vor Entsetzen, als sie meinem Blick begegnet.

»Wir haben kein ...«

»Ich weiß.«

Es ist das zweite Mal – das erste Mal war in der Nacht, als ich sie gestohlen habe –, und obwohl ich den Schutz nicht absichtlich weggelassen habe, kann ich nicht sagen, dass es mir leidtut. Der Gedanke an Sara mit meinem Kind in ihrem runden Bauch macht mir keine Angst oder stößt mich ab; eigentlich erfüllt es meine Brust mit einem weichen, warmen Glühen, das ich nur einmal gekannt habe.

Mit Pasha, meinem Sohn.

Ein vertrauter Schmerz durchbohrt meine Brust, und der Schmerz über den Verlust ist so scharf wie immer. Das Bild von Pashas Körper, seiner kleinen Faust, die das Spielzeugauto umklammert, ist mir mit der brutalen Präzision der Klinge eines Attentäters in den Kopf geritzt. Jahrelang war es morgens mein erster Gedanke und abends mein letzter. Es war der Albtraum, der mich nachts aufweckte, und der Geist, der mich tagsüber quälte. Mein Rachefeldzug für ihn und Tamila, meine Frau, die im selben Massaker getötet wurde, war mein Grund zum Leben, und erst als ich Sara kennenlernte, fand ich einen neuen Lebensinhalt.

Sie.

Meinen kleinen Singvogel, der jetzt mein Ein und Alles ist.

Bei meinem Eingeständnis über das Kondom sieht Sara noch entsetzter aus. Sie greift nach einem Taschentuch, rutscht auf dem Bett zurück und wischt sich verzweifelt zwischen ihren Beinen herum, bevor sie sich die Decke vor ihre Brust hält. Ihre haselnussbraunen Augen sehen in ihrem blassen Gesicht riesig aus, als sie in einer erstickten Stimme fragt: »*Versuchst* du, mich zu schwängern?«

»Nein.« Ich stehe auf, bevor ich versucht bin, sie noch einmal zu ficken. Sogar jetzt, wo mein Körper von postorgastischer Entspannung durchflutet ist, verhärtet sich mein Schwanz durch die Vorstellung einer von mir schwangeren Sara wieder, aber ich habe einige dringende E-Mails, die ich vor dem Abendessen beantworten muss. »Es ist einfach passiert. Ich habe nicht nachgedacht. Aber wie ich dir schon gesagt habe, würde es mir nichts ausmachen – auch wenn es um diese Zeit des Monats bei dir unwahrscheinlich ist. Richtig?«

Sara nickt, aber ihr Todesgriff um die Decke lässt nicht nach. »Es ist nicht wahrscheinlich, aber auch nicht unmöglich«, sagt sie in einem etwas ruhigeren Ton. »Viele Dinge können den Zyklus einer Frau stören, so dass man nicht davon ausgehen kann, dass er allein auf dem Kalender beruht. Außerdem ist mein Zyklus verkürzt, und meine Periode ist vor ein paar Tagen zu Ende gegangen.« Sie atmet durch und platzt dann heraus: »Ich brauche die Pille danach. Kannst du sie für mich besorgen?«

Ich starre sie an, da mich dieser Gedanke unvorbereitet erwischt hat. »Vielleicht«, sage ich langsam. »Was für eine Pille ist das denn, und woher bekomme ich sie?«

Ich weiß natürlich, wovon sie spricht, aber ich tue so, als wisse ich es nicht, um mir einen Moment Zeit zum Nachdenken zu verschaffen. Obwohl ich das nicht bewusst beabsichtigt hatte, rebelliert jetzt, da es geschehen ist, alles in mir gegen den Gedanken, etwas zu tun, was Saras Chancen auf eine Schwangerschaft verringert.

Es ist eine neue Ebene meiner krankhaften

Besessenheit, aber in diesem Moment wird mir klar, dass ich ein Kind mit ihr haben *will*. Ich will sie auf jede erdenkliche Weise an mich binden, sie so vollständig wie möglich zu der meinen machen, dass sie niemals gehen kann.

»In den USA werden mehrere Marken verkauft«, sagt Sara. »*Plan B, Next Choice, My Way, ella ...* Ich weiß nicht, was es in Japan gibt, aber ich bin mir sicher, dass es etwas geben muss. Diese Pillen wirken, indem sie die Freisetzung der Eizelle stoppen, die Befruchtung verhindern oder die Einnistung in die Gebärmutter nicht zulassen. Also ist es keine Abtreibungspille, sondern nur Notfallverhütung. Ich bin sicher, wenn man in eine Apotheke in Japan geht und erklärt, was man braucht, werden sie es einem geben.«

Sie schaut mich so verzweifelt an, dass ich nicht Nein sagen kann.

»In Ordnung«, sage ich und verberge meine Abneigung. Ich versuche, Anton zu erreichen, bevor sie zurückkehren. Vielleicht können sie es unterwegs bekommen.«

Saras Gesicht hellt sich auf. »Ja, bitte. Je früher sie eingenommen wird, desto effektiver ist sie. »Innerhalb der ersten 24 Stunden ist am besten, und wenn ich sie heute Abend nehme, sind wir auch noch im 72-Stunden-Fenster zum letzten Mal.«

»Verstanden«, sage ich und gehe ins Badezimmer, um mich frisch zu machen. »Ich rufe ihn an, sobald ich unten bin.«

ICH HALTE MEIN VERSPRECHEN EIN, ANTON ANZURUFEN, und zögere es nur so lange hinaus, bis ich eine dringende E-Mail von unseren Hackern beantwortet habe. Sie haben einen Freund der Familie Henderson gefunden, der vor kurzem Tickets nach Kroatien gebucht hat, und verlangen eine Zahlung, um die Spur weiterzuverfolgen. Ich überweise weitere fünfhunderttausend auf ein vereinbartes Konto auf den Kaimaninseln, und dann kontaktiere ich Anton über unser sicheres Satellitentelefon.

Zu meiner Erleichterung sind sie nur Minuten von unserem Versteck auf dem Berg entfernt. »Was brauchst du?«, fragt Anton, und seine Worte sind durch den Lärm des Hubschraubers im Hintergrund kaum zu hören. »Der Jetlag tritt mir in den Arsch, aber wenn es etwas Dringendes ist, können wir umdrehen und es holen.«

»Nein, es ist okay«, sage ich und unterdrücke ein unerwünschtes Aufsteigen von Schuldgefühlen. »Wenn du zurückfliegst, sind die Apotheken bei deiner Ankunft sowieso geschlossen.« Oder zumindest werde ich das Sara sagen und hoffen, dass es ihr nicht auffällt, dass etwas so Einfaches wie eine verschlossene Tür kein Hindernis für mein Team darstellt.

Wir können jederzeit alles beschaffen, Schlösser und Gesetzmäßigkeiten sind dabei kein Hindernis.

»In Ordnung.« Anton muss wirklich müde sein,

denn er reagiert nicht auf meine seltsame Ansage. »Wir sehen dich in zehn Minuten.«

Er legt auf, und ich gehe nach oben, um Sara die schlechte Nachricht zu überbringen.

Ich werde ihr die Pille besorgen, aber nicht heute.

Morgen ist früh genug.

eter

SARA NIMMT DIE NACHRICHT GUT AUF, WAHRSCHEINLICH weil ich sie gleichzeitig darüber informiere, dass wir das haben, was wir brauchen, um ihre Eltern sicher anzurufen. Während Ilya und Yan alles vorbereiten, weise ich Sara an, was sie zu sagen hat.

»Kein Wort über unseren Standort oder wie viele von uns hier sind«, sage ich zu ihr, während ich sie nach unten führe. »Nichts darüber, wie lange es gedauert hat, bis wir hier ankamen oder wie. Und wenn du versuchst, etwas wie Sushi oder Berge oder Hubschrauber anzudeuten oder irgendeinen anderen Anhaltspunkt fallenzulassen, werde ich es mitbekommen, und das hier wird das letzte Mal sein, dass du dich mit deiner Familie in Verbindung setzt. Verstanden?«

Saras Gesicht ist blass, aber sie nickt. »Was *kann* ich denn sagen?«

»Du kannst deinen Eltern sagen, dass du bei mir bist – so viel weiß das FBI. Du kannst sagen, dass du glücklich und verliebt bist und sie sich keine Sorgen um dich machen sollen. Halte es kurz; der Sinn ist nicht, ihre Fragen zu beantworten, sondern ihnen zu versichern, dass du am Leben und gesund bist. Je weniger du sagst, desto besser für alle Beteiligten.«

»Okay.« Am Fuße der Treppe bleibt sie stehen, atmet durch und streckt die Schultern nach hinten. »Ich bin bereit.«

~

DER ANRUF WIRD DURCH ZWEI DUTZEND RELAIS geleitet, die von Satelliten und Mobilfunktürmen auf der ganzen Welt zurückgeschickt werden, bevor sie als blockierte Nummer auf dem Handy von Saras Mutter angezeigt werden. Ich weiß genau, dass alle Telefone, die mit Saras Eltern zu tun haben, vom FBI abgehört werden, aber das spielt keine Rolle. Es ist unmöglich den Anruf zurückzuverfolgen. Die größte Gefahr besteht darin, dass Sara etwas sagt, was sie nicht sagen sollte, aber hoffentlich ist sie klug genug, das zu vermeiden.

Ich mache keine leeren Drohungen.

Lorna Weisman, Saras Mutter, ist schnell am Telefon. »Hallo?« Ihre Stimme ist angespannt.

»Hallo Mama«, sagt Sara. Sie sitzt auf der Couch neben mir und hat das Telefon auf Lautsprecher auf ihrem Schoß, damit ich das Gespräch mithören kann. »Ich bin's, Sara.«

»Sara! Gott sei Dank! Wo bist du? Geht es dir gut? Was geht hier vor sich? Das FBI war hier und ...«

»Mir geht's gut, Mama.« Saras Ton ist sanft und beruhigend, trotz des übermäßig hellen Glitzerns in ihren Augen. »Bitte mach dir keine Sorgen. Ich bin bei Peter, und alles ist gut. Ich weiß, das alles ist wahrscheinlich verwirrend, aber mir geht es gut, und bei uns ist alles großartig. Ich werde euch mehr erzählen, wenn ich nach Hause komme, aber ich wollte euch anrufen, weil ich mir dachte, dass ihr euch sonst Sorgen macht.«

»Sara, Liebling, hör mir zu.« Lorna klingt, als würde sie gleich weinen. »Das FBI sagte, er sei ein Krimineller, einer der meistgesuchten. Du musst ihn verlassen. Wo bist du? Bitte, Liebling, sag es mir, und wir schicken jemanden zu dir. Er ist kein guter Mann, Sara. Er ist gefährlich, er kann dir wehtun. Du musst ...«

»Mama, sei nicht albern.« Saras Stimme wird schärfer. »Es geht mir gut, und Peter ist wunderbar zu mir. Ich kann nicht lange reden, aber was auch immer sie dir sagen, glaub ihnen nicht. Er *ist* ein guter Mann, und wir sind sehr glücklich miteinander. Er liebt mich, und ich ... ich glaube, ich bin auch in ihn verliebt.«

Sie schaut mich an, und ich nicke ihr zustimmend zu, während ich den irrationalen Schmerz in meiner Brust ignoriere. Sie verhält sich einfach so, wie ich es ihr gesagt habe, und es ist sinnlos, dass ich mir wünsche, dass es echt wäre, dass sie wirklich in mich verliebt sei.

»Aber, Sara ...«

»Mama, ich muss los. Ich werde bald wieder anrufen. Mach dir in der Zwischenzeit bitte keine Sorgen um mich und sag Papa, er soll sich auch keine Sorgen machen.« Ihre Stimme wird belegter, so als würde sie auch gleich weinen. »Ich liebe euch beide, und wir reden bald wieder, okay?«

»Warte, Sara ...«

Aber sie legt auf, und ihre schmalen Schultern zittern vor Schluchzen, als sie aufsteht, nach oben rennt und mich mit dem Telefon zurücklässt.

14

Sara

ICH WEISS NICHT, WIE LANGE ICH NOCH WEINE, BEVOR DAS Bett neben mir einsinkt und Peter mich in seine Arme nimmt und mich auf seinen Schoß legt, als wäre ich ein verzweifeltes Kind. Seine große Hand streichelt meinen Rücken, während ich meine Arme um seinen Hals schlinge, mein nasses Gesicht an seiner Schulter verstecke und das Gefühl seiner Berührung und Wärme genieße. Ich brauche ihn gerade, auch wenn ich ihn in diesem Moment hasse ... obwohl der Schmerz in der Stimme meiner Mutter unerträglich frisch in meinem Kopf ist.

»Es wird ihnen gut gehen, Ptichka«, sagt er leise, als sich meine Schluchzer beruhigen. »Wir behalten sie im Auge, und bis jetzt kommen sie gut mit der Situation zurecht. Und jetzt, da du angerufen hast, wissen sie, dass es dir auch gut geht.«

»Gut? Sie denken, ich sei verrückt geworden und einfach mit einem gesuchten Verbrecher verschwunden.« Meine Stimme zittert, und mein Blickfeld verschwimmt vor Tränen, als ich gegen seine Schultern drücke und meinen Kopf hebe, um seinen Blick zu erwidern. »Und da das FBI uns sucht ...«

»Ich weiß.« Seine grauen Augen sind warm, während er sanft die Feuchtigkeit von meinen Wangen wischt. »Es ist nicht optimal, aber im Moment ist es das Beste, was wir tun können.«

»In Ordnung.« Endlich finde ich die Kraft, mich von seinem Schoß abzustoßen und aufzustehen. Meine Augen fühlen sich nach all dem Weinen sandig an, und ich habe Kopfschmerzen, aber ich bin entschlossen, die Kontrolle wiederzuerlangen. Ich kann mich nicht von dem Mann trösten lassen, der mir alles genommen hat, und ich muss damit aufhören, zu weinen und an meinem Entführer zu hängen.

Ich bin stärker als diese Sara.

Ich muss es sein.

»Bist du hungrig?«, fragt Peter und steht auch auf. Ich wische die Reste der Tränen mit dem Handrücken ab und nicke. »Gut.« Sein Lächeln ist so strahlend, dass es mich fast blendet. »Wir sehen uns in einer Stunde unten.«

~

Ich erwarte, dass Peters Männer beim Abendessen dabei sind, so wie sie es beim Frühstück waren, aber sie sind auffälligerweise abwesend. Als ich Peter danach frage, erklärt er mir, dass sie draußen trainieren und später essen werden.

»Warum bist du nicht bei ihnen?«, frage ich und greife nach einem Stück Lachs. Heute gibt es japanisch inspiriertes Essen – Fisch und weißen Reis, dazu eingelegtes Gemüse. »Trainiert ihr nicht zusammen?«

Peter lächelt. »Normalerweise schon, aber ich wollte heute Abend Zeit mit dir verbringen.«

»Weil ich heute so eine großartige Gesellschaft war?«

Sein Lächeln wird breiter. »Wir hatten unsere guten Momente.«

Ich kämpfe dagegen an, zu erröten, weil ich weiß, dass er sich auf unseren Sex vorhin bezieht. Ich habe mein Bestes getan, um nicht darüber nachzudenken, obwohl mein Körper sich durch seine raue Inbesitznahme immer noch empfindlich anfühlt. Es ist dumm, sich peinlich berührt zu fühlen, wenn wir die letzten Wochen zusammen geschlafen haben, aber ich kann nichts dafür. Diese Sache zwischen uns beiden ist zu verwirrend, zu kompliziert. Und dann das mit dem Kondom.

Nein, daran kann ich nicht denken. Peter hat mir für morgen eine Pille versprochen, und ich muss glauben, dass er dieses Versprechen halten wird. Selbst wenn es ihm aus irgendeinem bizarren Grund nichts ausmachen würde, mich zu schwängern, muss er doch einsehen, dass ein Baby unter diesen Umständen für alle Beteiligten eine Katastrophe wäre. Er wird gesucht, ist ein Attentäter auf der Flucht. Was für ein Leben wäre das für ein Kind? Peter ist zu clever, um das nicht zu verstehen.

Er ist auch besessen von dir.

Ich unterdrücke dieses unheimliche Flüstern und konzentriere mich auf mein Essen. Es ist sinnlos, sich heute Abend darüber Sorgen zu machen; wenn Peter die Pille nicht bekommt, wird es morgen früh ausreichend sein. Auf jeden Fall bin ich so müde, dass ich meine Gabel kaum heben und mich noch viel weniger wegen einer möglichen Schwangerschaft stressen kann. Es muss zu Hause schon wieder morgens sein, und trotz meines Mittagsschlafs spüre ich die Auswirkungen des Jetlags, kombiniert mit den Folgen extremen Stresses. Sobald ich mit dem Essen fertig bin, schlafe ich bestimmt ein und wache hoffentlich morgen früh mit einem klareren Kopf auf.

Den brauche ich, damit ich meine Flucht planen kann.

»Was ich vergessen habe, dir zu sagen«, meint Peter, als ich meinen Lachs aufesse »Yan hat dir einen Haufen Klamotten besorgt.« Er nickt in Richtung Eingang, wo ich zum ersten Mal einen Berg Einkaufstaschen sehe.

»Oh, danke.« Ich unterdrücke ein Gähnen, schiebe meinen leeren Teller weg und stehe auf. Ich habe nicht die Absicht, lange genug hier zu sein, um so viel Kleidung zu brauchen, aber ich brauche Schuhe und warme Basics für die Flucht. »Ich probiere sie sofort an.«

Peter steht auf und fängt an, den Tisch abzuräumen, während ich Yans Einkäufe sortiere. Alle Schilder zeigen größere Größen, als ich sie gewohnt bin, aber die Kleidung sieht so aus, als würde sie mir passen, also muss ich unter den zierlichen Frauen Japans die Kleidergröße M oder L haben. Die Schuhe haben auch die richtige Größe. Ich probiere sie sofort an, weil ich mich darüber freue, neben weniger praktischen Sandalen und Pumps mit hohen Absätzen auch ein Paar bequeme Sneaker und warme Stiefel vorzufinden.

»Glauben deine Kollegen, dass ich ausgehen und um die Häuser ziehen werde?«, frage ich Peter, als ich den Rest der Taschen durchgehe, und neben den Dingen, die nach praktischen Gesichtspunkten ausgesucht wurden, wie Yogahosen, Jeans, Pullover und T-Shirts, auch einige ebenso unpraktische Kleider finde. Es gibt auch Unterwäsche, die meiste hübsch und mit Spitze, und ein paar hautenge Seidenpyjamas – der Traum eines Mannes, wenn er aussuchen dürfte.

»Yan ist gut bei Kleidung, also habe ich ihm gesagt, dass er alles holen soll, was ihm gefällt«, sagt Peter und grinst, während ich ein tief ausgeschnittenes Tanktop hochhalte, das bei einer sommerlichen Beach Bash nicht fehl am Platz aussähe. »Ich schätze, er hat bei einigen Stücken übertrieben.«

»Ein bisschen.« Ich stopfe alles wieder in die Taschen und schnappe mir dann einige von ihnen, um sie nach oben zum Schrank zu tragen, als Peter zu mir kommt und sie mir aus den Händen reißt.

»Ich mache das«, sagt er, während er die restlichen nimmt, und ich schaue überrascht dabei zu, wie er die Taschen nach oben trägt.

Dies ist ein weiteres Beispiel für seine Fürsorglichkeit, fällt mir auf, während ich ihm die Treppe hinauf folge. Zu Hause hatte mich Peter nicht nur von allen Hausarbeiten befreit, wenn ich müde war, sondern ließ mich auch nichts Schwereres als einen Teller Essen tragen, wenn er in der Nähe war. Ich weiß nicht, ob er denkt, dass ich nicht in der Lage bin, eine Einkaufstasche zu heben, oder ob ihm jemand beigebracht hat, Frauen Sachen abzunehmen, aber es trägt definitiv dazu bei, dass er mich verwöhnt.

Wenn er mich nicht gerade unter Drogen setzt, entführt oder bedroht.

»Gehörte das zu deiner Erziehung im Waisenhaus?«, frage ich und folge ihm in den begehbaren Kleiderschrank im Schlafzimmer, wo er die Taschen abstellt und meine Kleider neben seinen aufhängt. »Wurde dir als Junge beigebracht, dich wie ein Gentleman zu benehmen oder so etwas in der Art?«

Peter bleibt stehen und schaut mich mit hochgezogenen Augenbrauen an. »Du machst Witze, oder?«

Ich runzele die Stirn und greife nach einer der Taschen, um einen Pullover herauszunehmen und ihn zusammenzulegen. »Nein, wieso?«

Er lacht dunkel. »Ptichka, hast du eine Vorstellung davon, wie Waisenhäuser in Russland sind?«

Ich beiße mir auf die Lippe, während ich den Pullover neben mir auf das Regal lege. »Nein, nicht wirklich. Ich schätze, nicht so gut?«

Er fährt damit fort, die Kleider aufzuhängen. »Sagen wir einfach, sich wie ein Gentleman zu verhalten stand nicht auf meiner Prioritätenliste, als ich ein Kind war.«

»Verstehe.« Ich sollte Peter helfen, aber ich kann ihn nur anstarren, da ich gerade begreife, wie wenig ich noch über den Mann weiß, der mein Leben so vollständig übernommen hat. Ich weiß, dass er in einem Waisenhaus aufgewachsen ist – er hatte mir erzählt, dass er in einem Jugendgefängnis gelandet war, nachdem er den Direktor des Waisenhauses getötet hatte – aber weiter sind wir noch nicht gekommen, und plötzlich reicht es mir nicht mehr.

Ich möchte mehr über Peter Sokolov wissen.

Ich will ihn verstehen.

»Was ist mit deiner Familie passiert?«, frage ich und lehne mich an den Türrahmen. »Hast du deine Eltern gekannt?«

»Nein.« Er macht keine Pause bei seinem methodischen Auspacken der Taschen. »Ich wurde als Neugeborenes vor der Haustür des Waisenhauses zurückgelassen. Sie denken, dass ich damals drei oder vier Tage alt war. Sie nehmen an, dass meine Mutter aus einem der umliegenden Dörfer stammte. Sie könnte eine Schülerin gewesen sein, die Dummheiten gemacht hat und schwanger wurde oder so. Ich habe keine Anzeichen eines fetalen Alkoholsyndroms gezeigt und wurde negativ auf Drogen getestet, so dass Prostituierte ausgeschlossen wurden.«

»Und niemand hat sich je gemeldet, um dich haben zu wollen?«, frage ich und versuche, das schmerzhafte Zusammenziehen meiner Brust zu ignorieren. Ich weiß nicht, warum, aber wenn ich mir diesen gefährlichen Mann als verlassenes Neugeborenes vorstelle, möchte ich weinen.

Peter senkt den Bügel, den er gerade in der Hand hält, und wirft mir einen leicht überraschten Blick zu. »Mich haben zu wollen? Nein, natürlich nicht. Niemand will an solchen Orten Kinder haben – deshalb werden sie Waisenhäuser genannt. Na ja, heutzutage kommen gern reiche Ausländer vorbei und adoptieren ein oder zwei Babys, wenn sie keine eigenen Kinder haben können, aber das war nicht der Fall, als ich aufwuchs.«

Ich schlucke, und die Schmerzen in meiner Brust verstärken sich. »Hast du jemals versucht, etwas über deine Mutter herauszufinden? Um sie oder deinen Vater zu finden? Ich meine, du hast jetzt die Ressourcen ...«

Peters Kiefer spannt sich an, und er dreht sich vollständig zu mir um. »Warum sollte ich meine Zeit damit verschwenden, nach jemandem zu suchen, der mich verlassen hat?« Seine Augen leuchten mit einem harten, dunklen Licht. »Es gäbe nur eine Sache, die ich gern tun würde, sollte ich sie finden, und sogar *ich* ziehe eine Grenze beim Muttermord.«

Er wendet sich ab, faltet weiter Wäsche zusammen und hängt sie auf, während ich mich zwinge, ihm trotz meiner zittrigen Hände und meines Knotens im Magen zu helfen. Seine Enthüllungen erschrecken mich und erfüllen mich gleichzeitig mit unglaublichem Mitleid. Jetzt ist mir klar, dass die Ursache für die Wut, die ich in Peter aufflackern sah, tiefer geht als die Tragödie mit seiner Frau und seinem Sohn, dass er von Kräften geformt wurde, die ich kaum begreifen kann.

Dass sein Fokus auf Familie – und seine Besessenheit von mir – Wurzeln hat, die bis in die Dunkelheit seiner Kindheit zurückreichen.

15

SOBALD WIR UNS HINLEGEN, SCHLAFE ICH IN PETERS Umarmung ein und wache irgendwann später auf, als er von hinten in mich hineingleitet, während sein muskulöser Arm um meinen Brustkorb geschlungen ist, um mich ruhigzuhalten. Ich bin nicht feucht genug, und die ersten paar Stöße brennen, aber dann bewegt sich seine Hand zu meinem Geschlecht, findet meine Klitoris, und mein Körper wird weicher, schmilzt für ihn, als sich das Feuer in mir erneut entzündet.

Ich komme nach nur wenigen Stößen, und er folgt dicht hinter mir, wobei sein dicker Schwanz in mir zuckt, als er seinen Höhepunkt mit einem dumpfen Stöhnen erreicht. Er hält mich dann fest, ohne sich die Mühe zu machen, ihn herauszuziehen, und ich schlafe wieder ein, während er immer noch in meinem Körper vergraben ist. In meinen Träumen küsst er meine Schläfen und sagt mir, wie sehr er mich liebt, aber als ich morgens aufwache, bin ich allein im Bett, und das helle Licht strömt durch die Fenster, die vom Boden bis zur Decke reichen.

Beim Duschen finde ich Spuren von getrocknetem Sperma auf meinen Oberschenkeln – ein Beweis dafür, dass wir wieder keinen Schutz benutzt haben. Ich wasche es schnell ab, versuche, mich nicht von der Panik überrollen zu lassen, die in mir brodelt, und ziehe mich an, um nach Peter zu suchen.

Er muss mir die Pille besorgen.

Er muss sein Versprechen halten.

Zu meiner Überraschung ist er unten nirgendwo zu finden. Und auch keiner seiner Männer.

Mein Puls schießt in die Höhe, bevor er einen gleichbleibend schnellen Rhythmus annimmt. Könnte es sein? Könnten sie mich allein gelassen haben, um sich um irgendwelche Geschäfte zu kümmern? Bevor ich mich zu sehr freue, schnappe ich mir meine Stiefel und gehe hinaus, um nachzusehen, ob sie dort trainieren.

Nichts.

Alle sind weg, und der Hubschrauber auch.

»Sie werden heute Nachmittag zurück sein«, sagt eine Männerstimme hinter mir, und ich springe mit einem erschreckten Quieken auf.

Ich drehe mich um und sehe Ilya, der hinter mir aus dem Haus tritt. Er muss in einem der Gästezimmer oben gewesen sein – die einzigen Räume, die ich mir noch nicht angesehen habe.

Um meinen rasenden Puls zu beruhigen, frage ich: »Ist Peter auch mitgeflogen?«

Der große Russe nickt, und sein tätowierter Schädel glänzt im Sonnenlicht, während er am Türrahmen lehnt. »Er hat Frühstück für dich auf dem Herd stehen gelassen.«

»Oh, okay. Danke.«

Er geht rein und ich folge ihm ins Haus, da ich bereits von dem kalten Wind zittere. Ich muss mich auf jeden Fall warm anziehen, wenn ich fliehe, mit vielen Schichten. Und ich bekomme die Chance vielleicht früher als erwartet.

Mit etwas Glück wird mich Ilya heute nicht zu genau beobachten.

Er kommt zumindest nicht mit zum Frühstücken. Stattdessen verschwindet er in seinem Zimmer oben, während ich den Haferbrei hinunterschlinge, den Peter für mich dagelassen hat, und danach alles wegräume. Als Ilya nach ein paar Minuten immer noch nicht zurückgekehrt ist, gehe ich leise nach oben, ziehe mir zwei Pullover und einen Parka über, schnappe mir eine Mütze und gehe ebenso leise nach unten. Ich kenne die Umgebung immer noch nicht, aber ich kann mir diese Gelegenheit nicht entgehen lassen. Als ich an der Küche vorbeikomme, schnappe ich mir schnell eine Wasserflasche, ein Päckchen Erdnüsse und einen Apfel und stopfe alles in eine Plastiktüte, die ich in meinem Parka verstaue, bevor ich den Reißverschluss zumache.

Meine Stiefel stehen bei der Haustür, und ich ziehe sie an, bevor ich das Haus verlasse und die Tür vorsichtig hinter mir schließe, um keine Geräusche zu machen.

~

ICH ATME FLACH, BIS DAS HAUS AUßER SICHTWEITE IST und ich den Weg finde, den ich gestern auf der Westseite gesehen habe. Ich bleibe an seinem Rand und bin bereit, beim ersten Anzeichen, verfolgt zu werden, tiefer in den Wald einzutauchen, aber niemand scheint zu kommen.

Vielleicht wird mein Glück noch anhalten, und Ilya merkt erst nach einiger Zeit, dass ich weg bin.

Die Luft ist kalt und klar, als ich den Weg halb hinabgehe und halb renne. Ich bin nicht gut genug in Form, um dieses Schritttempo lange halten zu können, aber mein Ziel ist es, so weit wie möglich den Berg hinunterzulaufen, bevor jemand entdeckt, dass ich nicht da bin. Ich bilde mir nicht ein, dass ich einem Team ehemaliger Speznas-Soldaten ohne nennenswerten Vorsprung entkommen kann, aber es ist einen Versuch wert.

Vielleicht kann ich wenigstens ein Telefon finden, bevor sie mich erwischen.

Ich zwinge mich durch den ganzen Morgen und halte nur für eine fünfminütige Klo- und Getränkepause gegen Mittag an. Dann setze ich mein schnelles Tempo fort und ignoriere das Brennen in meinen Beinmuskeln und meinen Lungen. Als die Sonne in einem frühen Nachmittagswinkel am Himmel steht, sehe ich mich gezwungen, langsamer zu gehen. Zum Glück gehe ich *bergab*, sonst hätte ich nicht so lange durchgehalten. Obwohl der Weg breit genug für ein Auto ist, scheint er in den letzten Jahren nicht genutzt worden zu sein, da er voller Hindernisse ist, die ich umgehen muss, angefangen von umgefallenen Baumstämmen bis zu riesigen Schlaglöchern und Gräben, die mit Wasser gefüllt sind. Es muss durch den Erdrutsch kommen, den Ilya erwähnt hat. Ich werde ihn umgehen und mich durch den Wald schlagen müssen, wenn ich an diesem Punkt ankomme, an dem er unpassierbar wird, aber jetzt ist dieser Weg leichter, selbst mit allen Hindernissen.

Nur noch ein wenig länger, sage ich mir, als ich über einen weiteren umgefallenen Baum klettere und einen steilen Teil des Weges hinunterrutsche, wobei ich beinahe über einen Felsen stolpere, während ich versuche, nicht hinzufallen. Bald werde ich wieder eine Pause machen, um zu trinken und einen Snack zu essen, aber jetzt noch nicht.

Ich muss mehr Vorsprung bekommen, bevor sie nach mir suchen.

Ich zwinge mich, noch eine weitere Stunde lang zu gehen, bis ich erschöpft zu Boden sinke. In den letzten zwanzig Minuten hatte ich das beunruhigende Gefühl, dass ich verfolgt werde, aber ich bin mir ziemlich sicher, dass ich nur paranoid bin.

Meine Geiselnehmer würden mir nicht folgen, sie würden mich einfach ergreifen und zurückbringen.

Trotzdem betrachte ich sorgfältig meine Umgebung und bin bereit, jeden Moment hochzuspringen und wegzulaufen. Wie ich vermutet hatte, ist aber alles ruhig, nur die riesigen Zedernbäume wiegen sich leicht in der kalten Brise. Ich entspanne mich und mache den Reißverschluss auf, um die Plastiktüte hervorzuholen, die ich dort verstaut hatte. Ich öffne die Wasserflasche, trinke das restliche Wasser und esse die Erdnüsse und den Apfel, die ich mitgenommen habe.

Es ist nicht viel, aber es wird reichen.

Ich fühle mich ein wenig besser, stehe auf und springe heute zum zweiten Mal mit einem erschrockenen Schrei auf.

Ein grauer Affe mit einem rosafarbenen Gesicht starrt mich von den Bäumen aus an.

Oder genauer gesagt starrt er mich und das Apfelgehäuse an, das ich auf dem Boden zurückgelassen habe, und sein Blick springt zwischen mir und dem potenziellen Futter hin und her.

Ich breche in Lachen aus, sowohl über den Ausdruck auf dem Gesicht des Affen als auch über meine eigene Reaktion. Meine Haut kribbelt von dem Adrenalinschub, und mein Herz klopft, als sei ich gerade von einem Bären angegriffen worden, aber ich bin so erleichtert, dass ich dieses kleine rosa Gesicht küssen könnte.

Ein Bergaffe hat mich verfolgt, kein russischer Söldner.

»Du kannst ihn haben«, sage ich dem Affen, und zeige auf die Apfelreste, als ich endlich aufhören kann zu lachen. »Das ist alles für dich.«

»Wie großzügig von dir, Ptichka«, sagt eine vertraute Stimme hinter mir, und ich erstarre, da mein Puls wieder in die Höhe schießt.

Es war falsch von mir, meinen Instinkten nicht zu vertrauen.

Mit einem sinkenden Gefühl drehe ich mich um und stelle mich dem Mann, vor dem ich geflohen bin.

Peter Sokolov lehnt an einem Baum, und auf seine sinnlichen Lippen spielt ein ironisches Lächeln.

16

ILYA HAT MIR SOFORT BESCHEID GEGEBEN, ALS SARA DAS Haus verließ, und ich habe ihn angewiesen, ihr zu folgen. Nicht, weil ich mir Sorgen machte, dass wir sie verlieren würden – Yan hat alle Schuhe, die er für sie gekauft hat, mit Tracking-Chips versehen – sondern weil ich nicht wollte, dass sie allein umherwandert. Meine kleine Ärztin ist an eine städtische Umgebung gewöhnt, nicht an Bergwälder, und ich wollte es nicht riskieren, dass sie verletzt wird. Ich war schon auf dem Rückweg, also bin ich, sobald Anton mich abgesetzt hatte, dem GPS-Signal von Saras Stiefeln gefolgt. Ich habe nur eine Stunde gebraucht, bis ich bei Ilya war, und dann habe ich die Aufgabe übernommen, sie zu verfolgen – meine Lieblingsbeschäftigung der letzten Monate.

»Wie hast du mich gefunden?«, fragt sie, während sie sich von dem Schock erholt, mich zu sehen. Ihre Stimme ist angespannt und mit einem Hauch von Atemnot, aber sie hält ihr Kinn hoch und steht mir gegenüber, ohne zu zucken. »Wie lange bist du mir gefolgt?«

»Seit dem späten Morgen«, antworte ich und drücke mich vom Baumstamm ab, um mich gerade hinzustellen. »Du bist ausdauernder, als ich dachte. Ich hätte erwartet, dass du schon lange vorher eine Pause machst.«

Ihre haselnussbraunen Augen verengen sich. »Hast du mich deshalb so weit kommen lassen? Um mir zu zeigen, wie schwach ich bin und wie schnell du mich fangen kannst?«

»Nein, Ptichka.« Ich gehe auf sie zu. »Um dir etwas anderes zu zeigen.«

Sie macht einen Schritt zurück, bevor sie stehen bleibt, da sie sich wahrscheinlich denkt, dass es sinnlos ist, zu rennen. Und das ist es auch. Ich würde sie im Handumdrehen fangen. Und dann würde ich sie bestrafen, wie es das Monster in mir verlangt.

Ich würde sicherstellen, dass sie nie wieder vor mir davonläuft.

Es erfordert all meine Willenskraft, diesen Drang zu unterdrücken und mich davon abzuhalten, diesem dunklen Verlangen nachzugeben. Es macht natürlich Sinn, dass Sara einen Fluchtversuch unternimmt, versucht, zu dem Leben zurückzukehren, das sie immer gekannt hat. Sie wäre nicht die, die sie ist, wenn sie es nicht versuchen würde, und ich weiß das. Ich akzeptiere das – zumindest rational.

Auf einer instinktiveren Ebene will ich sie unterwerfen und sie dazu bringen, mich zu lieben, will ihre Flügel stutzen, damit sie mich nie wieder verlassen kann.

»Komm«, sage ich und strecke mich aus, um ihre kalte, zitternde Hand zu nehmen, als ich vor ihr stehenbleibe. »Es ist nur ein bisschen weiter in diese Richtung.«

Ich halte die in mir kochende Wut im Zaum und führe sie den Weg hinunter.

 Sara

PETERS AUSDRUCK IST UNLESBAR, WÄHREND WIR gemeinsam den Weg hinuntergehen, aber ich spüre den Ärger in ihm, die tödliche Sprunghaftigkeit, die ebenso ein Teil von ihm ist wie diese stahlgrauen Augen. Trotzdem ist sein Griff sanft, und seine große Hand schützt meine Handfläche vor der kalten Luft, auch wenn sie gleichzeitig meine Flucht verhindert.

»Wie hast du mich so schnell gefunden?«, frage ich und lasse mir meine Angst nicht anmerken. An diesem Punkt bin ich mir fast sicher, dass Peter mich nicht körperlich verletzen würde, aber das lässt ihm immer noch eine Reihe von Möglichkeiten, wie er mich bezahlen lassen kann.

»Ilya ist dir gefolgt«, sagt er und blickt mich kurz

an. Die kalte Brise rötet seine hohen Wangenknochen und die Nasenspitze, und mit dem sportlichen Parka, den er trägt, sieht er aus wie einer dieser Hardcore-Athleten, die aus Spaß den Mount Everest besteigen. »Hast du gedacht, er würde nicht mitbekommen, wenn du das Haus verlässt?«

Natürlich nicht. Ich hätte mir denken können, dass es zu einfach war.

»Warum hat er mich dann nicht aufgehalten? Warum ist er mir nur gefolgt?«

»Weil ich es ihm gesagt habe.«

Ich bleibe steif stehen und zwinge ihn, ebenfalls stehen zu bleiben. »Warum? Versuchst du, mir eine Lektion zu erteilen? Ist es das?«

»Nein, Sara – obwohl es ein Bonus ist.« Seine Augen blitzen belustigt auf.

»Warum dann?«, frage ich noch einmal. »Warum habt ihr mich so weit kommen lassen?«

»Damit ich dir das zeigen kann«, sagt er und festigt seinen Griff an meiner Hand, während er mich bis zu einer kleinen Ansammlung von Bäumen führt, die etwas weiter unten liegt.

Ich bin die ganze Zeit vorsichtig gegangen, aber trotzdem entgeht es mir fast, dass plötzlich der Boden unter unseren Füßen verschwindet. Wenn Peter nicht gewesen wäre und mich zum Stehen gebracht hätte, wäre ich vielleicht hinuntergestürzt.

Keuchend trete ich zurück und halte Peters Hand mit all meiner Kraft fest, während ich den Abgrund unter uns anstarre. Durch einen Zufall der Natur reichen die Bäume bis an den Rand der Klippe, einige Wurzeln reichen sogar darüber hinaus. Das erzeugt die Illusion, dass es festen Boden gibt, wo keiner ist, und ich erinnere mich daran, dass Ilya gestern über dieses Phänomen gesprochen hat, als er den Erdrutsch erwähnte.

»Ist das von dem Erdbeben?«, frage ich, als ich meinen Schock überwunden habe.

»Ja.« Peter zieht mich zurück, weiter weg vom Rand der Klippe. Als wir genügend Abstand haben, lässt er meine Hand los und sagt: »Das ist es, was ich dir zeigen wollte. Ich weiß, dass Ilya dir gestern gesagt hat, dass dieser Berg nur aus Abhängen besteht, aber du scheinst ihm nicht geglaubt zu haben, also wollte ich, dass du es mit eigenen Augen siehst. Das war die einzige Steigung, die vor dem Erdbeben nicht zu steil war, um begangen oder befahren zu werden, und sie kann nicht mehr benutzt werden. Der einzige Weg weg von diesem Berg ist mit dem Hubschrauber, Ptichka.« Er lächelt, und seine Augen glänzen wie poliertes Silber.

Ich starre ihn an, mein Magen ist eiskalt. Ich muss nicht zugehört haben, als Ilya darüber gesprochen hat, weil ich mich nicht erinnere, dass er das überhaupt erwähnt hat. Kein Wunder, dass meine Entführer sich so wenig Sorgen um meine Flucht gemacht haben; sie wussten, dass ich nirgendwo hingehen konnte.

»Dieser ganze Berg ist von Klippen umgeben? Auf allen Seiten?«

Ich muss so enttäuscht aussehen, wie ich mich

fühle, denn Peters Ausdruck wird unerklärlicherweise weicher. »Ja, meine Liebe. Das hast du gestern nicht verstanden?«

Ich schüttele verneinend meinen Kopf. »Ich scheine nicht allzu aufmerksam zugehört zu haben.«

Er sagt nichts, sondern nimmt einfach wieder meine Hand, und wir gehen gemeinsam den Pfad hinauf, zurück zum Haus. Meine Schritte sind langsam, da mich die Erschöpfung von meiner morgendlichen Wanderung mit der Kraft einer Abrissbirne trifft. Und es ist nicht nur körperliche Müdigkeit. Emotional bin ich ausgelaugt, so müde, dass ich mich innerlich taub fühle.

Ich weiß nicht, warum ich mir solche Hoffnungen auf diese Flucht gemacht habe. Sogar als ich noch zu Hause war, mit meiner Familie und dem FBI nur einen Anruf entfernt, wusste ich, dass es keinen Ort gibt, an den ich vor Peter flüchten kann. Ich war damals seine Gefangene, genau wie jetzt, und ich weiß nicht, was mich glauben ließ, dass die Flucht von diesem Berggipfel die Dinge besser machen würde.

Warum ich dachte, ich könnte frei sein, wenn ich es nach unten schaffe.

Dachte, dass Peter mich nicht zurückholen würde. Selbst wenn ich durch ein Wunder entkommen und in die vermeintliche Sicherheit des FBI-Schutzes gekommen wäre, wäre ich nie wirklich sicher gewesen. Ich hätte mir jede Stunde, jeden Tag über meine Schulter schauen müssen, und irgendwann wäre er dort gewesen, mit diesem grausamen Lächeln auf seinem hübschen Gesicht.

Für mich gibt es keinen Ausweg, und in meiner Panik habe ich das vergessen.«

Verzweiflung ist eine zermürbende Kraft in meiner Brust, die meine Atmung erschwert und die Welt um mich herum grau färbt. Ich weiß, dass ich mich sammeln muss, um mir einen neuen Plan auszudenken, aber die Hoffnungslosigkeit meiner Situation ist zu allumfassend, zu absolut. Meine Beine fühlen sich bei jedem Schritt wie Blei an, während sich das Eis in mir ausbreitet und die Kälte mein Herz wie eine Kette umhüllt.

Es gibt einfach keinen Ausweg.

»Es muss nicht so sein, Sara«, sagt Peter leise, und als ich aufschaue, sehe ich, dass er mich mit einem eigenartig mitfühlenden Blick beobachtet. Es ist, als ob er es versteht, als ob er es auf einer gewissen Ebene nachempfinden könnte. Aber wenn er das könnte, würde er das hier nicht tun.

Er würde mein Leben nicht zerstören, um seine Besessenheit zu befriedigen.

»Nicht so?«, frage ich müde und bleibe vor einem umgefallenen Baum stehen. Wir müssen darüber hinwegklettern, und mir fehlt die Energie dazu. »Dann wie? Wie stellst du dir das vor?«

Seine Lippen zucken, als er meine Hand loslässt und sich mir zuwendet. »Du kannst einfach nachgeben, Ptichka. Akzeptiere, was zwischen uns ist.«

»Und was soll das sein?«

»Das.« Er hebt seine Hand, um meine Wange zu streicheln, und ich lehne mich in seine Berührung und suche die magnetische Wärme seiner Finger.

Ich fühle, wie das perverse Verlangen in meinem Unterleib pulsiert.

Ich sollte mich zurückziehen, mich aus seiner Reichweite begeben, aber ich bin zu müde, um mich zu bewegen. Ich bin zu müde, um zu protestieren, als er seinen Kopf nach unten beugt und seine Lippen auf meine drückt, wobei sein Kuss so weich, sanft und zärtlich ist, dass ich weinen möchte.

Er küsst mich, als sei ich etwas Kostbares, Seltenes und Schönes. Als ob er mich mehr will als das Leben selbst. Meine Augen schließen sich, und meine Hände heben sich, um sich an seinen Schultern festzuklammern, während er den Kuss vertieft, meine Luft einatmet und mein Verlangen verstärkt.

Was wäre, wenn du nachgibst?

In diesem Moment scheint es nicht so falsch zu sein. Nicht, wenn ich so müde und verloren bin, so völlig hoffnungslos. Er ist der Grund für meine Verzweiflung, aber alles ist wärmer und heller mit seiner Berührung, erträglicher mit seiner Zuneigung.

Was wäre, wenn du es akzeptierst?

Die Frage geht mir durch den Kopf, verspottet mich und reizt mich mit Möglichkeiten. Wie wäre es, wenn ich aufhören würde zu kämpfen? Wenn ich mein altes Leben loslassen und mein neues umarmen würde? Denn in diesem Moment scheint es nicht so verrückt zu sein, dass er mich lieben könnte, dass wir etwas Bedeutungsvolles und Echtes teilen könnten.

Dass ich ihn vielleicht auch lieben könnte, wenn ich vergessen würde, was er getan hat.

»Sara«, haucht er, hebt den Kopf, und in seinem erhitzten Blick sehe ich die Zukunft, die wir haben könnten. Die, in der wir keine Feinde sind, wo die Vergangenheit unsere Gegenwart nicht in schwarzen Tönen malt.

Ich sehe es, und ich will es – und das ist es, was mich am meisten erschreckt.

»Lass mich gehen.« Irgendwo finde ich die Kraft, mich zurückzuziehen und den dunklen Köder seiner Zuneigung abzulehnen. »Bitte, Peter, hör auf.«

Sein Blick kühlt sich ab und wird härter, das geschmolzene Silber wird zu kaltem Stahl. Ohne ein weiteres Wort nimmt er meine Hand und führt mich weiter auf den Berg, zurück zu meinem Gefängnis.

Zurück zu unserem neuen Zuhause.

~

WIR LAUFEN NOCH ANDERTHALB STUNDEN DEN WEG hinauf, bevor ich anfange, über jede Wurzel und jeden Stein zu stolpern, meine Beine so schwer vor Erschöpfung sind, dass ich meine Füße buchstäblich nicht mehr heben kann. Nach oben zu gehen ist zehnmal schwieriger als nach unten zu gehen, und nachdem ich mich heute früh an die Grenzen gebracht habe, kann ich nicht mehr mithalten.

Ich atme tief die eisige Luft ein und lasse mich auf einen großen Felsen sinken. »Ich brauche ... eine Pause«, keuche ich heraus und beuge mich vornüber. Ich habe starkes Seitenstechen, und meine Lungen brennen, als sei ich gerade zwanzig Kilometer gelaufen. »Nur ein paar Minuten.«

»Hier, trink.« Peter setzt sich neben mich und sieht so kühl und frisch aus, als seien wir die ganze Zeit gemächlich geschlendert. Er öffnet den Reißverschluss seiner Jacke, reicht mir eine neue Wasserflasche und sagt: »Ich weiß, dass du müde bist, aber wir können nicht langsamer werden. Heute Nacht wird ein Sturm erwartet, und wir müssen vorher zu Hause sein.«

Ich trinke das meiste Wasser, bevor ich ihm die Flasche zurückgebe. »Ein Sturm?«

»Regen und Schneeregen, mit Schnee in höheren Lagen.« Er trinkt das Wasser aus und stopft die leere Flasche wieder in seine Jacke. »Wir wollen nicht davon erwischt werden.«

»Okay.« Ich bin zwar immer noch nicht zu Atem gekommen, aber ich zwinge mich dazu, mich hinzustellen. »Gehen wir.«

Peter steht auf und betrachtet mich mit einer leicht gerunzelten Stirn. Dann dreht er sich um und sagt: »Klettere auf meinen Rücken.«

Ein ungläubiges Lachen steigt in meinem Hals auf. »Was?«

»Ich sagte: ›Klettere auf meinen Rücken.‹ Ich trage dich.«

Ich schüttele den Kopf. »Sei nicht albern. So weit

kannst du mich nicht tragen. Wir haben immer noch gute drei Stunden Fußmarsch vor uns – vielleicht sogar vier oder fünf, weil wir bergauf gehen.«

»Hör auf zu diskutieren und steig auf meinen Rücken.« Er wirft mir einen harten Blick über seine Schulter zu. »Du bist zu müde, um zu gehen, und die einfachste Lösung ist, dich zu tragen.«

Ich zögere, dann entscheide ich mich, das zu tun, was er sagt. Wenn er sich erschöpfen will, indem er mich huckepack nimmt, ist das seine Entscheidung. »Okay.« Mit letzter Kraft klettere ich auf den Felsen und von dort auf seinen breiten Rücken, wo ich seine Schultern ergreife und meine Beine um seine Taille lege.

»Halt dich gut fest«, sagt er und schiebt seine Arme unter meinen Knien durch, bevor er anfängt zu laufen und den Weg mit langen, gleichmäßigen Schritten zurücklegt.

18

ICH GEHE IN EINEM ZÜGIGEN TEMPO, DA ICH SCHNELL zum Haus zurückkehren will. Der Himmel verdunkelt sich bereits am Horizont, und die Luft kühlt sich ab und wird dicker. Der Sturm kommt schneller als vorhergesagt; wir haben vielleicht noch ein paar Stunden, bevor er zuschlägt, und ich kann den Jungs nicht Bescheid geben, damit sie uns abholen. Nachdem er mich abgesetzt hat, hat Anton den Hubschrauber genommen, um einige Sachen in Tokio abzuholen, und er wird nicht rechtzeitig zurück sein.

Ich hätte einen anderen Tag für diese Demonstration wählen sollen.

Es hat allerdings keinen Sinn, sich jetzt noch darüber Gedanken zu machen. Als wir zu einem flacheren Teil des Wegs kommen, werde ich schneller, und Sara ändert ihre Position und schlingt ihre Arme um meinen Hals, während sie sich gleichzeitig nach vorn lehnt.

»Ist das in Ordnung?«, murmelt sie mir ins Ohr, und ich nicke.

»Ja. Aber erwürge mich nicht«, meine ich.

»Bist du sicher, dass du mich nicht absetzen möchtest? Ich habe mich jetzt lange genug ausgeruht, um wieder gehen zu können ...«

»Du wirst uns verlangsamen.«

Mein Tonfall ist schroff, aber ich habe nicht vor, meinen Atem beim Sprechen zu verschwenden. Nicht, weil mein kleines Vögelchen schwer ist – mit knapp fünfzig Kilo wiegt es weniger als die Gewichte, mit denen ich beim Training jogge –, sondern weil ich es mir nicht leisten kann, langsamer zu werden. Der Wind wird stärker, weht uns mit eisiger Kälte entgegen, und obwohl wir beide warm angezogen sind, möchte ich Sara im Haus haben, bevor sich das Wetter verschlechtert.

Die ersten Tropfen des Schneeregens treffen uns, als wir weniger als eine halbe Stunde vom Haus entfernt sind. »Lass mich runter«, fordert Sara, und dieses Mal höre ich auf sie. Ich habe sie für über drei Stunden getragen, und jetzt *ist* sie ausreichend ausgeruht. Wir kommen schneller voran, wenn sie selbst geht.

Ich greife ihre Hand und beginne zu joggen, wobei ich sie hinter mir herziehe, als sich der Himmel öffnet und der Wind eisiges Wasser in unsere Gesichter weht.

»Oh, Gott sei Dank«, keucht Sara, als das Haus in Sichtweite kommt. Der Schneeregen ist nun mit Schnee vermischt, und der Wind fühlt sich an, als würde er durch unsere Knochen schneiden. Meine Jeans ist durchgeweicht, meine Beine sind taub vor Kälte und ich spüre mein Gesicht nicht mehr. Ich kann mir kaum vorstellen, wie elend Sara sich fühlen muss. Im Gegensatz zu mir hat sie nie gelernt, sich selbst von Schmerz und Unbehagen abzutrennen, hat nie gelernt, wie es ist, sich ausschließlich auf das Überleben zu konzentrieren. Wenn ich sie mit meinem Körper vor diesem Sturm beschützen könnte, würde ich es tun, aber das Wichtigste im Moment ist, dass ich sie ins Haus bringe, wo es warm und trocken ist.

Noch eine Stunde, und wir hätten eine Unterkühlung riskiert.

Als wir weniger als dreißig Meter vom Haus entfernt sind, stolpert Sara über einen Ast, und ich hebe sie auf und trage sie an meiner Brust, während ich die restliche Strecke zurücklege. Als ich bei der Tür ankomme, klopfe ich mit meinem Stiefel an, und sobald Yan die Tür öffnet, trage ich meine halberfrorene Last direkt nach oben in unser Badezimmer.

Ich stelle sie ab, drehe die Dusche auf, versichere mich, dass das Wasser warm, aber nicht zu heiß ist, und dann ziehe ich uns beide aus, entferne unsere nassen, eisigen Kleider und führe Sara unter den Wasserstrahl.

Sie hat blaue Lippen und zittert so stark, dass sie kaum aufrecht stehen kann. Ich bin nicht viel besser in Form, also lege ich meine Arme für eine Ganzkörperumarmung um sie, und für ein paar Minuten stehen wir einfach unter dem Wasser und zittern, während die Wärme in unsere gefrorene Haut eindringt.

»Wir hätten sterben können.« Saras Zähne klappern immer noch, als sie sich zurückzieht und meinen Blick erwidert. Ihre haselnussbraunen Augen sind fast schwarz in ihrem weißen Gesicht, und ihre dunklen Wimpern sind feucht. »P-Peter, wir hätten da draußen sterben können.«

»Ja.« Ich lege meine Arme wieder fester um sie und drücke sie an mich, bis ich jeden ihrer flachen Atemzüge spüren kann. »Ja, Ptichka, das hätten wir.«

Noch ein, zwei Stunden bei dem Sturm, und sie hätte es nicht geschafft. Ich habe es vorher nicht zugelassen, darüber nachzudenken, habe mich auf die Aufgabe fokussiert, sie nach Hause zu bringen, aber jetzt, da wir hier sind – jetzt, da sie in Sicherheit ist –, sackt die Erkenntnis ein, dass sie hätte sterben können, und mein Magen zieht sich zusammen und eine Eisschicht hüllt mein Herz ein. Ich habe eine Angst wie diese nur einmal erlebt, als ich die Methheads sah, die sie mit Messern bedrohten. Damals konnte ich die Bedrohung beseitigen – und das tat ich auch –, aber ich konnte sie nicht vor diesem Sturm schützen.

Wenn er zwei Stunden früher gekommen wäre, hätte ich sie verlieren können.

Der Gedanke ist schrecklich, einfach unerträglich. Als ich Pasha und Tamila verlor, fühlte es sich an, als sei meine Welt zu Ende, als würde ich nie wieder etwas anderes als Wut spüren. Die Wut, die mich antrieb, war absolut – denn das war der einzige Weg, wie ich jeden Tag überstehen konnte, der einzige Weg, wie ich essen und atmen und arbeiten konnte.

Nur so konnte ich lange genug leben, um die Verantwortlichen zu finden und sie bezahlen zu lassen.

Erst durch Sara begann ich, mich wieder lebendig zu fühlen, etwas mehr als brutale Rache zu wollen. Sie wurde mein neuer Fokus, mein neuer Lebensinhalt.

Ich kann sie nicht verlieren.

Ich werde sie nicht verlieren.

»Du wirst das nie wieder tun.« Meine Stimme ist tief und hart, als ich ihre Schultern ergreife und einen Schritt nach hinten mache, um ihren erschrockenen Blick zu erwidern. Die Angst tief in mir wird von einer wilden Entschlossenheit überflutet. »Du wirst nicht vor mir davonlaufen, Sara. Niemals. Es gibt niemanden da draußen, der dir helfen kann, keinen Ort, an dem du dich vor mir verstecken kannst. Und wenn du dieses sinnlose Risiko noch einmal eingehst, wirst du es bereuen – das schwöre ich. Du denkst, du weißt, wozu ich fähig bin, aber du hast nicht einmal an der Oberfläche gekratzt. Du hast keine Ahnung, wie weit ich gehen werde, Ptichka, keine Ahnung, was ich bereit bin zu tun, um dich zu haben. Du gehörst mir, und du wirst mir gehören – jetzt und solange wir beide am Leben sind.«

Ich spüre, wie ihre Muskeln sich anspannen, während ich spreche, und ich weiß, dass ich ihr Angst mache. Es ist nicht das, was ich will, aber ich muss sie von diesen Fluchtversuchen abhalten.

Ich muss sie beschützen.

»Peter, bitte ...« Ihre weichen, haselnussbraunen Augen füllen sich mit Tränen, und sie hebt ihre Arme um ihre Handflächen gegen meine Brust zu drücken. »Tu das nicht. Das ist keine Liebe. Selbst du musst das verstehen. Es tut mir leid für alles, was du verloren hast, für das, was George deiner Familie angetan hat. Und ich weiß ...« Sie schluckt, ohne ihren Blick abzuwenden. »Ich weiß, dass da etwas zwischen uns ist, etwas, das nicht da sein sollte ... etwas, das keinen Sinn ergibt. Du fühlst es, und ich fühle es auch. Aber das ist keine Rechtfertigung für das hier. Du kannst niemanden so lange verfolgen, bis er dich liebt, niemanden dazu zwingen, etwas für dich zu empfinden. Solange du mich hier festhältst, bin ich deine Gefangene, egal, was du mich sagen lässt ... egal, zu was du mich zwingst. Ob ich weglaufe oder nicht, ich gehöre dir nicht – und das werde ich auch nicht. Nicht so.«

Jedes Wort, das sie sagt, ist wie ein Messerstich in mein Herz. »Wie dann?« Meine Worte sind hart und verzweifelt, gewalttätig in ihrer Intensität. »Sag es mir, Sara. Wie kann ich dich haben? Auf welchem anderen Weg können wir zusammen sein, wenn ich ein gesuchter Mann bin?«

Ihr Blick spiegelt meine Qual wider. »Wir können

nicht«, sagt sie erstickt, und ihre zarten Nägel kratzen über meine Haut, während sich ihre Hände an meiner Brust zu Fäusten ballen. »Das soll nicht sein, Peter. *Wir sind* nicht dazu bestimmt. Nicht mit der Vergangenheit, die wir teilen – nicht mit dem, wer und was wir sind.«

»Nein.« Meine Ablehnung ist instinktiv. »Nein, da liegst du falsch.«

Als ich begreife, dass ich ihre Schultern zu kräftig umfasse, lasse ich sie los und trete zurück, um mich umzudrehen und das Wasser auszuschalten, da ich diese kleine Aufgabe brauche, um etwas Kontrolle wiederzuerlangen. Jetzt, da ich nicht mehr friere, beginnt mein Körper auf ihre Nacktheit zu reagieren, und mein Hunger auf sie, der scharf und dunkel ist, wird durch das explosive Gemisch aus Wut und frustrierter Sehnsucht verstärkt. Wenn ich mich nicht beruhige, werde ich sie nehmen und ihr wehtun.

Ich werde sie ficken, bis sie zerbricht und zugibt, dass sie mir gehört.

Sie weint, als ich mich umdrehe, um ihr ins Gesicht zu sehen, und ihre Tränen vermischen sich mit der Nässe auf ihren Wangen. »Peter, bitte ...« Sie greift nach meiner Hand, und ihre schlanken Finger schlingen sich flehentlich um meine Handfläche. »Bitte, lass mich einfach gehen. Das hier ist nicht das, was du möchtest, nicht wirklich. Ich kann nicht deine Familie sein. Ich kann sie nicht ersetzen. Siehst du das denn nicht? Es soll einfach nicht sein. Was du möchtest, ist nicht ...«

»Ich will *dich*.« Ich ziehe meine Hand aus ihrem

Griff, vergrabe sie in ihrem Haar und lege meinen anderen Arm um ihre Taille, um sie an mich zu ziehen. Sie zieht scharf den Atem ein, ihre spitzen Brustwarzen reiben an meiner Brust und mein Schwanz pocht hart gegen ihren Bauch, als ich mit belegter Stimme sage: »Du, Sara, bist alles, was ich will. Die Vergangenheit und das, was sein oder nicht sein soll, sind mir scheißegal. Wir bestimmen unser Schicksal selbst – wir wählen unser Schicksal –, und ich wähle dich. Es ist mir egal, ob die ganze Welt denkt, dass es falsch ist, ob ich gegen eine Armee kämpfen muss, um dich festzuhalten. Ich habe dich gefunden, ich habe dich genommen, und ich behalte dich und werde dich nie wieder hergeben.«

19

S*ara*

ICH ERWARTE, DASS PETER MICH JETZT FICKT, GLEICH unter der Dusche, aber er lässt mich frei, tritt aus der Kabine, holt mir ein Handtuch vom Handtuchständer und wickelt es um mich, als ich ebenfalls aus der Dusche steige. Er trocknet mich mit zügigen Bewegungen ab und holt sich dann ein Handtuch für sich selbst. Seine Bewegungen sind rau und kantig, und seine Augen glitzern dunkel, als er fertig damit ist, sich abzutrocknen und die Handtücher wieder auf den Handtuchständer zurückwirft.

Er ist wütend oder verletzt oder eine Kombination aus beidem, und beides verheißt nichts Gutes für mich.

Meine Ellenbogen umklammernd, führt er mich ins Schlafzimmer, und als wir zum Bett kommen, falle ich darauf, weil meine Beine sich weigern, mich auch nur eine Sekunde länger zu halten. Mir wird kurz schwindelig, mein leerer Magen knurrt, und mir fällt auf, dass ich seit den Erdnüssen auf dem Weg nichts mehr gegessen habe.

Peter muss das auch auffallen, weil er anhält und mich mit einem dunklen Stirnrunzeln ansieht. »Möchtest du Abendessen?«

Ich nicke, zwinge mich dazu, mich hinzusetzen, und wische mir mit dem Handrücken die Tränen vom Gesicht. »Ja, bitte.«

»In Ordnung.« Er geht zum Schrank, schnappt sich einen Bademantel und wirft ihn mir zu, bevor er sich selbst einen anzieht. »Gehen wir etwas essen.«

〜

WÄHREND WIR DIE GEMÜSEPFANNE, DIE PETER SCHNELL zubereitet hat, verzehren, bekämpfe ich das beunruhigende Gefühl, dass ich auf das Fallen der Guillotine warte. Mein Entführer hat kein Wort mehr gesagt, seit er mir Essen angeboten hat, und ich habe keine Ahnung, was ihm durch den Kopf geht. Was immer es auch ist, er beobachtet mich mit einem harten, intensiven Blick, und das macht mir Angst.

Das Abendessen hat das verzögert, was er mit mir vorhatte, aber er hat immer noch vor, es zu tun.

Es ist vielleicht das schlechteste Timing aller Zeiten, aber ich kann es nicht länger hinauszögern. Die Uhr tickt in meinem Kopf, jede Stunde, die vergeht, verstärkt meine Angst. »Peter ...« Ich lege meine Gabel ab und versuchte, nicht so nervös auszusehen, wie ich mich fühle. »Hast du die Pille bekommen?«

Sein Kiefer spannt sich an, und ich bin überzeugt davon, dass er Nein sagen wird. Aber er steht einfach auf und geht hinüber zur Theke, wo eine weiße Papiertüte neben einem Laptop liegt.

Er hebt sie hoch, bringt sie zu mir, und ich reiße sie ihm ungeduldig aus der Hand. Darin befindet sich eine rosa Pille in einer glänzenden, weißen Verpackung mit japanischer Aufschrift. Nur der Name des Herstellers ist auf Englisch, aber ich bin mir sicher, dass es die Pille ist, die ich brauche.

Ich reiße die Verpackung auf, hole die Pille heraus und schlucke sie mit einem halben Glas Wasser herunter. Mit etwas Glück sind wir immer noch in der Sicherheitszone, und die Pille wird ihren Job erledigen. Nicht, dass es wichtig wäre, wenn man bedenkt, was Peter sagt.

Kind oder nicht, er wird mich nie nach Hause zurückkehren lassen.

Die Verzweiflung droht mich erneut zu überwältigen, und ich muss alles geben, um ihm in einem halbwegs normalen Ton zu sagen: »Danke. Ich weiß das zu schätzen.«

Egal, wie angespannt die Dinge zwischen uns auch sein mögen, ich darf nicht vergessen, dass er mir diese Pille nicht geben musste – dass er mir auch in dieser Angelegenheit seinen Willen hätte aufzwingen können.

Peter nickt kurz und fängt an, den Tisch

abzuräumen. Ich bin immer noch todmüde, aber ich stehe auf und helfe ihm, als Ilya und Yan die Treppe herunterkommen und etwas auf Russisch besprechen. Yan lacht, aber Ilya sieht sauer aus, und ich frage mich, ob die beiden Brüder sich streiten.

Peter sagt unfreundlich etwas zu ihnen, und Yan schaut mich grinsend an, bevor er auf sehr schnellem Russisch antwortet.

Ilya sieht aus, als würde er gleich explodieren, aber er greift sich einfach einen Apfel in der Schüssel auf dem Tisch und stampft die Treppe hinauf.

»Worüber habt ihr gerade geredet?«, frage ich, als der braunhaarige Russe sich hinter die Theke setzt und den Laptop aufmacht. Ich habe diesen Computer die ganze Zeit über beobachtet und mich gefragt, wie ich ihn in die Finger bekommen kann. Jetzt bin ich enttäuscht, eine passwortgeschützte Startseite zu sehen, bevor Yan den Bildschirm von mir wegdreht.

»Ich habe meinem Bruder gerade gesagt, dass er sich ein nettes Mädchen suchen muss«, erklärt Yan auf Englisch, und sein Grinsen wird breiter, als Peter die Spülmaschinentür unnötig kraftvoll schließt. »Du weißt schon, so wie Peter es mit dir gemacht hat.«

»Oh, ich verstehe.« Peters Reaktion nach zu urteilen vermute ich, dass die Sprache, die Yan mit seinem Bruder benutzt hat, etwas gepfefferter war, aber ich werde nicht weiterbohren.

Ich möchte lieber nicht wissen, was diese kleine Mörderbande wirklich von mir hält.

Yan beschäftigt sich mit dem Computer, und ich

wische den Tisch und die leere Theke ab, da ich das Bedürfnis verspüre, etwas zu tun, obwohl ich fast schon zusammenbreche. Ich weiß nicht, was mich heute Abend oben erwartet, aber ich bin eigenartig angespannt, und meine Instinkte schreien, dass ich in Gefahr bin. Vielleicht ist es der harte, verschlossene Ausdruck auf Peters Gesicht oder die kaum kontrollierte Gewalt in seinen Bewegungen, aber ich werde an unser Treffen bei Starbucks vor all den Wochen erinnert, als mein Entführer nichts anderes war als der tödliche Fremde, der mich gefoltert und George getötet hat.

Damals, als ich nicht wusste, wie gefährlich er wirklich sein konnte.

Draußen tobt der Sturm, und der Wind treibt eisigen Regen gegen unsere Fenster. Ich zittere, als ich mich daran erinnere, wie es sich angefühlt hat, da draußen zu sein, und binde den Bademantel fester um meinen Körper.

»Kalt?«, fragt Yan, und als ich mich umdrehe, bemerke ich, dass er mich mit einem halben Lächeln ansieht. Im Gegensatz zu mir und Peter ist er vollständig bekleidet, und seine Anzughose und sein Hemd sind zwar sehr stilvoll, aber viel zu formell, um damit nur im Haus zu bleiben. Ich habe allerdings das Gefühl, dass ihm das egal ist – ob es nun um die Angemessenheit seiner Kleidung geht oder um andere Dinge. Selbst wenn er lächelt oder lacht, wirkt Yan Ivanov kalt und distanziert, so als ob er die Gefühle, die er zeigt, nicht spürt.

Es würde mich nicht wundern, wenn Ilyas höflicher Bruder ein Psychopath im klinischen Sinn des Wortes ist.

»Es geht mir gut«, sage ich und blicke zu Peter hinüber, der die Reste weggestellt hat und mich nun mit verengten Augen beobachtet, während er seine kräftigen Arme vor seiner Brust verschränkt hat.

»Bist du fertig?«, fragt er mit harter Stimme, und mein Herz sinkt, als ich merke, dass ich das, was geschehen wird, nicht mehr länger aufschieben kann.

Ich habe einen Fehler gemacht, und gleich werde ich dafür bezahlen.

Sara

ALS WIR IN UNSEREM ZIMMER ANKOMMEN, FÜHRT MICH Peter zum Bett. Er hält vor ihm an, zieht seinen Bademantel aus und lässt ihn auf den Boden fallen, bevor er meinen öffnet, ihn von meinen Schultern schiebt und mich nackt zurücklässt. Er scheint kontrolliert zu sein, der explosive Zorn für den Moment gezügelt, und trotz meiner Nervosität drücken sich meine Schenkel durch die aufsteigende Hitze zusammen, als er mit seinen Knöcheln über die empfindliche Haut meiner Brüste fährt, bevor er mit seinen Händen meine Hügel umfasst und leicht mit seinem Daumen über meinen Nippel reibt.

»Du siehst verängstigt aus«, bemerkt er, und sein silbriger Blick ist hart und undurchsichtig. »Hast du

Angst, dass ich dir wehtun werde?« Seine Finger schließen sich um meine Nippel, um mit erschreckender Kraft zuzukneifen, und ich keuche, während meine Hände nach oben schießen, um seine Handgelenke zu ergreifen.

»Sag's mir, Sara.« Er kneift meine Nippel härter zusammen, bis der Druck an Schmerzen grenzt. »Glaubst du, ich werde dir wehtun?«

»Ich …« Ich schlucke, und mein Herz hämmert, während ich ergebnislos an seinen Handgelenken zerre. »Ich weiß es nicht.«

»Ich *könnte* dir wehtun.« Sein modellierter Mund zuckt, als er meine Brustwarzen freigibt, die aufrecht stehen bleiben und pochen, während seine Hände meinen Körper hinuntergleiten, um meine Hüften zu ergreifen. »Und manchmal will ich es auch. Das weißt du doch, oder nicht, Ptichka? Du hast es gespürt.« Sein Schwanz drückt gegen meinen Bauch, hart und nachdrücklich, und mein Atem stockt in meinem Hals, während mein Unterleib sich durch das heiße Verlangen anspannt, das trotz der Kälte durch meine Venen fließt.

»Ja.« Ich kann mich nicht dazu bringen, zu lügen, auch wenn das vielleicht klüger wäre, weil es das Monster beruhigen könnte, das mich durch Peters dunkle, metallische Augen anblickt. »Ja, das habe ich.«

»Ach, Ptichka …« In seiner Stimme liegt spöttisches Mitgefühl, als er mich fest schubst. »Natürlich hast du das.«

Erschrocken falle ich rückwärts auf das Bett, aber

anstatt über mich zu klettern, beugt sich Peter nach unten und richtet sich einen Augenblick später mit dem Gürtel aus meinem Bademantel in der Hand auf. Angst schießt durch mich hindurch, als ich verstehe, was er vorhat, und ich reagiere instinktiv, indem ich mich wegrolle, als er neben mich auf das Bett klettert.

Er hält mich auf, bevor ich aus dem Bett rollen kann, und ich finde mich mit dem Gesicht nach unten auf der Matratze wieder, wo mein Unterkörper durch sein Gewicht festgenagelt wird und meine Arme auf meinen Rücken gedreht worden sind, wo er gerade meine Handgelenke zusammenbindet. Seine Bewegungen sind schnell und sicher, unbarmherzig in ihrer Effizienz, und nach nur wenigen Sekunden sind meine Hände sorgfältig gefesselt, und der Frotteestoff schlingt sich weich, aber unnachgiebig um meine Handgelenke.

Ich reiße an den Fesseln, während ich in die Matratze keuche, aber der Gürtel gibt nicht nach, gibt mir keine Möglichkeit, mich zu befreien. »Was tust du?« Meine Panik verstärkt sich, als ich spüre, dass er von mir absteigt. »Peter, bitte ... was tust du?«

»Schscht.« Er ergreift mich am Ellenbogen, zieht mich auf die Knie und dreht mich um, damit ich ihn ansehen kann. Sein Gesicht ist vor Lust angespannt, und seine Augen glänzen dunkel, als er sagt: »Ich gebe dir einen Vorgeschmack darauf, was es bedeutet, meine Gefangene zu sein. Weil es das ist, was du willst, nicht wahr? Weglaufen und dich von mir fangen lassen?

Damit ich das hier tue und du frei von Schuldzuweisungen bist?«

Ich öffne meinen Mund, um es zu leugnen, aber bevor ich ein Wort sagen kann, steht Peter auf dem Bett. Er schiebt seine Hand in mein Haar und umfasst es mit seiner Faust, bevor er meinen Kopf nach hinten zieht, um mein Gesicht zu seiner Leistengegend zu drehen, und ich keuche und ziehe an meinen Handgelenkfesseln, als sein dicker Schwanz gegen meine Wange schlägt. Sein männlicher Moschusduft erfüllt meine Nasenlöcher, seine Eier reiben an meinem Kiefer, und meine Atmung beschleunigt sich, als ich merke, was er vorhat.

»Peter, bitte«, fange ich an und presse meine Lippen fest zusammen, als seine Eichel gegen meinen Mund drückt. Mit seiner Hand in den Haaren und meinen hinter den Rücken gebundenen Armen kann ich mein Gesicht nicht abwenden, kann mich nicht einen Millimeter bewegen. In den Wochen, seitdem Peter in mein Leben eingedrungen ist, hat er mich öfter genommen, als ich zählen kann, mir mit seinem Mund, seinen Händen und seinem Schwanz Lust bereitet, aber er hat sich noch nie von *mir* Lust verschaffen lassen. Und zum ersten Mal wird mir klar, dass es eine Gnade war ... eine kleine Wahl, die er mir gelassen hatte.

Eine Wahl, die er mir jetzt nimmt.

»Öffne deinen Mund.« Seine Stimme pocht voller dunkler Lust, als er seinen Schwanz wieder gegen meine Wange schlägt. »Mach deinen verdammten Mund auf, Sara.«

Ich halte meine Lippen fest verschlossen, auch wenn mein Puls in die anaerobe Zone springt. Es ist dumm, gegen einen Blowjob anzukämpfen, wenn wir dutzende Male gefickt haben, aber ich kann nicht anders, als zu glauben, dass ich dadurch noch mehr nachgeben würde ... das letzte bisschen von mir verlieren würde, das immer noch George gehört. Nicht dem Alkoholiker oder dem Spion, der mich angelogen hat, sondern dem Mann, in den ich mich damals auf dem College verliebt habe, der mein erstes Ein und Alles war.

Peters Gesicht spannt sich an, seine Augen verengen sich, und er knurrt: »Du willst es auf die harte Tour? In Ordnung.« Mit seiner freien Hand hält er mir die Nase zu, um mir die Luftzufuhr abzuschneiden, und als ich meinen Mund öffne, um Luft zu holen, schiebt er seinen Schwanz hinein, bis ganz nach hinten in meinen Hals.

Ich bekomme keine Luft, meine Augen tränen und mein Würgereflex setzt ein, aber er ist gnadenlos, als er anfängt zuzustoßen und meinen Mund mit einem harten, unerbittlichen Rhythmus zu ficken. Ich bekomme nicht einmal die Möglichkeit, zuzubeißen, da seine Finger meine Nasenlöcher zuhalten und ich mich nur darauf konzentriere, genug Luft zu bekommen und nicht zu würgen. Panikerfüllt reiße ich instinktiv an meinen Fesseln und kneife meine Augen zu, als Speichel mein Kinn heruntertropft, aber sein dicker, langer Kolben hämmert hinein und hinaus, da es nichts gibt, was ich tun kann, keinen Ort, an den ich flüchten kann.

Ich weiß nicht, wie lange er unbarmherzig meinen Mund benutzt, aber ich spüre, dass mir langsam schwindelig wird, dass der Luftmangel mich in Verbindung mit meiner Erschöpfung mit einer traumähnlichen Lethargie überzieht. Ich habe mich noch nie so hilflos gefühlt, so sehr in der Macht meines Peinigers, und während Peter weiterhin meinen Mund fickt, tue ich das Einzige, was ich tun kann.

Ich höre auf zu kämpfen und gebe nach.

Die strafenden Stöße hören nicht auf, und er lässt meine Nase nicht los, aber meine Panik lässt nach, und mein Körper wird weich und geschmeidig in seinem Griff. Ich bin eine Stoffpuppe, ein Spielzeug, das genommen und mit dem gespielt werden kann, und dieser Gedanke gibt mir Frieden, eine perverse Art der Akzeptanz. Mein Hals entspannt sich, lässt ihn hinein, und der Würgereflex verschwindet, während ich seinen Rhythmus verinnerliche. Jedes Mal, wenn er sich zurückzieht, atme ich gierig ein, und die Luft reicht, wenn er sich tief in mich hineindrückt, meinen Hals füllt und mich so vollständig kontrolliert, dass mein Leben in seinen Händen liegt.

»Ja, genau so. So ist es gut ... Genau so, mein Schatz ...« Sein lustvolles Stöhnen vibriert durch mich hindurch, und ich öffne meine Augenlider ein Stückchen, um ihn mit tränenden Augen anzublicken. Wilde Ekstase spiegelt sich in seinen angespannten Gesichtszügen wider, die

Sehnen seines muskulösen Nackens stehen hervor, und als sein Blick auf meinen trifft, spüre ich, dass sich etwas in mir bewegt und sich grundlegend verändert.

Ich gehöre dir, sagt mein Körper ihm und akzeptiert alles, was er zu geben hat. Es ist eine vollkommene Aufgabe meiner selbst, und doch fühlt es sich richtig an, fühlt sich beruhigend und friedlich an. In diesem Moment möchte ich ihm gehören, um in seiner ungeheuren Kraft eingehüllt zu bleiben.

Um aufzugeben und zuzulassen, dass er mich behält.

Alle Angst verblasst, alle Gedanken über die Zukunft verschwinden. Ich fühle mich, als würde ich schweben, als wäre ich über mir und jenseits von mir. Auch wenn es immer noch unangenehm ist, spüre ich es nicht mehr, obwohl alle meine Sinne geschärft sind und mein Geschlecht nass ist und vor Erregung vibriert. Das ist Sauerstoffmangel, sagt mir meine medizinische Ausbildung, aber der Grund spielt keine Rolle.

Nichts ist wichtig außer Peter und seiner Lust.

Ich schaue ihm in die Augen, während der Höhepunkt ihn überkommt, und schaue auch nicht weg, als sein Samen in meinen Hals spritzt. Mit tränenden Augen schlucke ich jeden einzigen salzigen Tropfen, und erst als seine Finger meine Haare loslassen, verblasst der seltsame Rausch, und die Realität kommt zurück.

Zitternd falle ich auf die Seite und fühle mich, als würde ich in Stücke zerfallen, als er meine Hände von dem Gürtel befreit. Meine Augen sind nass, aber ich weine nicht mehr. Ich kann nicht. Das Eintauchen in die Verzweiflung ist zu plötzlich, zu erschreckend und tief. Und darunter ist kranke Erregung, ein Hunger, der in meinem Unterleib brennt.

»Es ist okay, mein Schatz«, murmelt er und zieht mich in seine Umarmung, und mein Zittern verstärkt sich, als seine Hand zwischen meinen Oberschenkeln verschwindet, und zwei raue Finger in mich hineinstoßen, während sein Daumen auf meinen Kitzler drückt. »Du wirst schon wieder. Das ist normal. Lass mich mich um dich kümmern, Ptichka, und alles wird gut.«

Aber das wird es nicht. Ich weiß es, und er weiß es auch.

Es dauert nur Sekunden, bis ich komme, und mit zerstörerischer Lust in seinen Armen zucke. Und während er mich hält und meine Haare streichelt, weiß ich, dass er das ist.

Der Käfig, den er mir versprochen hat, ist hier.

TEIL II

Sara

DIE ERSTEN ZWEI WOCHEN SIND DIE HÄRTESTEN. ICH weine fast jeden Tag, und meine Wut und Verzweiflung sind so intensiv, dass ich schreien und Dinge werfen möchte. Aber das tue ich nicht. Stattdessen laufe ich wie auf rohen Eiern um Peter herum, da ich entschlossen bin, weitere Bestrafungen zu vermeiden – und dafür zu sorgen, dass mein Entführer den Kontakt zu meinen Eltern zulässt.

Ich verstehe immer noch nicht, was in dieser Nacht geschah, warum mich der Blowjob derart gebrochen hat. Sex mit Peter hatte schon immer eine dunkle Seite, aber ich dachte, ich könnte damit umgehen, dachte, dass ich an die Achterbahn aus Angst, Schande und Verlangen gewöhnt sei. Aber jene Nacht war etwas anderes, etwas Perverseres ... etwas, was mich aufbrach und mich innerlich komplett verändert hat.

In dieser Nacht habe ich mit Peters innerem Monster getanzt und dabei eins in mir entdeckt.

Er hat mich seitdem nicht mehr so angefasst, auch wenn ich jedes Mal, wenn wir Sex haben, das Verlangen in ihm spüre, das Bedürfnis, zu dominieren und zu quälen. Egal, was er tut, egal, wie zärtlich er mich behandelt. Sie sind Teil von ihm, diese Dunkelheit, dieser Drang, zu bestrafen, Rache zu nehmen. Er mag sie vielleicht bekämpfen, aber sie sind da – denn egal, was Peter sagt, die Vergangenheit beeinflusst unsere Gegenwart.

Er wird die Rolle meines Mannes beim Massaker an seiner Familie nie vergessen, und ich werde nie darüber hinwegkommen, was er George angetan hat.

Die gute Nachricht ist, dass wir wieder Kondome benutzen. Ich weiß nicht, ob Peter so weise ist, in dieser Phase unserer verkorksten Beziehung zusätzliche Komplikationen zu vermeiden, oder ob er meine Wünsche respektiert, aber trotz der vielen Male an Sex, die wir täglich haben, gab es keine weiteren Ausrutscher mehr. Dennoch zähle ich ängstlich die Tage bis zu meiner Periode, und als sie kommt, zweieinhalb Wochen nach Beginn meiner Gefangenschaft, schluchze ich vor Erleichterung, und zum ersten Mal bin ich dankbar für die Krämpfe und das Unwohlsein. Peter scheint nicht annähernd so erfreut zu sein wie ich, aber als wir wieder Sex haben, nachdem die schlimmsten Symptome vorüber sind, verhütet er trotzdem weiterhin.

Eine weitere gute Sache ist, dass ich durch meinen fehlgeschlagenen Fluchtversuch mein Privileg, Kontakt zur Außenwelt zu haben, nicht verloren habe. Jeden Nachmittag lässt Peter mich die Aufnahmen aus dem Haus meiner Eltern anschauen, und alle paar Tage lässt er mich sie anrufen. Die Anrufe sind immer kurz, zum einen als zusätzliche Vorsichtsmaßnahme dagegen, dass das FBI uns aufspürt, und zum anderen, weil es nicht viel gibt, was ich sagen kann. Meine Eltern denken, dass ich mit meinem Geliebten um die Welt jette, ohne an die Gefahr, die er darstellt, und meine Verantwortung zu Hause zu denken. So ziemlich alles, was ich bei diesen Anrufen tun kann, ist, meinen Eltern zu versichern, dass es mir gut geht, und mich nach ihrem Wohlbefinden zu erkundigen, bevor ich schnell auflege, um ihre endlosen Fragen und Bitten zu vermeiden.

»Du weißt, du kannst ein wenig über unsere Beziehung erzählen«, sagt Peter, nachdem er etwa eine Woche lang die Anrufe mitgehört hat. »Schmücke sie ein wenig aus, damit sie authentischer wirkt.«

»Wirklich? Soll ich ihnen sagen, wie oft du mich fickst, oder beschreiben, wie groß dein Schwanz ist?«

Peter grinst über meinen Sarkasmus – ein bisschen Trotz gelegentlich stört ihn nicht. »Wenn du willst«, sagt er und lehnt sich auf der Couch zurück. »Oder du kannst sagen, dass ich dir jeden Tag Frühstück mache.

Ich bin kein Experte zum Thema Eltern, aber das könnte ihnen besser gefallen.«

Ich verkneife mir eine weitere sarkastische Bemerkung und folge bei den nächsten Anrufen, seinem Vorschlag, indem ich meinen Eltern von den kleinen Dingen erzähle, die Peter für mich tut. Es kann nichts sein, was auf unseren Standort deuten würde, also bleibe ich bei persönlicheren Sachen, wie der Tatsache, dass er ein großartiger Koch ist und seine Rückenmassagen unglaublich sind. Keines von beiden ist gelogen. Jetzt, da wir uns an dem neuen Ort niedergelassen haben, kocht Peter wieder Feinschmeckergerichte für mich, und ich werde mit täglichen Massagen mehr als verwöhnt. Ich denke, es ist, weil er seine Hände nicht von mir lassen kann, und da wir nicht rund um die Uhr Sex haben können, begnügt er sich damit, mich auf andere Weise anzufassen, und nutzt jede Gelegenheit, mich von Kopf bis Fuß zu streicheln und zu massieren. Vor allem die Zehen. Ich beginne zu vermuten, dass mein Entführer einen kleinen Fußfetisch haben könnte, wenn man bedenkt, wie oft er mir die besten Fußmassagen meines Lebens gibt.

Ich erzähle meinen Eltern nichts von den Fußmassagen – trotz meiner sarkastischen Frage fühle ich mich nicht wohl dabei, mit ihnen über irgendetwas auch nur entfernt Sexuelles zu reden – und ich schweige auch über die intimeren Arten, auf die er sich um mich kümmert, wie Haare bürsten und mich unter der Dusche waschen. Es ist so, als sei ich seine menschliche Puppe, etwas zwischen einem Kind und einem Sexspielzeug. Das hat er auch zu Hause gemacht, aber ich habe so viel gearbeitet, dass es eher eine gelegentliche Sache war. Jetzt geschieht es allerdings täglich, und obwohl ich diese Art von Aufmerksamkeit wahrscheinlich störend finden sollte, genieße ich es zu sehr, um mich zu beschweren.

Ich bin schon so lange eigenständig und unabhängig, dass es sich gut anfühlt, mich von Peter bemuttern zu lassen.

Natürlich kann das Verwöhnen, egal wie viel, nicht gutmachen, dass ich mein Leben und den Job, der mich erfüllt hat, verloren habe. Ich habe von mehr als achtzig Stunden Arbeit aufwärts pro Woche zu kompletter Freizeit gewechselt, und ich habe keine Ahnung, wie man diese ganze zusätzliche Zeit füllt. Peter nimmt etwas davon in Anspruch – ich bin jetzt immer in seiner Nähe, und wir haben zwei- bis dreimal täglich Sex – und mit der frischen Bergluft schlafe ich mehr, mindestens neun bis zehn Stunden pro Nacht. Ich esse auch gemütlich mit Peter und seinen Männern, und wenn es das Wetter zulässt, unternehme ich mit ihm oder demjenigen, den er mir zur Bewachung zugewiesen hat, lange Spaziergänge.

Es ist keine schlechte Routine, und wir haben Bücher und Filme, aber nach drei Wochen bin ich soweit, die Wände hochzugehen.

»Fühlst *du* dich nicht eingesperrt?«, frage ich Peter bei einem unserer Morgenspaziergänge. Die Luft ist kühl, aber glücklicherweise ist es weder regnerisch noch windig, wie in den letzten Tagen – ein weiterer Grund für meine schlechte Laune. »Ich meine, ich weiß, dass du an deinem Laptop arbeitest, aber trotzdem ...«

Peter zuckt mit seinen breiten Schultern. »Ich genieße diese Auszeit, weil Auszeiten selten sind, also nutzen meine Jungs und ich sie aus, solange wir können. Wir haben einen großen Auftrag vor uns, also werden wir uns nicht lange ausruhen können.«

»Was für eine Art Job?«, frage ich, angetrieben von einer dunklen Neugierde. »Noch ein Mord?«

Er hält an und schaut mich ruhig an. »Willst du es wirklich wissen?«

Ich zögere, dann nicke ich. »Ja. Das möchte ich.« Es ist nicht so, als ob ich nicht wüsste, wer Peter ist oder was er tut. Ich habe seine tödlichen Fähigkeiten aus erster Hand in der Nacht, als wir uns trafen, am eigenen Leib erlebt. Wenn ein Drogenbaron ihm und seinem Team eine unfassbare Summe dafür bezahlt hat, einen weiteren gefährlichen Kriminellen auszuschalten, kann ich genauso gut jetzt alles darüber erfahren.

Wenigstens könnte es unterhaltsam sein, wenn man es wie einen Horrorfilm oder James Bond-Thriller betrachtet.

»Es gibt einen Banker in Nigeria, der jemandem auf die Füße getreten ist«, erklärt mir Peter und streckt sich aus, um meine Hand zu ergreifen, während er weitergeht. »Eine der Zehen dieses Fußes hat uns angeheuert, damit wir uns um das Problem kümmern.«

»Ein Bankangestellter? Das hört sich nicht nach jemandem an, der dein besonderes Können verlangt.« Oder nach dem skrupellosen Verbrecherboss, den ich mir vorgestellt hatte. Nicht, dass ich mir einbilden würde, dass Peters Job etwas Nobles hat. Dennoch muss irgendein naiver Teil von mir gehofft haben, dass die meisten seiner Ziele zumindest ein wenig das verdienen, was auf sie zukommt.

»Dieser Bankier hat eine kleine Armee und besitzt das Städtchen, in dem er wohnt, sowie die meisten der örtlichen Strafverfolgungsbehörden«, erklärt Peter, als wir uns auf einen schmalen Pfad zubewegen, den ich noch nie zuvor gesehen habe. »Alles deutet darauf hin, dass er einer der reichsten Männer Nigerias ist und das nicht erreicht hat, indem er Autokredite vergeben hat.«

»Oh.« Ich ändere meine Vorstellung von dem Mann. »Also ist er kein netter Kerl?«

Ein humorloses Grinsen blitzt in Peters Gesicht auf. »Das könnte man sagen. Den letzten Zählungen nach hat er mehr als ein Dutzend seiner Gegner ermordet und mindestens fünfzig weitere, ohne deren Familienangehörige mitzuzählen, gefoltert oder verstümmelt. Der Mann, der uns angeheuert hat, ist ein Cousin eines der Opfer; seine Tochter wurde von einer Gruppe Männer vergewaltigt, um seiner Familie eine Lektion zu erteilen.«

Entsetzen verengt meine Kehle, und ich bin plötzlich wahnsinnig froh, dass Peter hinter diesem Monster her ist.

Froh und irrational besorgt, denn das ist viel gefährlicher, als ich dachte.

»Wie willst du …?« Ich halte inne, weil ich nicht weiß, wie ich es ausdrücken soll.

»Ihn kriegen?«

Ich nicke und schaue dabei auf sein kühl amüsiertes Gesicht. »Ja.«

»Auf dem üblichen Weg. Wir finden alles über seine Sicherheitsmaßnahmen heraus, lernen seine Routinen, und wenn die Zeit reif ist, schlagen wir zu.«

Ich schlucke den irrationalen Angstknoten in meinem Hals hinunter. Peter und seine Leute sind sehr gut ausgebildet, und es ist auf jeden Fall dumm, sich um die Sicherheit des Attentäters zu sorgen, der mich entführt hat. Stattdessen konzentriere ich mich auf das, was für meine Situation am relevantesten ist. »Also wirst du für eine Weile weg sein?«

»Nein, nur wenn etwas schiefgeht. Anton und Yan werden nächste Woche zum Auskundschaften hinfliegen, aber Ilya und ich werden erst in der Endphase der Operation aktiv werden. Ich schätze, das wird in ein oder zwei Wochen sein, und ich sollte nicht länger als ein paar Tage weg sein.«

Ich kaue die Innenseite meiner Wange. »Was ist mit mir? Wirst du mich hierlassen, während du nach Nigeria gehst?«

»Yan wird bei dir bleiben«, sagt Peter und biegt auf den Pfad zu einer Lichtung ab, während ich versuche, meine Enttäuschung zu verbergen. Trotz allem, was er mir am Tag des Sturms gesagt hat, habe ich den

Gedanken an Flucht nicht ganz aufgegeben. Ja, er hat mir diese eine Klippe gezeigt, und während unserer Spaziergänge habe ich noch ein paar weitere gesehen, aber das bedeutet nicht, dass der ganze Berg unpassierbar ist. Es könnte einen Weg nach unten geben, den Peter vor mir geheim hält, und wenn ich genügend Zeit und Freiheit hätte, könnte ich ihn vielleicht finden. Was ich danach machen würde – wie ich mich dauerhaft Peters Klauen entwinden könnte, wenn ich es zurück nach Hause schaffen sollte –, ist eine andere Sache, aber ich muss mich auf eine Aufgabe nach der anderen konzentrieren.

Ich muss etwas Hoffnung haben, sonst wird mich die Verzweiflung verschlingen.

»Brauchst du nicht dein ganzes Team?«, frage ich und tue mein Bestes, um nur leicht interessiert zu klingen. »Ich dachte, ihr arbeitet als eine Einheit.«

»Das tun wir, aber wir werden es anpassen«. Peter wirft mir einen ironischen Blick zu, als wir die Lichtung betreten. »Keine Sorge, Ptichka. Wir lassen dich hier nicht allein.«

Ich antworte nicht, weil es keinen Sinn hat – und weil wir unser Ziel erreicht haben: eine Klippe mit einem herrlichen Blick auf den See.

»Wow.« Ich atme aus und nehme die atemberaubende Landschaft auf, als wir ein paar Meter vom Rand des Kliffs entfernt stehen bleiben. »Das ist umwerfend.«

Nach dem Regen der letzten Tage ist die Luft kristallklar, der Himmel perfekt hellblau, und weit und breit ist keine Wolke in Sicht. Wenn kein Wind weht, ist der See unter uns so still, dass er wie ein riesiger Spiegel aussieht, der die majestätischen Berge reflektiert, die ihn umgeben.

Wenn ich nicht gegen meinen Willen hier wäre, würde ich denken, dass es der schönste Ort auf Erden sei.

»Ja, das ist es«, stimmt Peter mir zu, und seine Stimme ist ungewöhnlich heiser, als sich seine Hand fester um meine legt. Als ich mich umdrehe, sehe ich, dass sein metallischer Blick vor Hunger brennt. Mein Herz setzt einen Schlag aus, als die Hitze durch meinen Körper fließt und das Frösteln durch die Höhe verjagt.

Es ist jetzt immer so. Ein Blick, eine Berührung – und ich bin verloren. Selbst wenn wir uns nur an den Händen halten, schlägt mein Herz etwas schneller, und wenn er mich so anschaut, werden meine Knochen weich wie Gummi, und mein Körper wird erregt.

Ich erröte, ziehe meine Hand aus seinem Griff und trete zurück, um zu vermeiden, in seine Richtung zu schwanken. Wir hatten vor weniger als zwei Stunden Sex, und ich bin immer noch wund. Es ist beunruhigend, wie sehr ich ihn will und wie wenig Kontrolle ich über meine Reaktion habe. Die Chemie zwischen uns ist seit jeher explosiv, aber seit dem Blowjob hat mein Verlangen sich verändert, und der Grund dafür scheint in dieser ganzen falschen Situation verwurzelt zu sein.

Nein. Ich zwinge den Gedanken, zu verschwinden, und weigere mich, ihm nachzugeben. Peter hatte unrecht. Ich will nicht seine Gefangene sein. Das ist kein sexuelles Spiel, das wir spielen, sondern mein Leben und meine Zukunft. Alles, wofür ich gearbeitet habe, ist weg, gestohlen von dem Mann, der mich mit diesen brennenden silbernen Augen ansieht. Egal, welche perversen Verlangen er in mir erweckt hat, ich werde nie mit dieser erzwungenen Beziehung klarkommen.

Das kann ich nicht.

Doch als er nach mir greift und mich an sich zieht, kann ich ihm nicht widerstehen. Ich wehre mich nicht, als er seinen Kopf beugt und seine Lippen auf meine legt. Das Feuer, das durch meine Adern fegt, verbrennt jede Vernunft, jede Moral und jeden gesunden Menschenverstand. Meine Finger krallen sich in seine Haare, mein Körper schmiegt sich an seinen, und als er mich gegen einen Baum lehnt, gebe ich nach und umarme die Dunkelheit, lasse mein eigenes inneres Monster frei.

eter

WÄHREND DIE VORBEREITUNGEN FÜR DEN NIGERIA-JOB laufen, bemerke ich, dass ich mich mit zunehmender Verzweiflung an Sara hänge, dass mein Bedürfnis nach ihr außer Kontrolle gerät. Wenn ich nicht mit meinen Männern trainiere oder an der Logistik für die Mission arbeite, bin ich entweder mit ihr zusammen oder denke an sie. Es ist wie eine Sucht, dieses Verlangen, das nie vergeht, und das Schlimmste daran ist, dass ich Sara nicht an Bord holen kann, egal was ich mache.

Ich kann sie nicht dazu bringen, ihr Leben mit mir zu akzeptieren.

Es ist nicht so, dass sie mich körperlich bekämpft. Im Gegenteil, sie reagiert, wann immer ich sie anfasse, und in ihren Augen sehe ich den gleichen Hunger, das gleiche Bedürfnis, das mich lebendig verbrennt. Sie leugnet es vielleicht, aber sie mag es, wenn ich im Bett grob bin, noch mehr, als wenn ich zärtlich zu ihr bin. Wenn ich die Kontrolle übernehme, befreit sie das, erleichtert die Qual ihrer Schuldgefühle, und ihr überaktives Gehirn schaltet sich ab. Unsere Wünsche ergänzen sich, unsere Verbindung knistert mit dunkler Hitze, doch selbst wenn ihr Körper meinen umarmt, spüre ich die Kälte ihrer geistigen Distanz, die Versuche, sich von mir fernzuhalten.

Auf einer gewissen Ebene verstehe ich das. Ich habe sie aus ihrem Leben, aus ihrer Familie und dem Beruf, den sie liebte, gerissen. Diese letzte Sache stört mich, weil ich weiß, wie viel von Saras Identität damit zusammenhing, eine erfolgreiche Ärztin zu sein. Musik mag ihre Leidenschaft und Medizin die pragmatische, elterlich anerkannte Wahl gewesen sein, aber ihr machte ihr Beruf trotzdem Spaß. Ich sah es jedes Mal, wenn sie nach Hause kam, müde, aber begeistert von der Herausforderung, Leben in diese Welt zu bringen und die Krankheiten ihrer Patientinnen zu heilen. Jetzt scheint sie verloren, auf undefinierbare Weise gebrochen, und ich hasse es.

Meine Ptichka liebt es, Menschen zu helfen, und ich habe ihr das genommen.

Um sie aufzuheitern, beschließe ich, auf dem nächsten Trip mit dem Hubschrauber ein paar Musikinstrumente und Aufnahmegeräte mitzunehmen, damit Sara sich selbst aufnehmen kann, wenn sie ihre Lieblingspopsongs mitsingt. Außerdem bitte ich Ilya, mir dabei zu helfen, einen Teil des offenen Wohnzimmerbereichs im Erdgeschoss in ein Tanzstudio umzuwandeln, falls Sara wieder mit Salsa oder Ballett anfangen will.

»Was macht ihr da?«, fragt Sara, als sie sieht, dass wir die Wand hochziehen, und ich erkläre ihr meine Idee. Sie scheint nicht übermäßig erfreut zu sein, aber andererseits ist sie das im Moment selten.

Es ist, als ob ein Teil ihres inneren Funkens erloschen ist, und ich weiß nicht, wie ich ihn zurückbringen soll.

»Das ist abgefuckt, Mann«, murmelt Ilya, als Sara nach einem weiteren Telefonat mit ihren Eltern mit steifen Schultern und tränenüberströmten haselnussbraunen Augen nach oben geht. »Ernsthaft, das Mädchen verdient das nicht.«

Ich werfe ihm einen dunklen Blick zu, und er hält die Klappe, aber ich weiß, dass er recht hat.

Ich zerstöre die Frau, die ich liebe, und ich kann nicht aufhören.

Egal, was passiert, ich kann sie nicht gehen lassen.

Als Anton und Yan von ihrer Erkundungsmission zurückkehren, braucht das Tanzstudio nur noch Spiegel, und ich beschließe, die beiden zusammen mit den Musikinstrumenten und der Aufnahmetechnik auf dem Rückflug aus Nigeria zu besorgen. Ich lade auch

Tausende von beliebten Musikvideos auf ein iPad mit deaktiviertem Internetzugang herunter und gebe es Sara, die mir erneut mit gedämpfter Begeisterung dankt.

Wir sind an einem Punkt, wo es mir fast lieber wäre, wenn sie mich aktiv bekämpfen würde, so wie in den ersten Tagen, nachdem ich sie mitgenommen habe.

Nicht zum ersten Mal denke ich über die Pille danach nach, die ich ihr gegeben habe, und an die Kondome, die wir weiterhin benutzen. Vielleicht war es ein Fehler, auf die letzten Reste meines Gewissens zu hören und Saras Bitte nachzugeben. Als ihre Periode vor zwei Wochen kam, fühlte ich mich, als hätte ich etwas verloren, und egal, wie sehr ich versuche, den Gedanken von Sara mit Kind aus meinem Kopf zu verdrängen, ich kann nicht aufhören, darüber nachzudenken.

Ich kann nicht aufhören, es zu wollen.

Mein kleines Vögelchen, schwanger. Ich kann es mir so deutlich vorstellen, wenn ich sie ansehe – den geschwollenen Bauch und die vollen, reifen Brüste, das Leuchten des Lebens, das sich in ihr entwickelt ... Ihre hübschen Brustwarzen würden besonders sensibel werden, ihr schlanker Körper üppig und weich, und wenn das Kind geboren wird, würde sie es lieben.

Sie würde sich auf eine Art und Weise um unser Baby kümmern, wie meine leibliche Mutter sich nie um mich gekümmert hat.

Es ist verlockend, und das Verlangen nagt jeden Tag mehr an mir. Hier oben habe ich Sara in meiner Macht.

Wenn ich die Kondome weglassen würde, gäbe es nichts, was sie tun könnte, keine Pille danach. Sie würde mein Kind bekommen, und sie würde es lieben, und eines Tages würde sie mich auch lieben.

Wir wären eine Familie, und ich hätte sie endlich wirklich.

Sie würde mir gehören, und sie würde nie wieder gehen wollen.

~

Am Abend vor meiner Abreise nach Nigeria mache ich für Sara und das Team ein besonderes Abendessen, für das ich die Lieblingsgerichte jedes Einzelnen zubereite, zusammen mit ein paar japanischen Rezepten, die ich unbedingt ausprobieren möchte.

»Warum essen wir nicht jeden Tag so?«, beschwert sich Anton, der eine zweite Portion *Vinaigrette*, ein traditioneller russischer Salat mit Roter Bete, nachnimmt. »Ernsthaft, Mann, du musst das verbessern. Wir hatten gestern nur Reis und Fisch.«

Ich zeige ihm den Mittelfinger, und die Ivanov-Zwillinge lachen, bevor sie sich ihr Lieblingsgericht – Lammkebabs – nehmen, das auf georgische Weise zubereitet ist und mit einer scharfen Sauce verfeinert wird. Sogar Sara lächelt, als sie ihren Teller mit ein wenig von allem belädt, inklusive meines Versuchs, Tempura-Gemüse zuzubereiten.

Während wir essen, besprechen die Jungs und ich einen Teil der Logistik des Jobs, und Sara hört schweigend zu, wie sie es immer während der Mahlzeiten macht. Die Distanz, die sie zu mir einhält, gilt auch für meine Männer; sie spricht nur selten mit ihnen, zumindest, wenn ich in der Nähe bin. Der Einzige, den sie zu mögen scheint, ist Ilya, und selbst bei ihm ist sie zurückhaltend, höflich, aber nicht warm. Ich denke, sie fühlt sich unwohl in der Nähe meiner Teamkollegen; entweder das – oder sie hasst sie, weil sie meine Komplizen sind.

Ich habe nichts gegen ihr Verhalten ihnen gegenüber. Mir ist es sogar lieber so. In den letzten sechs Wochen habe ich alle drei dabei erwischt, wie sie Sara mit unterschiedlich stark ausgeprägtem Interesse angesehen haben, und ich habe mich kaum zurückhalten können, ihnen die Kehle durchzuschneiden. Ich weiß, dass sie sich nichts dabei denken, wenn sie sie ansehen – jeder Vollblutmann würde Saras wohlgeformte und anmutige Schönheit bewundern –, aber ich bin trotzdem versucht, sie zu töten.

Sie gehört mir, und ich teile sie nicht. Niemals.

Jedenfalls bin ich froh, dass Yan zurückbleibt. Von uns vieren hat er den kühlsten Kopf, und obwohl ich allen drei Teamkollegen vertraue, habe ich das größte Vertrauen in Yans Selbstbeherrschung. Er würde Sara nicht anrühren, egal wie groß die Versuchung ist, und genau das ist es, was ich brauche.

Ich muss wissen, dass sie sicher bewacht wird, damit ich mich auf den Job konzentrieren kann.

»Und was ist mit den Bewohnern der Stadt?«, fragt

Yan, während Ilya unseren Fluchtweg nach dem Anschlag umreißt. Wir alle sprechen Englisch aus Respekt vor Sara, und zu meiner Überraschung sehe ich ihr Gesicht weiß werden, als ich die Bomben erkläre, die wir als Ablenkung starten wollen.

Wenn ich es nicht besser wüsste, würde ich denken, sie macht sich Sorgen um uns.

Wir gehen weiter durch die Bombenlogistik und sind mitten in der Diskussion über Notfallpläne, als Sara plötzlich aufsteht und ihr Stuhl über den Boden kratzt.

»Bitte entschuldigt mich«, sagt sie mit zitteriger Stimme, und bevor ich sie aufhalten kann, rennt sie zur Treppe und verschwindet nach oben.

ara

MIR IST SCHLECHT, BUCHSTÄBLICH GANZ SCHLECHT VOR Angst. Ich habe Bauchkrämpfe, und es fühlt sich an, als sei mir ein Lastwagen über die Brust gefahren. Seit Peter mir von dem nigerianischen Bankier erzählt hat, habe ich versucht, nicht über die Gefahr nachzudenken, aber heute Abend, als ich den Männern dabei zugehört habe, wie sie über die wahnsinnigen Sicherheitsmaßnamen auf dem Gelände des Bankiers sprachen und darüber, was sie tun würden, falls einer von ihnen verletzt oder getötet wird, konnte ich es nicht mehr ignorieren.

Morgen werden Peter und seine Mannschaftskameraden gegen ein Monster in seinem schwer bewachten Versteck antreten, und es gibt keine Garantie, dass sie am Leben bleiben.

Ich schließe mich im Badezimmer ein, eile zum Waschbecken, spritze kaltes Wasser auf mein Gesicht und versuche, durch die erstickende Enge in meinem Hals zu atmen. Es fühlt sich an wie eine Panikattacke, außer dass die Angst, die ich verspüre, nichts mit meiner eigenen Situation zu tun hat – einer Situation, die eigentlich durch Peters Tod gelöst werden könnte.

Eine Kugel ins Gehirn oder ins Herz – das ist es, wie er mir einmal gesagt hat, was nötig ist, damit er mich verlässt. Und ich weiß, dass es stimmt. Solange mein Peiniger lebt, werde ich nie frei von ihm sein. Selbst wenn ich irgendwie fliehen könnte, würde er mich verfolgen. Also sollte ich hoffen, dass er erschossen wird oder durch eine dieser Bomben in die Luft fliegt. Dann könnten seine Teamkollegen mich nach Hause zurückbringen, und ich könnte mein altes Leben wiederaufnehmen.

Ich könnte alles wiederhaben, wenn er tot wäre.

Das sollte ich mir wünschen, aber stattdessen fressen mich Angst und Sorgen auf. Der Gedanke, dass Peter irgendwie verletzt werden könnte, ist unerträglich, heute noch mehr als in der Nacht, in der er mich gestohlen hat. In den letzten sechs Wochen habe ich alles getan, um meine Gefühle zurückzuhalten, nur auf physische Weise auf ihn zu reagieren, aber ich habe eindeutig versagt.

Welche verrückten Gefühle ich auch immer für den Mörder meines Mannes entwickelt habe, sie sind immer noch da; wenn überhaupt, dann sind sie während meiner Gefangenschaft gewachsen.

Als ich mich immer schlechter fühle, schnappe ich mir ein Handtuch und wische mir damit über mein nasses Gesicht. Mein Magen ist ein riesiger Knoten, und ich spüre das Blut in meinen Schläfen pulsieren, während ich flache Atemzüge in meinen immer enger werdenden Brustkorb pumpe. Das Gesicht, das im Badezimmerspiegel reflektiert wird, ist kreidebleich mit roten Flecken an den Stellen, wo ich zu stark mit dem Handtuch gerieben habe.

Morgen könnte Peter getötet werden.

»Sara?« Ein Klopfen an der Tür erschreckt mich, und ich lasse das Handtuch fallen.

»Ptichka, geht es dir gut?« Peters tiefe Stimme hört sich besorgt an.

Meine Lungen funktionieren immer noch nicht richtig, aber ich ziehe hastig Luft ein und sage mit erstickter Stimme: »Mir geht's gut. Nur einen Augenblick.«

Ich hebe das Handtuch mit zitternden Händen vom Boden auf, werfe es in den Wäschekorb in der Ecke und fahre mit meinen Handflächen über mein Haar, da ich versuche, mich zu beruhigen. Meine Panikattacken sind in den letzten Wochen verschwunden, und ich möchte nicht, dass Peter weiß, dass ich wieder eine bekommen habe, nur weil ich von den Gefahren erfahren habe, denen er ausgesetzt sein wird.

Ich atme mehrmals tief durch, bevor ich zur Tür gehe und sie öffne. Peter tritt sofort mit einer in

Sorgenfalten gelegten Stirn ein, und sein Blick sucht mich nach Verletzungen ab.

»Was ist passiert? Geht es dir gut?«

»Ja, entschuldige bitte. Ich hatte nur Magenschmerzen«, sage ich mit fast ruhiger Stimme. »Mir geht es aber gut.«

Peters Stirnrunzeln vertieft sich. »Ist es schon wieder so weit?«

»Nein, es ist nur ...« Ich halte inne und rechne kurz im Kopf nach. Zu meiner Überraschung hat er recht. Meine letzte Periode war vor knapp vier Wochen – was zum Teil erklärt, wie ich mich fühle.

»Tatsächlich, ja«, sage ich und bin erleichtert, mich an diese Entschuldigung klammern zu können. »Das ist mir nicht aufgefallen, aber ja, das muss es sein.«

Ein Teil der Anspannung verschwindet aus Peters Gesicht. »Meine arme Ptichka. Komm her.« Er zieht mich in seine Umarmung, und ich schlinge meine Arme um seine Taille und atme seinen warmen Duft ein, während er mein Haar streichelt. Meine schlimmste Panik lässt nach, da sein fester, muskulöser Körper meine Angst mindert, aber die Furcht vor morgen weigert sich, zu verschwinden.

Was ist, wenn er getötet wird?

»Willst du dich hinlegen?«, murmelt Peter nach einem Moment und zieht sich zurück, um mich anzusehen, aber ich schüttele den Kopf. Mein Brustkorb ist noch zu eng, und mein Magen krampft wirklich, aber mit meiner Sorge allein zu sein würde die Situation nur verschlimmern.

Ich löse mich aus seinem Griff und schaffe es, zu lächeln. »Mir geht es gut. Tut mir leid, wenn ich das Essen ruiniert habe. Es war alles köstlich.«

Die Sorge in seinem Blick ist noch nicht vollständig verschwunden, aber er nickt und akzeptiert meine Worte ohne Widerspruch. »Möchtest du Nachtisch?«, fragt er. »Es gibt Apfelkuchen. Ich kann ihn für dich hochbringen, wenn du nicht ...«

»Nein, ich komme nach unten. Ich muss sowieso eine Ibuprofen nehmen.«

Ich atme tief durch und gehe aus dem Badezimmer, da ich entschlossen bin, alles zu tun, was nötig ist, um mich von den Gedanken an morgen abzulenken.

ALS WIR IN DER KÜCHE ANKOMMEN, ÄNDERT SICH SARAS Verhalten so plötzlich, als hätte jemand einen Schalter umgelegt und eine andere Persönlichkeit eingeschaltet. Eine Art frenetische Energie scheint sie zu überkommen, und nachdem sie zwei Ibuprofen heruntergeschluckt hat, fängt sie an, mit einer Geschwindigkeit in der Küche umherzuwirbeln, die Reste wegzupacken und frische Teller für den Nachtisch zu holen, die sonst nur jemand an den Tag legt, der einen Zug nicht verpassen will.

»Ich mache das schon, Ptichka. Entspann dich einfach«, sage ich zu ihr und führe sie zu ihrem Stuhl, als sie versucht, den Kuchen ohne Topflappen aus dem

Ofen zu holen. »Du fühlst dich nicht gut, also lass es ruhig angehen.«

»Mir geht es gut«, protestiert sie, aber ich ignoriere sie, nehme den Kuchen selbst vorsichtig aus dem Ofen und trage ihn an den Tisch, während die Jungs dem Ganzen verwirrt zusehen.

Sara sitzt einige Augenblicke still und lässt mich den Kuchen in fünf Stücke schneiden, bevor sie wieder hochspringt. »Lass mich wenigstens beim Servieren helfen«, sagt sie und schnappt sich Ilyas Teller. Dann fällt ihr offenbar auf, dass sie nicht die richtigen Utensilien hat, und sie rennt zur Küchenschublade und kehrt mit einem Kuchenheber zurück.

Dieses Mal lasse ich sie einfach machen, auch wenn ich keine Ahnung habe, was über sie gekommen ist. Ihre Augen sind zu leuchtend, fiebrig mit unterdrückter Aufregung, und ihr Gesicht ist immer noch zu blass. Vielleicht hat sie sich etwas eingefangen? Aber dann sollte sie müde sein und nicht wie verrückt umherlaufen.

»Hier«, sagt sie und schiebt Ilya den Kuchen hin. »Möchtest du sonst noch etwas? Zum Beispiel Schlagsahne?«

»Ähm, nein, danke.« Mein Teamkollege blinzelt Sara an. »Es ist alles gut so.«

Sie schenkt ihm ein untypisch strahlendes Lächeln und füllt als Nächstes Antons Teller. Sie legt ein Stück Kuchen auf ihn, gibt Anton den Teller, und dann macht sie das Gleiche für Yan und mich, bevor sie ein Stück Kuchen für sich selbst nimmt.

Sie setzt sich hin, sticht ihre Gabel in ihr Stück und schaut nach oben, um in unsere verwirrten Gesichter zu blicken.

»So«, sagt sie mit einer so fröhlichen Stimme, dass ich sie kaum wiedererkenne: »Habt ihr Apfelkuchen auch in Russland, oder ist das eher etwas Amerikanisches? Ihr wisst schon, wie in der Redewendung ›so Amerikanisch wie Apfelkuchen‹ und so.«

Yan erholt sich zuerst. »Wir haben Apfelkuchen«, sagt er mit einem amüsierten Grinsen. »Er sieht nicht genauso aus, aber wir machen Kuchen und kleine Küchlein – *Pirozhki* –, gefüllt mit Äpfeln und Beeren sowie Fleisch, Kartoffeln, Pilzen, Kohl, grünen Zwiebeln und Eiern.«

»Kohl, grüne Zwiebeln und Eier?« Sara rümpft ihre Nase. »Wirklich?«

»Na ja, nicht zusammen« verdeutlicht Yan. »Es sind Eier und grüne Zwiebeln oder Kohl. Oh, und Pilze können auch bei Zwiebeln und Käse vorkommen.«

Sara legt ihren Kopf auf die Seite, und betrachtet ihn mit Interesse. »Ach ja? Welche anderen Backwaren sind noch typisch russisch?«

»Oh, da gibt es viele,« sagt Anton und steigt in das Gespräch ein. Unbeabsichtigterweise hat Sara die größten Schwächen meines Freundes angesprochen – Süßigkeiten und Backwaren –, und Ilya und ich tauschen verzweifelte Blicke aus, als er eine lange Liste seiner Lieblingskuchen und -gebäcke aufführt und jedes einzelne in appetitanregender Einzelheit beschreibt.

»Wow«, sagt Sara, als er eine Atempause einlegt. »Peter, weißt du, wie man die alle macht?«

»Einige«, sage ich und lege meine Gabel ab. »Wenn du willst, kann ich mich am Napoleon versuchen, wenn wir zurückkommen – das ist die russische Version von *Millefeuille*, von der Anton dir erzählt hat.«

»Ja, bitte«, antwortet Anton, obwohl ich nicht ihn gemeint hatte. »Wie sagen die Amerikaner das? Bitte hübsch und mit einer Kirsche oben drauf?«

Ilya und Anton lachen, aber Saras Gesicht spannt sich für einen Bruchteil einer Sekunde an. Im nächsten Moment schließt sie sich ihrem Lachen jedoch an, und ich frage mich, ob ich es mir eingebildet habe. Nicht, dass es wichtig wäre – ihr Verhalten ist schon merkwürdig genug.

Während wir den Nachtisch essen und Tee trinken – eine russische Tradition, über die die Jungs Sara alles erzählen –, schaue ich ihr zu und versuche, den Grund für ihre plötzliche Animation herauszufinden. Es ist, als hätte eine andere Person Saras Körper übernommen. Sie scherzt und lacht mit meinen Männern, als hätte sie keine Sorgen in ihrem Leben. Doch unter dem Tisch rutscht sie auf ihrem Stuhl hin und her und hat ihre Arme um ihren Bauch geschlungen – ein deutliches Zeichen für die Krämpfe, die sie plagen.

Es beunruhigt mich, dieses Rätsel, und als der ganze

Apfelkuchen verschwunden ist, sage ich den Jungs, dass sie abräumen sollen. Sara springt hoch, um ihnen zu helfen, aber ich ergreife ihr Handgelenk, bevor sie wieder herumlaufen kann.

»Komm«, sage ich. »Es ist Zeit fürs Bett.«.

Sie protestiert nicht, obwohl es gerade einmal neun Uhr ist, und als wir im Schlafzimmer ankommen, fängt sie an, sich ohne Aufforderung auszuziehen, und ihre Augen glänzen noch immer mit dem fiebrigen Leuchten.

Meine körperliche Reaktion erfolgt augenblicklich. Sobald sie ihr Shirt auszieht und ihren BH aufmacht, wird mein Schwanz steinhart, und prickelnde Hitze läuft über meine Haut. Und als sie den BH auf den Boden fallen lässt, bevor sie aus ihrer Jeans steigt, fängt mein Herz an, gegen meinen Brustkorb zu schlagen. Was mich aber am meisten anmacht, ist, dass sie meinen Blick durchgehend erwidert und das fiebrig schimmernde Leuchten in den haselnussbraunen Augen sich in den verführerischen Glanz der Begierde verwandelt.

Ihr Tanga ist das Letzte, und dann kommt sie auf mich zu, wobei ihre schlanken Hüften mit unbewusster Anmut schwingen.

Obwohl es unmöglich zu sein scheint, verhärte ich noch mehr, und ich muss meine ganze Kraft aufwenden, um sie nicht zu ergreifen, als sie vor mir stehen bleibt und ihre schlanken Hände nach dem obersten Knopf meines Hemdes greifen.

»Ich dachte, du fühlst dich nicht gut.« Meine Stimme ist heiser, erfüllt von der Begierde, die mich in unkontrollierten Wellen überrollt. »Ptichka, du musst nicht ...«

»Pssst.« Sie greift nach oben und drückt einen zarten Finger auf meine Lippen. »Ich will nicht reden.«

Mein Herzschlag brüllt in meinen Ohren, als ihre Hand sich senkt und an den Knöpfen meines Hemdes arbeitet. Es ist das erste Mal, dass Sara beim Sex die Initiative ergreift, und als ihre Finger auf meiner Haut entlangfahren, wird die Hitze in mir vulkanisch, der Drang, sie zu ficken, so stark, dass meine Hände sich zu Fäusten ballen. Sie arbeitet voller Konzentration, ihre sexy Unterlippe klemmt zwischen ihren Zähnen, während ihre Haare in dicken, glänzenden Wellen um ihr Gesicht fallen, und ich zittere buchstäblich vor Verlangen, mich nach ihr auszustrecken, sie zu ergreifen und sie immer wieder zu nehmen.

Trotzdem bewege ich mich nicht. Ich kann nicht. Ihre freiwillige Berührung ist ein Geschenk, das ich heute Abend nicht erwartet habe und auf das ich nicht einmal zu hoffen wagte. Ich weiß nicht, was ihr durch den Kopf geht oder warum sie das tut, aber ich werde mich nicht dagegen wehren.

Als sie mit den Knöpfen fertig ist, schiebt Sara mir das Hemd von den Schultern, schaut mich durch die dunklen Wimpern an, die ihre Augen einrahmen, und greift nach dem Reißverschluss meiner Jeans.

Ihre Berührung ist jetzt zögerlicher, fast schon

vorsichtig, aber das spielt keine Rolle. Das Blut, das durch meine Venen strömt, fühlt sich an wie Lava. Ihr nackter Körper ist so nah, dass ich sie riechen kann, sie spüre ... nichts außer ihrer Süße auf meiner Zunge schmecken kann. Ihre Brustwarzen sind steif und hart, und ihre blassen Brüste schwingen sanft, als sie mit der Schnalle meines Gürtels kämpft, und ein Stöhnen meinem Hals entweicht, als sie meinen pochenden Schwanz befreit und vor mir auf die Knie sinkt.

»Sara ...« Ich kann kaum sprechen, als sie meine Eier in ihrer weichen Handfläche wiegt und ihre andere Hand um meinen Schaft legt. Sie beugt sich nach vorn und leckt ihn zart von der Wurzel bis zur Spitze, und eine Hitzewelle überrollt meinen Rücken. Meine Eier ziehen sich fest an meinem Körper zusammen, und ich weiß, es wird nur Sekunden dauern bis ich komme. Ich atme schwer ein, versuche, an etwas anderes zu denken, etwas, was den explosiven Anstieg der Anspannung verzögert, aber sie legt ihre Lippen um mich, nimmt mich in ihren weichen, feuchten Mund, und ich verliere jeglichen Anschein von Kontrolle.

Stöhnend umfasse ich ihren Kopf und schiebe meine Finger in ihr Haar, während ich den ganzen Weg hineinstoße, und sie würgt, da sie keine Luft holen kann, als ich bis zu ihrem Hals in ihr bin. Es ist nicht das, was ich wollte, nicht das, was ich heute Abend vorhatte, aber die Lust, die mich erfasst hat, ist zu gewalttätig, zu stark, um ihr zu widerstehen. Auf ihren Knien, mit ihren kastanienbraunen Wellen, die über ihren schlanken Rücken fließen, und ihren tränenden Augen, während ich ihr Gesicht ficke, ist Sara das Sexyeste, was ich jemals gesehen habe. Und zu wissen, dass sie freiwillig dort ist ...

»Scheiße!« Das Schimpfwort platzt aus mir heraus, als sich ihre Hand auf meinen Eiern zusammenzieht, der Orgasmus aufkocht und das Vergnügen außer Kontrolle gerät. Meine Muskeln ziehen sich zusammen, meine Wirbelsäule wölbt sich, als Lust wie Ecstasy durch meine Venen rauscht und ich mit einem heiseren Schrei komme und meinen Samen direkt in ihren Hals spritze.

Sie schluckt jeden Tropfen, lutscht an meinem Schwanz, bis er weich wird, und die ganze Zeit blicken ihre haselnussbraunen Augen in meine. Es ist, als würde sie meine Lust trinken und sich von meinem Verlangen nach ihr ernähren. Es erinnert mich an das eine Mal, an dem ich sie bestraft habe, nur dass ich heute Abend nicht die betäubte Unterwerfung in ihrem Blick sehe. Sie tut das, weil sie es will, nicht, weil ich sie gebrochen habe, und als die letzte Lustwelle verebbt, ziehe ich sie auf die Füße und führe sie zu unserem Bett, da ich entschlossen bin, es richtig zu machen.

»Leg dich hin«, sage ich zu ihr, während ich sie auf das Bett schiebe, und sie gehorcht, indem sie sich auf ihrem Rücken ausstreckt. Ihr Blick ist verdunkelt, und ihre Lider sind halb geschlossen, als sie mir dabei zusieht, wie ich über sie klettere, und ich weiß, dass sie immer noch von dem gefangen ist, was heute Abend über sie gekommen ist.

Dieses Rätsel nagt an mir, aber jetzt ist nicht die Zeit, es zu verfolgen. Ich atme immer noch schwer durch die Nachbeben der Lust, aber ich will mehr. Ich will schmecken, wie sie kommt, will die Umarmung ihrer schlanken Arme um mich spüren. Es ist mehr als ein sexuelles Bedürfnis, es ist ein Zwang.

Von Sara kann ich nie genug bekommen.

Also gönne ich mir etwas. Da mein dringendster Hunger gesättigt ist, nehme ich mir die Zeit, mit ihrem Körper zu spielen, jeden Zentimeter ihres warmen, süß duftenden Fleisches zu küssen und zu streicheln. Sie ist köstlich, meine Sara, ihre blasse Haut glatt und geschmeidig, ihre zarten Rundungen weich und doch fest in meiner Hand. Ihr Stöhnen, ihr keuchendes Atmen, ihr Wimmern, als ich sie lecke – ich würde alles geben, um für immer so zu bleiben, um ihre Schreie zu hören, während sie sich auf meiner Zunge immer weiter anspannt.

Zwei Orgasmen, drei Orgasmen, vier Orgasmen ... Ich verliere nach einer Weile den Überblick, da ich von ihr eingenommen, süchtig nach ihrer Lust bin. Ich lasse sie mit meinen Fingern und meinem Mund kommen, und dann nehme ich sie sanft, da ich auf ihre prämenstruellen Beschwerden Rücksicht nehme. Sie wehrt sich nicht, sondern klammert sich an mir fest, während ich vorsichtig hin und her schaukle, und, nachdem ich gekommen bin, noch einmal nach unten gehe und unsere kombinierte Nässe probiere, als ich ihre Klitoris lecke. Ihre Finger krallen sich in mein Haar, ihre Atmung ist keuchend und ihr Stöhnen hört sich bittend an – ihr Geschmack, sie zu spüren und sie zu riechen, das ist wie eine Überdosis Drogen. Und als sie kaputt, strahlend und erschöpft daliegt, nehme ich sie in meine Arme und spüre, wie ihr Herz gegen mein Herz schlägt, während wir einschlafen.

25

Sara

ICH WACHE MIT EINER MERKWÜRDIGEN MISCHUNG AUS
Wohlbefinden und Beschwerden auf, und es dauert
eine Minute, bis ich mich daran erinnere, warum.

Peter.

Er ist heute Morgen nach Nigeria abgereist,
nachdem er die ganze Nacht mit mir geschlafen hat.

Es fühlt sich jetzt unecht an, wie ein Traum, aus
dem ich gerade aufwache. Ich kann nicht glauben, dass
ich so auf ihn losgegangen bin, und was dann folgte ...
Stöhnend rolle ich auf die Seite und schwinge meine
Beine aus dem Bett. Mein Unterleib krampft mit voller
Kraft, und als ich ins Badezimmer gehe, bin ich nicht
überrascht, als ich sehe, dass meine Periode beginnt.
Was mich schockiert, ist, dass wir letzte Nacht wieder

die Kondome vergessen haben und keine Alarmglocken in meinem Kopf losgegangen sind.

Es ist, als ob ich unterbewusst schwanger werden *wollte.*

Nein. Ich schiebe diesen erschreckenden Gedanken von mir. Ich wünsche mir so definitiv *kein* Kind. Ich habe letzte Nacht nur nicht klar gedacht. Nachdem ich den Männern zugehört hatte, wie sie über die Gefahren sprachen, war ich so krank vor Sorge und so verzweifelt gewesen, mich abzulenken, dass ich Peter verführt habe, auch wenn ich mich beschissen gefühlt habe. Ich bin mir ziemlich sicher, dass er mich gestern Abend in Ruhe gelassen hätte – er ist immer rücksichtsvoll, wenn ich mich schlecht fühle – aber ich brauchte eine Ablenkung, und genau die habe ich bekommen. Durch meinen zweiten Orgasmus vergaß ich alles über Nigeria *und* dass ich mich nicht gut fühlte, und beim vierten konnte ich mich kaum an meinen eigenen Namen erinnern.

Ich muss dringend duschen, also ignoriere ich die Beschwerden in meinem Unterleib und trete in die Duschkabine, um mich von Kopf bis Fuß zu waschen. Danach trockne ich mich ab, putze mir die Zähne und gehe zurück ins Schlafzimmer, um mich anzuziehen. Zu meiner Überraschung entdecke ich ein Glas Wasser und Ibuprofen auf der Kommode – Peter muss sie mir heute Morgen dagelassen haben.

Ich bin jämmerlich dankbar dafür, schlucke die Medizin herunter und lege mich hin, um darauf zu warten, dass die schlimmsten Beschwerden vorübergehen. Es ist dumm, aber ich vermisse meinen Entführer bereits ... vermisse seine Aufmerksamkeit und Fürsorge. Ich weiß, dass es nur ist, weil ich mich schlecht fühle, aber ich will, dass er mir den Bauch reibt, mich festhält und mir das Gefühl gibt, dass ich der Mittelpunkt seiner Welt bin.

Ich will ihn hier haben und nicht am anderen Ende der Welt, wo Kugeln fliegen und Bomben explodieren.

Nein. Nein, nein, nein. Ich kneife meine Augen zu, aber es ist zu spät. Die Angst, von der ich dachte, dass ich sie beiseitegeschoben hätte, kehrt schlagartig und giftig zurück, und die Panik verengt meine Brust und meinen Hals. Es ist dumm, völlig irrational, aber ich will nicht, dass mein Peiniger stirbt. Ich kann es mir nicht einmal vorstellen. Sein Einfluss auf mein Leben ist so absolut, so allumfassend, dass ich es mir ohne ihn nicht vorstellen kann.

Ich will es mir nicht vorstellen.

Meine Brust verengt sich noch mehr, und ich konzentriere mich auf meine Atmung, um meine angespannten Muskeln zu entspannen und meinen wild schlagenden Puls zu verlangsamen. Ich sage mir, dass es Peter gut gehen wird, dass er mit allem fertig werden kann, was ihm in den Weg kommt. Gefahr ist seine Komfortzone, Mord sein auserwählter Beruf. Es gibt keinen Grund, zu glauben, dass etwas schiefgehen wird, keinen Grund, zu glauben, dass er nicht zurückkehren wird.

Außer, dass er damals bei dem Mexiko-Job verletzt wurde.

Nein. Ich atme tief durch und zwinge die heimtückische Erinnerung, zu verschwinden. Es ist dumm, sich nur wegen eines einmaligen Fehlers Sorgen zu machen. Im Laufe der Jahre hat Peter viele gefährliche Aufgaben erledigt, ohne dabei verletzt zu werden.

Er hat sogar meinen Mann und seine drei Wachen getötet, ohne einen Kratzer abzubekommen.

Mein Magen rumort, meine Krämpfe verschlimmern sich und meine Kehle füllt sich bei der Erinnerung mit Galle. Wie hatte ich vergessen können, was für ein Mann Peter ist und was er getan hat? Hier oben auf diesem Berg mag mein altes Leben weniger realistisch erscheinen, aber das heißt nicht, dass es nie existiert hat.

Es ist egal, dass der Ehemann, den ich liebte, nicht existierte.

Ich schließe die Augen und konzentriere mich auf George und die glücklichen Erinnerungen, die wir zusammen hatten. Es gibt so viele: unsere ersten Verabredungen, die Reise nach Disney World, die Grillpartys bei meinen Eltern ... Meine Eltern liebten ihn, hielten große Stücke auf ihn, und jahrelang habe ich das auch getan. Wir haben zusammen gelacht und geweint, gingen aus und blieben zu Hause. Er war zu meinem College-Abschluss da und ich zu seinem. Dann wurde es hart: erst medizinische Fakultät und meine Assistenzzeit, dann seine nicht enden wollenden Auslandsreisen. Und trotzdem waren wir zusammen, unsere Liebe stützte sich auf das Wissen, dass unser

Leben gerade erst anfing, dass wir jung waren und alles aushalten konnten.

Natürlich war das vor dem Trinken und den Stimmungsschwankungen ... bevor seine Geheimnisse unsere Ehe zerstörten und Peter in unser Haus brachten.

Ich öffne meine Augen, starre an die Decke und fühle den vertrauten Schmerz des Verrats. Ich wünschte, ich könnte diesen Teil vergessen, um vorzutäuschen, dass alles, was Peter mir erzählt hat, eine Lüge ist, aber ich kann die Fakten nicht leugnen.

Der Junge, den ich an der Uni traf, war nicht der Mann, den ich heiratete, und ich hatte jahrelang keine Ahnung, warum.

Spion, nicht Journalist. Es ist immer noch so schwer zu glauben. Hätte George es mir je gesagt? Wenn die Tragödie von Daryevo und all die folgenden Dinge nicht passiert wären, hätte ich dann jemals von seinem wirklichen Job erfahren? Oder hätte er mich unser ganzes Leben lang im Dunkeln gelassen, mich mit einem Lächeln angelogen?

Als ich erkenne, dass meine Gedanken zur Bitterkeit tendieren, versuche ich, mich auf die glücklichen Zeiten zu konzentrieren, aber es ist nutzlos. Was George und ich hatten, war vielleicht einmal gut gewesen, aber das war es gegen Ende nicht, und das kann ich nicht vergessen. Ich kann den Schmerz und die Schuld, die Schande und die Verzweiflung, die ich bekämpft habe, als unsere Ehe durch das Gewicht seiner Sucht langsam zerbrach, nicht einfach wegwischen. Ich habe meinen Mann lange vor dem Unfall verloren, der seinen Schädel brach, lange bevor Peter mit seinen tödlichen Racheplänen auftauchte.

Ich verlor ihn, als Peter seine Familie verlor; ich wusste es zu der Zeit nur einfach nicht.

Mein Unterleib krampft immer noch, aber die Tabletten beginnen zu wirken, also stehe ich auf und ziehe mich an. Ich ertrage es nicht mehr, an George zu denken, denn selbst die glücklichen Erinnerungen sind jetzt von dem Wissen befleckt, dass alles eine Lüge war, dass ich den Mann, den ich geheiratet habe, nie wirklich kannte.

Der Mann, um dessen Mörder ich mir jetzt Sorgen mache.

Da ich verzweifelt eine frische Angstwelle unterdrücken will, schnappte ich mir das iPad, das Peter mir gegeben hat, und mache ein Musikvideo an, um zusammen mit Ariana Grande zu singen, während ich mich anziehe und mir die Haare bürste. Die Musik hebt meine Stimmung leicht an, und als ich nach unten gehe, kann ich Yan, der mit einem Laptop hinter der Theke sitzt, mit einem normal klingenden »Guten Morgen« begrüßen.

»Guten Morgen«, antwortet er und schaut vom Bildschirm auf, als ich anfange, mir Kaffee zu machen. Wie immer ist Ilyas Bruder wie für die Arbeit bei einem Investmentunternehmen gekleidet, sein braunes Haar ist sauber gestylt und sein Gesicht glatt rasiert. Er lächelt mich an, aber sein grüner Blick bleibt kalt, als er sagt: »Peter hat Haferbrei für dich auf dem Herd gelassen.«

»Oh, danke.« Meine Brust zieht sich mit beunruhigender Wärme zusammen, als ich hinüber zum Herd gehe und den Haferbrei in eine Schüssel gebe. Ich sollte mich inzwischen daran gewöhnt haben, aber es überrascht mich immer noch, dass Peter nie müde zu werden scheint, sich um mich zu kümmern. Gerade heute Morgen muss er so viele wichtigere Dinge im Kopf gehabt haben, aber trotzdem hat er an mich gedacht, mir Ibuprofen auf den Nachttisch gelegt und mir dieses Frühstück zubereitet.

»Irgendwelche Neuigkeiten?«, frage ich Yan, während ich mich an den Tisch setze. »Hast du etwas von ihnen gehört?«

Der Russe schüttelt den Kopf. »Es dauert noch acht Stunden, bis sie landen.« Sein Ton ist leicht, aber ich spüre eine Anspannung darunter.

Meine Angst steigt wieder, und mein Appetit schwindet, aber ich zwinge mich zu essen, während Yan sich wieder dem Computerbildschirm zuwendet. Peter ist vielleicht für ein paar Tage oder länger weg, und ich kann nicht verhungern, nur weil ich krank vor Sorge bin. Es ergibt für mich auch keinen Sinn, mir um einen Mann Sorgen zu machen, den ich hassen sollte, aber ich gebe diesen Kampf auf.

Dumm oder nicht, ich will nicht, dass Peter verletzt oder getötet wird.

Nach dem Essen gehe ich nach oben und lenke mich ab, indem ich lese und die Musikvideos anschaue, die Peter für mich auf das iPad heruntergeladen hat. Damit und mit einigen leichten Haushaltsarbeiten bin ich bis zum Mittagessen beschäftigt, zu dem ich wieder hinuntergehe.

Yan ist nirgendwo zu sehen, also muss er entweder in seinem Zimmer sein oder irgendwo draußen trainieren. Eine Sekunde lang bin ich versucht, meinen Fluchtversuch zu wiederholen – das Wetter ist jetzt viel wärmer, und soweit ich weiß, kommt kein Sturm –, aber ich entscheide mich dagegen. Die Topographie dieses Berges ist mir noch nicht bekannt genug, und das blinde Herumstolpern um die Klippen scheint mir keine gute Idee zu sein, besonders dann nicht, wenn ich mich durch meine Periode so schlecht fühle.

Zumindest ist es das, was ich mir einrede, um zu erklären, warum ich mir alle Gedanken an Flucht aus dem Kopf schlage und eine weitere Ibuprofen nehme, bevor ich mir ein Sandwich mache.

ALS ICH ZUM ABENDESSEN WIEDER HINUNTERGEHE, IST Yan da und isst gerade eine Schüssel mit dem restlichen Haferbrei auf, während er etwas aufstellt, was wie ein Audio-Recording-Equipment aussieht – ein sperriger, voluminöser Kopfhörer mit einem angeschlossenen Mikrofon, der in den Computer eingesteckt wird.

»Gibt es was Neues?«, frage ich, gehe hinüber zum

Kühlschrank, nachdem ich noch eine Ibuprofen genommen habe, und Yan schüttelt den Kopf.

»Sollte aber bald so weit sein«, sagt er, bevor er den Rest seines Tees hinunterschluckt. »Ich sage dir Bescheid, wenn sie landen.«

»Danke«, sage ich und beschäftige mich damit, mir eine Gemüsepfanne zu machen. Als ich das Gemüse schneide und würfele, bevor ich es großzügig mit Sojasauce würze, kann ich spüren, wie sich die Spannung zwischen meinen Schulterblättern sammelt und die Angst, die ich den ganzen Tag lang bekämpft habe, zurückkommt.

»Möchtest du etwas?«, frage ich Yan, als er nach oben schaut, um zu sehen, was ich tue, und er lehnt höflich ab, indem er den Kopfhörer anscheinend für ein paar Audio-Empfangstests aufsetzt. Er sieht immer noch ungewöhnlich angespannt aus, und sein Gesichtsausdruck ist grimmig fokussiert, während seine Finger über die Tastatur des Laptops fliegen.

Als meine Gemüsepfanne fertig ist, setze ich mich zum Essen hin, beobachte heimlich Yan, und mein Unbehagen wächst mit jedem Bissen. Meinen Berechnungen nach sind schon acht Stunden seit dem Frühstück vergangen, und die Spannung, die von dem üblicherweise gefühlskalten Russen ausgeht, hilft nicht.

»Bleibst du normalerweise während der Mission mit ihnen in Kontakt?«, frage ich, als ich die Stille nicht länger ertrage. »Oder wartest du, bis sie dich kontaktieren?«

Yan schaut vom Bildschirm auf und nimmt den

Kopfhörer ab. »Ich bin normalerweise bei ihnen«, sagt er und dreht den Barhocker, um mich anzusehen, und ich verstehe, warum er so nervös ist.

Er ist daran gewöhnt, dort zu sein, mittendrin, und nicht, von der Seitenlinie aus zuzuschauen.

»Es tut mir leid, dass du mich babysitten musst«, sage ich und schiebe meinen halb gegessenen Teller weg. Ich könnte genauso gut versuchen, meinen verbliebenen Kerkermeister kennenzulernen, anstatt mir über Peters Schicksal Sorgen zu machen. »Du machst dir bestimmt gerade Sorgen um deinen Bruder.«

Yan zuckt mit den Schultern, ein Ausdruck kühler Belustigung, der die Anspannung auf seinem Gesicht verschleiert. »Ilya kann auf sich selbst aufpassen.«

»Ja, da bin ich mir sicher.« Ich nehme meine Tasse Tee in die Hand und frage: »Ist er dein jüngerer oder älterer Bruder?«

Seine Belustigung scheint sich zu vertiefen. »Drei Minuten älter.«

»Oh.« Ich blinzle. »Er ist dein Zwillingsbruder?«

Er nickt. »Kaum zu glauben, aber sogar eineiig.«

»Wow. Ihr seht euch überhaupt nicht ähnlich.« Während ich meinen Tee trinke, betrachte ich seine sauberen, leicht aristokratischen Gesichtszüge. Jetzt sehe ich bei näherem Hinsehen die Ähnlichkeiten mit Ilyas Knochenbau, aber es gibt auch einige Unterschiede. Yans Nase ist geradliniger, und sein kantiger Kiefer proportionaler – nicht ganz so gemeißelt wie Peters, aber immer noch kräftig und schön definiert. Der größte Unterschied ist jedoch das Haar.

Yan hat einen vollen Kopf davon, ohne Schädeltätowierungen in Sicht.

»Mein Bruder hatte in einigen Kämpfen Pech«, erklärt er, als er bemerkt, dass ich ihn beobachte. »Seine Nase wurde gebrochen und sein Gesicht ziemlich eingeschlagen. Außerdem hat er Steroide genommen, als wir jung und dumm waren – und mehr Muskeln haben wollten.«

»Ich verstehe.« Steroide würden einige der Unterschiede erklären, einschließlich der Größenunterschiede. Nicht, dass der Mann, der vor mir sitzt, klein ist. Er ist ungefähr so groß und muskulös wie Peter. Sein Zwillingsbruder jedoch ist massiv, so groß wie alle Bodybuilder, die ich jemals gesehen habe.

»Hast du noch mehr Geschwister?«, frage ich, und Yan schüttelt den Kopf.

»Nein, nur wir beide.«

Ich stelle meine Tasse hin. »Habt ihr noch mehr Familie?«

»Nein.« Sein Gesichtsausdruck ändert sich nicht, nichts deutet auf Trauer oder Bedauern hin. Er hätte genauso gut darauf antworten können, ob er noch ein Paar Socken hat.

Ich möchte tiefer in die Sache eintauchen, aber es gibt noch ein anderes Thema, das mich mehr interessiert. »Wann hast du Peter kennengelernt?«, fragte ich und lehne mich, auf meine Ellenbogen gestützt, nach vorn. »Ihr habt schon vorher zusammengearbeitet, richtig?«

»Ja, das haben wir.« Yan schließt den Laptop und dreht den Barhocker, um mir gegenüberzusitzen. »Ilya und ich waren drei Jahre in seinem Team, bevor wir nach Daryevo kamen.«

Die Erwähnung des Dorfes erinnert mich an die entsetzlichen Bilder auf Peters Telefon, und die Gemüsepfanne liegt schwer in meinem Magen. »Kanntest du sie?«, fragte ich und versuchte, meine Stimme ruhig zu halten. »Seine Frau und seinen Sohn, meine ich.«

»Nein.« Die grünen Augen des Russen funkeln wie Edelsteine und sind genauso kalt. »Anton ist der Einzige, der sie jemals getroffen hat. Wir anderen wussten nicht, dass Peter eine Familie hatte, bis sie getötet wurde.«

»Oh.« Ich weiß nicht, was ich dazu sagen soll. Offensichtlich traute Peter dem Mann, der vor mir saß, nicht – jedenfalls nicht genug, um sein wertvollstes Geheimnis preiszugeben. Doch hier sind sie, arbeiten wieder zusammen.

»Wenn ich er wäre, hätte ich es auch geheim gehalten«, sagt Yan, und ein hartes Lächeln breitet sich über seinem Gesicht aus, und ich merke, dass er mein Unbehagen spürt. »Wir haben keine Familien und Babys in unserer Welt.«

»Wirklich?« Es war also nicht so sehr eine Vertrauensfrage als vielmehr eine Abweichung Peters vom akzeptiertem Lebensstil. »Dann nehme ich an, dass keiner von euch je verheiratet war?«

»Nur Peter«, bestätigt Yan. »Und du weißt, wie das ausgegangen ist.«

Ich schlucke den Knoten in meinem Hals herunter und greife wieder nach meinem Tee. »Ja. Das weiß ich.«

Yan sieht mir dabei zu, wie ich den Rest des Tees trinke, bevor er ruhig sagt: »Das wird auch nicht lange so bleiben.«

Ich senke die Tasse. »Was meinst du?«

»Das.« Er deutet mit der Hand auf mich und unsere Umgebung. »Was auch immer das ist, es wird nicht so bleiben.«

Ich starre ihn verwirrt an. »Du meinst ... er wird mich gehen lassen?«

»Nein.« Der Blick des Russen ist wieder kalt und völlig unleserlich. »Das wird er nicht tun. Er ist ein besessener Mann, und du bist seine Besessenheit. Er wird dich niemals gehen lassen, Sara. Nur, wenn einer von euch oder beide tot sind.«

Ich atme scharf ein, aber bevor ich reagieren kann, pingt etwas, und Yan dreht sich weg, um sich dem Laptop zuzuwenden.

»Sie sind gelandet«, sagt er und setzt sich den Kopfhörer auf. »Jetzt kann der Spaß beginnen.«

eter

DER ERSTE TEIL DER OPERATION VERLÄUFT reibungslos. So reibungslos sogar, dass ich nervös werde. Es ist nie ein gutes Zeichen, wenn alles nach Plan läuft. Es gibt immer ein Problem zu lösen, eine Art Knoten, der entwirrt werden muss. Unvorhergesehene Hindernisse sind zu erwarten, denn nichts ist jemals hundertprozentig vorhersehbar, und zu denken, dass der Plan, so flexibel er auch sein mag, alle Variablen berücksichtigt, ist der schnellste Weg, um getötet zu werden.

Als wir also das Grundstück des Bankiers betreten und leise die genaue Anzahl der Wachen eliminieren, die wir eingeplant hatten, beginne ich, mich unwohl zu fühlen. Und als wir alle Kameras unter unsere

Kontrolle bringen, indem Yan sich Zugriff auf sie beschafft, und uns auf den Weg zur Schlafzimmersuite des Bankiers machen, ohne einen einzelnen Mitarbeiter zu treffen, der von seiner Routine abweicht, geht meine Gefahreneinschätzung auf Alarmstufe Rot – und ich bin nicht der Einzige.

»Du riechst es auch, stimmt's?«, murmelt Anton, als wir vor der Schlafzimmertür anhalten.

»Was riechen?«, flüstert Ilya und schnüffelt stirnrunzelnd die Luft ab.

»Die Kacke ist am Dampfen«, sage ich leise. »Das ist zu leicht. Zu sehr nach Plan.«

Verständnis erhellt Ilyas Blick. »Scheiße.«

Keiner von uns ist abergläubisch, aber wir haben einen gesunden Respekt vor dem Glück, und wir alle wissen, dass zu viel Glück genauso tödlich sein kann wie eine Pechsträhne. Ein stetiger Strom von kleinen Hindernissen hält den Verstand und die Reflexe scharf, während sanftes Segeln zur Selbstgefälligkeit verleitet. Nicht, dass wir jemals bei einem Job entspannt sind – der Adrenalinschub sorgt dafür, dass wir wachsam bleiben –, aber es gibt einen Unterschied zwischen der Aufmerksamkeit bei regelmäßigen Kämpfen und dem Hyperbewusstsein, das wir bei Kämpfen um unser Leben verspüren.

Dieser Job verlief bis jetzt reibungslos, und wenn wir auf Schwierigkeiten treffen werden – was wir tun werden, weil das Glück eine wankelmütige Schlampe ist –, wird es uns extra hart treffen.

Es gibt nichts, was wir dagegen tun können, außer

die Mission abzubrechen, also gebe ich Anton ein Zeichen, sich fertigzumachen, und Ilya tritt vor die Tür.

Ein harter Tritt von seinem massiven Fuß, und die Tür fliegt aus den Angeln und stürzt auf den Boden. Von drinnen ertönt ein panisches Quieken, und als wir drei in den Raum eilen, sehen wir unser Ziel auf dem Boden, wo seine Fettfalten wabbeln, während seine nackte Geliebte hinter dem Bett hockt.

Die winzigen, schweineähnlichen Augen des Bankiers sind weiß vor Schrecken, und seine runde Gestalt zittert, als er nach vorn krabbelt, um seinen abschwellenden Schwanz mit einem Kissen zu bedecken. »Nicht! Bitte, ich kann Sie bezahlen. Ich schwöre, dass ich Sie bezahlen kann. Ich werde mehr zahlen als sie. Wie viel wollen Sie? Hunderttausend Euro? Eine halbe Million Dollar? Ich habe es. Ich habe das Geld, ich schwöre es!« Als er sieht, dass wir nicht innehalten, wechselt er vom Englischen zu einer Mischung aus Französisch und Deutsch mit starkem Akzent und danach zu einem Hausa-Dialekt, in dem er das Angebot verzweifelt wiederholt, bis Anton ihm in den Hals sticht, um ihn zum Schweigen zu bringen.

»Mit besten Grüßen von Omuyas Cousin«, sage ich auf Englisch und sehe dem Mann dabei zu, wie er wild um sich schlägt, als er an dem Blut erstickt, das aus seinem Hals spritzt. Es dauert nur wenige Augenblicke, bis er stirbt – alles in allem ein leichter Tod.

Die Geliebte des Arschlochs bricht hinter dem Bett in lautes Schluchzen aus. Ich ignoriere den Lärm, mache ein Foto des Körpers als Beweis für den Klienten und sage dann zu Ilya auf Russisch: »Binde sie fest und lass uns gehen.« Normalerweise würden wir auch die Frau eliminieren, aber ich will diesmal einen Zeugen.

Ich will, dass die Behörden uns in Afrika suchen, weit weg von Sara und Japan.

Ilya legt den Gurt seiner M16 über die Schulter, umkreist das Bett und greift nach der weinenden Frau. Da ich annehme, dass er das allein erledigen kann, gehe ich zur Tür, da meine Instinkte sich immer noch in höchster Alarmbereitschaft befinden.

Plötzlich ertönt ein Schuss.

Ich springe herum, und meine Ohren klingeln durch die Explosion, aber es ist zu spät.

Ilya liegt auf dem Boden, ein dunkelroter Fleck breitet sich neben seinem Kopf aus.

Sara

Ich laufe um den zweiten Stock herum und gehe von Raum zu Raum, während ich meine Angst bekämpfe. In dem Moment, in dem das Team landete, sagte Yan zu mir, ich solle ihn in Ruhe lassen, damit er sich darauf konzentrieren könne, seinen Teil des Jobs zu tun: die Überwachung des Bankiersgeländes aus der Ferne, falls unerwartete Probleme auftreten sollten. Und er hat nicht nur versucht, mich loszuwerden. Als ich die Küche verließ, habe ich auf seinem Computerbildschirm mehrere Sicherheitskamera-Feeds und etwas, was wie ein Blick von einer Drohne aus der Luft zu sein schien, gesehen.

Um mich abzulenken, habe ich noch einmal versucht zu lesen, habe mir danach Musikvideos angesehen und mit einigen meiner Lieblingskünstler mitgesungen. Ich bin sogar in das unvollendete Tanzstudio gegangen und habe ein paar Ballett-Übungen, die ich als Kind gelernt hatte, zusammen mit einigen Dehnübungen an der Stange ausprobiert, um die Anspannung in meinem unteren Rücken während meiner Menstruation zu erleichtern. Nichts davon hat mich länger als fünfzehn Minuten abgelenkt, so dass ich nun gedankenlos von Fenster zu Fenster gehe, so als ob ich den Helikopter erscheinen lassen könnte, indem ich in die Dunkelheit dort draußen starre.

Nach circa zwei Stunden verschlimmern sich meine Krämpfe, und ich bin ein komplettes Nervenbündel, also gehe ich hinunter in die Küche, um mehr Ibuprofen zu nehmen. Yan sitzt immer noch mit seinem Computer am Tresen, und der Kopfhörer bedeckt seine Ohren, aber sein Ausdruck ist jetzt nicht mehr cool. Er ist entsetzlich blass, und Spannungslinien rahmen seinen schmallippigen Mund ein, während er eindringlich auf Russisch in das Mikrofon spricht.

Mein Herz setzt einen Schlag aus, bevor es anfängt panisch zu rasen.

Etwas ist schiefgelaufen.

Eisige Angst prickelt durch meinen Körper, mein Magen zieht sich mit einer schrecklichen Vorahnung zusammen, und ich schaffe es kaum, nicht zu fragen, was passiert ist. Das würde nicht helfen, und ich will Yan nicht von dem ablenken, was er tut. Stattdessen eile ich durch die Küche, bleibe hinter ihm stehen und schaue verzweifelt über seine Schulter auf den Bildschirm.

Er schenkt mir keine Aufmerksamkeit, da sein ganzer Fokus auf dem Computer liegt, während er etwas herausbellt, was sich wie Anweisungen anhört. Zuerst kann ich nicht sagen, was los ist, aber dann sehe ich es in einer der Kameraübertragungen.

Zwei Leichen liegen neben einem Bett.

Einer ist ein fettleibiger, dunkelhäutiger Mann, dessen nackte Masse in einer roten Lache schwimmt, und auf der anderen Seite des Bettes ist eine nackte Frau. Bei näherem Hinsehen erkenne ich, dass auch sie von Blut umgeben ist.

Sie sind beide tot.

Übelkeit steigt mir im Hals hoch, und ich lege mir die Hand über den Mund, weil ich versuche zu schweigen. Yan spricht immer noch in diesem eindringlichen Ton, und auf einer weiteren Kameraübertragung erscheinen zwei Männer in SWAT-ähnlicher Ausrüstung in einem Flur. Sie laufen schnell und tragen einen großen Mann an Armen und Beinen.

Es sind Peter und Anton, die Ilya tragen, erkenne ich mit einer Mischung aus Entsetzen und Erleichterung. Ilyas Kopf ist mit einem Kissenbezug verbunden, aber ich sehe das Blut durchsickern.

Yans Zwillingsbruder ist schwer verletzt, vielleicht sogar tot.

Ich traue mich kaum zu atmen und beiße in meine Handfläche, während ich sie um eine Ecke gehen sehe.

Ein Dutzend bewaffneter Männer rennt auf einer weiteren Kameraübertragung einen anderen Flur entlang, und ich sehe den wütenden Alarm auf ihren Gesichtern, als sie über weitere Leichen stolpern. Die anderen Wachen vielleicht? Auf jeden Fall formieren sie sich schnell, während sie weiter den Gang hinuntereilen, und Yan spricht noch eindringlicher ins Mikrofon.

Peter und Anton verschwinden aus der Kameraübertragung, bevor sie einen Moment später auf einer anderen erscheinen, und ich sehe, dass sie sich einem Wohnzimmer mit einer Tür nähern, die zu einer großen Garage führt. An diesem Punkt rennen sie alle, während Ilyas Körper wie eine Hängematte zwischen ihnen hin und her schwingt, und mit einem flauen Gefühl begreife ich den Grund für ihre Eile.

Der Flur mit den bewaffneten Wachen führt zum selben Salon.

Es ist ein Rennen mit dem tödlichsten aller Einsätze – und die Wachen scheinen zu gewinnen.

Ich muss ein Geräusch von mir gegeben haben, denn Yan blickt über seine Schulter, und sein Kiefer ist angespannt, als seine Augen auf meine treffen. Er sagt allerdings nichts, sondern dreht sich nur zum Computer zurück, und ich schaue weiter zu, da ich nicht imstande bin, die Augen von dem Horror abzuwenden, der sich auf der anderen Seite der Welt abspielt.

Auf der Drohnenaufzeichnung durchbrechen zwei Explosionen ein kleines Gebäude neben dem

Haupthaus, und die Wachen halten an, bevor sie sich in zwei Gruppen aufteilen. Eine Gruppe eilt weiterhin in Richtung Salon, während einige Wachen zurücklaufen – zu den Bomben, die das Team als Ablenkung eingesetzt haben muss.

Dennoch reicht die Verzögerung nicht aus. Die Wachen kommen ein paar Sekunden vor Peter und seinem Team zum Salon.

Die Russen scheinen bereit zu sein. Während sie rennen, schwingen sie Ilya höher, und Peter hockt sich kurz hin, um Ilyas Bauch auf seiner Schulter landen zu lassen, während Anton den bewusstlosen Mann loslässt und sein Sturmgewehr in die Hand nimmt. Peter verzieht sein Gesicht vor Anstrengung, als er sich mit Ilyas massivem Körper auf seiner Schulter aufrichtet, und ich schaue wie betäubt dabei zu, wie er weiterläuft und Ilyas Körper mit einer Hand festhält, während er mit seiner anderen eine Granate aus seiner Tasche zieht.

Mit all den Geräuschen, die durch Yans Kopfhörer ertönen, kann ich den Knall des automatischen Gewehrfeuers nicht hören, aber ich sehe, wie die Gewehrkugeln durch die Wände schießen, als die Russen in den Salon mit den Wachen platzen. Zwei Wachen werden von Antons Feuer niedergemäht, aber der Rest bringt sich hinter einer Säule in Schutz, und ich unterdrücke einen Aufschrei, als Peter stolpert und Ilya ihm beinahe von der Schulter fliegt. Im nächsten Augenblick erholt er sich aber, hält an seiner menschlichen Last fest, und ich sehe die wilde

Entschlossenheit auf seinem Gesicht, als er die Granate nach oben führt und den Stift mit seinen Zähnen abreißt.

Bumm! Ein heller Blitz erscheint, und zwei Kameras werden dunkel. Ich berühre Yan nicht, aber ich fühle ihn zusammenzucken, als wäre er angeschossen worden. Ein Strom aus hektischem Russisch ergießt sich aus seinem Mund, während er auf die Tastatur einhackt, um mehr Kameraübertragungen zu bekommen, und erst als ich die Bewegung aus der Vogelperspektive der Drohne wahrnehme, atme ich durch und merke, dass ich weine und dass die Tränen eine brennende Spur auf meiner eiskalten Haut hinterlassen.

Yan muss den gleichen Hauch einer Bewegung bemerkt haben, denn er zoomt die Drohnenübertragung heran, als ein riesiger SUV durch ein sich langsam öffnendes Garagentor schnellt und dabei einen Teil des Türflügels mitnimmt, als er auf das Tor des Anwesens zuschießt.

Ein schluchzendes Zischen entweicht durch meine Zähne, und ich beiße erneut in meine Handfläche.

Mindestens einer von ihnen lebt noch, und ihm geht es gut genug, um zu fahren.

Zitternd beobachte ich, wie der Geländewagen inmitten eines Kugelhagels durch das Eisentor schießt und dann mit zwei bewachten Geländewagen, die ihn verfolgen, eine enge Straße hinunterrast. Die Drohne folgt lange genug, um einen der Geländewagen der Verfolger zu zeigen, der von der Straße rutscht, als ob seine Reifen zerschossen wurden, aber nach ein paar Sekunden verschwinden die Autos in der Ferne und lassen die Drohne hinter sich zurück.

Yan murmelt etwas, was sich wie ein russischer Fluch anhört, und hackt wieder wütend auf der Tastatur herum. Ein neues Fenster erscheint, diesmal mit einem Audio-Feed-Diagramm, und ich merke, dass er eine Radiofrequenz einstellen muss. Eine Minute später fängt er an, in hektischem Russisch zu sprechen, und ich atme einen zitternden Atemzug aus.

Jemand in diesem Geländewagen muss noch am Leben sein.

Ist es Peter? Sind sie verletzt? Wie weit ist es bis zum Flugzeug? Lebt Ilya noch? Ist Peter verletzt?

Die Fragen drohen herauszuplatzen, aber ich grabe meine Nägel in meine Handflächen und schweige, da ich es nicht wage, Yan abzulenken, als er eine Karte hervorzieht und auf Russisch Anweisungen herausrattert. Seine Haltung ist immer noch angespannt, seine Aufmerksamkeit ist wie ein Laserfokus auf den Bildschirm gerichtet, und ich weiß, dass sie immer noch in Gefahr sind.

Wenn sie alle noch am Leben sind.

Ich atme durch und versuche, mich zu beruhigen, um die Tränen davon abzuhalten, mein eiskaltes Gesicht hinunterzulaufen, aber die Angst ist zu stark. Ich bin krank vor Angst und vergiftet von der Überdosis Adrenalin. Ich habe noch nie eine solch lähmende Sorge um einen anderen Menschen erlebt. Mein Herz schlägt heftig in meinem Brustkorb, jeder

Schlag markiert eine weitere Sekunde dieses erbärmlichen Wartens.

Mit Peter muss alles in Ordnung sein. Es muss.

Eine Minute, zwei, drei, zehn ... Ich starre auf die winzige Uhr in der Ecke des Bildschirms, während Yan schweigt und mit mir wartet.

Zwölf Minuten.

Fünfzehn.

Achtzehn.

Ich bewege mich nicht. Ich atme kaum noch.

Zwanzig.

Zweiundzwanzig.

Yans Haltung ändert sich und sieht anders aufmerksam aus. Er greift nach dem Mikrofon, spricht ein paar knappe Sätze auf Russisch, nimmt dann den Kopfhörer ab und dreht sich zu mir um.

Reste des Stresses sind immer noch in seinem Gesicht zu erkennen, aber die Anspannung, die ich vorhin sah, ist verschwunden. »Es ist vorbei«, sagt er. »Sie sind in der Luft und auf dem Weg nach Ägypten. Eine Kugel hat Ilyas Schädel gestreift, aber sie haben die Blutung gestoppt, und er ist schon kurz aufgewacht. Mit etwas Glück kommt er wieder völlig in Ordnung.«

Ich greife die Theke und bereite mich auf das Schlimmste vor. »Und Peter?«

»Blutergüsse und einige leichte Wunden, aber nicht wirklich verletzt. Das Gleiche gilt für Anton.«

Mir ist schwindelig vor Erleichterung, als ich

ausatme, und die Nässe auf meinen Wangen mit meiner zitternden Hand wegwische.

Peter lebt.

Mit Blutergüssen und leichten Wunden, aber am Leben.

Ich will auf den Boden sinken, da der post-adrenaline Einbruch mich wie eine Kugel getroffen hat, aber ich halte mich am Tresen fest und zwinge mein überladenes Gehirn, zu funktionieren. »Also warum ...« Ich räuspere mich und verjage die Heiserkeit aus meiner Stimme. »Warum fliegen sie nach Ägypten?«

»Ilya braucht immer noch medizinische Hilfe, und dort gibt es eine Klinik«, erklärt mir Yan, bevor er mich eindringlich anstarrt.

»Was?« frage ich, und mein Herzschlag beschleunigt sich.

»Du bist eine Ärztin«, sagt er und legt seinen Kopf auf die Seite. »Das bist du doch, oder nicht?«

»Ich ... ja.« Weiß er das nicht? »Ich bin eine Gynäkologin.«

»Weißt du, wie man eine Wunde näht?«

Ich fange an zu verstehen, worauf er hinauswill. »Ja, natürlich. Ich habe während meiner Assistenzzeit auch Schichten in der Notaufnahme gemacht, aber ...«

»Warte mal.« Er dreht sich zum Laptop und setzt den Kopfhörer auf.

»Warte, Yan. Er braucht ein Krankenhaus«, protestiere ich, aber er spricht bereits auf Russisch in das Mikrofon.

Frustriert warte ich darauf, dass er sein Gespräch beendet, und als er sich mir wieder zuwendet, sage ich ihm fest: »Das ist eine schlechte Idee. Dein Bruder könnte eine Gehirnerschütterung oder innere Blutungen haben. Er braucht einen CT-Scan, Antibiotika, richtige medizinische Ausrüstung – er ...«

»Er hat Schlimmeres überlebt, glaub mir«, unterbricht mich Yan mit entschlossenem Gesicht. »Was er braucht, ist Ruhe und Zeit zum Heilen, und das können wir ihm in der Klinik nicht geben – nicht mit den Behörden, die den afrikanischen Kontinent nach uns durchforsten werden. Wir haben Antibiotika und medizinische Grundversorgung hier – wir haben das immer in allen unseren sicheren Verstecken –, und jetzt haben wir auch einen Arzt.«

Ich runzele die Stirn. »Nein, hör zu. Es ist noch nicht ...«

»Du solltest schlafen, Sara«, rät mir Yan und greift nach seinem Kopfhörer. »Du siehst müde aus, und wir brauchen dich frisch und ausgeruht, wenn sie landen.«

P eter

S ARA STEHT AM H UBSCHRAUBERLANDEPLATZ, ALS WIR landen, und ihre schlanke Gestalt ist klein und zerbrechlich neben Yans solider Statur. Meine Brust zieht sich bei dem Anblick zusammen, da meine Sehnsucht nach ihr schmerzhaft scharf ist, und ich muss mich zurückhalten, sie nicht einfach in meine Arme zu schließen, sobald unser Hubschrauber den Boden berührt. Stattdessen ist das Erste, was ich mache, nachdem ich aus dem Hubschrauber gesprungen bin, Ilya zu helfen. Die Wunde, wo die Kugel seinen Schädel gestreift hat, blutet nicht mehr, aber er ist immer noch schwach vom Blutverlust und mehr als ein wenig mitgenommen.

Hätte die Geliebte des Bankiers etwas anderes als

einen perlenbestückten Revolver des Kalibers 22 benutzt und besser gezielt, würden wir ihn in einem Leichensack nach Hause bringen.

Meine überanstrengten Schultern brennen, und meine gequetschten Rippen schmerzen, als Ilya sich auf mich stützt – meine kugelsichere Weste hielt während unserer Flucht zwei Kugeln auf –, aber ich beschwere mich nicht. Ich habe Glück gehabt. Fuck, wir haben alle drei Glück gehabt. Die Kacke war definitiv am Dampfen, und es war spektakulär beschissen. Zwischen der Geliebten des Bankiers, die den Revolver unter der Matratze fand, und irgendeinem wachsamen Wächter, der den Schuss hörte, war unser Weg aus dem Gelände so holperig wie der Weg hinein glatt war.

Auf einer Skala von eins bis zehn bekommt dieser Job eine sieben – nicht so schlimm wie einige, aber definitiv schlimmer als andere.

»Hier, ich habe ihn«, sagt Yan, und stellt sich neben mich, um Ilya zu stützen, und ich gehe beiseite und lasse ihn seinem Bruder helfen. Anton steigt hinter uns aus dem Hubschrauber, aber ich kümmere mich nicht um ihn. Er hat sich Splitter von der Granate in Arm und Schulter eingefangen, aber ich weiß, dass er gesund werden wird. Stattdessen konzentriere ich mich auf die eine Person, ohne die ich nicht leben kann.

Sara.

Meinen wunderschönen kleinen Singvogel.

Der Wind bläst ihr das kastanienbraune Haar ins Gesicht, und die Sonne hebt die Rotnuancen in den satten braunen Wellen hervor. Ihr Blick ist ernst, als sie mich anblickt, aber ihr Gesicht völlig ausdruckslos. Dennoch spüre ich ihre Sehnsucht, spüre sie tief in mir.

Sie gibt es vielleicht nicht zu, aber sie braucht mich.

Sie spürt unsere Verbindung ebenfalls.

Fünf große Schritte, und ich hebe sie hoch und nehme sie in meine Arme, während ich ihren Mund mit meinem zermalme. Hinter uns lässt Anton ein tiefes Pfeifen verlauten, aber ich blende ihn aus. Es ist mir scheißegal, was die Jungs denken, egal, ob sie meine Schwäche sehen. Nichts zählt außer der Art und Weise, wie sich ihre schlanken Arme um mich legen, und das süße, heiße Brennen, das ich spüre, wenn ich ihre Lippen schmecke. Der minzige Geschmack ihres Atems, das feuchte Gleiten ihrer Zunge, ihr warmer Sara-Geruch – ich absorbiere alles, fülle die Leere in mir und schiebe die Dunkelheit meiner Welt beiseite.

Ich verdiene sie nicht, aber ich habe sie.

Sie ist die meine, die ich lieben und schätzen und halten kann.

Ich weiß nicht, wie lange ich sie noch küsse, aber als ich den Kopf hebe, betreten die anderen schon das Haus. Widerwillig stelle ich Sara auf ihre Füße, aber ich kann mich nicht dazu bringen, sie loszulassen.

»Hast du mich vermisst, Ptichka?«, frage ich leise, und meine Hände ruhen auf ihrer schlanken Taille. »Hast du dir Sorgen gemacht, als ich weg war?«

Die Sonne bringt die grünlichen Flecken in ihren weichen haselnussbraunen Augen zum Vorschein und betont den Aufruhr in ihnen. »Ich ...« Sie leckt ihre vom Kuss geschwollenen Lippen. »Ich wollte nicht, dass du stirbst.«

»Das hast du schon gesagt. Aber hast du mich vermisst?«

Sie wirft mir einen gequälten Blick zu, dann drückt sie gegen meine Brust und befreit sich aus meinem Griff. »Ich muss gehen«, sagt sie entschlossen. »Ilyas Kopf wird sich nicht von selbst nähen.«

Sie dreht sich um, rennt ins Haus, und ich folge ihr enttäuscht und ermutigt.

Sie ist noch nicht bereit, es zuzugeben, aber früher oder später werde ich sie brechen.

Ich werde sie dazu bringen, mich zu lieben, egal, was es kostet.

~

SARA FOLGT DEN IVANOV-ZWILLINGEN IN ILYAS ZIMMER, und ich gehe in unser Schlafzimmer, um zu duschen, bevor ich zusammenklappe. Ich habe mich im Flugzeug gewaschen, aber ich verspüre immer noch den Drang, die Gewalt und den Tod abzuscheuern.

Ich will nicht, dass die Hässlichkeit meiner Welt Sara irgendwie beschmutzt.

Ich brauche mehr als zwanzig Minuten, um zu duschen und mich umzuziehen – mit dem nachlassenden betäubenden Effekt des Adrenalins protestieren meine schmerzenden Muskeln und gequetschten Rippen bei jeder Bewegung – und als ich in Ilyas Zimmer ankomme, ist Sara schon halb fertig mit dem Nähen. Ich halte in der Tür inne und beobachte ihre Arbeit, genieße das kleine konzentrierte Stirnrunzeln auf ihrem Gesicht. Ich hatte Kameras in ihrer Praxis im Krankenhaus installiert, also bin ich mit diesem Ausdruck vertraut. Sie hatte diesen Ausdruck oft, wenn sie Notizen von ihren Patienten machte oder eine neue Studie las, die auf ihrem Gebiet herausgekommen war.

»Gib mir den Verbandmull«, sagt sie zu Yan, als sie fertig ist, und ich grinse über ihren autoritären Ton. Mein kleiner Vogel ist in seinem Element, und zum ersten Mal seit Wochen sehe ich einen Hauch ihres früheren Funkelns. Yan hatte recht, das vorzuschlagen; es ist für uns nicht nur unendlich viel sicherer, wenn Sara sich um Ilyas Wunde kümmert, sondern es ist auch gut für ihre Stimmung.

Ihre Bewegungen sind schnell und effizient, als sie Ilyas Kopf bandagiert, und mein Teamkollege schließt seine Augen und sieht glücklich aus, da die Schmerzmittel, die wir ihm vorher gegeben haben, wirken.

»Irgendwelche anderen Verletzungen?«, fragt Sara und schaut über ihre Schulter zu mir und Yan.

»Ich glaube nicht, aber ich schau mal nach«, sagt Yan. »Ich weiß, dass Anton sich einen kleinen Splitter eingefangen hat, also willst du ihn dir vielleicht ansehen. Ich glaube, er ist auf seinem Zimmer.«

Sie nickt und steht auf. »Was ist mit dir, Peter?«

Ich will ihre Hände auf mir haben, also zucke ich

mit den Achseln und zucke durch die Bewegung sofort zusammen. »Nur ein paar Kratzer und Prellungen«, sage ich und gebe mein Bestes, um tapfer, aber schmerzerfüllt zu klingen.

Yan, der mich mit gebrochenen Knochen herumlaufen sehen hat, ohne dass ich einen Ton von mir gab, wirft mir einen »Machst du Witze?«-Blick zu, ist aber klug genug, nichts zu sagen, als Sara stirnrunzelnd zu mir kommt.

»Zeig her«, befiehlt sie und greift nach meinem Hemd, aber ich fange ihre schmalen Handgelenke ein, bevor sie eine Untersuchung beginnen kann.

»Wie wäre es, wenn wir auf unser Zimmer gehen, damit ich mich hinsetzen kann?«, schlage ich vor, und ignoriere Yan, der mit den Augen rollt. »Wir werden es dort bequemer haben.«

Sara runzelt ihre Stirn, während sie über meinen Vorschlag nachdenkt. »Ich muss Anton noch untersuchen. Hier, setz dich ...« Sie zieht ihre Handgelenke aus meinem Griff, greift nach meiner Hand und führt mich zu einem Stuhl in der Ecke, als Yan – dieser lusttötende Bastard – leise lacht.

»Lass mich mal sehen«, sagt Sara, und zieht mir geschickt das Hemd über den Kopf, und ich zucke wirklich zusammen, als die Bewegung an meiner wunden Schulter zerrt.

Es lohnt sich aber alles, denn im nächsten Moment drücken sich Saras kühle und sanfte Hände auf meinen Rumpf und tasten vorsichtig jede Rippe nach Brüchen ab. Ihre Berührung sollte wehtun, aber als ihre zarten

Finger über meine blauen Flecken gleiten, fühle ich nur Wärme, vermischt mit einer schmerzenden Enge in meiner Leistengegend.

»Tut das weh?«, murmelt sie, als ihre Hände sich bis zu meiner Schulter bewegen, und ich schüttele meinen Kopf, da ich fasziniert von den grünen Flecken in ihren weichen, haselnussbraunen Augen bin.

»Es ist einfach ...«, ich räuspere mich, »nur Muskelkater, denke ich.«

»Hmm.« Vorsichtig hebt sie meinen Arm und bewegt ihn in kreisenden Bewegungen. »Das hier tut auch nicht weh?«

»Nein.« Ich atme tief ein und inhaliere ihren süßen Duft. »Nur ein bisschen Muskelkater.«

»Okay.« Sie senkt sanft meinen Arm und tritt zu meiner Enttäuschung zurück. »Sieht so aus, als hättest du recht – es sind nur ein paar Blutergüsse.«

»Ich habe auch einen zerkratzten Rücken«, sage ich und drehe mich um, um ihn ihr zu zeigen. »Vielleicht muss er bandagiert werden.«

Sara beugt sich nach vorn, und ihre Hände tasten meine Schultern ab, bevor sie sich zur Rückenmitte bewegen, wo ich das schwache Stechen spüre.

»Das?«, fragt sie und berührt die verletzte Stelle leicht, und ich nicke, obwohl der Schmerz kaum spürbar ist.

»Es sieht so aus, als ob er schon heilt, also ist kein Verband mehr nötig«, sagt Sara, als ich mich wieder umdrehe, um ihr ins Gesicht zu sehen. »Ich nehme an, jemand hat es schon sauber gemacht?«

»Anton hat das im Flugzeug gemacht«, gebe ich widerwillig zu. Ausnahmsweise wünschte ich mir, dass mein Team nicht so gut in erster Hilfe ausgebildet wäre. »Bist du sicher, dass du ihn nicht verbinden musst?«

»Nein. Er wird so besser heilen. Sonst noch etwas?« Ich hebe meine Hände, um ihr die Kratzer auf meinen Handflächen zu zeigen, und Yan bricht in Lachen aus.

»Was soll sie damit machen? Einen Kuss drauf, und alles wird besser?«, fragt er auf Russisch und ignoriert meinen wütenden Blick. »Ernsthaft, Mann, wenn du Doktor-Patienten-Spiele spielen möchtest, tu es später. Lass sie erst die wirklichen Wunden behandeln.«

Sara schaut uns stirnrunzelnd an, und fragt Yan: »Was hast du gerade gesagt?«

»Ich habe ihm gesagt, dass Anton deine Aufmerksamkeit braucht«, antwortet Yan und grinst immer noch. »Und dass er dich nicht mit seinen perversen Sexspielchen aufhalten sollte.«

Saras Gesicht errötet, sie dreht sich um und schnappt sich den Erste-Hilfe-Koffer, um den Verbandmull und andere Vorräte wieder hineinzustopfen. »Ich werde jetzt einen Blick auf Anton werfen gehen«, sagt sie steif und eilt aus dem Zimmer, ohne einen von uns beiden anzuschauen.

Ich stehe auf und ziehe mein Hemd an. »Ich werde dir morgen beim Training dein dreckiges Gesicht in den Schädel schlagen«, sage ich grimmig zu Yan.

»Sobald ich geschlafen habe, wirst du deine eigenen Zähne essen.«

Das Arschloch lacht nur, als ich aus dem Zimmer stampfe und Sara folge, und selbst Ilya scheint ein Lächeln auf seinem Gesicht zu haben, als ich laut die Tür hinter mir zuschlage.

Anton sollte Saras Untersuchung besser nicht so sehr genießen, wie ich es gerade getan habe.

Ich bringe den Wichser um, wenn er das tut.

Sara

ANTON HAT EIN PAAR SCHNITTWUNDEN UND LEICHTE Stichwunden, wo er Granatsplitter an seinen Armen abbekam, aber sonst geht es ihm gut. Ich wechsle seine Verbände, als Peter von der anderen Seite des Zimmers mit finsterem Blick zuschaut, und gebe Anton einige Anweisungen, wie er die Wunden behandeln soll. Nicht, dass Peters Teamkollege sie braucht; von dem, was ich sagen kann, sind diese Männer Profis bei der Behandlung einfacher Verletzungen.

»Danke, Dr. Cobakis«, sagt er, als ich fertig bin, und ich lächle ihn an.

Selbst angsteinflößend aussehende bärtige Mörder scheinen den Arztberuf zu respektieren – zumindest, wenn sie verletzt sind.

Peter sagt etwas scharf auf Russisch und durchquert den Raum, um sich neben mich zu stellen. »Alles fertig?«, fragt er gereizt, während er mich anschaut, und ich runzele meine Stirn genauso, wie er es gerade tut.

»Ja, vorerst.« Ich habe keine Ahnung, was sein Problem ist, aber er benimmt sich wie ein Bär mit einem Dorn in der Pfote, seit er den Raum betrat.

Wenn es nicht so lächerlich wäre, würde ich denken, dass er eifersüchtig auf die Behandlung seines verletzten Freundes ist.

»Dann lass uns gehen.« Er ergreift meine Hand, führt mich hinaus, und mein Puls schnellt in die Höhe, als ich merke, dass er mich auf unser Zimmer bringt.

»Peter ...« Ich fühle, dass ich außer Atem komme, als ich mit seinen langen Schritten mithalten will. »Was tust du? Du musst dich ausruhen.«

Er wirft mir einen kurzen Blick zu, aber hört nicht auf. Sein Kiefer ist fest angespannt, und sein Griff ist so hart, dass er fast schmerzhaft ist. Mich hinter sich herziehend, betritt er unser Zimmer und schließt entschlossen die Tür hinter uns.

»Peter ...« Ich ziehe mich etwas zurück, sobald er meine Hand loslässt. »Du bist verletzt. Ich weiß nicht, was du dir dabei denkst, aber du musst ...«

Meine Worte enden mit einem Keuchen, weil Peter zu mir kommt, den Abstand zwischen uns mit einigen entschiedenen Schritten zurücklegt und mich an seine Brust drückt. Drei Sekunden später finde ich mich auf dem Bett, mit zweihundert Pfund wütendem, erregtem Mann auf mir wieder.

»Was machst ...«

Sein Mund legt sich hart und hungrig über den meinen, und seine Hände, die an meinen Kleidern zerren, zerreißen mein Oberteil buchstäblich in zwei Hälften. Ich spanne mich an, weil mich die Gewalt erschrickt, aber er hört nicht auf, sondern zieht meine Jeans mit rauen, ruckartigen Bewegungen an meinen Beinen herunter, während er mich mit seinem brutalen Kuss verschlingt. Als er meine Unterwäsche herunterzieht, denke ich kurz an die Bettwäsche und meine blutige Binde, aber seine Finger verschlingen sich mit meinen, halten meine Hände über meinen Kopf, und ich vergesse alles, da ich von dem wilden Sturm seiner Lust davongetragen werde.

Es ist überwältigend, sogar beängstigend, aber das Verlangen ist immer noch da und lauert unter der Angst. Meine Muskeln spannen sich instinktiv fest an, selbst als warme Feuchtigkeit mein Geschlecht überzieht, da die Anspannung meine Erregung steigert. Ich brenne für ihn, ich sehne mich nach der Gefahr und der Rauheit, und als er in mich eintaucht, schreie ich schockiert von dem dunklen Vergnügen und dem stechenden Schmerz auf.

Dann hält er inne, hebt seinen Kopf an, um meinem Blick zu begegnen, und ich erinnere mich an unser erstes Mal, an die Art, wie er mich nahm, als er die Kontrolle verlor. Er hat mir damals auch wehgetan, aber im Gegensatz zu damals gibt es heute keinen Hass in meinem Herzen, keine Bitterkeit oder ein erstickendes Schamgefühl. Der Schmerz fühlt sich gut an, stößt die Überreste meiner Sorgen weg und erinnert mich daran, dass er noch am Leben ist.

Erinnert uns beide daran, dass wir noch am Leben sind.

»Sara ...« Mein Name ist ein heiseres Ausatmen auf seinen Lippen, sein geschmolzener silberner Blick hält mich gefangen, selbst als er in mich hineinstößt und sein dicker Schwanz meine inneren Wände ausdehnt, mich bis zum Äußersten ausfüllt, bis ich Schmerzen habe. »Ptichka, ich brauche dich so sehr ...«

»Und ich brauche dich.« Die Worte fühlen sich an, als kämen sie aus dem Innersten meines Wesens, als seien sie von dem unmöglichen Feuer losgelöst worden, das in meinen Adern brennt. Ich kann nicht mehr dagegen ankämpfen, ich kann nicht so tun, als würde ich diesen schönen, tödlichen Mann hassen. Es ist weder Liebe zwischen uns noch etwas, was einer Freundschaft ähnelt, aber unsere Verbindung ist unbestreitbar, diese Chemie bis in unser Knochenmark bindet uns in Spiralen dunklen Verlangens und gewalttätiger Anziehungskraft zusammen. Ich will das von ihm: die Rauheit und Zärtlichkeit, die Angst und die alles verzehrende Hitze.

Er ist alles, von dem ich nie wusste, dass ich es brauchte, und als sich seine Augen bei meinem Zugeständnis verdunkeln, begreife ich, was das bedeutet.

Ich *gehöre* ihm, so schrecklich dieser Gedanke auch sein mag.

Ich schließe die Augen, schlinge meine Beine um seine Hüften, um ihn noch tiefer in mich aufzunehmen, und als er anfängt, zuzustoßen, sein muskulöser Hintern sich unter meinen Waden anspannt, gebe ich dem Unvermeidlichen nach.

Ich gebe ihm nach.

TEIL III

S*ara*

ALS DER ZWEITE MONAT MEINER GEFANGENSCHAFT IN den dritten übergeht, nimmt meine Verbitterung langsam ab, die verzweifelte Sehnsucht nach meinem alten Leben verwandelt sich in eine Art bittersüßen Schmerz. Ich suche weiterhin nach Möglichkeiten, zu entkommen, aber immer ist jemand im Haus und beobachtet mich, und während die Tage vergehen, höre ich auf, mir Gedanken über eine unmögliche Flucht zu machen und fange an, einige Teile meiner gemächlichen Routine zu genießen. Das warme Wetter hilft dabei – wir haben jetzt den heißesten Monat des Sommers und man kann viel mehr draußen unternehmen – und auch die Tatsache, dass Peter außer ein paar Flügen zur Aufstockung des Proviants so ziemlich seine ganze Zeit mit mir verbracht hat.

»Du hattest schon lange keinen Job mehr«, bemerke ich, als wir zu dem Gebirgsbach gehen, in dem wir immer an besonders warmen Tag schwimmen gehen. »Ist es wegen dem, was Ilya das letzte Mal passiert ist, oder bekommst du nicht so oft Kunden?«

»Wir werden die ganze Zeit über kontaktiert, aber wir sind sehr selektiv bei den Jobs, die wir annehmen«, sagt Peter und hebt einen tief hängenden Ast an, um mich darunter hindurchgehen zu lassen. »Das Risiko-Ertrags-Verhältnis muss allerdings gerade jetzt stimmen.«

Er sagt nicht, warum, das muss er aber auch nicht. Nach dem, was er mir erzählt hat, und dem, was ich in den kurzen Gesprächen mit meinen Eltern erfahren habe, intensivieren die Behörden ihre Fahndung und werfen alle ihre Ressourcen auf das Problem Peter. Teilweise liegt es an meinem Verschwinden; trotz meiner Anrufe zweimal pro Woche sind meine Eltern davon überzeugt, dass ich in Gefahr bin, und verbringen ihre Zeit damit, das FBI wegen Updates zu belästigen. Aber das Hauptthema ist die letzte Zielperson auf Peters Liste, ein ehemaliger US-General, der sich auf seine eigene Weise als ebenso schwer auffindbar erweist wie Peter und sein Team.

»Wally Henderson hat sehr gute Kontakte«, hat Peter mir vor ein paar Wochen erklärt. »Er hat lange vor den anderen auf der Liste Wind von dem bekommen, was vor sich geht, und er hat ein Verschwinden inszeniert, auf das Houdini neidisch wäre. Bis jetzt hat jede Spur, die unsere Hacker verfolgt haben, genau nirgendwohin geführt. Soweit wir wissen, hat er zu niemandem aus seinem früheren Leben Kontakt – weder zu Freunden noch zu Kollegen oder entfernten Verwandten –, und er hat auch keinen einzigen Fehler gemacht. Keine Spuren seiner Teenager in sozialen Netzwerken, keine Benutzung von Kreditkarten, nichts. Vieles über seinen Hintergrund ist geheim, aber Gerüchte besagen, dass er irgendwann ein CIA-Agent war, wahrscheinlich ein Agent im Objekt, der sehr verdeckt arbeitete. Und obwohl wir nicht herausfinden konnten, wie er es macht, scheint es so, als ob er die Behörden unter Druck gesetzt hat, sein Versteck unter allen Umständen geheim zu halten.

»Denkst du, er weiß, dass er der letzte Name auf deiner Liste ist?«, fragte ich.

»Ich bin mir sicher, dass er das tut«, antwortet Peter. »Wie gesagt, hat er Verbindungen, nicht nur nach Washington D. C. Er kennt jeden in der internationalen Geheimdienstgemeinschaft, und das nutzt er, um die Suche nach mir so hochrangig wie die nach den IS-Anführern zu machen.«

Ich habe versucht, nicht über die Auswirkungen nachzudenken, aber es ist unmöglich. Ich kann meine Sorgen um Peter nicht vergessen. Eigentlich sollte ich den General anfeuern und hoffen, dass die Behörden meinen Entführer finden und mich befreien, aber das rationale Denken scheint mir dieser Tage nicht zu liegen.

»Warum hörst du nicht mit diesen Jobs auf?«, frage ich, als wir uns dem Strom nähern. »Du musst schon genug Geld haben.«

Peter wirft mir einen schrägen Blick zu. »Auf der Flucht gibt es nicht genug Geld«, sagt er und zieht sein T-Shirt aus, wobei er einen kräftigen, muskulösen Oberkörper freilegt. »Privatflugzeuge und Hubschrauber sind nicht billig.«

Ich schaue weg, um nicht zu erröten, als er seine Shorts auszieht – er trägt nichts darunter –, und in den Bach watet, nachdem er seine Stiefel ausgezogen hat. Ich sehe ihn dauernd nackt, aber das mindert die Wirkung seines straffen und muskulösen Körpers auf meine Sinne nicht. Die Natur hat meinen Entführer mit einer perfekt proportionierten männlichen Figur gesegnet – breite Schultern, schmale Hüften, lange, kräftige Gliedmaßen – und ein intensives militärisches Training haben ihm einen Körper verliehen, um den ihn olympische Athleten beneiden würden. Aber es ist nicht sein Aussehen, das –meine Adern mit flüssiger Hitze füllt; es ist das Wissen, dass das dunkle Feuer, das immer zwischen uns schwelt, außer Kontrolle gerät, sobald ich ihn auf eine bestimmte Art und Weise ansehe und ich in seinen Armen landen und seinen Namen schreien werde, während er mich, gegen den rutschigen Felsen gelehnt, nimmt.

»Du weißt, dass du all diese Flugzeuge und Hubschrauber nicht brauchen würdest, wenn du nicht so weit weggehen würdest«, meine ich, als er sicher vom Wasser bedeckt ist. Meine Stimme ist belegter, als ich es mir gewünscht hätte, aber zumindest ist mein Gesicht nicht knallrot. »Du wärst in größerer Sicherheit und müsstest nicht ... du weißt schon.«

»Menschen töten?«, schlägt er trocken vor.

»Genau.« Ich bin damit beschäftigt, mich bis auf meinen Badeanzug auszuziehen, als Peter sich umdreht, um sich auf seinem Rücken treiben zu lassen und dabei seine Arme nur leicht bewegt, um die Strömung auszugleichen. Ich mag es nicht, an die grausame Realität von Peters Beruf zu denken, jedenfalls nicht tiefergehend. Ich bin mir natürlich bewusst, dass er ein Mörder ist, aber solange ich nicht darüber nachdenke, ist es mehr ein abstraktes Konzept als etwas, was ständig in meinem Kopf herumspukt.

Heute kann ich es allerdings nicht aus meinen Gedanken verdrängen, und als ich in den tieferen Teil des Baches neben Peter hineinwate, frage ich ihn auf einmal: »Gefällt es dir? Tust du es deshalb?«

Ich erwarte von ihm, dass er es leugnet, die Notwendigkeit oder Erziehung als treibende Kraft hinter seiner Berufswahl aufzählt, aber er kommt mit dem Oberkörper nach oben, um mich anzusehen, und ein dunkles Lächeln umspielt seine Lippen, als er antwortet: »Natürlich tue ich das, Ptichka. Hast du etwas anderes gedacht?«

Ich starre ihn an, und meine Haut überzieht sich mit Gänsehaut, als die Strömung um mich herumfließt und das Wasser mir bis zur Brust geht. Der Bach, der bis eben noch erfrischend war, fühlt sich jetzt wie flüssiges Eis an, so kalt wie der Sturm, in dem wir gefangen waren. »Du magst es, zu töten?«

Er nickt, seine Augen leuchten im hellen Sonnenlicht silberfarben. »Der Tod, genau wie das Leben, hat seinen eigenen Reiz«, sagt er leise und tritt näher heran, um mich gegen seinen großen, warmen Körper zu ziehen. »Es ist eine dunkle Anziehungskraft, aber sie ist da, und jeder Soldat weiß das. Als Arzt musst du das manchmal gesehen haben: die Art, wie sich der Schmerz in glückseliges Nichts verwandelt, Leid in den Frieden des Nichtexistierens. Der Tod beendet alle Kämpfe, heilt alle Schmerzen. Und den Tod bringen ... es gibt nichts Vergleichbares. Du spürst es: deine eigene Verletzlichkeit und die von allem, was dich umgibt, aber auch die Macht. Die Kontrolle. Sie macht süchtig, wenn man sie einmal verspürt hat ... wenn man einmal das Leben von jemandem in den Händen gehalten und es absichtlich ausgelöscht hat.«

Seine Worte überfluten mich wie eine dunkle Welle, schrecklich und faszinierend zugleich. Ich habe etwas von dem gesehen, über das er spricht, habe sogar die Macht verspürt, die er beschreibt. Nur bei mir war es, als ich ein Leben rettete und nicht eins nahm. Ich kann mir nicht vorstellen, wie viel mangelndes Einfühlungsvermögen nötig ist, um diese Macht zu nutzen, um zu zerstören, anstatt zu heilen, um jemanden seiner Existenz zu berauben.

Ich hatte recht, ihn für ein Monster zu halten. Er *ist* eins, trotzdem stößt diese Erkenntnis mich nicht ab, wie sie sollte. Sein Eingeständnis, so entsetzlich es auch ist, vermindert nicht die Hitze, die in mir aufsteigt, als er meinen Unterkörper gegen seinen drückt, eine Hand auf meine Hüfte legt und die andere nach oben führt, um sie um mein Gesicht zu legen. Er ist schon erregt, seine Erektion stößt hart gegen meinen Bauch, und als er sich vorbeugt und seine Lippen hungrig auf die meinen drückt, schließe ich die Augen und schlinge meine Arme um seinen muskulösen Hals, um die Kälte der Erkenntnis, was er ist, von seiner Berührung verbrennen zu lassen.

Ich gehe mit dem Teufel ins Bett, und in diesem Moment würde ich nichts lieber tun.

DIESEM ABEND ESSEN WIR ALLE FÜNF ZUSAMMEN ZU Abend, und wie es seit dem Nigeria-Job der Fall ist, unterhalten sich Peters Männer während des Essens mit mir und erzählen mir eine Menge amüsanter Geschichten über Russland und einige der ehemaligen Sowjetrepubliken. Ich fühle mich immer noch nicht hundertprozentig wohl in der Nähe der Söldner – ich weiß sehr wohl, dass sie mich oder irgendjemanden ohne zu zögern umbringen würden, würde Peter es befehlen –, aber erfahre ich etwas über die Bräuche des

Landes meines Entführers – sie ziehen sich aus Höflichkeit die Schuhe aus, wenn sie eine Wohnung betreten – und lerne sogar ein paar Worte Russisch.

»Vkusno. V-koos-nah.« Ilya wiederholt das Wort für mich langsam und spricht das »V« so wie ein »F« aus. »Das bedeutet köstlich – oder lecker. Also wenn du Peter sagen willst, dass dir etwas gefällt, kannst du auf das Gericht zeigen und sagen: ›Vkusno.‹«

»Vikusno«, versuche ich es und zeige auf das Brathähnchen, das Peter zubereitet hat. »Fi-koos-nah.«

»Da ist kein ›i‹ drin«, sagt Yan und sieht amüsiert aus. »Und betone den ersten Konsonanten nicht so sehr.« Sag es einfach schnell, ohne es in drei Silben zu zerlegen. *Vkusno*. Versuche es.«

»Vkusno«, spreche ich ihm so gut ich kann nach, und alle Jungs, einschließlich Peter, lachen.

»Das ist ziemlich gut, Ptichka«, sagt er und schneidet mehr von dem Huhn für mich ab. »Vielleicht wirst du dank ihnen eines Tages Russisch sprechen können.«

Ich grinse ihn eigenartig erfreut an, und als er mich nach dem Essen bittet, für sie zu singen, was er oft erfolglos tut, willige ich ein und singe eines meiner Lieblingslieder von Beyoncé, das ich im Tonstudio, das er für mich eingerichtet hat, geübt habe. Peters Männer hören mit offenen Mündern zu, und als ich fertig bin, klatschen und jubeln sie so heftig, dass das Geschirr auf dem Tisch klappert.

Es ist der beste Abend, den ich seit Monaten hatte, und als Peter mich nach oben führt, umarme ich ihn freiwillig, ja sogar sehr gern. Wir lieben uns, und danach denke ich nicht mehr an George und die Tatsache, dass ich mit seinem Mörder schlafe. Ich denke nicht einmal an meine Eltern.

In dieser Nacht gehöre ich zu Peter und niemand anderem.

ara

AM NÄCHSTEN MORGEN KÄMPFE ICH WIEDER GEGEN meine Gefühle für meinen Entführer an, aber im Laufe der kommenden Tage weiß ich, dass ich die Schlacht verlieren werde. Er zermürbt mich, lässt mich vergessen, warum ich überhaupt versuche, ihm zu widerstehen. Er hat mir, seit wir hier angekommen sind, nicht gesagt, dass er mich liebt – wahrscheinlich, weil ich ihm die Worte ins Gesicht geworfen habe, als wir ankamen –, aber ich kann nicht leugnen, dass Peter mir auf seine eigene verdrehte Art und Weise zeigt, dass ich ihm wichtig bin.

Es ist in der Art und Weise, wie er mich ansieht, wie er mich berührt und umarmt. Selbst wenn unser Sex rau ist und mit einem dunklen Einschlag, der mir manchmal immer noch Angst macht, beruhigt er mich immer wieder, streichelt und umarmt mich, bis ich mich sicher und warm fühle, geliebt und angebetet. Seine Macht über mich ist absolut, und darin ist etwas pervers Beruhigendes, etwas, was einen Teil von mir anspricht, von dem ich nie wusste, dass ich ihn besaß.

Ich war mit meinem Sexleben mit George nicht unzufrieden. Im Laufe der Jahre lernten wir den Körper des anderen kennen und wussten genau, was zu tun war, um uns gegenseitig kommen zu lassen. Bevor er anfing zu trinken, hatten wir regelmäßig Sex, mindestens ein- bis zweimal pro Woche, und obwohl wir nach dem ersten Jahr nicht besonders abenteuerlustig waren, spielten wir ab und zu sexy Spiele, haben sogar Spielzeug benutzt. Es war genug, dachte ich; es war, wie es sein sollte. Ich hätte nie gedacht, dass es eine so starke physische Verbindung geben könnte.

Er fickt mich so oft, dass ich an den meisten Tagen wund bin, da sein Appetit auf mich nie vergeht. Und mein Körper reagiert auf ihn, obwohl er mich oft mit seinen sexuellen Forderungen erschöpft. Ich habe noch nie jemanden gekannt, der so viel Energie hat. In den letzten Wochen haben Peter und seine Männer jeden Tag hart trainiert, stundenlang Gewichte gestemmt, sind mit steingefüllten Rucksäcken durch den Wald gerannt, haben Nahkampf ohne Waffen geübt, was so tödlich aussieht wie mit Waffen, und trotzdem findet er immer noch die Kraft, mit mir zu wandern und zu schwimmen, wenn es das Wetter erlaubt, für alle zu kochen und natürlich zwei oder dreimal am Tag Sex mit mir zu haben.

»Wirst du nie müde?«, murmele ich eines Nachts, als ich auf seiner Brust liege und mein Herz immer noch von der Intensität des Orgasmus, den ich gerade hatte, rast. Normalerweise schlafe ich gleich nach unserem abendlichen Sex ein, aber ich habe heute Nachmittag ein wenig geschlafen, so dass ich ausnahmsweise einmal länger wach bleiben kann.

»Müde?« Er bewegt sich unter mir, um meinen Kopf bequemer auf seiner Schulter abzulegen. Seine Finger fahren langsam in mein Haar, und sein Herzschlag ist kräftig und fest an meinem Ohr. »Wovon?«

»Einfach körperlich müde«, erkläre ich ihm. »Du wirkst manchmal so unerschöpflich, wie ein Cyborg. Willst du nie einfach nur faulenzen und nichts tun? Oder irgendwann abschalten und nicht mehr mit den Jungs trainieren?«

»Ich faulenze gerade«, betont er amüsant. »Und ich muss trainieren, sonst laufen wir Gefahr, getötet zu werden.«

Ich vergrabe meine Nase an seinem Hals und atme seinen warmen, sauberen Duft ein. Mittagsschlaf oder nicht, ich werde schläfrig, das leichte Ziehen seiner Finger in meinen Haaren bewirkt in mir einen Zustand fast hypnotischer Entspannung. Ich unterdrücke ein Gähnen und murmle gegen seinen Hals: »Das habe ich nicht gemeint. Wirst du niemals einfach *müde*? Wie ein normaler Mensch? Du weißt schon, schwere Glieder, Muskelkater und keine Lust, sich zu bewegen?«

Seine mächtige Brust bewegt sich, als er lacht. »Natürlich tue ich das. Ich habe nur eine höhere Schmerztoleranz als die meisten. Sonst hätte ich nicht bis ins Erwachsenenalter überlebt.«

Er sagt es leichtfertig, sein Ton ist immer noch amüsiert, aber mein Peter-Offenbarungs-Radar geht auf höchste Alarmstufe. Er spricht selten über seine Jugend – eigentlich fast nie –, und wenn ich die Gelegenheit bekomme, etwas Neues zu lernen, bin ich sofort ganz Ohr, auch wenn mich das, was ich lerne, die meiste Zeit eher erschreckt.

»Wie war es?« frage ich, und meine Schläfrigkeit ist plötzlich verschwunden. Als ich meinen Kopf von seiner Schulter hebe, treffe ich seinen Blick im schwachen Licht der Nachttischlampe. »Das Jugendgefängnis, in das du geschickt wurdest.«

Peters Gesicht spannt sich an, und alle Spuren von Vergnügung verschwinden, als er mich von seiner Brust schiebt, um sich mir zugewandt auf die Seite zu legen. »Wie die Hölle«, antwortet er unverblümt, während ich mir ein Kissen unter den Kopf schiebe. »Eine kalte, schmutzige Hölle, bevölkert von Dämonen in menschlicher Gestalt. Genau so, wie man sich ein Arbeitslager in Sibirien vorstellt.«

Ich erschaudere und erinnere mich an ein Buch, das ich einmal über Gefangenenlager zu Sowjetzeiten gelesen habe, und greife nach einer Decke, um die

Kälte, die sich auf meiner Haut ausbreitet, abzuwehren. »War es wie ein *Gulag*?«

»Nicht wie.« Ein grimmiges Lächeln erscheint auf seinem Gesicht. »Es *war* an einem Punkt ein Arbeitslager, um Dissidenten und andere unerwünschte Personen zu bestrafen und unauffällig zu ermorden. Als die Sowjetunion auseinanderbrach, wurde der Ort einige Zeit nicht genutzt, aber dann kam jemand auf die tolle Idee, die Einrichtungen in ein Jugendstraflager umzuwandeln. Und so wurde Camp Larko geboren.«

Ich bekämpfe den Drang, von der Dunkelheit in seinen Augen wegzuschauen. »Wie lange warst du da?«

»Bis ich siebzehn Jahre alt war. Fast sechs Jahre.«

Sechs Jahre ab der Zeit, als er noch ein Kind war – fast seine ganzen Teenagerjahre. Meine Hand ballt sich unter der Decke zu einer Faust, und meine Nägel schneiden in meine Handfläche. »Warum haben sie dich dorthin geschickt? Gab es keine Alternative?«

Sein Mund zuckt bitter. »Nicht in Russland. Nicht für einen verwaisten Verbrecher wie mich.«

»Aber du warst nicht mal zwölf.« Ich kann mir nicht vorstellen, dass jemand so grausam wäre, ein Kind in die eisige Hölle zu schicken, von der ich in dem Buch gelesen habe. »Was ist mit der Schule? Was ist mit ...«

»Oh, sie haben uns Dinge gelehrt.« Seine Zähne blitzen bei einem weiteren freudlosen Lächeln auf. »Wir hatten genau zwei Stunden Unterricht pro Tag.

Die anderen vierzehn waren allerdings zum Arbeiten – dafür waren wir ja da.«

Vierzehn Stunden? Für jemanden, der noch ein Kind war? Ich schlucke den Kloß, der sich in meinem Hals bildet, herunter und zwinge mich, zu fragen: »Was für Arbeit?«

»Hauptsächlich in der Mine. Auch Straßeninstandsetzung und Rohrverlegung. Ein paar Bauarbeiten auch, aber nur um unser Lager herum, um die Scheiße aus der Sowjetzeit zu reparieren, die zerfiel.«

Ich starre ihn an und weiß nicht, was ich sagen soll. Ich wusste natürlich, dass er kein leichtes Leben gehabt hatte, aber ich hätte mir das nie vorstellen können, habe nie verstanden, dass er den Großteil seiner prägenden Jahre – eine Zeit, in der andere Jungen seines Alters Videospiele spielen und ihre Eltern wegen der Ausgehzeiten herausfordern – damit verbracht hat, unter höllischen Bedingungen harte Arbeit zu verrichten.

Ich versuche, den Schmerz, der sich in meiner Brust ausbreitet, zu ignorieren und strecke mich von unter der Decke nach seinen Tattoos, die seinen linken Arm und seine Schulter bedecken, aus, um mit meinen Fingern über sie zu streichen. »Hast du sie dort bekommen?«

Peter wirft einen Blick nach unten, als ob er sich gerade daran erinnert, dass sie da sind. »Die meisten, ja«, sagt er und legt seinen anderen Arm unter seinen

Kopf. »Einige habe ich später bekommen, als ich meiner Einheit beitrat.«

»Was bedeuten sie alle?«, frage ich leise, während ich die aufwändigen Motive mit den Fingern nachfahre. Das eine auf seiner Schulter ähnelt einem Vogelflügel, und ein paar weitere sehen wie dämonische Schädel aus, aber der Rest sind nur abstrakte Linien und Formen.

Peters Blick wird unleserlich. »Nichts. Es war etwas, das ich tun musste, das ist alles.«

»Das sind eine Menge Tattoos, einfach so.«

Er schweigt für ein paar Sekunden. Dann sagt er leise: »Ich hatte einen Freund in dem Lager. Andrey. Er hat sich mit diesem Zeug beschäftigt – ein echter Künstler, weißt du? Nachdem wir ein paar Jahre dort waren, ging ihm der Platz auf seiner eigenen Haut aus, also ließ ich ihn an mir üben. Jedes Mal, wenn uns etwas passierte, sei es gut oder schlecht, wollte er mit einer Tätowierung daran erinnern, und weil er so gut war, gab ich ihm freie Hand bei den Entwürfen.«

»Oh.« Fasziniert stütze ich mich auf meinem Ellenbogen ab. »Was ist mit dem Freund passiert?«

»Er ist gestorben.« Peter sagt es beiläufig, als ob es keine Rolle spiele, aber ich höre das düstere Echo von Trauer heraus, von Wut, die die Zeit nicht abkühlen konnte. Was auch immer mit seinem Freund geschehen ist, war schlimm genug gewesen, um eine Narbe zu hinterlassen ... schlimm genug, dass die Erinnerung daran jetzt noch die Macht hat, ihn zu verletzen.

»Es tut mir leid«, murmle ich, aber Peter antwortet

nicht. Stattdessen greift er hinüber, um das Licht auszuschalten, bevor er mich in unsere übliche Schlafposition an sich zieht.

Ich schließe die Augen und konzentriere mich auf meine Atmung, da ich versuche, mich zu beruhigen, um einschlafen zu können, aber das ist unmöglich. Selbst die Hitze von Peters großem Körper kann die verbliebene Kälte durch seine Offenbarungen nicht vertreiben. Mein Verstand summt wie ein verwüsteter Bienenstock, die Fragen weigern sich, mich in Ruhe zu lassen. Es gibt so vieles, was ich noch nicht über den Mann weiß, der mich jede Nacht umarmt, so viele Dinge über seine Vergangenheit, die ich nicht verstehe. Alles über sein Leben in Russland ist mir fremd, so seltsam und geheimnisvoll, als käme er von einem anderen Planeten.

Schließlich kann ich es nicht mehr ertragen. Ich winde mich aus Peters Umarmung, mache die Nachttischlampe an und drehe mich auf die Seite, um ihn anzuschauen. Wie ich vermutet hatte, schläft er auch nicht, und sein silberner Blick ist von Erinnerungen überschattet, als sich unsere Blicke treffen.

»Du sagtest, du wurdest von dort direkt in deine Einheit rekrutiert«, sage ich und stütze mich wieder auf meinen Ellenbogen. »Warum? Macht man das normalerweise in Russland?«

Er blickt mich schweigend an, dreht sich dann auf den Rücken, verschränkt die Hände unter dem Kopf und starrt an die Decke. »Nein«, sagt er nach einem

Moment. »Normalerweise rekrutieren sie über die Armee. Aber in diesem Fall brauchten sie jemanden mit einem bestimmten psychologischen Profil.«

Ich setzte mich hin und halte die Decke gegen meine Brust. »Was für ein Profil?«

Seine Augen bewegen sich, damit er mir in die Augen sehen kann. »Keine lästigen familiären Bindungen oder Anhang, keine Skrupel und nur ein minimales Gewissen. Aber auch jung genug, um zu dem ausgebildet und geformt zu werden, was sie brauchten.«

»Und was war das?«, frage ich, obwohl ich es vermutlich schon weiß.

Peter setzt sich auf, und sein Gesichtsausdruck ist neutral, als er sich an das Kopfteil lehnt. »Eine Waffe«, antwortet er. »Jemand, der sich vor nichts scheuen würde. Die Rebellen wurden mit jedem Jahr unbarmherziger und fanatischer, wenn du verstehst. Die Bombardierung der U-Bahn in Moskau war der letzte Tropfen, der das Fass zum Überlaufen brachte. Die russische Regierung erkannte, dass sie sich nicht auf zivilisierte, von der UNO anerkannte Methoden zur Bekämpfung des Terrorismus beschränken konnte; sie musste sie auf ihrer Ebene treffen, sie mit allen Mitteln bekämpfen. Also gründeten sie die geheime Speznas-Einheit, und als sie nicht genug ausgebildete Soldaten mit dem gewünschten Profil finden konnten, beschlossen sie, kreativ zu werden und anderswo zu suchen.«

»In Camp Larko«, sage ich, und Peter nickt, wobei seine Augen wie polierter Stahl schimmern.

»Diejenigen von uns, die es dort über einen längeren Zeitraum aushielten, waren in der Regel stark und konnten viele Stunden lang körperliche Anstrengung unter extremen Bedingungen bewältigen. Hunger, Durst, Kälte – wir konnten alles ertragen. Und wie du dir vorstellen kannst, passten viele von uns auf das Profil, das sie suchten.«

Ein Schauer tanzt über meine Haut, und ich ziehe die Decke enger um mich herum. »Warum haben sie dich den anderen vorgezogen?«, frage ich und muss mich anstrengen, meinen Ton ruhig zu halten.

Ein dunkles Lächeln umspielt seine Lippen. »Weil ich kurz vor ihrer Ankunft einen Wachmann getötet habe«, sagt er leise. »Ich verfolgte ihn im Schnee und ließ ihn seine Verbrechen zugeben, bevor ich ihn wie einen Hasen vor dem ganzen Lager ausweidete. Meine Methoden waren ... Nun, sagen wir einfach, sie waren genau das, wonach sie suchten. Anstatt für den Tod des Wächters bestraft zu werden, begann ich eine neue Karriere, die sowohl meinen Neigungen als auch meinen Fähigkeiten entsprach.«

Meine Handflächen werden dort rutschig, wo ich die Decke festhalte. »Was *waren* die Verbrechen des Wachmanns?«, frage ich, obwohl ich nicht sicher bin, ob ich es wissen will.

Die Dunkelheit in Peters Blick vertieft sich, und einen Moment lang befürchte ich, zu weit gegangen zu sein, zu viele schlechte Erinnerungen wachgerufen zu haben. Aber dann lehnt er sich zurück und sagt ruhig: »Er mochte es, Jungen bei lebendigem Leib zu kochen.«

Ich höre auf zu atmen, als mir Galle den Hals hochsteigt. »Was?«, keuche ich, als ich wieder sprechen kann.

»In den Duschen hatten wir entweder eiskaltes oder kochendes Wasser, nichts dazwischen«, sagt Peter, und sein Gesicht spannt sich an, während sein Blick abwesender wird. »Die Leitungen funktionierten nie, also haben wir Eimer benutzt, um das Wasser vor dem Waschen zu mischen. Einige Wachen bestraften uns aber, indem sie uns unter dem Wasser stehen ließen, so wie es war, eiskalt für kleine Verstöße, brühend heiß, wenn wir uns wirklich schlecht benommen hatten. Vor allem ein Wachmann mochte die Bestrafung mit dem heißen Wasser. Ich glaube, ihm ist dabei einer abgegangen. Die anderen taten es nur ein paar Sekunden lang, vielleicht höchstens eine halbe Minute, was den Jungs oberflächliche Verbrennungen bescherte. Aber dieser Wächter hat es verlängert. Eine Minute, zwei, drei, fünf ... Als Andrey auf seiner Abschussliste landete, hatte er bereits zwei Fünfzehnjährige getötet, indem er das Fleisch von ihren Knochen gekocht hatte.«

Ich schmecke Erbrochenes in meinem Hals. »Andrey ... dein Freund Andrey?«, flüstere ich mit tauben Lippen.

»Ja.« Peters gemeißeltes Gesicht nimmt einen fast dämonisch wütenden Ausdruck an. »Andrey, der eigentlich nie in diesem Drecksloch hätte sein sollen. Mein Freund, der sich weigerte, sich von dem Wichser ficken zu lassen und stattdessen qualvoll starb.«

»Oh Gott, Peter ...« Ich presse meine zitternde Faust auf meinen Mund, dann greife ich nach seiner Hand und spüre, wie seine Finger mit kaum unterdrückter Wut zucken, während er um seine Selbstkontrolle kämpft. »Es tut mir so leid.«

Er umfasst meine Hand wie eine Rettungsleine, schließt die Augen und atmet tief ein. Als er sie wieder öffnet, ist sein Ausdruck ruhig, aber jetzt kenne ich die Tiefe des Schmerzes und der Wut, die unter dieser kontrollierten Maske lauern.

Es war falsch von mir, zu glauben, dass der Tod seiner Familie ihn zu einem Monster machte. Er war schon lange vor Daryevo eins, da die Grausamkeiten, denen er während seines lebenslangen Überlebenskampfes begegnet war, jede Fähigkeit zum Guten, die er vielleicht einmal besessen hatte, ausradiert haben. Seine frühen Opfer waren keine Engel, aber als er den dunklen Pfad der Rache gegangen war, wurde er wie sie und verletzte Unschuldige und Schuldige gleichermaßen.

Vorsichtig befreie ich meine Finger aus seinem Griff und rücke zurück in die Mitte des Bettes. »Was ist mit dem Direktor?«, frage ich und erwidere den Blick des Geiselnehmers. Mir ist bereits mehr als übel, aber ich muss wissen, wie tief der Schaden geht. »Was hat er getan, damit du ihn getötet hast?«

Peter lächelt grimmig. »Du hattest nicht genug für

heute Abend? Nein? Wenn du es unbedingt wissen willst: Er mochte kleine Jungs. Je jünger, desto besser. Ich hatte Glück, denn mit elf war ich schon groß, fast so groß wie ein Teenager. Viel zu alt für ihn, als er im Waisenhaus anfing. Aber die Kleinen … Ich lag nachts da und hörte sie in ihren Zimmern schreien und weinen, wenn er zu ihnen kam. Jede Nacht starb ich innerlich ein bisschen, weil ich nichts tun konnte, es niemandem erzählen konnte, der zuhören würde. Die Lehrer, die Polizei – sie kümmerten sich nicht darum oder wagten es nicht, hohe Wellen zu schlagen. Dieser Wichser hatte Verbindungen – verstehst du? –, kam aus einer einflussreichen Familie. Also tat niemand etwas, und dann kam ein neuer Junge, gerade mal zwei Jahre alt. Als ich ihn zu dem Kind gehen hörte, konnte ich es nicht mehr ertragen. Ich nahm eines der Küchenmesser, schlich mich von hinten an, und während er sich an dem Jungen vergriff, schnitt ich ihm die Kehle durch.«

Natürlich. Mein dunkler Ritter nimmt wieder einmal Rache. Ich schließe meine Augen gegen das heiße Brennen der Tränen, und mein Herz zerbricht für Peter und den kleinen Jungen. Ich ahnte, dass es so etwas in der Art gewesen war, aber ich hatte Angst, dass Peter selbst das Opfer gewesen war. Nicht, dass es bedeutet, dass er es nie war. Ich öffne die Augen und erwidere seinen stählernen Blick »Was ist mit dir?«, frage ich unsicher. »Wurdest du jemals ...?«

»Nein.« Seine Lippen pressen sich zusammen. »Zumindest nicht, soweit ich weiß. Ich war immer sehr gut darin, mich selbst zu verteidigen, auch als ich klein war. Ich erinnere mich allerdings nicht an viel, bevor ich drei war, also nehme ich an, dass es möglich ist – ich *war* ein hübsches Kind auf alten Fotos. Jedenfalls wusste ich schon im Kindergarten, wie ich meine Fäuste, Zähne, Steine ... jede Art von Waffe zu benutzen hatte, die ich in die Hände bekam. Dem Typen, der etwas bei mir probiert hat, als ich fünf war, habe ich einen Finger abgebissen, und danach wurde ich meistens in Ruhe gelassen.«

Ich starre ihn an, Erleichterung kämpft mit quälendem Mitleid. Und Wut. Ich empfinde so viel Wut über die Grausamkeit der Welt, die ihn zu dem dunklen, gequälten Mann gemacht hat, der er heute ist, zu diesem skrupellosen, amoralischen Killer, der sich trotz allem nach Liebe und Familie sehnt. Hatte er Ruhe vor seinen Dämonen gefunden, als er Tamila und seinen Sohn hatte? Akzeptierte er deshalb ihre Schwangerschaft so leicht und wurde ein Ehemann und Vater, wenn er einfach hätte verschwinden können? Hatten sie ihm Teile seiner Seele zurückgegeben, die ihr brutaler Tod wieder weggerissen hat?

Wenn es so ist, ist es kein Wunder, dass ihr Verlust ihn ins Schleudern brachte – und dass Rache seine Standardantwort war.

Während meines langen Schweigens spannt sich Peters Gesicht noch mehr an; dann erscheint ein spöttisches Lächeln auf seinen Lippen. »Zu viel für dich, Ptichka? Ich schätze, ich hätte mir eine rosige

Geschichte ausdenken sollen, eine voller Regenbogen, Welpen und Piñatas.«

»Nein, ich ...« Ich höre auf, da mein Hals von Gefühlen verengt wird. Ich sammle meine Fassung und versuche es noch einmal. »Ich wünschte nur, jemand wäre für dich da gewesen, so wie du für den kleinen Jungen.«

Er blinzelt langsam und schiebt sich vom Kopfteil weg. »Ich habe dir gerade gesagt, dass es mir gut ging. Ich konnte immer auf mich selbst aufpassen.«

»Ich weiß, dass du das konntest«, flüstere ich, als er nach mir greift und mich herunterzieht, damit ich neben ihm liege, während er sich auf dem Bett streckt und das Licht ausmacht. »Aber das hättest du nicht müssen sollen, Peter. Kein Kind sollte das.«

Er antwortet nicht, aber ich weiß, dass er mich gehört hat, denn der Arm, der sich um meinen Brustkorb windet, spannt sich an, zieht mich näher, während wir im Dunklen zusammen daliegen und die Wärme des anderen spüren, Trost aus dem ständigen Schlagen unserer Herzen schöpfen.

ara

Nach dieser Nacht wird es noch schwerer, Peters
Bemühungen zu widerstehen, sich in meinem Kopf
und meinem Herzen festzusetzen. Ich weiß nicht, ob er
denkt, dass mich seine Offenbarungen erschreckt
haben und es wiedergutmachen will, oder ob er einfach
spürt, dass meine Entschlossenheit schwankt, aber er
wird mir gegenüber noch unglaublich viel
aufmerksamer, verwöhnt und verhätschelt mich
noch mehr.

Jeder außer mir hat seine Aufgaben im Haushalt.
Peter kocht meistens, und die anderen Jungs kümmern
sich um die Wäsche und halten das Haus porentief
sauber. Ich helfe mit der Wäsche, also fühle ich mich
nicht wie ein kompletter Faulpelz, aber Peter verlangt

das nicht von mir, und abgesehen von dem einen Mal, an dem ich den Teller geworfen habe, habe ich keinen Staubsauger in die Hand nehmen oder etwas anderes tun müssen, was ich nicht tun wollte.

Außerdem bekomme ich alles, was ich will – natürlich innerhalb der Grenzen meiner Gefangenschaft. Als ich meine Vorliebe für Seidenkissenbezüge erwähne, besorgt Peter sie innerhalb weniger Tage für mich. Wenn ich den Wunsch ausspreche, spazieren zu gehen, lässt er alles stehen und liegen und begleitet mich, da er diese Aufgabe keinem seiner Männer mehr anvertraut. Vor allem aber tut er alles, was er kann, damit ich mich nicht langweile.

Seine Idee von einem Tanzstudio ist bis jetzt eine Pleite – alles, was ich bisher in dem Raum gemacht habe, ist gelegentliches Yoga und einige Dehnübungen –, aber ich weiß die Aufnahmeausstattung zu schätzen, die er für mich besorgt hat. Sie ist so hochwertig, dass ein Profi sie benutzen könnte. Ich kann alles aufnehmen und bearbeiten, was ich will, und während ich mit den Popsongs beginne, die ich liebe, experimentiere ich schon bald mit Variationen dieser Songs und versuche sogar, ein paar eigene Stücke zu komponieren, indem ich die Texte über Musikmixe setze, die ich aus verschiedenen Liedern mache. Das Beherrschen der Software und der Geräte erfordert eine steile Lernkurve, aber ich begrüße diese Herausforderung. Es macht nicht nur Spaß, sondern verbraucht auch viel freie Zeit, und wenn ich versuche, die Worte zu finden, um das Lied zu formulieren, das sich in meinem Kopf formt, denke ich nicht über alles nach, was ich verloren habe, und auch nicht darüber, dass ich die Gefangene eines Mörders bin.

Ich konzentriere mich nur auf die Musik.

Ich habe auch angefangen, für die Jungs aufzutreten. Es ist jetzt ein Ritual nach dem Abendessen geworden: Peter bittet mich, zur Unterhaltung von allen zu singen, und ich stimme zögernd (aber heimlich sehr begierig) zu, einen Song zu singen, wobei jeder Aufführung Warnungen vorauseilen, dass ich mich vielleicht nicht an den Text erinnere, unvorbereitet bin und so weiter. Natürlich ist es immer ein Song, den ich vorher probe, normalerweise eine Variation eines Hits, mit dem ich an diesem Tag im Tonstudio gespielt habe. Ich bin zu schüchtern, um meine eigenen Songs zu teilen, aber die Jungs sind so begeistert von meinen Interpretationen der Popmusik, dass ich mir vorstellen kann, eines Tages vielleicht eins meiner eigenen Lieder zu singen.

»Du hast eine wirklich gute Stimme«, meint Yan nach der ersten Woche zu mir, und seine kalten grünen Augen betrachten mich überrascht. »Peter hatte recht damit.«

Ich grinse ihn an – Lob von unserem Hauspsychopathen ist ein äußerst seltenes Ereignis –, und beschließe, nächstes Mal zwei Songs zu singen.

Wenn es den Jungs gefällt und mir auch, warum nicht?

Zwischen der Musik und meinen üblichen Aktivitäten mit Peter habe ich genug zu tun, um meine Tage auszufüllen, aber ich vermisse immer noch meinen alten Job. Wann immer einer der Männer verletzt wird – was mit erschreckender Häufigkeit während des täglichen Sparrings passiert –, kann ich meine medizinischen Fähigkeiten einsetzen, aber das ist nicht genug. Ich brauche die intellektuelle Stimulation meines Berufes, all das, was ich täglich durch die Behandlung unterschiedlichster Patienten und das Lesen der neuesten Studien gelernt habe. Jetzt fühle ich mich aus der Bahn geworfen, isoliert von neuen Entwicklungen auf meinem Gebiet, und als ich es Peter gegenüber während einer unserer Spaziergänge erwähne, verspricht er, etwas dagegen zu tun.

Er beginnt damit, mir von seinen Hackern alle zwei Wochen eine Zusammenstellung über die bahnbrechendsten Studien schicken zu lassen, die auf der ganzen Welt durchgeführt werden. Einiges von dem Material sind öffentlich einsehbare Studien, die in den akademischen Journalen veröffentlicht werden, die ich abonniert hatte, aber vieles scheint direkt aus den vertraulichen Archiven der Firmen zu stammen.

»Peter, das ist Wahnsinn«, sage ich, nachdem ich über eine Gentherapie gelesen habe, die Hoffnung auf eine Umkehrung des späten Brustkrebses in sich birgt. »Wie haben deine Leute davon erfahren? Das ist ein Riesending.«

»Ist es das?« Er lächelt, als er von seinem Laptop aufblickt.

Ich nicke energisch. »Wenn diese Therapie so wirksam ist, wie es die Forschungsergebnisse vermuten lassen, werden Millionen von Frauen gerettet werden. Wie haben eure Hacker das gefunden? Ich hätte damals zu Hause zumindest Gerüchte darüber hören sollen. Das ist ein Quantensprung in der Krebstherapie. Dir ist das klar, oder?«

Sein Lächeln wird breiter. »Was soll ich sagen? Unsere Jungs sind gut.«

Ich schüttele den Kopf und vergrabe mich wieder in der detaillierten Studienanalyse. Ich sollte mich schuldig fühlen, im Grunde genommen das geistige Eigentum eines Start-up-Unternehmens zu stehlen, aber ich bin zu fasziniert, um mit dem Lesen aufzuhören. Außerdem ist es ja nicht so, dass ich dieses Wissen für einen finanziellen Gewinn nutzen oder es mit jemandem teilen werde. Mein Zugang zur Außenwelt ist allein auf die Telefonate mit meinen Eltern beschränkt.

Das ist die einzige Sache, bei der Peter nicht nachgibt, egal wie sehr ich auch bettele und flehe.

»Komm schon, was würde es schon schaden, wenn ich ab und zu die Nachrichten lese?«, protestiere ich, nachdem Peter mich dabei erwischt hat, wie ich versucht habe, mich an seinem Laptop anzumelden – ein erfolgloser Versuch angesichts all seiner Passwörter und Sicherheitsvorkehrungen. »Du kannst bestimmte Websites blockieren, um zu verhind, dass ich E-

Mail-Services und Social Media nutze, wenn du möchtest. Es gibt Tausende von Apps dafür, und ...«

»Nein, Ptichka.« Sein Gesicht ist entschlossen, als er mir den Laptop wegnimmt. »Wir können nicht riskieren, dass du eine Suche durchführst, die unsere IP-Adresse dem FBI preisgibt, und auch nicht, dass du einen cleveren Weg findest, um mit ihnen in Kontakt zu treten. Jede Website hat heutzutage eine Stelle, wo man Kommentare hinterlassen kann, und du bist zu schlau, das nicht zu wissen.«

Frustriert gebe ich den Internetzugang auf und versuche, an andere Fluchtmöglichkeiten zu denken, aber mir fallen keine ein. Das Einzige, was ich versuchen könnte – meinen Eltern während unserer kurzen Telefonate eine Art kodierte Nachricht zukommen zu lassen –, ist viel zu riskant. Peter ist immer bei mir und hört auf jedes Wort, das ich sage, und ich weiß, dass er mir weiteren Kontakt mit meiner Familie verbieten würde, sollte ich unseren Aufenthaltsort auch nur andeuten. Das hat er gesagt, und ich weiß, dass er es ernst meint.

Egal, wie sehr er mich auch verwöhnt, ich vergesse nie, dass seine Besessenheit auch eine dunkle Seite hat, dass er bereit ist, alles zu tun, was nötig ist, um mich zu behalten.

Peter

ALS DIE HEIẞEN TAGE DES SOMMERS IN DEN HERBST übergehen und der Wald in Rot- und Gelbtönen erstrahlt, bin ich immer mehr davon überzeugt, das Richtige getan zu haben, als ich Sara mitgenommen habe. Trotz unseres anfänglich wackeligen Starts fängt sie an, sich einzugewöhnen, und ich bin mir sicher, dass sie sich eines Tages ganz auf mich einstellen und ihr neues Leben mit mir akzeptieren und annehmen wird.

Ich liebe sie so sehr, dass es wie ein ständiger Schmerz in meiner Brust ist, und obwohl ich weiß, dass sie nicht das Gleiche fühlt, sehe ich manchmal einen Schimmer von Weichheit in ihrem Blick, eine Wärme, die in mein Herz eindringt und mir Hoffnung gibt. Als ihre Wut über die Entführung nachlässt, streiten wir uns immer seltener, und obwohl keiner von uns vergessen kann, wie unsere Beziehung begann, beginnt die Vergangenheit, sich entfernter anzufühlen, ihr Einfluss auf unsere Gegenwart weniger schmerzhaft und scharf zu sein.

Ich denke immer noch an Pasha und Tamila und wache in kaltem Schweiß gebadet auf, wenn ich von ihrem grausamen Tod träume. Aber die Albträume kommen nicht mehr so oft, und wenn sie es tun, ist Sara immer da. Ich kann nach ihr greifen, sie festhalten und ihr ruhiges Atmen hören, bis die Erinnerung an das entsetzliche Ereignis verblasst.

Ich kann sie auch ficken. Das ist das Einzige, was mich immer wieder beruhigt, der beste Weg, um die Dunkelheit, die mich von innen her quält, zu lindern.

»Warum willst du mir manchmal wehtun?«, murmelt sie eines nachts, nachdem ich sie geweckt habe, um sie zu nehmen, und sie so hart gefickt habe, dass wir am Ende beide wund sind. »Hast du sadistische Neigungen?«

Ich denke darüber nach, und dann schüttele ich den Kopf, obwohl sie die Geste wahrscheinlich nicht sehen kann, da das Licht aus ist. »Nicht auf sexuelle Art – zumindest nicht, bis ich dich getroffen habe.« Ich *habe* Freude am Töten und Foltern meiner Feinde verspürt, aber das war größtenteils geistig ein Weg, diesen gewalttätigen Machtrausch zu spüren und mein Gerechtigkeitsgefühl zu befriedigen. Zumindest war es so mit dem Wachmann, der Andrey in den Duschen gekocht hat, und in geringerem Maße mit den Terroristen, die ich bei der Arbeit erwischt habe. Ich hatte kein Mitleid mit ihnen; ihr Leiden machte mir eine bösartige Freude. Aber mein Schwanz wurde nie hart dadurch, anderen Schmerzen zuzufügen, und beim Sex war ich immer vorsichtig und sanft mit den Frauen, habe mein Wissen über den menschlichen Körper dazu benutzt, Lust zu verschaffen, und keine Schmerzen.

Erst mit Sara verschmolzen diese widersprüchlichen Impulse – Bestrafung und Lust, Gewalt und Zärtlichkeit – irgendwie. Ich schätze sie, liebe sie so sehr, dass es mir wehtut, aber manchmal, wenn ich sie anfasse, kann ich mich nicht beherrschen, kann nicht gegen den Drang ankämpfen, sie dafür zu bestrafen, dass sie ist, was sie ist.

Dass sie meinem Feind gehört hat, bevor sie mein Herz gestohlen hat.

»Also bei ihr ... nie?«

Die kaum verborgene Neugierde in Saras Flüstern bringt mich zum Lächeln, auch wenn mir ein vertrauter Schmerz das Herz zusammenzieht. »Du meinst Tamila?«

»Ja.« Ihre Hand legt sich auf meine Brust, als ob sie den Schmerz in mir spürt. »Du warst nie so grob mit ihr?«

»Nein.« Ich bedecke diese schlanke Hand mit meiner Handfläche und drücke sie fester gegen meine Haut. »So war es bei ihr nicht.«

Was ich für Tamila empfand, war nicht wie diese

intensive, fast gewalttätige Verbindung mit Sara. Mit meiner Frau war es eine angenehme Mischung aus körperlicher Anziehung und Sympathie, sogar eine Art Freundschaft. Ich bewunderte sie dafür, dass sie für die Art und Weise, wie sie erzogen worden war, mutig war, und dass sie eine gute Mutter für Pasha war. Es schadete auch nicht, dass sie schön war, und obwohl wir nicht viel gemeinsam hatten, fing sie im Laufe der Zeit an, mir etwas zu bedeuten ... ich dachte sogar, sie vielleicht zu lieben. Aber jetzt sehe ich, dass ich mir selbst etwas vorgemacht habe.

Meine Zuneigung zu Tamila war nur ein Echo der ungezügelten Gefühle, die Sara in mir weckt.

Ihre Hand zuckt unter meiner Handfläche, und ich höre, dass sie schluckt. »Ich verstehe.« In Saras Stimme ist ein seltsamer Unterton, fast so, als sei sie verletzt. »Du musst sie sehr geliebt haben«, fährt sie im selben Ton fort, und ich lächle wieder, als ich verstehe, was das Problem ist.

»Bist du eifersüchtig?«, frage ich leise und strecke mich aus, um die Nachttischlampe einzuschalten. Sara blinzelt wegen des plötzlichen Lichts, und an ihrem zusammengekniffenen hübschen Mund sehe ich, dass ich recht hatte.

Sie hat mein Eingeständnis missverstanden und denkt, dass meine sanfte Behandlung Tamilas bedeutet, dass ich meine Frau mehr geliebt habe als sie.

Sara antwortet mir nicht, sondern zieht nur ihre Hand weg, und ich lache, da ich mich trotz der dunklen Erinnerungen, die am Rande meines Geistes tanzen, eigenartig unbeschwert fühle. Meine Ptichka *ist* eifersüchtig auf eine verstorbene Frau, und ich könnte nicht erfreuter sein.

Als sie hört, dass ich mich amüsiere, verdunkelt sich Saras Ausdruck weiter, und ihre zarten Brauen ziehen sich zu einem vollwertigen wütenden Gesichtsausdruck zusammen. Mit einem kaum hörbaren Schnauben schaltet sie das Licht aus, dreht sich um und zeigt mir buchstäblich eine kalte Schulter.

Meine Belustigung verschwindet und wird durch das komplexe Gefühlsgewirr ersetzt, das sie immer wieder in mir auslöst. Lust und Zärtlichkeit, Wut und Besessenheit – all das ist Teil des Wahnsinns, der meine Liebe zu Sara ist, dieser Besessenheit, von der ich weiß, dass sie nie vergehen wird.

»Komm her, meine Liebe.« Ich ignoriere ihre steife Haltung, ziehe sie fest an mich und lege meinen Körper von hinten um ihren. Ich vergrabe mein Gesicht in ihren Haaren, atme ihren süßen Duft ein – meinen absoluten Lieblingsduft – und festige meine Umarmung, um sie festzuhalten, während sie sich windet, um sich zurückzuziehen.

»Ich will dir manchmal wehtun«, murmele ich, als sie stillhält und vor Anstrengung ganz abgehackt atmet. »Ich will Dinge mit dir tun, die ich im Traum nicht mit meiner Frau gemacht hätte. Es gibt Nächte, in denen ich dich verschlingen will, Ptichka, bis nichts mehr übrig ist ... bis diese Sucht vergeht und ich atmen kann, ohne dich zu wollen, ohne mich so zu fühlen, als bräuchte ich dich mehr als das Leben selbst.«

Ihr Atem setzt aus. »Was sagst du da?«

»Ich sage, dass ich dich liebe, Ptichka ... und dass ich dich hasse. Weil es wehtut – verstehst du? – zu wissen, dass du *ihn* noch liebst, immer noch an *ihn* denkst, wenn du bei mir bist.« Meine Stimme spannt sich an. »Der Mörder deines Mannes – so siehst du mich, das ist *alles* was du manchmal siehst. Wenn ich ihn aus deinem Kopf löschen könnte, würde ich es sofort tun. Ich würde jede Aufzeichnung seiner Existenz löschen und aus ihm das Nichts machen, das er ist. In einer anderen Welt wärst du als die meine geboren worden, aber in dieser musste ich für dich kämpfen ... für dich töten.«

Ihr ganzer Körper erstarrt. »Für *mich*? Wovon sprichst du? Es ging immer um deine Rache, die Liste, die du ...«

»Ja, das stimmt ... bis ich dich traf. Dann ging es um etwas anderes.« Es ist eine Wahrheit, die ich mir gegenüber bis zu diesem Augenblick nicht zugegeben habe, außer in den wildesten Ausläufern meiner Seele nicht gekannt habe.

Als ich über dem Bett von George Cobakis stand, zögerte ich, als ich an Sara dachte, aber nicht, weil ich ihn für sie verschonen wollte. Es war, weil der Mord so sinnlos war, sein vegetativer Zustand wie ein lebendiger Tod war.

Am Ende drückte ich den Abzug nicht trotz meiner Anziehungskraft auf Sara, sondern wegen ihr.

Weil ich wollte, dass sie für immer frei von ihm war.

Weil ich schon damals wusste, dass ich sie zu der meinen machen musste.

»Nein.« Saras Stimme zittert hörbar. »Das sagst du nur so. Du hättest George doch nicht wegen eines krankhaften Interesses an mir getötet – das wäre mehr als wahnsinnig.«

»Vielleicht.« Ich bin bereit, so viel einzugestehen. »Aber in manchen Kulturen macht dich das, was ich getan habe, zu der meinen – zu meinem Kriegsgewinn, zu meiner Kriegsbeute.«

»Krieg? Er lag im Koma! Du hast einen wehrlosen Mann getötet. Er war kein Gegner für dich.«

Ich lache dunkel. »Hältst du mich für einen edlen Helden? Glaubst du, mir ist ein fairer Kampf wichtig?«

Sie friert, und ihre Haut wird feucht, wo sich unsere nackten Körper berühren, als ich fortfahre. »Das tue ich nicht«, sage ich ihr. »Fairness ist mir scheißegal, wie allen anderen auch. Die Welt ist von Natur aus ungerecht. Wenn du etwas willst, kämpfst du dafür ... du nimmst es. Und ich wollte dich, Ptichka. Ich wollte dich vom ersten Augenblick an, als ich dich in meinen Armen hielt, als du so süß geweint hast. Und du wolltest mich auch – du willst mich immer noch –, denn egal, was du sagst, das ist real ...viel realer als deine Fata Morgana einer Ehe. Es war kein Märchen, das du gelebt hast, und Cobakis war nicht dein Märchenprinz. Er war ein Lügner, ein Schwächling, der angefangen hat zu trinken, weil er die Schuld an dem von ihm verursachten Massaker nicht verkraften konnte. Selbst wenn er nicht auf meiner Liste gewesen wäre, hätte ich ihn getötet, wenn ich dich getroffen hätte – weil ich dich wollte. Wenn sich unsere Wege jemals gekreuzt hätten, hätte ich dich zu der meinen gemacht.«

Sie zittert jetzt, und ich weiß, ich war zu ehrlich, habe zu viel von dem Tier in meinem Inneren enthüllt. Aber wenn es eine Sache gibt, die ich nicht tun werde, dann ist es, sie anzulügen.

Bei mir weiß Sara immer, was sie bekommt, egal wie hässlich es auch sein mag.

Ich ziehe die Decke über uns, streichle ihren Arm, ihre Hüfte und ihren Oberschenkel, bis ihr Zittern aufhört, und als ich höre, dass ihre Atmung langsamer und tiefer wird, schließe ich meine Augen und halte sie fest.

Das mag in den Augen anderer falsch sein, aber ich habe Sara, und ich bin glücklich – und ich werde alles tun, um sie auch glücklich zu machen.

 ara

WÄHREND DER HERBST FORTSCHREITET UND DAS Wetter kühler wird, beginnt mein Leben mit Peter mich an eine ausgedehnte Hochzeitsreise zu erinnern, wenn auch eine, in der wir unseren Bergrückzug mit anderen Menschen teilen. Er ist weiterhin sehr aufmerksam, und obwohl ich mich immer wieder daran erinnere, dass ich nicht aus freien Stücken hier bin, kann ich die Tatsache nicht ignorieren, dass Peter sein Bestes tut, damit ich Spaß habe und es mir an nichts fehlt. Abgesehen von seinem Beruf und dem kleinen Detail, dass er mich hier gefangen hält, ist Peter Sokolov alles, was man sich von einem Ehemann nur wünschen kann: durch und durch häuslich und so fürsorglich, dass ich mich die meiste Zeit wie eine Prinzessin fühle.

Jeder Morgen fängt damit an, dass er mir Frühstück ans Bett bringt. Peter hat seine Fähigkeiten, persönliche Dinge über andere herauszufinden, dafür genutzt, zu erfahren, welches Essen ich mag und welches nicht, und verwöhnt mich täglich mit meinen Lieblingsgerichten. Russische Crêpes mit Rosinen und Quark, fluffige Omeletts, Quiches, exotische Früchte – ich bekomme alles, dazu frisch gepressten Orangensaft und Kaffee. Zum Mittag- und Abendessen werde ich gleichermaßen verwöhnt, so sehr, dass die Jungs begonnen haben, mich anzuflehen, ihre Favoriten als meine auszugeben.

»Du mochtest das *Schaschlik* damals, stimmt's? Die Lammspieße, die Peter vor Nigeria gemacht hat?« Ilya versucht einen gruselig aussehenden Versuch eines Hundeblicks, als er mich in der Küche erwischt.

Als ich nicke, grinst er und sagt: »Dann sag ihm bitte, er soll sie bald wieder machen, okay? Du musst ja einfach nur erwähnen, dass du Lamm in scharfer Soße magst. Bitte?«

Ich lache und verspreche ihm, das zu tun, so wie ich es bereits Anton mit dem Apfelkuchen versprochen habe. Trotz ihrer Rolle bei meiner Entführung fange ich an, Peters Männer zu mögen, und ich bin mir ziemlich sicher, dass sie mich auch langsam mögen. Das ist meiner Meinung nach eine gute Sache, aber Peter scheint das anders zu sehen. Ich habe bemerkt, wie er die Jungs böse anstarrt, wenn sie besonders freundlich zu mir sind, so als ob er Angst hätte, sie könnten mich stehlen.

Sein Besitzanspruch ist derzeit eines unserer Hauptprobleme, und eines Abends gerät es außer Kontrolle.

»Behalt deine verdammten Augen über ihrem Hals«, brüllt er Anton an, nachdem ich meine Variation von Lady Gagas neustem Hit zu Ende gesungen habe. Ich habe mich für diese Aufführung herausgeputzt und eines der tief ausgeschnittenen Partykleider angezogen, die Yan für mich besorgt hat, und als Anton und Peter aufstehen und sich gegenseitig wütend anstarren, erkenne ich, dass das ein Fehler gewesen sein könnte.

»Peter, er hat nichts getan«, sage ich, da ich verzweifelt versuche, diese aggressive Spannung zu zerstreuen. »Ich habe nur gesungen, und er hat zugehört, das ist alles.«

»Er hat verdammt nochmal gesabbert.« Peter schiebt den Stuhl zwischen den beiden zur Seite. »Und es war auch nicht das erste Mal.«

»Fick dich, Mann.« Antons dunkler Bart zittert vor Wut, als die beiden tödlichen Männer sich mit zu Fäusten geballten Händen und gefletschten Zähnen in Kampfstellung begeben. »Niemand tut etwas, was er nicht tun sollte; du bist einfach zu besessen, um klar zu sehen.«

Peter knurrt eine Antwort auf Russisch, und Yan sagt auch etwas in einem kühlen und amüsierten Ton, während Ilya den Kopf schüttelt und grinst. Einen

Moment später stürmt Anton mit Peter auf den Fersen nach draußen.

Frustriert drehe ich mich zu den Zwillingen um. »Wo wollen die hin?« Ich hasse es, wenn die Jungs ins Russische wechseln, um etwas vor mir zu verbergen. »Was habt ihr alle gesagt?«

»Peter will Anton jeden einzelnen Knochen im Gesicht brechen, und ich schlug ihm vor, das draußen zu tun, damit wir keine kostspieligen Reparaturen im Haus vornehmen müssen«, sagt Yan und grinst so breit wie sein Bruder. »Sie haben wohl auf mich gehört.«

»Was? Sie werden kämpfen?«

Entsetzt eile ich nach draußen und werde prompt vom Geräusch von Fäusten begrüßt, die auf Fleisch schlagen. Peter und Anton rollen auf dem Boden und schwingen ihre Arme und Ellenbogen, während sie aufeinander einschlagen. Blut spritzt durch die Luft, als Peter einen besonders brutalen Schlag landet, und ich keuche, als ich einen Blick in sein Gesicht erhasche.

Das ist kein Training; dieser Kampf ist echt.

»Macht was, damit sie aufhören«, bitte ich Yan und Ilya, die herausgekommen sind, um sich neben mich zu stellen. »Sie werden sich gegenseitig umbringen.«

»Nee.« Yan winkt abfällig. »Sie werden sich nur ein paar Knochen brechen. Wir haben bis nächsten Monat keinen wichtigen Job, also ist das in Ordnung.«

»Es ist nicht in Ordnung!« Ich knirsche mit den Zähnen und wende mich an Ilya. »Wenn du jemals *Schasch*...was auch immer haben willst, bringe sie sofort dazu, aufzuhören. Wenn du das nicht tust, werde ich eine *Lammallergie* bekommen.« Ich pikse mit meinem Finger auf seine massive Brust. »Hast du mich gehört?«

Yan bricht in Lachen aus, aber Ilya sieht etwas besorgt aus. »In Ordnung, in Ordnung«, murmelt er und beginnt, zu den Kämpfern zu gehen.

Ich atme erleichtert aus, als er tapfer in den Kampf eingreift, aber weder Peter noch Anton reagieren auf seine Versuche, sie auseinanderzureißen. Bald darauf rollen alle drei Männer auf dem Boden und tauschen brutale Schläge aus, und als ich mich Yan zuwende, hält er die Hände hoch, und die Handflächen zeigen nach außen.

»Ich gehe nicht in die Nähe«, sagt er, und ich weiß, dass er es ernst meint.

Ich bin auf mich allein gestellt.

Verzweifelt denke ich darüber nach, sie mit kaltem Wasser abzuspritzen, aber ich entscheide mich für eine zweckmäßigere Lösung.

»Hilfe«, schreie ich aus voller Lunge und beuge mich vor, so als hätte ich Schmerzen. »Auuuuuu! Peter, hilf mir!«

Es funktioniert noch besser, als ich erwartet hatte. Die Männer fliegen sofort auseinander, und Peter springt auf seine Füße, während sich die Wut auf seinem Gesicht in hektische Sorgen verwandelt, als er zu mir eilt. »Was ist passiert?«, fragt er und ergreift meine Hände, während seine Augen mich von Kopf bis Fuß untersuchen. »Bist du verletzt?«

»Ja, davon, dass du dich wie ein Barbar verhältst«, schnauze ich ihn an und versuche, mich wegzuziehen, während er damit beginnt, mich von oben bis unten abzutasten. »Jetzt lasst mich los, damit ich sehen kann, wie sehr ihr euch gegenseitig verletzt habt.«

Seine Augenbrauen ziehen sich zusammen, während er innehält. »Du bist nicht verletzt? Du wolltest nur den Kampf beenden?«

»Natürlich. Wie sollte ich verletzt werden?« Ich ignoriere Yan, der so sehr lacht, dass er nicht mehr aufrecht stehen kann, und gehe auf Anton und Ilya zu, die viel schlimmer aussehen als Peter. Ilya hat eine aufgeplatzte Lippe, und Antons Gesicht schwillt bereits an, da seine blutende Nase leicht verschoben ist.

»Hey.« Peter fängt mein Handgelenk, bevor ich mehr als zwei Schritte machen kann. »Du behandelst *sie* zuerst?« Er klingt so empört, dass ich versucht bin, es zu leugnen – das Letzte, was ich will, ist, einen weiteren Kampf zu provozieren – aber irgendein Teufel bringt mich dazu, zu nicken.

»*Sie* haben sich nicht allein angegriffen.« Ich bewege mein Handgelenk, um mich aus seinem Griff zu befreien. »Und du siehst nicht verletzt aus.«

Wenn Peter denkt, dass ich ein Verhalten wie bei Höhlenmenschen mit zärtlicher Krankenpflege belohnen werde, irrt er sich.

Sein Stirnrunzeln vertieft sich, und er hat die Frechheit, verletzt auszusehen, als er mein Handgelenk loslässt. »Ich *bin* verletzt. Siehst du?« Er zerrt an seinem Hemd, um mir einen roten Fleck auf seinem Brustkorb zu zeigen. »Und das.« Er zeigt seinen rechten Handrücken, an dem die Knöchel wirklich anfangen geschwollen auszusehen.

Trotz meiner Wut funktionieren meine Instinkte zum Heilen. »Lass mich mal sehen.« Vorsichtig taste ich seinen Rumpf ab – es wird ein fieser Bluterguss werden, aber seine Rippen scheinen okay zu sein –, und danach wende ich meine Aufmerksamkeit seinen Knöcheln zu.

»Tut das weh?«, frage ich und drücke auf den mittleren Knöchel der Hand. Peter schüttelt den Kopf, und seine silbernen Augen glänzen, also untersuche ich seine restliche Hand. Zu meiner Erleichterung fühle ich keine gebrochenen Knochen.

»Du kommst bald wieder in Ordnung«, sage ich, dann bemerke ich eine blutende Schürfwunde an seinem linken Ohr. Ich muss sie im Haus reinigen, wo ich medizinische Ausrüstung habe, aber zuerst muss ich mich um Antons Nase kümmern und sicherstellen, dass Ilya nicht noch eine weitere Gehirnerschütterung bekommen hat.

Die Jungs sind schon hineingegangen, also folge ich ihnen ins Haus und ignoriere Peters dunklen Gesichtsausdruck. Ich verstehe nicht, was in ihn gefahren ist. Ich weiß, dass er besitzergreifend ist, aber Anton ist Peters Freund, und soweit ich das beurteilen kann, hat er sich mir gegenüber nie unangemessen verhalten. Auch die anderen nicht, obwohl sie gesunde Männer sind, die seit Monaten keine weibliche Gesellschaft gehabt haben.

Meine Hochfreude dauert so lange an, bis ich in die

Küche komme und das Ausmaß des Schadens an Antons Gesicht sehe. Peter hat nicht darüber gescherzt, jedem die Knochen zu brechen; er hatte keinen Erfolg, aber er hat es definitiv versucht. Da die Gewalt so plötzlich aufflackerte, hatte ich keine Chance, die überwältigende Brutalität des Kampfes zu verarbeiten, aber während ich daran arbeite, Antons Nase wieder an Ort und Stelle zu platzieren, fangen meine Hände an zu zittern, und die Nachwirkungen des Adrenalinschubs treffen mich so hart, als sei ich selbst im Kampf gewesen.

Ich bin in den letzten Wochen selbstgefällig geworden, die ganze Häuslichkeit hat mich vergessen lassen, was Peter und seine Männer sind. Das war keine Schlägerei in einer Bar, wo jemand vielleicht einen oder zwei Glückstreffer landete. Peter ist ein ausgebildeter Attentäter, und er verfolgte seinen Freund mit der Absicht, ihm schweren Schaden zuzufügen. Hätte ich den Kampf nicht abgebrochen, hätte jemand schwer verletzt – oder sogar getötet – werden können.

»Es tut mir leid«, flüstere ich, als Anton unter Schmerzen durch meine Behandlung zuckt. »Das tut mir so leid.«

»Es ist okay.« Seine Stimme wird nasal, da ich Watte in seine Nasenlöcher stopfe, um die Blutung zu stoppen. »Es musste zwangsläufig passieren; der Bastard ist zu verrückt nach dir.« Es gibt keinen Groll in seinem Ton; wenn überhaupt, klingt er amüsiert über den Versuch seines Freundes, ihn aus falscher Eifersucht zu verstümmeln.

»Das stimmt«, knurrt Peter und bleibt neben mir stehen. »Also starr sie nicht so an. Niemals. Verstanden?«

Zu meinem Schrecken formt sich Antons geschwollener Mund zu einem blutigen Lächeln. »Alles klar, du verrücktes Arschloch.«

Ich halte bei dem inne, was ich tue, und mein Blick schwingt ungläubig von einem Mann zu dem anderen. Habe ich Halluzinationen, oder haben sie sich gerade versöhnt?

Auf jeden Fall schlägt Peter seinem Freund auf die Schulter und dreht sich zu Ilya um, der auf einem Barhocker neben uns sitzt und einen Eisbeutel an seine Lippe hält. »Das Gleiche gilt für dich und«, er wirft Yan, der gerade zu uns gestoßen ist, einen dunklen Blick zu, »dich«.

Beide Brüder nicken, und Ilya sagt: »Verstanden. Sie gehört dir.«

Ich ignoriere dieses kurze Gespräch, beende das Richten von Antons gebrochener Nase, gebe ihm Eisbeutel, um sein ganzes Gesicht damit zu bedecken, und greife nach seinem Hemd, um seinen Brustkorb zu untersuchen.

»Dort geht es mir gut«, sagt er nasal und stoppt mich, bevor ich das Hemd mehr als einen Zentimeter hochheben kann. Mit einem wachsamen Blick auf Peter fügt er hinzu: »Du kannst dir jetzt Ilya ansehen, wenn du willst.«

Ich runzele die Stirn, wende mich aber wie vorgeschlagen Ilya zu. »Lass mich mal sehen«, sage ich und schiebe den Eisbeutel von seiner Lippe weg. »Wurdest du noch irgendwo anders am Kopf getroffen?«

»Nein, nur das«, sagt Ilya und zuckt, als ich seinen geschwollenen Kiefer abtaste.

»Alles klar«, sage ich, als ich meine Untersuchung beendet habe. »Du hast keine Gehirnerschütterung, aber du musst es trotzdem langsam angehen lassen. Schläge gegen den Kopf sind nicht gut für das Gehirn – frag einfach alle NFL-Spieler.«

»Ja, Dr. Cobakis.« Ilya lächelt, so sehr es seine gespaltene Lippe zulässt. »Ich werde vorsichtig sein.«

Ich lächle ihn an, ignoriere ein Schnauben von seinem Bruder und drehe mich dann zu Peter, der immer noch in einer dunklen Stimmung zu sein scheint.

»Lass mich mal schauen«, sage ich und zerre ihn auf einen anderen Barhocker, damit ich an sein Ohr komme. »Sieht so aus, als hättest du dir da etwas Haut abgeschürft.«

Peter sitzt still, lässt mich den Kratzer sauber machen und verbinden, bevor ich ihn auf kleinere Verletzungen untersuche. Als ich fertig bin, sind meine Hände wieder ruhig, da die vertraute Arbeit den unterschwelligen Schock über den Gewaltausbruch mildert.

Leider dauert meine neu gefundene Ruhe nicht lange an. In der Sekunde, in der ich die medizinische

Ausrüstung weglege, springt Peter vom Barhocker und beugt sich nach unten, um mich hochzuheben. Er ignoriert meinen erschrockenen Aufschrei und das anzügliche Wolfsheulen der Jungs, hebt mich in seine Arme und nimmt meinen Mund in einen tiefen, hungrigen Kuss.

Dann drückt er mich wie einen Kriegsgewinn an seine Brust und geht zur Treppe.

eter

SARA WINDET SICH IN MEINEN ARMEN, ALS ICH SIE DIE Treppe hinauftrage, und ihr blasses Gesicht ist errötet – vermutlich vor Wut und Verlegenheit. »Lass mich runter«, flüstert sie wütend, sobald wir die zweite Etage erreichen. »Peter, lass mich sofort runter.«

Ich setze sie erst ab, als wir unser Schlafzimmer betreten. Ich bin immer noch im Blutrausch, und mein Herz pumpt das Adrenalin von dem Kampf in einem harten, wütenden Rhythmus durch meinen Körper. Wut und primitive Eifersucht wüten in meinem Inneren, und darunter ist ein tiefer, fordernder Hunger, das Bedürfnis, sie zu nehmen und einzufordern, sie so vollständig zu der meinen zu machen, dass sie nie wieder einen anderen Mann anlächeln wird.

Ich weiß, dass das, was ich fühle, irrational und fast pathologisch ist, aber sie heute Abend in diesem Kleid zu sehen – diesem roten, engen und zu weit ausgeschnittenen Kleid –, hat mich jeden Anschein von Rationalität verlieren lassen, den ich besaß. In den letzten Wochen habe ich die gelegentlichen Blicke der Jungs in ihre Richtung, ihr Konkurrenzverhalten während der Mahlzeiten um ihre Aufmerksamkeit und ihre »nicht so geheimen« Essenswünsche ertragen. Aber was ich heute Abend in Antons Augen sah, war ein Spiegelbild meiner eigenen Lust auf Sara, und das konnte ich nicht durchgehen lassen.

»Du wirst dieses Kleid nicht mehr in der Öffentlichkeit tragen«, sage ich hart und greife um ihre schmale Gestalt herum nach dem Reißverschluss auf ihrem Rücken. »Von jetzt an ist es nur noch für unser Schlafzimmer.«

Sara blickt mich an, und die cremigen Rundungen ihres Dekolletés – die durch das verfickte Kleid freigelegt werden – beben durch ihre schnelle Atmung. »Du bist verrückt.« Ihre Handflächen drücken gegen meinen Brustkorb. »Du hast dieses Kleid für mich besorgt.«

»Yan hat es besorgt.« Ich reiße den Reißverschluss mit unnötiger Kraft herunter, da die Wut immer noch durch meine Venen pumpt. »Und wenn es noch welche wie dieses gibt, hebst du sie besser nur für meine Augen auf. Wenn ich das nächste Mal einen anderen

Mann dabei erwische, der deinetwegen sabbert, werde ich ihn zerstückeln. Langsam.«

Ich bluffe nicht, und Sara muss das sehen, denn ein Teil der Farbe verlässt ihr Gesicht. »Du bist verrückt«, flüstert sie, ihre haselnussbraunen Augen sind riesig, als sie mich anstarrt, und ich weiß, dass sie recht hat. Ich *bin* verrückt, total verrückt nach ihr. Ich habe mein Bestes getan, um die Intensität meines Verlangens unter Kontrolle zu halten, aber ich kann es nicht mehr. Ich kann nicht so tun, als würde sich jede Minute, die wir getrennt sind, nicht wie eine Stunde anfühlen, dass ich sie nicht jedes Mal, wenn ich sie anfasse, auf der Stelle verzehren will. Meine Begierde ist dunkel und gewalttätig, doch ich habe mich dazu gezwungen, zivilisiert zu sein, mich darauf zu beschränken, mich wie ein Liebhaber zu benehmen, obwohl alles, was ich will, ist, ihr Innerstes freizulegen, damit ich sie ganz besitzen kann.

Ich habe einen aussichtslosen Kampf geführt, und jetzt bin ich bereit, aufzugeben.

Einige meiner Gedanken müssen sich auf meinem Gesicht abzeichnen, denn Sara beginnt zu kämpfen, als ich das Reißverschlusskleid herunterziehe, ihre Brüste entblöße und ihre Arme festhalte. Der Kontrast zwischen der leuchtend roten Farbe und ihrer blassen Haut bringt die grünen Flecken in ihren haselnussbraunen Augen zum Vorschein und lässt meinen Schwanz vor wildem Begehren pochen. Ich will sie. Scheiße, ich will sie so sehr. Sie ist wie eine Krankheit, diese Lust, die mich Tag und Nacht quält.

Ich lasse mich auf die Knie sinken, lege meine Arme um sie, während ihre Arme in dem Kleid gefangen sind, und nehme eine rosafarbene, aufgerichtete Brustwarze in meinen Mund. Sara schreit auf, und ihre Gegenwehr wird stärker, als ich an der Brustwarze sauge und sie mit meiner Zunge gegen meinen Gaumen drücke, aber ich höre nicht auf. Ich kann nicht. Sie schmeckt wie Sex und süße Perfektion, die jede meiner Fantasien zum Leben erweckt. Ich weiß nicht, wie ich den größten Teil meines Lebens ohne sie leben konnte, denn jetzt, da ich sie habe, brauche ich jedes Mal mehr.

Ich brauche alles von ihr, und heute Abend werde ich es mir nehmen.

»Peter, bitte ...« Jetzt keucht sie, und ihr flacher Bauch bebt, als ich mich der anderen Brust zuwende. »Ich ... Oh Gott, bitte ...«

Ich quäle ihre Brustwarzen, bis mein innerliches Brennen Fieberniveau erreicht, bevor ich das Kleid bis ganz nach unten ziehe, wo es sich um ihre Knöchel legt, und aufstehe, um sie zum Bett zu führen. Sie stolpert, als ihre Kniekehlen gegen das Bett stoßen, aber ich fange sie und drehe sie auf den Bauch, bevor ich voll bekleidet auf sie klettere.

»Was machst du ...?« Sie bricht mit einem Keuchen ab, als ich meinen Gürtel abnehme, ihr Handgelenk ergreife, es auf ihren Rücken drehe und den Gürtel darumschlinge. Dann wiederhole ich den Vorgang mit ihrem anderen Handgelenk und ignoriere ihre Versuche, mich abzuwehren, während ich ihre Hände zusammenbinde und sie mit dem Gürtel hinter ihrem Rücken fessele.

»Was hast du vor? Bitte, Peter ... was hast du vor?« Ihre Worte werden gedämpft, weil ihr Mund gegen die Matratze gedrückt wird, während ich mir ein Kissen schnappe und es unter ihre Hüften stopfe. Das ist nicht genug, also greife ich nach einem weiteren, um ihren kleinen, kurvigen Arsch höher zu legen. Sie zappelt, da sie offensichtlich verängstigt ist, und ich lasse den Großteil meines Gewichts auf ihren Beinen, um eine Flucht zu verhindern, während ich zum Nachttisch greife, um eine Tube Gleitmittel herauszunehmen, die ich dort aufbewahre.

Ich öffne meine Jeans, befreie meinen schmerzenden Schwanz und lehne mich über sie, wobei ich mich auf einem Arm abstütze, während ich das Gleitmittel über ihren zappelnden Arsch gieße, es in den Riss tropfe und in ihre Falten laufen lasse. Sara keucht, kämpft härter, und ich lege das Gleitmittel beiseite, bevor ich mit meinem Finger in ihre Muschi eindringe. Sie ist innen heiß und schön glitschig, da sich das Gleitmittel mit ihrer eigenen Nässe vermischt, als ich einen zweiten Finger hineinschiebe und sie für mich dehne.

Während ich sie mit meinen Fingern ficke, rolle ich mit dem Daumen über ihre Klitoris und werde mit hilflosem Stöhnen belohnt, während ihre Versuche, wegzukommen, sich in windende Bewegungen verwandeln, weil sie ihre Lust steigern will. Ihre Hüften beginnen sich mir entgegenzuheben, ihr Kitzler reibt bei jedem Stoß gegen meinen Daumen, und ich weiß, dass sie kurz davor ist. Da ich nicht möchte, dass sie schon kommt, höre ich auf, ergreife meinen Schwanz und führe ihn in die rosafarbene, zitternde Öffnung ihrer Muschi.

Feuchte Hitze umhüllt mich, glitschige Wände umspannen mich fest, während ich in ihr geschwollenes Fleisch eindringe. Mein Herz klopft schwer, und meine Eier ziehen sich zusammen, während ihre inneren Muskeln sich um mich zusammenziehen, mich melken und meinen Schwanz streicheln. Das Gefühl ist überwältigend, und alle meine Sinne schärfen sich, auch wenn mein Bewusstsein für die Außenwelt schwindet. Sie ist alles, worauf ich mich konzentriere: die Geräusche, die sie macht, die Art, wie sich ihr Körper ausdehnt, um mich aufzunehmen ... Ich kann ihre Erregung an meinen Fingern riechen, führe sie in ihren Mund und befehle heiser: »Lutsch sie sauber.«

Sie gehorcht, ihre bewegliche kleine Zunge umkreist meine Finger, während ich sie in ihren Mund stoße und sie damit ficke, während ich tiefer in ihre Muschi eindringe, und ihr ein Keuchen entlocke, als mein Schwanz ihren Gebärmutterhals berührt. Sie ist klein und zart unter mir, ihr schlanker Körper zittert, als ihre gefesselten Hände gegen meinen Bauch drücken, und das Wissen, dass sie ganz meiner Gnade ausgeliefert ist, verstärkt meine Lust, mein Bedürfnis, sie zu dominieren und sie zu nehmen.

»Sag mir, wem du gehörst«, knurre ich und ziehe

meine Finger aus ihrem Mund, um die Nässe an ihrem Kinn und Hals zu verschmieren. Ich lege meine Hand um ihren schlanken Hals, stoße tief in sie und lasse sie aufschreien. »Sag es mir, Sara. Wem gehörst du?«

Sie atmet so schnell, dass ich ihr hastiges Ausatmen dort spüren kann, wo ich ihren Nacken anfasse. »D-dir.« Die Worte sind kaum zu hören, als sie ihre Lippen verlassen, und es ist nicht genug. Es ist nicht annähernd genug.

Als ich ihren Hals loslasse, greife ich zwischen ihre Beine und spüre das seidige Fleisch, das sich um meinem Schwanz ausdehnt, die rutschige Nässe des Gleitmittels, das sich mit ihrer Creme vermischt. Saras Keuchen verstärkt sich, und ihr Hintern wölbt sich nach oben, während ihr Stöhnen lauter wird und meine Finger höherwandern und zwischen die blassen, festen Hügel ihrer Backen rutschen.

»Peter … warte. Oh Gott, Peter …« Mein Name ist ein ersticktes Keuchen, während ich die Enge ihrer anderen Öffnung finde, die Spitze meines Fingers hineindrücke und den Widerstand der zusammengepressten Muskeln ignoriere. Ich brauche meine ganze Selbstbeherrschung, um langsam zu sein, sie nicht so gewalttätig zu nehmen, wie mein Körper es verlangt. Ich will sie nicht zerreißen, ich will ihr nicht wehtun, trotz der Dunkelheit, die an meiner Seele nagt. Das Gleitmittel erleichtert die Passage meines Fingers, als ich tiefer eindringe, aber sie ist immer noch zu eng, und ich komme fast, als ich mir vorstelle, wie eng sie um meinen Schwanz sein wird, wie ihr Arsch mich umschließen und quetschen wird.

Sie wimmert vor Unbehagen durch meine Penetration, aber ich höre nicht auf, bis mein Finger ganz in ihr ist und ich meinen Schwanz durch die dünne innere Wand spüren kann, die ihre Öffnungen trennt. Das Gefühl ist schwindelerregend, surreal in seiner Intensität. Es schärft den Hunger in mir, macht ihn noch dunkler und wilder.

Meine wunderschöne gefangene Ptichka.

Es ist Zeit, dass ich sie vollständig einfordere.

Nach heute Abend wird sie keine Zweifel mehr haben, dass sie mir gehört.

S ara

Überwältigt ziehe ich meine Beckenbodenmuskeln zusammen, fühle den riesigen Umfang seines Schwanzes und das stechende Brennen durch seinen eindringenden Finger. Selbst mit reichlich Schmiermittel ging er nicht leicht hinein. Ich fühle mich schmerzhaft voll, verletzt und überwältigt, und mein Atem ist hart und keuchend, während ich versuche, mich an das seltsame Gefühl zu gewöhnen, an zwei Stellen genommen zu werden.

Zu meiner Erleichterung zieht mein Peiniger seinen Finger zurück, allerdings nur, um ihn gleich zusammen wieder mit einem weiteren einzuführen. Die dicken Finger arbeiten sich langsam in meinen Arsch und dehnen den engen Ring des Muskels mit großer Vorsicht aus, aber es tut immer noch weh, da mein Körper das Eindringen verhindern will.

»Drück nach außen, Ptichka.« Seine Stimme ist ein Flüstern des Teufels, verführerisch und kontrolliert, auch wenn sein Schwanz tief in mir pocht. »Entspann dich und lass mich rein. Es wird dir gefallen.«

Flach keuchend, versuche ich zu tun, was er sagt, und bekämpfe den instinktiven Drang, mich stärker zusammenzuziehen. Meine gefesselten Hände spannen sich hinter meinem Rücken an, und meine Finger zucken, während sie sich in meine Handflächen drücken. Trotz des stechenden Schmerzes der Invasion ist ein Teil von mir neugierig darauf, freut sich fast schon auf irgendeine verdrehte Art und Weise darauf. Irgendetwas an dem Unbehagen, das ich dabei empfinde – der Art und Weise, wie mein Inneres sich verkrampft und brennt, dem Gefühl, gezwungen und verletzt zu werden –, findet seinen Nachhall in diesem seltsamen, unterwürfigen Zug in mir mit dem Verlangen nach Bestrafung, das mein Monster in mir geweckt hat.

Wenn es wehtut, ist es kein Verrat.

Wenn ich keine Wahl habe, verliebe ich mich nicht in den Feind.

»Ja, das ist es, meine Liebe ... Entspann dich und atme.« Die beiden Finger sind jetzt in mir, dick und hart, die Ränder seiner Nägel scheuern an dem zarten Gewebe. Es ist zu viel, zu überwältigend, die Empfindungen jenseits von allem, was ich kenne. Mein Herz flattert wie ein Vogel in meiner Brust, mein Atem ist so schnell, dass es sich anfühlt, als würde ich in Panik ausbrechen. Nur seine Stimme hält mich in diesem Moment, diese dunkle, streichelnde Stimme mit ihrem unterschwelligen Akzent.

»Das ist es, meine Liebe ... Entspann dich ...« Seine freie Hand streicht über meine Hüfte, die Schwielen auf seiner Handfläche kratzen über meine Haut. »Meine hübsche Ptichka, so zart, so süß ... Es wird sich in einem Moment besser anfühlen, das verspreche ich dir, meine Liebe.« Er flüstert mir weitere Zärtlichkeiten zu und beginnt, seinen Schwanz in langsamen, flachen Stößen zu bewegen, und mein Herzschlag wird noch schneller, als die Schaukelbewegung meine Klitoris gegen den Kissenberg reibt.

Die Lust baut sich zum Verrücktwerden langsam auf, und die Spannung steigt im Schneckentempo. Der Druck des Kissens auf meiner Klitoris ist viel zu leicht, seine flachen Stöße zu sanft. Ich bin mir der stechenden Fülle in meinem Arsch zu bewusst, und ich stöhne frustriert in die Matratze, während ich meine Hüften höherschiebe, weil ich ihn härter und schneller brauche. Ich war schon eben kurz davor, und jetzt bin ich wieder fast da, aber ich brauche mehr.

Ich brauche ihn dafür, den Weg zu Ende zu gehen und mich ankommen zu lassen, mir mehr Lust und mehr Schmerz zu geben.

»Peter, bitte«, bettle ich, aber der perverse Bastard hält inne und zieht sich ganz aus mir zurück. Nur seine Finger bleiben in meinem Po, und im nächsten

Moment zieht er auch sie zurück, so dass ich schmerzhaft und leer bin, kurz vor dem Höhepunkt und unglaublich frustriert.

»Peter«, stöhne ich, aber dann fühle ich, wie er hinter mir zur Seite greift und mehr kühles Gleitgel zwischen meine Backen gespritzt wird.

»Schscht«, beruhigt er mich, als ich mich instinktiv anspanne, als sein massiver Schwanz gegen meine Öffnung drückt. »Alles wird gut, meine Liebe, lass mich einfach rein ...« Er drückt härter zu, und der Druck auf meinen Schließmuskel wird immer stärker, während sich der Schmerz verstärkt. Er ist viel größer, viel dicker als seine Finger, und ich kann mich nicht genug entspannen, um ihn hereinzulassen.

»Peter.« Da ich in Panik gerate, beginne ich zu kämpfen und ziehe am Gürtel, der meine Handgelenke hinter meinem Rücken zusammenbindet. »Peter, ich glaube nicht, dass es ...«

Der Ring des Muskels gibt plötzlich schmerzhaft nach, lässt den breiten Kopf in mich eindringen, und ein Schwindel überkommt mich, während er tiefer hineingleitet und die Feuchtigkeit des Gleitgels den Weg ebnet. Es fühlt sich an, als sei ich aufgespießt worden, als sei er auf die grausamste Weise in mich eingedrungen, und als er sich in meinem Hintern ausdehnt, sein dicker Schwanz mich unerträglich weitet, will ich ihn anschreien, um ihn aufzuhalten, um das zu beenden. Die Fülle geht über alles hinaus, was ich mir vorgestellt habe, und mein Magen zieht sich zusammen, krampft vor Übelkeit, und kalter Schweiß läuft meinen zitternden Rücken hinunter.

Warum war ich so neugierig darauf?

Wie habe ich das jemals irgendwie wollen können?

Doch weil ich es getan habe, bleibe ich still und atme zitternd ein, während ich darauf warte, dass der Schmerz nachlässt. Peter flüstert mir wieder beruhigend zu, streichelt meinen Rücken und meine Hüfte – lobt mich sogar für irgendetwas –, und schon bald lässt der Schmerz nach, die schlimmsten Beschwerden vergehen. Die extreme Fülle bleibt jedoch, und als sich seine Hand zwischen meine Beine schiebt, um meinen Kitzler zu finden, fange ich an, wegen einer anderen Anspannung zu zittern. Das ist zu viel, zweimal fast zu kommen und dann die gnadenlose Invasion, das Gefühl von ihm, wo noch nie ein Mann vor ihm gewesen war.

»Das ist es, Ptichka«, murmelt er, und ich schreie auf, als er leicht in meine Klitoris kneift. »Jetzt kannst du es haben. Jetzt kannst du kommen.«

Er beginnt, sich vorsichtig und sanft in mir zu bewegen, doch jeder Stoß fühlt sich wie eine neue Invasion an, so als würde mein Körper jedes Mal erneut aufgerissen, wenn er sich zurückzieht und wieder hineinstößt. Es tut weh und brennt, aber das gleichmäßige Tempo hilft, verstärkt die pochende Spannung in meinem Geschlecht. Es beginnt, sich hypnotisch anzufühlen, das rhythmische Zustoßen und Zurückziehen, der Druck seiner Finger auf meiner Klitoris, und als ich in diesen überwältigenden

Empfindungen versinke, wächst die Anspannung, die Lust, die sich tief in meinem Unterleib aufbaut.

»Komm für mich, Sara«, stöhnt er und stößt tief in mich hinein, und zu meinem Schrecken tue ich es, und jeder Muskel in meinem Körper krampft, als ich mich entlade. Die Ekstase ist gewalttätig, explosiv, die Entladung der Spannung so stark, dass ich schreie. Dadurch, dass sich meine inneren Muskeln anspannen und wieder entspannen, fühlt sich der Schwanz in meinem Arsch noch invasiver an, aber der Schmerz verstärkt die Empfindungen nur, macht das Vergnügen dunkel und brennend heiß. Er stöhnt, und ich spüre, wie er in mir zuckt und mein rohes Inneres mit seinem Samen überschwemmt.

Danach gibt es einige Momente lang nur abgehacktes Atmen – seins und meins –, bevor er sich langsam aus mir zurückzieht, seinen Gürtel von meinen Handgelenken entfernt und im Badezimmer verschwindet. Ich bewege meine zitternden Hände an meine Seiten, aber bleibe auf den Kissen liegen, da ich zu erschüttert bin, um aufzustehen. Nach ein paar Minuten kommt Peter mit einem nassen Handtuch zurück. Ich lasse ihn das überschüssige Gleitmittel um meine wunde Öffnung abwischen, bevor ich ihm das Handtuch abnehme und es vor mich halte, als ich mich auf wackeligen Beinen hinstelle und mich auf den Weg ins Badezimmer mache.

Ich muss mich waschen. Dringend.

Peter gibt mir rücksichtsvoll ein paar Minuten Privatsphäre und kommt dann unter die Dusche.

»Geht es dir gut?«, fragt er leise, während er den Wasserstrahl mit seinem Rücken blockiert, und ich nicke mit brennendem Gesicht, als ich seinem Blick begegne. Was gerade geschehen ist, war so intim und eindringlich, dass ich mich wie geöffnet fühle. Ich verstehe nicht, was dieser Mann hat, was diese Seite von mir hervorholt, warum Dinge, die mich entsetzen sollten – wie die Blutflecken auf dem Handtuch, das ich gerade benutzt habe –, mich stattdessen erregen.

»Gut«, murmelt er, und im dunklen Stahl seiner Augen sehe ich eine Spiegelung meiner eigenen Verwirrung, der widersprüchlichen Sehnsüchte, die keinen Sinn ergeben. Wie kann ich frei von diesem Mann, aber ihm dennoch näher sein wollen? Wie kann er mich lieben, mich aber gleichzeitig verletzen und bestrafen wollen?

»Warum?«, fragte ich unsicher, als er mein Gesicht in seine großen Hände nimmt, und mit seinem Daumen sanft über meine vom Duschen nassen Wangen streicht. Ich greife nach oben, lege meine Finger um seine dicken Handgelenke und spüre die Kraft der Sehnen und harten Knochen. »Peter ... warum sind wir so?«

Er gibt nicht vor, meine Frage falsch zu verstehen. »Weil Liebe nicht immer schön und einfach ist, Ptichka«, sagt er leise. »Und auch nicht passiert, mit wem du es erwarten würdest. Wir können uns nicht die Wünsche unserer Herzen aussuchen, wir können sie nur nehmen und sie biegen und zu etwas formen, was wir überleben können.«

»Ich ...« Meine Stimme bricht, als sich mein Hals verengt. »Ich liebe dich nicht, Peter. Ich kann nicht.«

Zu meiner Überraschung formen seine Lippen ein leichtes Lächeln, und er beugt seinen Kopf, um mir einen Kuss auf meine Stirn zu geben, bevor er mich in einer Umarmung an sich zieht.

»Du kannst«, murmelt er, und eine Hand hält sanft meinen Nacken, während die andere über meine Wirbelsäule streicht. »Du kannst, und du wirst. Bald wirst du aufhören zu kämpfen und dann wirst du es sehen. Weil es zu spät ist für dich, Ptichka – du bist so tief gefangen wie ich.«

TEIL IV

37

In den nächsten drei Wochen tue ich mein Bestes, um Peter zu beweisen, dass er unrecht hat, und versuche, mich von ihm zu distanzieren, aber es ist ein sinnloses Unterfangen. Jedes Mal, wenn ich irgendwelche Barrieren zwischen uns aufrichte, reißt er sie ein, und die perverse Verbindung zwischen uns wächst, da sie von einer körperlichen Anziehungskraft gefördert wird, die so stark ist, dass sie an den letzten Fetzen meines Widerstands zerrt.

Jetzt, da er mich auf alle Arten und Weisen gehabt hat, kennt mein Entführer bei meinem Körper keine Grenzen mehr, und unser Sex ist intensiver denn je – und unser Kondomgebrauch immer sporadischer. Ich verstehe nicht, wie das passiert, wie mein Gehirn bei seinen Berührungen einfach abschaltet und mir etwas so Wichtiges entgeht. Ich will kein Kind mit Peter – ich fürchte den bloßen Gedanken daran –, aber wenn er mich in seine Umarmung nimmt, ist eine Schwangerschaft das Letzte, was mir durch den Kopf geht.

Bis jetzt habe ich Glück gehabt, und meine Periode ist letzte Woche pünktlich gekommen, aber ich weiß besser als jeder andere, dass schon ein Ausrutscher, ein sorgloser Moment ausreichend ist. Und ich bin mir nicht sicher, ob Peter genau genommen sorglos ist. Er benutzt immer noch Kondome, wenn ich ihn daran erinnern kann, aber es gab keine Pille danach mehr – nicht seit diesem einen Mal.

»Ich habe die gesamte medizinische Literatur zu diesem Thema durchgelesen, und ich will nicht, dass du diesen Hormonen ausgesetzt bist«, sagte er, als ich ihn anflehte, die Pille noch einmal für mich zu besorgen. »Du bist besonders empfindlich – das hast du selbst gesagt –, und ich riskiere nicht deine Gesundheit für die Möglichkeit, dass du vielleicht schwanger sein könntest.«

Und egal wie sehr ich versucht habe, vernünftig mit ihm zu reden und ihn darauf hinzuweisen, dass ich eine Gynäkologin bin und die Risiken selbst einschätzen kann, er hat seine Meinung nicht geändert.

Ich beginne zu vermuten, dass Peter *möchte*, dass ich schwanger werde, und das ist es mehr als alles andere, was meine Gedanken erneut in Richtung Flucht lenkt.

~

DIESES MAL HABE ICH DIE RICHTIGE ZEIT ABGEWARTET und jeden Schritt sorgfältig geplant. Ich bin mir fast sicher, dass Peter die Wahrheit gesagt hat, als er sagte, dass der Berg von Klippen umgeben ist, aber auf unseren Wanderungen durch den Wald habe ich Klippen gesehen, deren Hänge weniger steil sind und die Wurzeln bequeme Handgriffe bieten. Der Berg ist mit dem Auto definitiv unzugänglich, und ein Aufstieg wäre fast unmöglich, aber ein Wanderer, der weiß, was er tut, könnte vielleicht dort herunterkommen.

Zumindest hoffe ich das.

Zunächst entscheide ich, welche Ausrüstung ich brauche, und spioniere aus, wo alles gelagert wird. Ich kann sie nicht im Voraus verstauen, ohne dass ich erwischt werde, aber ich achte sorgfältig darauf, wo alles aufbewahrt wird. Seil, ein stabiles Messer, ein Rucksack, unverderbliche Lebensmittel, Wasserflaschen – ich habe eine geistige Checkliste mit dem Wesentlichen, damit ich, wenn die Zeit gekommen ist, alles in wenigen Minuten zusammensuchen kann. Es hilft, dass Peter und seine Männer so ordentlich sind, dass es an Zwangsneurose grenzt; alles im Haus hat seinen Platz, also muss ich mich mir nur merken, wo der ist.

Ich überlege auch, eine Waffe zu stehlen. Die Männer sind vorsichtig um mich herum und verstauen ihre Waffen außer Sichtweite, aber ich bin mir ziemlich sicher, dass ich etwas in die Hände bekommen könnte, wenn ich es wirklich versuchen würde. Das habe ich jedoch nicht getan, denn als ich herausgefunden hatte, wo sie sie aufbewahren, hatte ich alle meine Entführer kennengelernt und konnte mir nicht mehr vorstellen, sie zu verletzen. Der Heilinstinkt ist zu tief in mir verwurzelt. Ich könnte vermutlich unter bestimmten Umständen den Abzug drücken – wenn mein Leben in Gefahr wäre, sagen wir einmal –, aber diese Männer stellen keine tödliche Bedrohung für mich dar. Im Gegenteil, sie sind nett zu mir, jeder auf seine Weise. Und die Waffe zu nehmen, um zu bluffen, damit sie mich gehen lassen, wäre dumm; sie würden sofort meine jämmerliche Vorstellung durchschauen und mir die Waffe wegnehmen.

Ich habe es mit ehemaligen Elite-Soldaten zu tun, nicht mit normalen Männern.

Dennoch füge ich die Waffe meiner gedanklichen Wunschliste hinzu, nur für den Fall, dass sich vor meiner Flucht die Gelegenheit bietet, eine zu bekommen. Ich bin vielleicht nicht in der Lage, bei Peter und seinen Männern zu bluffen, um meine Forderungen durchzusetzen, aber dasselbe kann man nicht von japanischen Bauern behaupten. Ich würde natürlich zuerst den zivilisierten Weg versuchen, aber sollte ich Mühe haben, Zugang zu einem Telefon zu erhalten, würde ich gern mit einem Gewehr herumfuchteln – selbstverständlich ungeladen.

Während ich an diesen Vorbereitungen arbeite, behalte ich auch das Wetter im Auge und frage die Jungs jeden Tag nach einer Vorhersage. Wir hatten noch keinen Schnee, aber es ist schon Oktober, und der Winter kommt früh in dieser Höhe.

Das Letzte, was ich will, ist, von einem weiteren dieser eisigen Stürme erwischt zu werden.

»Ich mag die Kälte nicht«, beklage ich mich bei Peter, als wir eines Tages von einem Spaziergang zurückkehren. »Und ich mag es überhaupt nicht, wenn es abends zwanzig Grad kälter ist als es morgens war.«

»Armes Baby«, sagt er beruhigend und zieht meine Jacke aus, um meine Arme zu reiben. »Komm, lass uns duschen, damit dir schön warm wird.«

Ich lasse ihn mich mit einer heißen Dusche und zwei Orgasmen aufwärmen, und am nächsten Tag fange ich wieder an, mich über das Wetter zu beschweren – damit es niemand merkwürdig finden wird, wenn ich weiterhin nach einer täglichen Vorhersage frage.

Während ich das alles tue, sind die Jungs mit ihren eigenen Plänen beschäftigt. Nach einer längeren Pause, um die Behörden von ihrer Spur abzulenken, hat das Team zugestimmt, einen neuen Job anzunehmen – ein hochbezahltes, höchst gefährliches Attentat auf einen Politiker in der Türkei.

Ich habe versucht, nicht darüber nachzudenken, weil ich jedes Mal, wenn ich es tue, so viel Angst bekomme, dass ich weder essen noch schlafen kann. Nach dem, was in Nigeria passiert ist, steigt mein Blutdruck, wenn ich nur das Wort »Job« höre.

»Warum musst du das tun?«, frage ich Peter frustriert Mitte Oktober, als sich die Deadline, um den

Auftrag zu Ende zu bringen, nähert. »Du hast selbst gesagt, dass es gerade besonders gefährlich für dich ist. Du hast Millionen –*Millionen* – für den nigerianischen Bankier bekommen. Du kannst nicht so schnell das ganze Geld ausgegeben haben.«

»Natürlich nicht, aber wir müssen vorausdenken«, antwortet Peter. »Abgesehen von einigen unserer teureren Spielzeuge kosten unsere Hacker ein Vermögen, und wir brauchen sie, um den Behörden zu entkommen und nach Henderson zu suchen.«

Ich schüttele den Kopf, atme durch und gehe in mein Tonstudio, um mich mit Musik abzulenken und ein weiteres Streitgespräch zu vermeiden. So unflexibel Peter bei der angeblichen Notwendigkeit dieser Jobs ist, so absolut in Stein gemeißelt ist das Thema Henderson – der einzige Mann, der noch auf seiner Liste steht. Das eine Mal, als ich vorsichtig die Möglichkeit erwähnte, den General zu vergessen und mit dem Leben weiterzumachen, hat Peter mich so unfreundlich unterbrochen, dass ich keine Lust verspüre, dies noch einmal zu versuchen.

»Er gab persönlich den Befehl für die Daryevo-Operation«, knurrte mein Geiselnehmer, und sein schönes Gesicht war so wütend, dass man es nicht mehr erkennen konnte. »Er hat das getan«, er schob das Telefon mit den Bildern vom Massaker zu mir hin, »und ich werde nicht ruhen, bis er und alle anderen, die ihm helfen, mit den Würmern verrotten, genau wie die Leichen meiner Frau und meines Sohnes.«

Ich habe genickt und nachgegeben, denn so sehr ich

es auch verleugnen möchte, ich verstehe Peters Bedürfnis nach Rache. Ich kann mir nicht vorstellen, Menschen, die mir etwas bedeuten, auf eine so schreckliche Art und Weise zu verlieren, und ich weiß, dass es für ihn noch schlimmer gewesen sein musste. Nach allem, was er mir erzählt hat, waren diese kurzen Jahre mit Pasha und Tamila die einzige Zeit in seinem Leben, in der er etwas hatte, was einer Familie und Liebe ähnelte.

Letzte Woche sprach Peter zum ersten Mal ein wenig über seinen Sohn. Es war, nachdem er aus einem Albtraum über den Tod seiner Familie erwachte und sein großer Körper zitterte und mit kaltem Schweiß bedeckt war. Er hat sich dann nach mir ausgestreckt und mich gefickt, und in dem stillen Moment danach hat er zugegeben, wie sehr er seinen kleinen Jungen vermisst – wie sehr er seine Abwesenheit noch spürt.

»Pasha war ... Leben«, hat er mir abgehackt erzählt. »Ich weiß nicht mal, wie ich es erklären soll. Ich hatte noch nie ein Kind getroffen, das so viel Freude daran hatte, einfach zu existieren. Vögel, Insekten, Bäume, der Himmel und die Felsen – alles war neu für ihn, alles war lustig. Und er hatte so viel Energie. Tamila konnte kaum mit ihm mithalten. Er hat sie verrückt gemacht. Und Autos ...« Seine kräftige Brust hob sich mit einem tiefen Atemzug. »Er hat Autos geliebt. Er wollte ein Rennfahrer werden.«

»Ach, Peter ...« Ich legte meine Hand auf seine. »Er hört sich toll an.«

»Das war er«, flüsterte Peter und drehte seine

Handfläche nach oben, um meine Finger zu drücken, und die Intensität des Schmerzes in seinen Worten tat mir in der Seele weh.

Trotz seiner Besessenheit von mir trauert mein Entführer immer noch um den Verlust seiner Familie – den Menschen, die er wirklich geliebt hat.

Sara

MITTE OKTOBER INTENSIVIEREN SICH DIE Vorbereitungen der Männer auf den Job in der Türkei, und ich beschließe, dass dies meine Chance sein wird.

Wenn sie das Gleiche tun wie beim letzten Mal und einen Mann dalassen, der mich bewachen soll, kann ich mich vielleicht unbemerkt davonschleichen – besonders wenn mein Wärter so beschäftigt sein wird wie Yan während des Nigeria-Auftrags.

»Also«, frage ich Peter wie nebenbei bei einem unserer Spaziergänge, »was ist der Plan für nächste Woche? Bleibt Yan wieder hier?«

Zu meiner Überraschung schüttelt Peter den Kopf. »Er kann nicht. Keiner von uns kann diesmal. Die Sicherheit um den Politiker ist zu vielschichtig; wir brauchen alle vier von uns, um an ihn heranzukommen.«

Mein Herz schlägt auf einmal voller plötzlicher Hoffnung schneller. Ich versuche, nicht zu erfreut zu klingen, ich sage: »Das macht Sinn. Mir wird es hier gut gehen. Es gibt jede Menge Essen und ...«

»Nein, Ptichka.« Peter greift nach meiner Hand und legte sie in seine Ellenbeuge. »Ich lasse dich nicht allein hier, keine Sorge.«

Ich schlucke meine Enttäuschung hinunter und versuche, einen ausdruckslosen Blick aufzusetzen, als wir weitergehen. »Warum? Es ist nicht so, dass ich wegkomme, also ...«

»Genau.« Peter wirft mir einen ironischen Blick zu. »Du kommst nicht runter, aber das bedeutet nicht, dass du nicht versucht sein wirst, es zu probieren. Außerdem will ich dich hier nicht allein zurücklassen, falls uns etwas zustößt.«

»Aber was machst du dann mit mir?«, frage ich verwirrt. »Wirst du mich zu dem Job mitnehmen?«

»Nein, natürlich nicht, obwohl Yan das vorgeschlagen hat. Der schnuckelige Bastard will bei Verletzungen einen Arzt zur Hand haben«, sagt Peter mit einer Grimasse. »Nein, ich warte auf eine Antwort von jemandem, und sobald ich sie bekomme, werde ich dich wissen lassen, wie der Plan aussieht.«

»Was?« Ich runzele die Stirn. »Von wem eine Antwort bekommen? Worauf?«

»Mach dir jetzt keine Sorgen«, sagt Peter und hält einen Ast hoch, um mich darunter durchgehen zu lassen. »Wenn es nicht klappt, gibt es einen Plan B, aber Plan A ist viel besser, vertrau mir.«

~

ZWEI TAGE BEVOR DIE MÄNNER FLIEGEN, ERFAHRE ICH, was Plan A ist.

»Du lässt mich auf Zypern bei einem illegalen Waffenhändler zurück?« Ich schaue Peter an und bin so schockiert, dass ich vergesse, dass ich gerade dabei bin, meine Jeans auszuziehen. »Und das ist besser, als mich hierzulassen, weil ...?«

Peter setzt sich auf das Bett. »Weil er und seine Frau mir einen Gefallen schulden«, erklärt er und zieht sein Hemd aus. »Wenn mir etwas passiert, haben sie versprochen, dich nach Hause zurückzubringen. Du wirst bei ihnen sicher sein, bis ich dich zurückholen kann, und wenn ich es aus irgendeinem Grund nicht kann ... Nun, du wirst das bekommen, von dem du sagst, dass du es möchtest, mein Schatz. Dein altes Leben wird wieder dir gehören.«

Wie betäubt ziehe ich mich zu Ende aus und setze mich nur mit Unterwäsche bekleidet neben ihn auf das Bett. »Aber ein anderer Verbrecher? Woher weißt du, dass du ihm vertrauen kannst? Was ist, wenn er dich hintergeht? Du sagtest, es ist ein Preis auf deinen Kopf ausgesetzt ...«

Peter zuckt mit den Achseln, seine Augen schweifen über meinen fast nackten Körper. »Wie ich schon sagte, Lucas Kent schuldet mir einen Gefallen, und er braucht die Belohnung nicht. Er war früher der Stellvertreter von Julian Esguerra, einem mächtigen Waffenhändler, und jetzt ist er der Partner seines Chefs in einigen Unternehmungen. Die Belohnung interessiert ihn nicht, genauso wenig wie irgendein Gefallen der Behörden, wenn er mich ausliefern würde.«

»Oh.« Irgendetwas nagt in meinem Hinterkopf, ein Detail, an das ich mich nicht mehr erinnern kann. Und dann fällt es mir ein. »Warte mal, ist Kent der Waffenhändler, den du eben erwähnt hast? Der, der dir deine Liste besorgt hat?«

»Nein, das war eigentlich sein Boss, Esguerra«, sagt Peter und greift hinter meinen Rücken. »Oder, technisch gesehen, Esguerras Frau, da Esguerra damals geschworen hatte, mich zu töten.«

Ich fange seine Handgelenke ab, bevor er meinen BH öffnen kann. »Dich töten? Weshalb?«

Peter seufzt. »Das ist eine lange Geschichte, aber es genügt, zu sagen, dass Kent mich nicht wie Esguerra hasst. Ich habe ihm aus einigen Engpässen geholfen, sowohl als wir zusammenarbeiteten – Esguerra war auch einmal mein Arbeitgeber – als auch danach, als Kent seine Frau zurückholen musste. Auf jeden Fall ist alles, was du wissen musst, dass Kent mir etwas schuldet.«

»Aber dieser Esguerra, Kents Partner, will dich töten?« Als Peter nickt, frage ich frustriert: »Warum?«

»Weil ich Esguerras Leben gerettet habe, aber ich musste dabei gegen seinen Befehl handeln. Genau gesagt musste ich seine Frau gefährden, die Frau, deren Schutz er mir anvertraut hatte. Es war auf ihren Wunsch hin – sie bot mir nämlich meine Liste an –, aber er war nicht erfreut.« Peter dreht sich mit lächerlicher Leichtigkeit aus meinem Griff heraus und wendet sich wieder meinem BH zu.

Ich gebe auf und lasse ihn ihn öffnen. »Aber er und die Frau sind beide in Ordnung?«

Peter zuckt wieder mit den Schultern, und sein erhitzter Blick sinkt auf meine entblößten Brüste. »Okay ist ein relativer Begriff, aber ja, sie haben beide überlebt, und sie hat ihren Teil der Abmachung eingehalten, indem sie mir die Liste besorgt hat.« Seine Stimme ist heiser, als er seine Aufmerksamkeit auf mein Gesicht lenkt und sagt: »Du musst dir keine Sorgen um die Esguerras machen, Ptichka. Sie sind in Kolumbien, weit weg von Kents Anwesen auf Zypern. Du bleibst für ein paar Tage bei Kent und seiner Frau, bis wir den Job erledigt haben, und dann holen wir dich auf dem Rückweg ab. Zypern liegt direkt neben der Türkei, falls du es nicht wusstest.« Während er spricht, bedeckt er meine Brüste mit seinen Händen, drückt sie sanft zusammen und massiert sie.

»Ist das der Grund, weshalb ...« Ich schlucke, während er mit dem Daumen gegen meinen Nippel klopft und mir ein Kribbeln direkt in meinen Unterleib sendet. »Willst du mich deshalb dort verstecken? Weil es praktisch ist?«

»Teilweise«, antwortet Peter und schaut auf, um in meine Augen zu schauen. »Aber vor allem, weil Lucas

Kent dich für mich sicher und geborgen hält, also werde ich dich dort abholen, wenn ich zurückkehre.«

Und damit nimmt er mein Gesicht zwischen seine Handflächen, küsst mich tief und trägt mich auf das Bett.

Peter

SARA IST IN DEN ZWEI TAGEN VOR DER REISE STILL, FAST zurückgezogen, und ich weiß, dass sie sich Sorgen macht. Yan hat mir erzählt, wie ängstlich sie während unseres Jobs in Nigeria war, und während mir das damals gefiel, bereue ich jetzt, dass ich ihr so viel Stress bereite.

Ob er es zugeben will oder nicht, mein kleiner Singvogel macht sich Sorgen um mich.

Große Sorgen.

Ich tue mein Bestes, um Sara von der bevorstehenden Reise abzulenken, indem ich sie täglich mit ihren Eltern sprechen lasse, sie auf Spaziergänge mitnehme und in jeder meiner freien Minuten Liebe mit ihr mache. Leider habe ich nicht viele. Es gibt zu viel zu tun, zu viele Szenarien zu planen. Der Politiker, Deniz Arslan, ist es gewohnt, eine Zielscheibe zu sein, und seine Sicherheitsmaßnahmen sind erstklassig, so gut wie alles, was ich damals für meine Kunden gemacht habe. Es gibt nur ein paar kleine Schwächen, die wir bisher entdecken konnten, und selbst diese könnten Fallen sein.

Das ist kein leichter Job, und deshalb zahlt uns ein ukrainischer Oligarch 25 Millionen Euro dafür.

Am Abend vor der Reise mache ich uns noch ein schönes Abendessen, aber diesmal verbiete ich den Jungs, über all das zu reden, was mit der bevorstehenden Gefahr zu tun hat. Wir halten das Gespräch leicht, indem wir uns an amüsante Geschichten aus unserer Vergangenheit erinnern, und Anton gelingt es schließlich, Sara aus ihrem Panzer zu locken, indem er ihr erzählt, wie wir uns zum ersten Mal begegnet sind.

»Hier bin ich also, ein einundzwanzig Jahre alter Armeepunker, der in dieses Elite-Team rekrutiert wurde und bereit ist, seinen neuen Kommandanten zu treffen«, erzählt er grinsend. »Ich dachte, er wäre ein alter Hund voller gesalzener Geschichten über Afghanistan und das Leben im Kommunismus. Und stattdessen kommt dieser Typ in meinem Alter rein«, er zeigt kurz mit der Gabel in meine Richtung, »und fängt an, Anweisungen zu geben. Ich dachte, es gäbe ein Missverständnis, also sagte ich ihm, er solle sich verpissen, und schon hatte ich sein Messer an meiner Kehle.«

»Peter hat dich bedroht?«

»Wenn es eine Bedrohung ist, die Halsschlagader beinahe aufzuschlitzen, dann ja.« Anton lacht und schüttelt den Kopf bei der Erinnerung. »Es war jedoch gut. Es hat uns geholfen, ein Gefühl dafür zu bekommen, mit was für einem Mann wir es zu tun haben.«

Sara dreht sich zu mir um, und ihre haselnussbraunen Augen sind weit aufgerissen. »Du wurdest also mit einundzwanzig Teamleiter?«

Ich nicke und esse meinen pochierten Lachs auf. »Zu diesem Zeitpunkt hatte ich vier Jahre Erfahrung darin, Leute aufzuspüren und zu verhören, und ich war sehr gut in meinem Job.«

»Das kann ich mir vorstellen«, meint Sara trocken. Sie schaut auf die Zwillinge und fragt: »Habt ihr alle zur selben Zeit angefangen, mit Peter zu arbeiten?«

Yan schüttelt den Kopf. »Ilya und ich kamen später dazu, nachdem das Team schon ein paar Jahre bestand. Diese beiden«, er nickt Anton und mir zu, »waren zu der Zeit Profis, aber wir haben es geschafft, mitzuhalten.«

»Ach, bitte.« Anton schnaubt. »Was ist mit dem Mal, als du in dem Brunnen bei Grosny stecken geblieben bist? Ist es für dich ›mithalten‹, wenn wir deinen Arsch mit einem Wassereimer herausziehen müssen?«

Yan zuckt mit den Schultern und lächelt kühl. »Ich

erfuhr viel über die tschetschenischen Rebellen, als ich in dem Brunnen war, und abtauchen war besser, als durch die Bomben in Stücke gerissen zu werden.«

Sara erblasst bei der Erwähnung einer Bombe, und ich werfe Yan einen bösen Blick zu. Wir hatten uns darauf geeinigt, die Konversation heute Abend leicht zu halten und alles zu vermeiden, was Sara an die bevorstehende Reise erinnern könnte – und Bomben fallen definitiv in diese Kategorie.

Yan erkennt seinen Fehler, berührt seinen Bruder mit dem Ellenbogen und sagt: »Dieser hier hatte auch ein paar Probleme. Erinnert ihr euch an die Nutte, die seine Stiefel gestohlen hat?«

Ilya errötet, als Anton unter lautem Gelächter die Geschichte erzählt, und ich greife unter dem Tisch nach Saras Knie und drücke ihr Bein beruhigend. Sie lächelt mich an, und ich fühle dieses weiche, warme Leuchten in meiner Brust, durch das ich mich so lebendig fühle, wenn ich mit ihr zusammen bin. Wir sind von meinen Teamkameraden umgeben, aber wir könnten auch allein sein, denn sie ist alles, was ich wahrnehme, alles, was ich höre und sehe.

Meine Sara.

Ich liebe sie so sehr, dass es wehtut.

Wir beenden das Abendessen mit einem üppigen Dessert, und dann führe ich Sara nach oben, wo ich mit ihr Liebe mache, bis wir erschöpft und wund sind.

Sara

ES FÜHLT SICH SELTSAM AN, MIT PETER ZUM Hubschrauber zu gehen und zu wissen, dass ich den Berg zum ersten Mal seit viereinhalb Monaten wieder verlasse. Aus irgendeinem Grund hatte ich bis jetzt noch nicht die Tage und Wochen zusammengezählt, die vergangen sind, aber jetzt, da ich es getan habe, erkenne ich, dass es ein Jahr her ist, dass Peter in mein Leben kam ... ein Jahr vergangen ist, seit er in mein Haus einbrach und mich folterte, um an George zu gelangen.

Ich habe meine Familie seit viereinhalb Monaten nicht mehr gesehen, und wenn ich nicht fliehe, sehe ich sie vielleicht nie wieder.

Außer wenn Peter getötet wird, erinnert mich ein

heimtückisches Flüstern, und mein Herz setzt einen Schlag aus. Die Sorge um meinen Kidnapper liegt wie ein Eisenring um meinem Brustkorb, unzerbrechlich und erstickend, und egal, wie sehr ich versuche, mich vom Gegenteil zu überzeugen, ich kann die Angst nicht verschwinden lassen.

Ich will meine Freiheit nicht.

Nicht zu diesem Preis zumindest.

Ich habe den Gedanken an Flucht nicht aufgegeben, aber angesichts dieser neuen Entwicklungen ist mein neuer Plan, auf Zypern zu verschwinden. Ich weiß nicht, welche Art von Sicherheitsvorkehrungen dieser Lucas Kent hat, aber es besteht die Möglichkeit, dass er unvorsichtiger als Peter und seine Männer sein wird, es weniger darauf anlegt, mich vom Internet und den Telefonen fernzuhalten. Er hat vielleicht sogar Skrupel, als Kerkermeister zu fungieren, obwohl ich nicht damit rechne.

Männer in Peters Welt scheinen sich nicht um die Freiheit einer Frau zu kümmern.

Als der Hubschrauber abhebt, sehe ich durch das Fenster, wie unser Bergrückzug immer kleiner wird, aber statt Hoffnung empfinde ich nur Angst. Ich sollte diese Änderung begrüßen, die Chancen nutzen, die sie bietet, aber während ich versuche, genau das zu tun, kann ich nicht anders, als mir zu wünschen, wir würden nicht gehen.

Ich habe Angst vor dem, was als Nächstes passiert.

~

Ich schlafe diesmal nicht im Flugzeug – ich kann nicht –, und als wir auf einer privaten Landebahn auf Zypern landen, brennen meine Augen vor Trockenheit und Erschöpfung. Peter hat auch nicht geschlafen, weil er den größten Teil des dreizehnstündigen Fluges mit den Zwillingen die Last-Minute-Logistik durchgegangen ist, aber er sieht so frisch aus wie in dem Moment, als wir das Flugzeug bestiegen haben – genauso wie seine Männer.

Wenn ich es nicht besser wüsste, würde ich denken, dass alle Russen übermenschlich sind.

Es ist angenehm warm, als wir aus dem Flugzeug steigen, und die tropische Brise hat einen Hauch von Salz und Meer. Eine schwarze Limousine wartet am Flugplatz auf uns und nimmt uns mit auf eine malerische Fahrt durch ein dünn besiedeltes Gebiet. Einige Male entdecke ich auch etwas, was aussieht wie ein wilder Esel. Die Fahrt selbst macht mich allerdings nervös. Wir fahren nicht nur auf der linken Straßenseite wie in Großbritannien, sondern auch auf schmalen und kurvenreichen Straßen, die sich gelegentlich entlang einiger gefährlich aussehender Klippen schlängeln.

Schließlich erreichen wir ein automatisches Tor, und am Ende einer langen Einfahrt sehe ich ein Haus im mediterranen Stil auf einer Klippe mit Blick auf den Strand – Kents Haus, wie Peter meint. Es ist groß, schön und sehr gepflegt, aber nicht annähernd so auffällig, wie ich es von einem wohlhabenden Waffenhändler erwartet hatte.

»Lass dich nicht von der Größe des Hauses täuschen«, sagt Peter, als ich ihm das sage. »Kent mag es nicht, Personal bei sich wohnen zu haben, aber ihm gehört das ganze Land, so weit das Auge reicht, einschließlich des Strandes darunter, und er hat außergewöhnliche Sicherheitsvorkehrungen getroffen. In diesem Augenblick patrouillieren mehrere Dutzend Wächter in dem Gebiet und fünfzig Militärdrohnen überwachen uns. Wenn Kent uns für eine Bedrohung hielte, würden wir uns nicht einmal bis auf einen Kilometer seinem Anwesen annähern, ohne in die Luft gejagt zu werden.«

»Oh.« Ich schaue nach oben, während mein Magen sich zusammenzieht. Obwohl es in dieser Zeitzone erst später Nachmittag ist, ist der Himmel mit Wolken bedeckt, und das macht die Tatsache irgendwie noch bedrohlicher, dass etwas so Tödliches unsichtbar über uns schwebt.

»Keine Sorge«, meint Yan, der offenbar meine Gedanken ahnt. Er läuft hinter mir, und Peter und trägt eine Tasche, die lässig über seiner Schulter hängt. »Wenn Kent uns tot sehen wollte, würden wir schon nicht mehr laufen.«

»Halt's Maul, du Idiot«, murmelt sein Bruder und wirft einen beunruhigten Blick auf Peter, aber sein Chef hört nicht zu. Stattdessen schaut er auf den großen, breitschultrigen Mann, der gerade die Eingangstür geöffnet hat und die Treppe zu uns hinuntergeht.

Ich starre ihn auch an, da ich fasziniert bin von der

granitähnlichen Härte seiner Gesichtszüge und der Eiseskälte seiner blassen Augen. Er trägt sein helles Haar kurz, fast schon im Igelschnitt, und seine Haut ist dunkel gebräunt. Wie Peter sieht er wie Mitte dreißig aus, und wie mein Entführer muss auch er ein ehemaliger Militärangehöriger sein. Ich kann das an seiner Körperhaltung und in der Wachsamkeit seines Blicks sehen.

Dieser Mann ist Gefahr gewöhnt.

Nein, wird mir klar, als er näher kommt, ein Mann, der bei Gefahr *aufblüht*.

Es ist nichts Bestimmtes, das diesen Eindruck vermittelt – er trägt Jeans und T-Shirt, ohne sichtbare Waffen oder Tattoos –, aber ich bin mir meiner Schlussfolgerung sicher. Es gibt einfach etwas an Männern, denen Gewalt sehr vertraut ist, eine Art furchtlose Rücksichtslosigkeit, die zivilisierten Leuten fehlt. Peter und seine Teamkollegen haben es im Überfluss, genau wie dieser Mann.

»Lucas«, sagt Peter zur Begrüßung und bleibt vor ihm stehen. »Es ist schön, dich zu sehen.«

Der blonde Mann nickt, und sein Lächeln ist genauso hart wie sein Gesicht. »Sokolov.« Sein blasser Blick fällt kurz auf mich. »Und du musst Sara sein.«

Ich nicke vorsichtig. »Hallo.« Aus irgendeinem Grund habe ich keinen amerikanischen Akzent erwartet, aber genau den höre ich in Lucas Kents Stimme, als er Peters Kameraden begrüßt.

»Glückwunsch zu deiner kürzlichen Hochzeit«, sagt Peter, als unser Gastgeber uns die Treppe zum

Eingang hinaufführt. »Tut mir leid, dass ich keine Gelegenheit hatte, ein Geschenk zu schicken.«

Kent scheint das zu amüsieren. »Das ist wahrscheinlich besser so. Esguerra konnte sich so schon kaum zurückhalten.«

»Ach.« Peter grinst. »Also hat er es immer noch auf deine Braut abgesehen?«

»Du weißt ja, wie er ist«, meint Kent lakonisch, und Peter lacht.

»Besser als die meisten, da bin ich mir sicher. Wo ist überhaupt deine frisch angetraute Frau?"

»In der Küche – und kocht einen Sturm zusammen«, antwortet der Waffenhändler, und sein Ton erwärmt sich zum ersten Mal leicht. »Ihr werdet sie in einer Minute treffen.«

Ich höre schweigend zu, während sie weiter über Leute und Orte reden, die ich nicht kenne. Ich bin neugierig, was Kent meinte, als er sagte, dass sich sein Chef und Partner kaum zurückhalten konnte. Es klang so, als ob dieser Esguerra Kents neue Frau nicht mögen würde, und wenn das so ist, frage ich mich, warum.

Als wir das Haus betreten, bringt ein herzhaftes Aroma von Fleisch und verschiedenen Gewürzen meinen Magen zum Knurren. Wir haben im Flugzeug Sandwiches gegessen, aber das war vor Stunden, und ich bin schon wieder am Verhungern. Ich bezweifle, dass Frau Kents Kochkunst Peters leckeren Kreationen auch nur annähernd nahe kommt, aber wenn das Abendessen auch nur halb so gut schmeckt, wie es riecht, dann ist es genau das Richtige.

Peter und seine Männer werden sofort nach dem Abendessen losfliegen – sie haben heute Abend ein paar Erkundungen zu erledigen –, also führt Lucas Anton und die Zwillinge zu einem Badezimmer am Eingang, bevor er mich und Peter in das Zimmer führt, wo ich bleiben werde. Als wir das geräumige Wohnzimmer durchqueren, stelle ich fest, dass das Innere von Kents Villa modern, aber überraschend gemütlich ist, mit Polstergarnituren und warmen Holzelementen, die die scharfen Linien der skandinavischen Möbel mildern. Fenster vom Boden bis zur Decke lassen viel Licht herein und bieten einen herrlichen Ausblick auf das Mittelmeer, während die Wände mit Bildern eines lächelnden Paares – unseres Gastgebers und einer hübschen jungen Blondine, die seine Frau sein muss – bedeckt sind. Auch auf diesen Bildern taucht häufig ein Teenager auf, dessen Ähnlichkeit zu Frau Kent mich darauf schließen lässt, dass es sich um ihren Bruder handelt.

Die wunderschöne Frau auf diesen Fotos sieht allerdings nicht alt genug aus, um einen Sohn im Teenageralter zu haben.

»Wir sind da«, sagt Kent, als wir ein Schlafzimmer mit angrenzendem Badezimmer und einem weiteren großen Fenster mit Blick auf das Meer betreten. »Handtücher sind im Bad, und das Bett ist bereits bezogen. Wenn ihr noch etwas braucht, sprecht mit Yulia.«

»Yulia?«, frage ich.

»Meine Frau«, erklärt mir Kent, während Peter

zum Fenster geht und daneben stehen bleibt. »Sie weiß, wo alles ist, nicht ich.«

»Verstanden«, sage ich und versuche mein Bestes, um meine plötzliche Belustigung zu verbergen. In Japan habe ich mich so sehr daran gewöhnt, dass Peter und die Männer die ganze Hausarbeit erledigen, dass ich vergessen habe, dass die meisten Männer nicht so sind. Mein Vater fragt meine Mutter immer noch, wo er die Eiscremekelle finden kann, und George wusste nur, wie man Grill- und Käsesandwiches zubereitet.

Bei dieser unerwarteten Erinnerung zieht sich meine Brust zusammen, und meine Stimmung wird düsterer, als ich merke, dass ich wieder einmal meinen toten Mann mit seinem Mörder verglichen habe. Das ist etwas, wobei ich mich in letzter Zeit häufiger erwischt habe, und jedes Mal schäme ich mich und ärgere mich über mich selbst. George schneidet bei den Vergleichen selten gut ab, und das ist nicht fair. Was George und ich hatten, war eine durchschnittliche Beziehung mit Zuneigung, Respekt und einer normalen Art von Anziehungskraft. Mein Mann war nicht von mir besessen, und ich fühlte nicht einmal einen Bruchteil der widersprüchlichen Gefühle, die Peter in mir weckt.

Und das war eine gute Sache, sage ich mir, während ich ins Badezimmer gehe, um mich frisch zu machen. Was ich mit Peter habe, ist zu intensiv, zu überwältigend. Was er bereit ist zu tun, um mich zu haben, ist erschreckend, ebenso wie meine Unfähigkeit, ihm trotz der schrecklichen Dinge, die er tut, zu widerstehen. Der Gedanke von uns als Paar ist auf jeder möglichen Betrachtungsebene falsch. Und wenn ich noch einen weiteren Beweis dafür brauchte, dann waren es die Fotos an den Wänden heute. Selbst unser Gastgeber, der illegale Waffenhändler, scheint eine glückliche Ehe zu führen – etwas, was ich nie mit Peter haben werde.

Ich bezweifle, dass Lucas Kent jemals grausam genug war, seine schöne Frau gefangen zu halten, geschweige denn ihren Mann zu töten.

Als ich aus dem Bad komme, ist Kent weg, und Peter sitzt auf dem Bett und wartet auf mich. »Das Essen ist fast fertig«, sagt er, während ich zu ihm gehe. »Lucas sagte, wir sollen kommen, sobald du dich umgezogen hast.«

»Okay.« Ich hole die Tasche, die Peter für mich gepackt hat, und ziehe meine Reisebekleidung aus, während Peter auf der Toilette verschwindet. Als er zurückkehrt, habe ich eines meiner schöneren Sommerkleider an und habe es sogar geschafft, Lipgloss aufzutragen – ein kürzlich von Yan erledigter Einkauf, den ich nicht vergessen habe in meine Tasche zu packen.

»Ich bin fertig«, sage ich, als Peter auf mich zukommt, und sein metallischer Blick seltsam entschlossen aussieht. »Wir sollten gehen, damit sie nicht – oh!«

Bevor ich mehr als nur keuchen kann, werde ich über das Bett gebeugt, mein Rock wird hochgezogen und mein Tanga freigelegt. Ein harter Ruck von Peters

Faust, und das dünne Stück Stoff zerreißt, so dass ich bis zur Taille nackt bin. Mein Herz rast, mein Inneres zieht sich mit einer Mischung aus Angst und Vorfreude zusammen, und dann ist Peter auf mir und beugt sich über mich, während sein Schwanz gegen meine Falten drückt.

Sein Eindringen ist rau, grenzt an brutal. Eine große Hand greift meine Kehle und zwingt mich, meinen Rücken zu wölben, während die andere meinen Kitzler findet. Ich bin anfangs nicht nass genug, so dass die wilden Stöße brennen und sein dicker Schwanz sich wie ein Rammbock in mir anfühlt. Doch schon bald finden seine Finger den richtigen Rhythmus, und eine vertraute Anspannung beginnt sich in meinem Unterleib aufzubauen. Seine Hand an meinem Hals schränkt meine Atmung ein, meine Nervenenden vibrieren durch den quälenden Lustschmerz, und der Sauerstoffmangel steigert alle Empfindungen. Es ist zu viel, zu intensiv, und ich atme mit flachen, keuchenden Atemzügen und klammere mich mit meinen Fäusten am Laken fest, während er weiter in mich hineinhämmert und mich so hart fickt, dass es sich anfühlt, als würde ich gleich zerbrechen.

Und dann tue ich es, die Spannung erreicht ihren Höhepunkt mit einer kochend heißen Welle. Weißglühende Lust explodiert in jedem Muskel meines Körpers, so dass mein Herz sich anfühlt, als platze es in meiner Brust. Ich zittere, ringe nach Luft und kollabiere auf der Matratze, sobald Peter meinen Hals loslässt, und höre ihn stöhnen, als er tief in mir pulsierend kommt.

Eine Minute lang kann ich nicht denken, kann nur schwach in die Decke keuchen, als er sich aus mir zurückzieht und von mir abrückt, aber dann dämmert mir die Bedeutung der Nässe, die meine Oberschenkel hinunterläuft.

Peter hat wieder kein Kondom benutzt.

Ich kneife meine Augen zusammen, ich verfluche erst mich stillschweigend, danach Peter, und dann wieder mich selbst. Jedes andere Mal, wenn wir nicht verhütet haben, waren wir in einer minimal fruchtbaren Zeit, weshalb wir Spätfolgen bisher vermieden haben. Gerade jetzt bin ich allerdings in der Mitte des Zyklus – und wahrscheinlich habe ich gerade meinen Eisprung.

»Kannst du mir bitte ein Taschentuch reichen?«, frage ich steif und öffne die Augen, allerdings ohne mich zu bewegen, damit ich das neue Kleid nicht einsaue. Ich habe für diese Reise nur ein paar Outfits mitgebracht und kann es mir nicht leisten, eines in der ersten Nacht schmutzig zu machen.

Peter geht zum Nachttisch und kommt mit einem Taschentuch zurück. »Hier, bitte«, murmelt er, während er die Nässe zwischen meinen Beinen auftupft, und ich entreiße ihm das Tuch und beende den Job selbst, bevor ich wieder ins Badezimmer gehe. Mein Geschlecht ist geschwollen und wund, und meine Beine sind noch ein wenig wackelig, aber alles, auf was ich mich konzentrieren kann, ist, dass ich schwanger geworden sein könnte.

Schwanger mit Peters Kind.

Ich wasche mich so gründlich wie möglich, obwohl ich weiß, dass es sinnlos ist. Ein Spermium reicht, man braucht nicht die Millionen, die noch in mir sind. Ich kämpfe gegen den Drang, zu weinen, an, glätte meine Haare, versichere mich dass mein Kleid immer noch präsentabel aussieht, und verlasse das Badezimmer.

»Sara ...« Peter steht vom Bett auf, wo er sich erneut hingesetzt hatte. Sein Kiefer ist angespannt, seine Augenbrauen durch die gerunzelte Stirn nach oben gezogen, als er nach mir greift, und seine Finger sanft meine Oberarme umschließen. »Ptichka. Geht es dir gut?«

»Was meinst du?« Ich runzele die Stirn.

»Habe ich dir wehgetan?«, wird er deutlicher, und sein Gesicht ist vor Sorge verdunkelt. »Ich wollte nicht so rau sein. Du sahst so schön und sexy aus, dass ich ...« Er zieht eine Grimasse. »Na ja, die Wahrheit ist, dass ich die Kontrolle verloren habe.«

Meine Verzweiflung weicht dem plötzlichen Zorn, und wütende Hitze breitet sich auf meinen Wangen aus. Schön und sexy? Ist das seine Entschuldigung dafür?

»Die Kontrolle verloren?« Ruckartig ziehe ich mich aus seiner Umarmung. »Wirklich? Was ist mit den ganzen anderen Malen, an denen du das getan hast? Hast du da auch die Kontrolle verloren?«

Sein silberner Blick füllt sich mit Reue. »Ich habe

dir wehgetan. Es tut mir leid, mein Schatz. Ich war grob, und ich wollte es nicht sein – zumindest nicht heute Abend.«

»Du hast mir nicht wehgetan!« Meine Hände ballen sich an meinen Seiten zu Fäusten. »Ich meine, du hast es getan, aber es ist mir egal – ich bin gekommen, falls es dir nicht aufgefallen ist. Ich rede davon, keine Kondome zu benutzen.«

Seine Gesichtszüge glätten sich, und sein Ausdruck wird undurchsichtig. »Ich verstehe.«

»Was verstehst du?« Ich starre ihn wütend an, und trete so nah an ihn heran, bis ich fast auf seinen Zehen stehe. Er ist einen Kopf größer als ich und viel, viel breiter, aber ich bin zu wütend, als dass mich das kümmern würde. »Gib es einfach zu«, zische ich. »Du versuchst, mich zu schwängern. Das war kein Unfall, und die anderen Male, an denen wir es ›vergessen‹ haben, auch nicht.«

Einen Moment lang bin ich mir sicher, dass Peter es leugnen wird, aber er nimmt meine Hand in seine, drückt sie gegen seine Brust und seine Augen glitzern wie dunkles Glas.

»Ja«, sagt er leise. »Du hast recht, Sara. Ich *versuche*, dich zu schwängern.«

ara

ICH SEHE NICHTS IN KENTS HAUS, ALS PETER MICH ZUM Speiseraum führt, und ich achte auch nicht auf Peters Männer, als sie sich uns im Wohnzimmer anschließen und uns an den Tisch folgen. Ich verarbeite immer noch Peters Eingeständnis, und meine Wut verwandelt sich schnell in erstickende Panik.

Das ist natürlich keine komplette Überraschung. Ich habe das vermutet, wusste es auf irgendeiner Ebene. Mein Kidnapper gab bereits zu, dass es ihm nichts ausmachen würde, ein Kind mit mir zu haben, und ein Mann wie Peter – jemand, der akribisch genug ist, um unmögliche Attentate zu planen und dutzende unkalkulierbare Variablen vorherzusehen – würde ein

Kondom nicht aus Vergesslichkeit weglassen. Zumindest nicht wiederholt.

Ich hatte recht damit, dass ich weglaufen wollte. Wenn ich nicht bald fliehe, finde ich vielleicht nie einen Ausweg – und ich muss. Wenn nicht für mich selbst, dann für mein zukünftiges Kind.

Ich kann kein Kind mit einem Kriminellen auf der Flucht bekommen, dessen Leben von Gewalt und Gefahr durchdrungen ist.

»Da seid ihr ja. Ich dachte schon, dass ihr euch dafür entschieden habt, vor dem Abendessen ein Nickerchen zu machen.« Die wunderschöne Blondine von den Fotos, Yulia, begrüßt uns mit einem strahlenden Lächeln, als wir den Speiseraum betreten. In Natura ist sie noch umwerfender, mit unglaublich langen Beinen, strahlend blauen Augen und einem Gesicht wie ein Model. Wie ihr Mann ist sie lässig gekleidet, in Jeans-Shorts und einem hellen T-Shirt, aber das schlichte Outfit unterstreicht nur ihre natürliche Schönheit. Sie scheint ein paar Jahre jünger zu sein als ich, irgendwo Anfang bis Mitte zwanzig. Ihr großer, schlanker Körper ist an den richtigen Stellen geschwungen, und ihre blasse Haut erstrahlt mit einem goldenen Unterton, der einen hübschen Kontrast zu den weißblonden Strähnen in ihren langen, vollen Haaren bildet.

Wenn ich sie auf der Straße getroffen hätte, wäre ich mir sicher gewesen, dass sie ein Model oder eine Schauspielerin ist.

Als ich begreife, dass ich sie anstarre, als sei sie eine

Berühmtheit, blende ich alle Gedanken an Peter und eine Schwangerschaft aus und schenke ihr ein warmes Lächeln. »Hallo. Ich bin Sara. Und du musst Yulia sein.«

Ich habe keine Ahnung, ob Kents Frau über meine Situation Bescheid weiß oder nicht, aber wenn sie es nicht weiß, kann ich ihr vielleicht meine missliche Lage erklären und sie für meine Sache gewinnen. Aber zuerst muss ich sie kennenlernen, herausfinden, wie sie ist.

»Die bin ich.« Strahlend kommt Yulia herüber und küsst mich sehr europäisch auf die Wange. »Freut mich, dich kennenzulernen.« Sie wendet sich Peter und seinen Männern zu und lächelt sie an. »Hallo. Es freut mich, euch alle kennenzulernen.«

Als die Männer sich vorstellen, stelle ich fest, dass Kents Frau ebenfalls ein perfektes amerikanisches Englisch spricht, ohne erkennbaren Akzent. Ihr Name lässt mich jedoch vermuten, dass sie aus Osteuropa kommt – eine Vermutung, die sich bestätigt, als Yan etwas auf Russisch zu ihr sagt und sie in derselben Sprache antwortet, wobei sie breit grinst.

»Yan hat sie nur gefragt, ob das Essen so gut sein wird wie in ihren Restaurants«, übersetzt Peter für mich. »Yulia hat drei davon, und Yan war anscheinend in dem in Berlin.«

»Oh.« Ich nehme meinen früheren Gedanken zurück; das Essen *wird* so gut schmecken, wie es riecht. »Das ist wunderbar. Herzlichen Glückwunsch.«

»Danke«, sagt Yulia, und ihr Lächeln wird noch

strahlender. »Es ist eine Menge Arbeit, aber ich liebe es.«

»Was liebst du?«, fragt Kent, der gerade hereinkommt. Er geht direkt zu Yulia, zieht sie an sich und legt einen besitzergreifenden Arm um ihre Taille. Sein hartes Gesicht ist ausdruckslos, aber seine blassen Augen glitzern gefährlich, als er Peter und seine Männer beobachtet und seine Haltung eine stille Warnung an sie ist, ihre Hände und Augen von seiner Frau fernzuhalten.

»Meine Restaurants zu betreiben«, erklärt sie und lächelt ihren großen, gefährlich aussehenden Ehemann ohne eine Spur von Angst an. Sie greift nach oben und streichelt mit ihrer Hand die kurzen Haare an seinem Hinterkopf. »Yan hier war anscheinend schon mal in meinem Restaurant in Berlin, und es hat ihm geschmeckt.«

»Warum sollte es das nicht?« Kents Gesichtsausdruck wird weicher, als er Yulia anschaut. »Deine Rezepte sind fantastisch, mein Schatz.«

Sie errötet, und für einen Moment scheinen sie unsere Gegenwart zu vergessen. Der Blick zwischen ihnen ist so zart, so intim, dass sich mein eigenes Gesicht erhitzt, selbst wenn ein bittersüßer Schmerz mein Herz durchdringt.

Kents Ehe ist in der Tat glücklich, und ich kann nicht verhindern, sie zu beneiden.

»Essen?«, fragt Anton bettelnd, und wir alle lachen, als eine errötende Yulia sich aus dem Griff ihres Mannes befreit und in die Küche eilt. Unser Gastgeber geht ihr hinterher, und beide kehren eine Minute später mit lecker duftenden Gerichten zum Tisch zurück. Peter und ich gehen in die Küche, um ihnen zu helfen, den Rest herauszubringen, und ein paar Minuten später setzen wir uns für ein Gourmet-Menü hin, das die ausgefallensten Gerichte übertrifft, die Peter je für mich zubereitet hat.

»Kocht jeder in eurem Teil der Welt so?«, frage ich erstaunt. Es gibt nicht nur zwei verschiedene Arten von gebratenem Hühnerfleisch und mariniertem Lamm, sondern auch geräucherten Fisch, fünf verschiedene Salate, Blätterteiggebäck und verschiedene köstlich gefüllte Crêpes und so viele Dips und kleine Beilagen, dass ich nur hoffen kann, dass ich genügend Platz habe, um sie alle zu probieren. Und alles ist so schön arrangiert, dass jeder Teller einem Kunstwerk gleicht.

»Nein, du hattest nur Glück mit mir – und wir alle hatten Glück mit Yulia«, sagt Peter lächelnd. Sein Ausdruck ist entspannt und sein stählerner Blick warm, als er mich ansieht. Wenn er mir vor fünf Minuten nicht gesagt hätte, dass er mir ein Kind aufzwingen will, wäre es leicht gewesen, vorzutäuschen, dass wir ein normales Paar sind, das ein nettes Abendessen mit einer Gruppe von Freunden genießt.

Alle stürzen sich auf das Essen und machen Yulia mit jedem Bissen Komplimente, und erst als das Essen schon halb vorbei ist, werden die Gespräche geschäftlich. Wie sich herausstellt, weiß Peter eine ganze Menge über illegalen Waffenhandel, einschließlich aller wichtigen Akteure, und ich höre fasziniert zu, wie er und unser Gastgeber über Deals diskutieren, bei denen es um irrsinnige Geldsummen, teilweise in Milliardenhöhe, geht.

Ich hatte keine Ahnung, dass Waffenhandel so lukrativ ist oder dass meine eigene Regierung manchmal involviert ist.

»Hast du jemals die Herstellungseinschränkung bei dem unentdeckbaren Sprengstoff gelöst?«, fragt Peter und greift nach einer Blätterteigpastete gefüllt mit einer Shiitake-Camembert-Mischung, einem der beliebtesten Gerichte seiner Männer. »Der war sehr gefragt, soweit ich mich erinnere.«

»Die gibt es immer noch, also nein«, antwortet Kent, während Yulia einen Löffel Krabbensalat auf seinen Teller gibt. »Das Grundmaterial ist so instabil, dass man gut ausgebildete Chemiker haben muss, die den Herstellungsprozess Schritt für Schritt überwachen. Und selbst wenn wir die Produktion erhöhen könnten … Onkel Sam will das nicht. Wie du dir vorstellen kannst, sind die Amerikaner zufrieden damit, jede Charge aufzukaufen, die wir produzieren, wann immer wir sie produzieren.«

»Natürlich.« Peter nimmt sich noch ein Gebäckstück, bevor die Ivanov-Zwillinge den ganzen Teller vernichten können. »Ist Frank immer noch für euch da?«

»Er hat sich vor ein paar Monaten zur Ruhe gesetzt«, sagt Kent und greift zu Yulias Hand, um mit ihr zu spielen, seine großen, sonnengebräunten Finger mit ihren schlanken Fingern zu verschränken. »Wir haben jetzt einen neuen CIA-Kontaktmann, Jeff Traum. Aber er ist hart. Er hasst Esguerra und arbeitet nur unter Druck mit uns.

»Wieso?«, fragt Yan und sieht sehr interessiert aus. »Habt ihr ihm etwas getan?«

Kent zuckt mit den Schultern. »Nicht wirklich. Wir haben den Israelis ein paar Mal einen Knochen mit einigen Informationen hingeworfen, und ich denke, dass das eine Rolle spielte. Und das Ding mit Novak hat nicht geholfen.«

Peters Augenbrauen heben sich. »Der serbische Waffenhändler?«

»Ja, genau der.« Kent lässt Yulias Hand los, und sein Mund spannt sich an. »Er hat sich in unser Geschäft eingemischt, und wir mussten uns rächen. Unglücklicherweise war die CIA mitten in einer Sting-Operation, und wir haben einige Agenten in die Luft gejagt. Nicht absichtlich, wohlgemerkt. Aber Traum ist immer noch sauer, weil diese Operation sein Baby war.«

»Weißt du, ich habe etwas davon gehört«, sagt Peter nachdenklich. Er wendet sich an Anton und sagt: »Hilf mir mal auf die Sprünge ... diese Aktion, über die unsere Hacker im August geredet haben. War das in Belgrad?«

»Stimmt«, sagt Anton und nickt. »Zwei Lagerhäuser voller C-4, fünfzehn gepanzerte

Lastwagen und eine Fabrik in der Nähe des Dorfes. War das dein Werk, Kent?«

Das Lächeln unseres Gastgebers ist schärfer als eine Klinge. »In der Tat. Wir mussten Novak davon überzeugen, dass wir es ernst meinen. Uns bei den Preisen zu unterbieten ist eine Sache, aber in unser indonesisches Werk einzubrechen und alle Mitarbeiter zu töten? *Das* hat eine Grenze überschritten.«

Ich lausche mit entsetzter Faszination und werfe dabei einen Blick auf Yulia, um zu sehen, wie sie auf all das reagiert. Kann man sich daran gewöhnen, beim Abendessen über die Ermordung von Mitarbeitern und Sprengungen von Fabriken zu reden?

Kents Frau isst definitiv ruhig und sieht unberührt aus. Entweder hat sie kein Problem mit dem gewalttätigen Geschäft ihres Mannes – oder sie ist eine exzellente Schauspielerin. Aus irgendeinem Grund vermute ich, dass es ein wenig von beidem ist, was mich über Yulias Hintergrund nachdenken lässt. War sie schon immer in der Gastronomie tätig, und wenn nicht, was hat sie vorher getan? Wie haben sie und ihr Mann sich kennengelernt?

Wie kann man einem Mann aus dieser Welt überhaupt begegnen, außer der eigene Ehemann hat das Pech, auf der Racheliste eines Attentäters zu stehen?

Von meiner Neugier angetrieben, stehe ich auf, um zu helfen, als Yulia beginnt, die Teller wegzuräumen. Sie versucht, meine Hilfe abzulehnen, aber ich bestehe darauf, ihr dabei zu helfen, alles in die Küche zu tragen und die Männer über alles diskutieren zu lassen, was in Belgrad passiert ist. Es ist wichtig, dass ich näher an Kents Frau herankomme, nicht nur, weil ich mehr über sie erfahren möchte.

Wenn ich eine Chance habe, wegzukommen, bevor Peter zurückkehrt, brauche ich ihre Hilfe.

»Wo kommst du ursprünglich her?«, frage ich, als sie mehrere Desserts aus einem Kühlschrank nimmt, der so groß ist wie in einem Restaurant. »Du sprichst perfekt Englisch, aber dein Name ...«

»Er ist ukrainisch«, erklärt sie mir lächelnd. »Obwohl er genauso gut russisch sein könnte. Der Name ist in beiden Ländern üblich. Wenn es für dich schwer ist, es auszusprechen, kannst du mich *Julia* nennen – das wäre das englische Äquivalent.«

Ich lächle zurück und beginne damit, das schmutzige Geschirr zu spülen. »Ich denke, dass ich das richtig aussprechen kann. *Ju-lie-ah*, nicht wahr?«

Sie sieht erfreut aus. »Richtig. Einige Amerikaner haben Probleme damit, weshalb ich ihnen Julia anbiete. Deine Aussprache ist aber wirklich gut – besser als bei den meisten anderen.«

»Vielen Dank. Das sollte es – ich hatte in letzter Zeit viel Kontakt mit der russischen Sprache«, sage ich und stelle die gespülten Teller in die Spülmaschine. Ich hoffe, dass sie nachfragen wird, aber Yulia lächelt nur und trägt die ersten Desserts in den Speisesaal, bevor sie wieder in die Küche zurückkehrt.

Ich bekomme keine Gelegenheit, noch mehr mit ihr zu reden, weil sie immer wieder hin und her geht und alle mit Tee und Kaffee zum Dessert versorgt. Frustriert gehe ich zurück an den Tisch, wo die Männer jetzt über die Lage in Syrien und die anhaltenden Unruhen in der Ukraine diskutieren. Ich versuche, ihren Gesprächen zu folgen, aber sie könnten genauso gut Russisch sprechen. Jedes zweite Wort ist ein Ort oder ein Name, den ich nicht kenne, und seltsame Abkürzungen wie UUR. Das Einzige, was ich lerne, ist, dass Kents Geschäft durch Konflikte aller Art gedeiht, von der kleinen Rivalität zwischen Drogenkartellen bis hin zu ausgewachsenen Kriegen zwischen Nationen.

Jeder Mann an diesem Tisch trägt auf die eine oder andere Weise zum Tod und Leiden rund um den Globus bei.

Inzwischen sollte ich mich daran gewöhnt haben, da ich schon seit Monaten mit einem Team von Attentätern lebe, aber es ist immer noch erstaunlich, zu begreifen, wie normal das für sie ist und wie egal ihnen solche Banalitäten wie Gut und Böse sind. Wo ich herkomme, schämen sich die Leute, wenn sie ihre gebrauchten Kleider nicht recyceln oder spenden oder etwas sagen oder tun, was andere verletzt. Die bösen Männer in meiner Welt betrügen ihre Frauen, fahren betrunken oder weigern sich, ihren Sitzplatz einer schwangere Frau zu überlassen. Sie töten nicht für Geld oder verkaufen Waffen, die ganze Städte vernichten können.

Das ist eine ganz andere Ebene von »böse«.

Doch selbst als ich mir das sage, komme ich nicht

umhin, zu bemerken, wie die Zeit vergeht, wie jede Minute uns dem Ende dieser Mahlzeit und Peters Abreise näherbringt. Unter diesen Umständen sollte seine Abreise eine Erleichterung sein, aber ich kann die Besorgnis, die unter meiner Angst und Wut köchelt, nicht unterdrücken.

Egal, was passiert, ich kann nicht aufhören, mir Sorgen um das Monster zu machen, das ich hassen sollte.

Zu früh ist der Nachtisch aufgegessen – das meiste von Anton –, und der Tee ist ausgetrunken. Peter und seine Männer stehen auf und danken Yulia, loben das Essen mit überschwänglichen Worten, und dann gehen Anton und die Zwillinge, begleitet von unserem Gastgeber, zum Ausgang. Yulia verschwindet in der Küche, und ich bin zum ersten Mal seit seinem Eingeständnis mit Peter allein.

Er kommt zu mir und streicht sanft mit seinen Fingerknöcheln über meine Wangen. »Ich muss gehen«, sagt er leise, und ich nicke und versuche, den schmerzhaften Knoten zu ignorieren, der in meinem Hals steckt.

»Okay«, kann ich gerade so halbwegs ruhig sagen. »Viel Glück.«

Sei vorsichtig. Komm zu mir zurück. Ich brauche dich. Das schmerzende Geständnis liegt mir auf der Zunge, aber ich halte die Worte zurück und unterdrücke den Drang, ihn zu umarmen und zu küssen. Er ist nicht mein Liebhaber, der in den Krieg zieht; er ist mein Entführer. Wenn er zurückkehrt, bin ich vielleicht weg, und wenn nicht, haben wir die größte Schlacht vor uns. Was Peter will, mich gegen meine Zustimmung zu schwängern, ist schlimmer als Entführung, schrecklicher als Folter.

Es würde mich der grundlegendsten aller Entscheidungen berauben und ein unschuldiges Kind in das verdrehte Durcheinander unserer Beziehung bringen.

Peter erwidert meinen Blick, und ich weiß, dass er wartet. Worauf, weiß ich nicht, aber als ich weiterhin schweigend dastehe, spannt sich sein Gesicht an, und er lässt seine Hand sinken.

»Ich werde dich bald wiedersehen«, sagt er grimmig, bevor er sich umdreht, und ich ihm dabei zusehe, wie er den Raum verlässt, während mein Herz in Stücke zerspringt.

ES IST KURZ VOR MITTERNACHT, ALS WIR AUF EINEM privaten Flugplatz in der Nähe von Istanbul landen, weniger als fünf Meilen von der Vorstadtvilla unseres Ziels entfernt. Unsere Aufgabe für heute Abend ist es, das Gebiet persönlich zu erkunden, da wir bisher mit Satelliten- und Drohnenbildern gearbeitet haben.

Wenn alles gut geht, werden wir in ein paar Tagen zuschlagen.

Wir sind alle müde und haben Jetlag – es ist schon morgens in Japan –, also halten wir unsere Erkundungstour kurz. Anton und Yan fahren um die geschlossene Wohnanlage, in der sich das Anwesen befindet, und notieren dabei wichtige Punkte und mögliche Fluchtwege, während Ilya und ich zu Fuß die

Wohnanlage betreten, wobei wir den Wachwechsel nutzen, um über den drei Meter hohen Zaun in der Nähe des Haupttores zu klettern.

Dieses Sicherheitsniveau wurde entwickelt, um gewöhnliche Kriminelle fernzuhalten, nicht aber ehemalige Speznas-Attentäter.

Der schwierige Teil werden die Sicherheitsvorkehrungen in Arslans Villa sein. Obwohl sich dieses Gebäude als eine weitere Residenz in dieser wohlhabenden Gemeinde maskiert, ist es mit allem geschützt, von Bewegungsmeldern bis hin zu einer kleinen Armee von Leibwächtern. Netzhaut-Scanner, Gewichtssensoren, lautlose Alarme, Backup-Generatoren – es gibt bei den Sicherheitsvorkehrungen dieses Ortes Redundanzen über Redundanzen, und das aus gutem Grund.

Wenn du den skrupellosen Oligarchen, der dich an die Macht gebracht hat, hinterhältig betrügst, weißt du, dass du dich auf das Schlimmste vorbereiten musst.

Sobald wir uns in der geschlossenen Wohnanlage befinden, steuern wir Arslans Villa an und stellen sicher, dass wir von den Kameras, die strategisch an den Kreuzungen und vor den meisten der weitläufigen Luxusvillen platziert sind, nicht erfasst werden. Die Nachbarn unseres Ziels – andere korrupte Politiker und reiche türkische Geschäftsleute – haben auch Feinde, aber keine so mächtigen wie den ukrainischen Oligarchen, der unser Klient ist.

Wir gehen nicht zu Arslans Grundstück – die Kameras dort wären nicht zu vermeiden –, aber das müssen wir auch nicht. Wir benötigen nur wenige Minuten, um die Alarme des dreistöckigen Hauses am Ende von Arslans Straße zu deaktivieren – die Residenz eines Immobilienmagnaten, der gerade in Thailand Urlaub macht. Sobald die Alarme abgestellt sind, gehen wir auf das Dach und richten eine Weitwinkelkamera ein, damit wir das ganze Geschehen am Zielort beobachten können. Diesen Vorgang wiederholen wir dann mit einem Herrenhaus am gegenüberliegenden Ende der Straße und bei zwei Häusern einen Block weiter, so dass wir einen 360-Grad-Blick auf Arslans Anwesen haben.

Der einfachste und sicherste Weg, den Politiker zu töten, wäre, ihn mit einem Scharfschützengewehr auszuschalten. Leider sind die Fenster der Villa kugelsicher, und wann immer unsere Zielperson im Freien ist, ist sie von Leibwächtern umgeben. Das Nächstbeste wäre es, eine Bombe mit seinem Auto zu verkabeln, aber er wechselt regelmäßig und ohne erkennbare Muster seine Fahrzeuge, und außerdem sind die Autos immer gut bewacht, auch wenn sie nur auf der Straße parken. Jede Lieferung zu diesem Ort wird gründlich kontrolliert, ebenso wie jede Person, die die Villa betritt und verlässt.

Auf den ersten Blick ist Arslans Sicherheitssystem undurchdringlich, aber wir wissen es besser. Zuhause fühlt sich jeder immer sicher, und das ist die größte aller Schwächen.

Nachdem Ilya und ich die Kameras verteilt haben, machen wir uns auf den Weg aus der Gemeinde zu der

Kreuzung, wo Yan und Anton uns abholen. Für den Rest der Nacht gehen wir in ein Privathaus, das wir mit falschen Identitäten gemietet haben, und organisieren Schichten, um das Filmmaterial der von uns aufgestellten Kameras zu sichten.

Yan ist zuerst dran, gefolgt von Anton, also bekomme ich gute sechs Stunden Schlaf, bevor ich aufstehe, um meine drei Stunden Kameraüberwachung anzutreten. Ilya, der Glückspilz, hat diesmal das lange Streichholz mit insgesamt neun Stunden Schlaf gezogen.

Mitten in meiner Schicht bemerken wir eine Bewegung im Haus. Obwohl die Jalousien an den Fenstern geschlossen sind, sehen wir, dass im Hauptschlafzimmer in der zweiten Etage Lichter angehen, gefolgt von weiteren Lichtern unten.

Arslans Haushalt wacht auf.

Er hält sein Hauspersonal mit nur einer Haushälterin, zwei Dienstmädchen und einem Butler beziehungsweise Bodyguard, die auf dem Gelände leben, schlank. Ihre Zimmer sind unten, was gut zu unserem Plan passt. Die anderen Wachen – alle vierundzwanzig von ihnen – sind in einem Wachhaus dahinter stationiert. Um bei den Nachbarn nicht aufzufallen, kommen sie in kleinen Gruppen in zufälligen Abständen heraus, um in der Straße und dem wunderschön angelegten Außenbereich der Villa zu patrouillieren.

Während ich die Kameras beobachte, notiere ich mir die Zeit und markiere das Lichtmuster oben.

Menschen sind Gewohnheitstiere, selbst diejenigen, die von ihren Leibwächtern angewiesen wurden, möglichst unberechenbar zu sein.

»Behalt seine Abfahrtszeit im Auge«, sage ich zu Ilya, als er zu meiner Ablösung kommt. »Wir wissen, dass er das Haus jeden Tag zu einer anderen Zeit verlässt, aber ich will sehen, wie viel Zeit zwischen dem Anschalten des Lichts und seiner Abfahrt vergeht.«

Ilya nickt und setzt sich vor den Computer, während ich in eines der Schlafzimmer gehe und mich hinlege. Meine Schläfen pochen mit Spannungskopfschmerzen, und ich muss mich ausruhen, damit ich meinen Verstand bei der Planung dieses Attentats uneingeschränkt benutzen kann.

In dem Moment, in dem ich meine Augen schließe, sehe ich in Gedanken jedoch Sara und unseren angespannten Abschied. Ich habe versucht, nicht darüber nachzudenken, mich nur auf den Job zu konzentrieren, aber ich kann es nicht verhindern, mich an den verwundeten Blick auf ihrem Gesicht zu erinnern, als ich meine Absichten zugab ... als ich bestätigte, dass die vergessenen Kondome kein Zufall waren.

Ich erkannte es selbst erst in diesem Moment, wusste nicht, dass ich mich meinen tiefsten Wünschen hingegeben hatte, bis ich die Worte aus meinem Mund kommen hörte. Aber in dem Moment, als ich es sagte, wusste ich, dass es die Wahrheit war. Es war vielleicht keine bewusste Entscheidung, sie zu schwängern, aber es war auch kein leichtsinniger Fehler. Auf einer primitiven, instinktiven Ebene habe ich *gewählt*, sie mit meinem Samen zu füllen, um sie auf die natürlichste Weise zu der meinen zu machen.

Das einzige Mal in meinem Leben, an dem ich unvorsichtig mit der Verhütung war, war vor all den Jahren in Daryevo, als Tamila mich verführte, bevor ich aufwachte.

Ich öffne meine Augen und starre an die Decke in diesem fremden Schlafzimmer. Trotz Saras Reaktion fühle ich mich leichter, so als ob ein Gewicht von meiner Brust genommen worden wäre. Es ist befreiend, den schlimmsten Teil von mir selbst zu umarmen, die letzten meiner moralischen Bedenken loszulassen. Ich weiß nicht, warum ich so lange widerstanden habe, warum ich so sehr versucht habe, für ihre Liebe zu kämpfen, wenn sie entschlossen ist, sich an den Hass zu klammern.

Es ist mir jetzt klar, dass Sara, egal was ich tue, die Vergangenheit nicht loslassen wird, und wenn das der Fall ist, könnte sie genauso gut noch einen weiteren Grund haben, mich zu hassen.

Entschieden schließe ich die Augen und zwinge meine angespannten Muskeln, sich zu entspannen.

Wenn ich zurück bin, gibt es keine Kondome mehr. So oder so wird Sara mein Kind bekommen.

Wenn sie mich nicht lieben kann, wird sie einen Teil von mir lieben.

S ara

ES DAUERT EINIGE MINUTEN, BIS ICH MICH FANGE, nachdem Peter gegangen ist, und als ich wieder in die Küche gehe, um mit Yulia zu reden, kehrt Kent zurück und führt mich höflich, aber nachdrücklich in mein Zimmer.

»Du solltest etwas Schlaf bekommen«, sagt er, und von dem unerbittlichen Blick auf seinem Gesicht kann ich sagen, dass er körperliche Gewalt anwenden wird, wenn er muss, damit ich gehorche.

Er hat nicht die Absicht, mir zu helfen, dessen bin ich mir sicher.

»Danke für deine Gastfreundschaft«, sage ich ruhig, als wir in mein Zimmer kommen, und er nickt, wobei sein blasser Blick undurchschaubar ist.

»Gute Nacht, Sara«, sagt er, und als er die Tür hinter sich schließt, höre ich das leise Klicken eines Schlosses.

Ich warte dreißig Sekunden, dann probiere ich den Türgriff aus, und mein Verdacht bestätigt sich.

Ich bin definitiv eingesperrt.

Um mich zu beruhigen, atme ich ein und gehe hinüber zum großen Fenster. Es sieht so aus, als sollte sich der untere Teil nach oben bewegen, aber egal wie sehr ich versuche, ihn nach oben zu schieben, das dicke Glas bewegt sich nicht. Es ist entweder verschlossen oder einfach zu schwer zum Anheben für mich. Eine Art Panzerglas vielleicht? Das würde Sinn ergeben, wenn man Kents Beruf bedenkt.

So oder so, das Öffnen des Fensters ist ausgeschlossen.

Als Nächstes erkunde ich das kleine Fenster im Badezimmer. Es hat das gleiche dicke Glas wie das Fenster im Schlafzimmer, und es gibt zwei zusätzliche Probleme damit: Es ist zu klein für mich, um hindurchzukriechen, und es gibt keinen Öffnungsmechanismus, soweit ich das beurteilen kann.

Frustriert lasse ich die Fenster in Ruhe und durchsuche den Schrank und die Kommode nach einem vergessenen Telefon oder einem alten Tablet. Die Chancen, ein solches Gerät hier zu finden, sind gering, aber zu Hause würden die Leute ihre Elektronik überall herumliegen lassen, und es ist möglich, dass Kent und seine Frau dasselbe tun.

Schließlich ist dies ihr Haus, kein Ort, wo sie regelmäßig Gefangene halten.

Zumindest hoffe ich das.

Es ist keine Überraschung, dass ich nichts finde. Der Schrank und die Kommode enthalten das, was man normalerweise in einem Gästezimmer erwartet: zusätzliche Bettwäsche und Handtücher sowie einige ungeöffnete Toilettenartikel.

Da ich mich zunehmend ausgelaugt und entmutigt fühle, entscheide ich mich, unter die Dusche zu gehen und mich auszuruhen, wie Kent es vorgeschlagen hatte.

Mit etwas Glück werde ich morgen mit Yulia reden.

Im Moment ist sie meine beste, wenn nicht sogar meine einzige Hoffnung.

~

Zu meiner Enttäuschung sehe ich Yulia am nächsten Tag nicht und darf auch nicht aus meinem Zimmer. Kent bringt mir meine Mahlzeiten selbst – eine Mischung aus Resten des Abendessens und neuen Gourmet-Kreationen, die zweifellos von seiner Frau zubereitet wurden –, und dann holt er das Geschirr eine Stunde später wieder ab. Ich weiß nicht, ob er absichtlich versucht, mich von Yulia fernzuhalten, oder ob es nur ein unglücklicher Zufall ist, aber am Abend werde ich geradezu verrückt, da sich die Frustration über meine missliche Lage mit der wachsenden Sorge um Peter vermischt. Alles, was ich habe, sind ein paar Bücher, die Kent mir gegen Mittag gebracht hat, und das ist nicht annähernd genug, um mich davon abzuhalten, über die Gefahren nachzudenken, denen Peters Team in diesem Moment ausgesetzt sein könnte.

»Hast du von ihnen gehört? Sind sie okay?«, frage ich Kent, als er mir Abendessen bringt. Der Waffenhändler mit dem kantigen Gesicht schüchtert mich ein, aber ich bin entschlossen, es nicht zu zeigen.

Schließlich lebe ich seit Monaten mit vier ebenso gefährlichen Verbrechern zusammen.

Bei meiner Frage sieht Kent kühl amüsiert aus. »Du willst wissen, ob es ihnen gut geht?«

Ich nicke, obwohl mein Gesicht errötet und heiß wird. Ich verstehe, wie das aussieht. So wie Kent mich bisher behandelt hat, weiß er offensichtlich, dass ich nicht freiwillig hier bin. Dennoch möchte ich lieber, dass er glaubt, ich leide am Stockholm-Syndrom, als weiterhin im Dunkeln zu bleiben und mir die ganze Nacht Sorgen um Peter zu machen.

»Es geht ihnen gut«, sagt Kent und stellt das Tablett auf die Kommode. Sein Gesicht ist wieder ausdruckslos, obwohl ein Hauch von Vergnügen in den eisigen Tiefen seiner Augen schimmert. »Peter hat mir vor ein paar Stunden eine Nachricht geschickt und nach dir gefragt. Im Moment sammeln sie nur Informationen für den Anschlag, also bezweifle ich, dass heute Abend etwas passieren wird. Du kannst dich beruhigt hinlegen.«

Ich atme erleichtert aus. »Vielen Dank.«

Er nickt und dreht sich um, um zu gehen, aber ich beschließe, meine Glückssträhne auszureizen. »Warte,

Lucas ... wo ist Yulia? Ich habe sie den ganzen Tag nicht gesehen und wollte ihr für diese wunderbaren Mahlzeiten danken.«

Er sieht mich unergründlich an. »Ich werde es ihr ausrichten.«

Das ist mein Stichwort, ein guter Gefangener zu sein und wegzugehen, aber ich werde nicht so schnell aufgeben. »Ich würde es lieber persönlich tun, wenn es dir nichts ausmacht«, sage ich und setzte ein leicht verlegenes Lächeln auf. »Ist sie sehr beschäftigt? Es gibt da etwas, was ich sie fragen wollte ... ein Frauending, weißt du ...?«

»Ach.« Kent sieht wieder amüsiert aus. »Yulia sagte, ich soll dir sagen, dass Tampons und andere Mädchenutensilien im Schrank unter dem Waschbecken sind.«

»Oh, darum geht es nicht«, sage ich schnell, obwohl ich das eigentlich wirklich meinte. »Es ist etwas anderes.«

Er hebt seine Augenbrauen an. »Oh. Was ist es dann?«

Mist. Ich habe mich darauf verlassen, dass es wie den meisten Männern unangenehm sein würde, mit der Realität der biologischen Funktionen von Frauen konfrontiert zu werden. Ich denke schnell nach und sage: »Es ist nur eine Creme für etwas. Es ist aber okay, ich bin mir sicher, es wird von alleine verschwinden.«

Sein Gesichtsausdruck ändert sich nicht. »Sag mir einfach, was für eine Creme das ist und ich schaue, ob wir sie besorgen können.«

»*Monistat*«, sage ich, und schaue ihn direkt an, während ich ihm ein bekanntes Medikament zur Behandlung von Candida nenne. »Der generische Name ist *Miconazol*. Es ist für ...«

»Gegen Pilzinfektionen. Ich weiß.« Er sieht nicht im Geringsten peinlich berührt aus. »Wir besorgen es für dich.«

Ich knirsche mit den Zähnen. »Okay, danke.«

Er *ist* entschlossen, mich von Yulia fernzuhalten, und deshalb will ich noch mehr mit ihr reden.

～

DER FOLGENDE TAG VERGEHT AUF ÄHNLICHE WEISE, und ich bin den ganzen Tag in meinem Zimmer eingeschlossen. Der einzige Unterschied ist, dass Kent mich beim Abendessen von sich aus über Peter auf dem Laufenden hält.

»Sie planen, es übermorgen früh zu tun«, sagt er und stellt mein Tablett auf die Kommode. »Ich werde dich wissen lassen, wenn sich etwas ändert.«

Ich sehe den Waffenhändler mürrisch an. »Okay, danke.«

Es fühlt sich an wie eine Axt – eine sich sehr langsam bewegende Axt –, die über meinem Kopf hängt. Ich fürchte sowohl um das Scheitern dieser Operation in der Türkei als auch um ihren Erfolg. Wenn etwas schiefgeht, werde ich Peter verlieren und mein altes Leben wiedererlangen, und wenn er unversehrt zurückkehrt, werde ich für immer an ihn gebunden sein, gebunden mit einem Kind, das er mir aufzwingen will.

Der einzige Ausweg ist, zu fliehen, bevor Peter zurückkehrt, aber ich weiß nicht, wie das möglich sein soll, wenn ich hier noch gefangener bin als in Japan.

Kent geht, und ich esse mein Abendessen wie ferngesteuert, schmecke das lecker gewürzte Essen kaum. Auf dem Tablett befindet sich neben den abgedeckten Tellern eine Tube der Creme, die ich haben wollte – etwas, was ich nur als eine Erklärung dafür brauchte, warum ich mit Yulia sprechen will. Jetzt, nach zwei Tagen, bin ich noch überzeugter davon, dass die schöne Blondine meine Situation verstehen könnte – wenn ich sie ihr nur ganz erklären könnte.

Nach dem Essen schaue ich mir die Creme genauer an und stelle fest, dass die Verpackung etwas anders ist als in den USA. Das ist natürlich keine Überraschung, da wir uns in Europa befinden. Die japanische Pille danach sah auch nicht so aus, was ich es gewohnt war.

Die Pille danach ...

Ich atme tief ein, springe hoch und kann meine plötzliche Aufregung nicht mehr in mir halten. Ich weiß nicht, warum es mir vorher nicht eingefallen ist, aber wenn Kent bereit war, diese Creme für mich zu besorgen, gibt es eine Chance, dass er auch etwas anderes akzeptiert – wie die Pille, die ich so dringend brauche.

Mein erster Instinkt ist es, zur Tür zu eilen und daraufzuhämmern, bis mein Kerkermeister kommt, damit ich meinen Plan sofort in die Tat umsetzen kann. Aber das wäre nicht clever. Hastiges Handeln könnte Kent misstrauisch machen, vielleicht sogar dazu führen, dass er es mit Peter bespricht.

Ich atme beruhigend ein und zwinge mich, sitzen zu bleiben und darauf zu warten, dass Kent für das Tablett zurückkehrt. Damit das hier die besten Erfolgsaussichten hat, muss ich klug sein.

Ich muss so tun, als wäre das ein weiterer Trick, um mit Yulia zu reden.

Das Warten scheint unendlich lang zu sein, obwohl die Uhr mir sagt, dass nur eine Stunde vergangen ist. Schließlich öffnet Kent die Tür, und ich setze meinen Plan in die Tat um.

»Also«, frage ich beiläufig, als er hereinkommt, »ist Yulia noch beschäftigt? Ich würde *wirklich* gerne mit ihr reden.«

Der Waffenhändler blickt mich kühl an. »Warum? Geht es um einen weiteren Artikel für Frauen?«

Ich versuche verlegen auszusehen. »Ja, eigentlich schon. Es tut mir leid, dass ich gestern vergessen habe, es zu erwähnen, aber es ist etwas, was ich wirklich brauche.«

»Und was ist das?«

»*Plan B.*« Ich setze mein unschuldigstes Gesicht auf. »Weißt du, was das ist? Es gibt auch andere Marken wie *Next Choice, My Way* ...«

»Verstanden. Du wirst es bald bekommen.«

Er nimmt schnell das Tablett auf und geht zur Tür hinaus.

*S*ara

IN DIESER NACHT WÄLZE ICH MICH HIN UND HER, DA mich die Sorge um Peters bevorstehende Operation und die Erkenntnis quälen, dass trotz meines kleinen Sieges heute Abend die Pille das Unvermeidliche höchstens hinauszögern wird. Jedes Mal, wenn ich in einen leichten Schlaf versinke, wache ich mit Herzrasen auf, als hätte ich eine Panikattacke. Es erinnert mich an die ersten Monate nach Peters Überfall in meiner Küche, als Albträume über Waterboarding und gnadenlose Männer mit grauen Augen meine nächtliche Realität waren.

Schließlich gebe ich auf und stehe auf, um zur Toilette zu gehen. Es ergibt überhaupt keinen Sinn, aber was ich jetzt am meisten will, ist Peter. Ich will seine Wärme in der Dunkelheit und seine starken Arme um mich, die mich festhalten. Ich möchte, dass seine tiefe Stimme mich »Ptichka« nennt und mir sagt, wie sehr er mich liebt.

Ich vermisse meinen Peiniger, sehne mich mit jeder Faser meines Seins nach ihm – auch wenn ich seine Rückkehr fürchte.

Ich gehe zum Waschbecken, schalte das Licht ein und starre mein blasses Gesicht im Spiegel an. Meine Augen sind blutunterlaufen und von dunklen Augenringen umgeben, und meine Haare sind ein wildes Durcheinander. Ich wette, wenn Peter mich jetzt sehen würde, wäre er nicht so versessen darauf, mich zu haben.

Das stimmt natürlich nur, wenn man davon ausgeht, dass mein Aussehen der Grund dafür ist, dass er so sehr auf mich fixiert ist – eine große und wahrscheinlich falsche Annahme. Ich weiß, ich bin attraktiv, aber ich bin bei weitem nicht so schön wie jemand wie Yulia. Nein, was auch immer es ist, was Peter an mir anziehend findet – und umgekehrt –, geht tiefer als die oberflächliche Attraktion. Er weiß es, und ich auch. Es ist etwas in uns, was uns wie zwei Porzellanscherben zusammenpassen lässt ... etwas Dunkles und pervers Bedürftiges, das die Schwachstellen des anderen anspricht.

Ich bin dabei, den Wasserhahn aufzudrehen, um mein Gesicht zu waschen, als ich ein Geräusch höre.

Ich versteinere, lausche aufmerksam, und dann höre ich es wieder.

Das kehlige Stöhnen einer Frau, gefolgt von dem gedämpften Grunzen eines Mannes.

Ich bekomme ein heißes Gesicht, als ich verstehe, was ich gerade höre.

Dieses Badezimmer muss direkt unter dem Schlafzimmer von Lucas und Yulia liegen, wobei der Lüftungsschacht die beiden Etagen miteinander verbindet.

Ich weiß, ich sollte wieder ins Bett gehen und ihnen ihre Privatsphäre lassen, aber meine Beine weigern sich, sich zu bewegen. Das hier ist definitiv unterhaltsamer als die Thriller, die Kent mir zum Lesen dagelassen hat. Ich erröte und fühle mich wie ein Perverser, während ich dabei zuhöre, wie die Geräusche oben an Lautstärke zunehmen, bevor sie in einem offensichtlichen Höhepunkt kulminieren.

Als wieder Stille herrscht, drehe ich mit zitterigen Händen den Wasserhahn auf und spritze kaltes Wasser auf mein überhitztes Gesicht. Das war eine schlechte Idee, denn ich habe nicht nur die Privatsphäre meiner Gastgeber beziehungsweise Gefängniswärter verletzt, sondern bin jetzt auch so erregt, dass ich definitiv Probleme habe, wieder einzuschlafen. Meine Nippel sind hart, und mein Geschlecht nass vor schmerzendem Verlangen.

Außerdem vermisse ich Peter mehr denn je.

Leise stöhnend, gehe ich wieder ins Bett. Wie vorauszusehen war, kann nicht ich einschlafen, so dass ich meine Hand unter die Decke gleiten lasse und mit mir spiele, bis ich komme, während ich die ganze Zeit an Peter denke.

~

T ROTZ MEINER UNRUHIGEN N ACHT WACHE ICH AM nächsten Morgen früh auf, und als ich mich fertig mache, um mir die Zähne zu putzen, höre ich oben Schritte, gefolgt von angespannten Stimmen.

Es hört sich an, als hätten die Kents einen Streit.

Da ich vor Neugier fast platze, setze ich meine Zahnbürste ab und lauschte.

Zunächst sind ihre Stimmen wie gedämpft, als befänden sie sich auf der anderen Seite des Raumes, aber dann nähern sie sich dem Lüftungsschacht, und mein Herzschlag beschleunigt sich, als ich das Thema ihrer Auseinandersetzung verstehe.

Mich.

»Wie kannst du dir da so sicher sein?«, fragt Yulia hitzig. »Sie ist die Witwe seines Feindes. Er hat ihren Mann getötet und sie entführt. Wie soll das keine Misshandlung sein? Zumindest hat er ihr die Wahl genommen und ihre Karriere ruiniert. Die Frau ist eine Ärztin – eine *Ärztin* –, Lucas. Sie ist nicht wie du und ich. Sie war nie ein Teil dieser Welt ...«

»Und jetzt ist sie es«, unterbricht Kent sie mit harter Stimme. »Das geht uns sowieso nichts an. Ich schulde ihm einen Gefallen, und der ist sie.«

»*Sie* ist ein Mensch, kein Gefallen. Lass mich

wenigstens mit ihr reden, herausfinden, ob er sie misshandelt ...«

»Warum? Damit du was machen könntest? Sie gehen lassen und auf seiner Abschussliste landen? Du weißt, welche Ziele sein Team nach diesen Tagen verfolgt. Wir brauchen neben dem Problem mit Novak nicht auch noch diesen Mist.«

»Nein, natürlich nicht.« Yulia klingt frustriert. »Aber sie ist eine unschuldige Zivilistin, Lucas, und sie ist Gast in unserem Hause. Ich muss sichergehen, dass du recht hast und sie ihn *will* – weil ich sonst nicht mit mir leben kann. Das verstehst du doch, richtig?«

Ihr Mann ist für ein paar Momente still, und während ich auf seine Antwort warte, beiße ich mit hämmerndem Herzen auf meinen Daumen. Ich hatte recht, meine Hoffnungen auf Yulia zu setzen; sie *hat* Mitleid mit meiner Lage.

»Ich verstehe«, sagt er schließlich, »aber es gibt trotzdem nichts, was ich tun kann. Ich werde dein Leben nicht für diese Frau in Gefahr bringen.«

»Aber ...«

»Kein Aber. Sokolov bat mich, sie für ihn zu beschützen, und genau das werde ich tun.«

»Lucas ...« Yulias Stimme wird weicher, sie wird schmeichelnder. »Lass mich nur mit ihr reden. Das ist alles, was ich möchte. Ich werde nichts tun, ohne vorher mit dir darüber zu sprechen. Ich bin nicht dumm, und ich will mir Peter auch nicht zum Feind machen. Ich will nur sichergehen, dass es ihr gut geht ...

sie beruhigen, falls sie Angst hat. Das würde nicht schaden, oder? Nur eine kleine Unterhaltung?«

Es gibt keine Antwort von Kent, aber ich höre raschelnde Geräusche, gefolgt von etwas Metallischem – einer Gürtelschnalle vielleicht? – das auf dem Boden aufkommt.

«Yulia ...« Kents Stimme wird belegter. »Liebling, du musst nicht ... Scheiße. Verdammte Scheiße ...« Seine Worte enden in einem Stöhnen, und ich erröte, als ich verstehe, was ich wieder höre.

Obwohl ich mich doppelt pervers fühle, bleibe ich ruhig – um zu hören, ob sie mich noch einmal erwähnen, rede ich mir ein –, aber als ich die nächsten zehn Minuten nur Sexgeräusche höre, zwinge ich mich, mir die Zähne zu putzen und zurück in mein Zimmer zu gehen.

Vielleicht, aber nur vielleicht, wird Yulias Überredungstaktik erfolgreich sein, und ich könnte einen Ausweg aus dieser misslichen Lage finden.

Wenigstens habe ich jetzt echte Hoffnung.

*P*eter

AM TAG VOR DEM ATTENTAT SPIELEN WIR DIE verschiedenen Versionen des Plans durch, kalkulieren Erfolgswahrscheinlichkeiten und finden Lösungen für potenzielle Probleme. Unser Plan ist riskant, aber er hat gute Chancen, zu funktionieren – vorausgesetzt, wir haben das richtige Timing.

In der Nacht sind wir so bereit wie nie zuvor, und das ist gut so, denn unser Kunde, der ukrainische Oligarch, wird ungeduldig. In zwei Tagen soll Arslan über einen Gesetzentwurf abstimmen, der das Geschäft unseres Kunden in der Türkei dezimieren wird, und wir müssen handeln, bevor das passiert.

Als ich meinen Laptop schließe, um vor meiner

Schicht ein paar Stunden zu schlafen, ruft mich Anton mit ungewöhnlich aufgeregter Stimme zu sich.

»Sieh dir das an«, sagt er, und Adrenalin strömt durch meine Venen, als ich eine neue E-Mail von unseren Hackern sehe.

Schnell lese ich sie auf Antons Bildschirm durch, und ein grausames Lächeln breitet sich auf meinem Gesicht aus.

Mein Gegner hat endlich einen Fehler gemacht.

Die Frau von Walter Henderson III., Bonnie, war auf einem Weingut in Marlborough, Neuseeland – etwas, was wir dank eines Fotos des ahnungslosen Besitzers des Weinguts über Instagram erfuhren. Das Gesichtserkennungsprogramm unserer Hacker hat es innerhalb weniger Stunden gefunden, nachdem es online gestellt wurde.

»Macht euch bereit«, sage ich Anton und den Zwillingen, nachdem ich die E-Mail zu Ende gelesen habe. »Morgen, wenn wir hier fertig sind, fliegen wir nach Neuseeland.«

»Was ist mit Sara?«, fragt Ilya. »Wirst du sie bei Kent lassen?«

Ich zögere, dann schüttele ich den Kopf. »Nein.« Ich kann es nicht ertragen, noch einen Tag länger von ihr getrennt zu sein. »Sie kommt mit uns.«

Und bevor ich ins Bett gehe, rufe ich Lucas an, um nach ihr zu fragen.

46

*S*ara

ICH VERBRINGE DEN TAG DAMIT, IN MEINEM ZIMMER umherzugehen, und meine Angst wird mit jeder Stunde immer größer. Als es Zeit zum Abendessen ist, bin ich so weit, die Wände hochzugehen.

In weniger als zwölf Stunden wird Peters gefährliche Mission beginnen, und weder ist Yulia gekommen, um mit mir zu reden, noch hat ihr Mann mir die versprochene Pille gebracht.

»Ich sollte sie später haben«, meinte er, als er mein Mittagessen gebracht hat. »Aber es könnte auch morgen werden.«

Morgen wäre es schon zu spät, aber ich habe meinen Mund gehalten, weil ich nicht wollte, dass mein Kerkermeister weiß, dass ich diese Pille wirklich brauche. Schlimmstenfalls kann ich sie für die Zukunft aufheben und beten, dass mein fruchtbares Fenster diesen Monat nicht so fruchtbar war.

Ein leises Klopfen an der Tür unterbricht mein Umherwandern.

»Sara?«, fragt eine Frauenstimme. »Darf ich reinkommen?«

Mein Puls rast vor Freude. »Ja! Bitte komm rein.«

Die Tür öffnet sich, und Yulia kommt mit einem schweren Tablett mit abgedecktem Geschirr in den Händen in den Raum.

»Komm, ich helfe dir.« Ich eile zu ihr und kann meine Aufregung kaum unterdrücken, als ich ihr dabei helfe, das Tablett auf die Kommode zu stellen.

Sie lächelt mich an. »Vielen Dank. Wie ist dein bisheriger Aufenthalt?«

»Er ist gut«, antworte ich und lächele strahlend zurück »Und das Essen ist natürlich wunderbar. Vielen Dank dafür.«

Yulias blaue Augen leuchten vor Freude. »Gern geschehen. Und wie läuft es sonst so? Hast du alles, was du brauchst? Lucas sagte, du wolltest ein paar Medikamente ...«

Ich nicke, dann entscheide ich mich einfach dafür, es einfach auszuspucken. Da Peter möglicherweise morgen wiederkommt, habe ich keine Zeit zu verlieren, und ich weiß bereits, dass Yulia auf meiner Seite ist. »Ich brauche die Pille danach«, sage ich unverblümt. »Und heute ist der letzte Tag, an dem ich sie nehmen kann.«

Ihr wunderschöner Mund formt sich überrascht zu einem: »Oh. Wow. Lucas hat nichts davon erwähnt. Er hat heute einen seiner Wachmänner in die Stadt geschickt, um ein paar Dinge zu besorgen, aber ich weiß, dass etwas dazwischenkam und der Mann abgelenkt wurde. Lass mich nachsehen, ob er sie bekommen hat, okay?«

»Warte.« Ich ergreife Yulias schlanken Arm, als sie sich umdreht, um zu gehen. »Bitte. Ich brauche deine Hilfe.«

Ihr Gesichtsausdruck wird sofort nichtssagend. »Was meinst du?«

Ich lasse meine Hand sinken. »Ich muss weg von hier. Jetzt. Heute Nacht. Bevor Peter zurückkehrt. Bitte, das ist sehr wichtig. Ich bin nicht seine Freundin, ich bin seine Gefangene. Er hat mich entführt und jetzt will er ...«

»Warte, Sara. Bitte.« Sie hebt ihre Hand mit der Handfläche nach außen an. Obwohl sie äußerlich ruhig bleibt, merke ich, dass sie sich Sorgen macht. Sie dürfte nicht erwartet haben, dass ich so offen um Hilfe flehe. »Missbraucht er dich? Fügt er die Schmerzen zu?«, fragt sie vorsichtig.

»Er hat mich mit einem Messer geritzt und mich gewaterboarded«, sage ich und spüre sofort ein leichtes Schuldgefühl, als ich das Entsetzen in Yulias Gesicht sehe. Ich sollte vermutlich erwähnen, dass das Foltern stattgefunden hat, bevor unsere Beziehung, so wie sie jetzt ist, begann, aber wenn ich ihre Hilfe bekommen will, kann ich es mir nicht leisten, meine Gefangenschaft in ein rosiges Licht zu stellen.

So freundlich und sympathisch Yulia auch zu sein scheint, ich kann nicht vergessen, dass sie die Frau eines Waffenhändlers ist und vielleicht eine andere Auffassung von Moral hat als die meisten Menschen.

»Er will mir auch ein Kind aufzwingen«, fahre ich fort, um meinen Standpunkt zu untermauern, während sie noch unter Schock steht. »Deshalb brauche ich heute die Pille danach. In ein paar Stunden bin ich schon nicht mehr im Zeitfenster der sechsunddreißig Stunden. Nicht, dass die Pille helfen würde, wenn ich noch hier wäre, wenn Peter zurückkäme. Er wird mit mir machen, was er will, und niemand wird ihn aufhalten. Bitte, Yulia«, ich ergreife ihren Arm erneut, »du musst mich nicht einmal gehen lassen. Lass mich einfach einen Anruf tätigen oder eine E-Mail schicken. Niemand würde wissen, dass du es warst, die mir geholfen hat. Bitte.«

Sie erblasst mit jedem Wort, das ich spreche, mehr, und ich fühle mich fast schlecht. Ich verstehe die unmögliche Lage, in die ich sie gebracht habe. Obwohl sie offenbar bereit ist, bei dem tödlichen Geschäft ihres Mannes wegzuschauen, ist Yulia nicht wie er – oder zumindest hat sie genug Einfühlungsvermögen, um sich in meine Lage zu versetzen. Gleichzeitig weiß sie, wie gefährlich Peter ist und was sie riskieren würde, wenn sie ihn hintergeht.

»Bist du ...« Sie räuspert sich. »Bist du jemals bereitwillig bei ihm? An jenem ersten Abend, beim

Abendessen, konnte ich die Spannung zwischen euch beiden spüren, aber so, wie er dich angesehen hat ... Und dann, wie ihr bei eurer Verabschiedung ausgesehen habt ... Ich war die meiste Zeit in der Küche, aber ich dachte, ich sah ... Habe ich einen falschen Eindruck bekommen? Tut er dir weh? Zwingt er dich jedes Mal?«

Mein Gesicht errötet vor Verlegenheit über diese private Frage, und ich lasse meine Hand wieder hängen. »Das nicht – ich meine, er hat mich entführt. Was denkst du?«

Zu meiner Überraschung sieht sie unangenehm berührt aus. »Ich denke, manchmal ist es kompliziert«, sagt sie nach einem Moment. »Nicht jede Beziehung geht den gleichen Weg, und es gibt Zeiten, in denen ...« Sie hört auf, als ob sie es sich anders überlegen würde.

Ich starre sie stirnrunzelnd an. Dort gibt es offensichtlich eine Geschichte, aber ich kann es mir nicht leisten, mich darauf zu konzentrieren. Ich muss sie dazu überreden, mir zu helfen, bevor es zu spät ist.

»Yulia, bitte«, sage ich. »Das ist meine einzige Chance. *Du* bist meine einzige Chance. Wenn er zurückkehrt und ich hier bin, sehe ich meine Eltern nie wieder, bekomme nie die Kontrolle über mein eigenes Leben zurück ... bitte. Ich weiß, du verstehst meine Situation. Peter Sokolov hat meinen Mann getötet und mich gefoltert. Er hat mich verfolgt und entführt, und hält mich jetzt seit fünf Monaten gefangen. Ich muss gehen, bevor er zurückkommt, und alles, was du tun musst, ist, mir Zugang zu einem Telefon zu geben. Nur für eine Sekunde. Ich könnte das FBI kontaktieren und dann ...«

»Und dann werden alle Geheimdienste es auf unser Haus abgesehen haben«, sagt Kent und schiebt die Tür auf, ohne anzuklopfen. Sein kantiger Kiefer spannt sich vor Wut an, und seine blassen Augen verengen sich zu Schlitzen, als er den Raum durchquert und Yulias Hand ergreift, wobei seine Knöchel durch den Druck weiß hervortreten. »Lass uns gehen«, sagt er zu seiner Frau durch zusammengebissene Zähne, und ich beobachte mit wachsender Verzweiflung, wie er sie aus dem Zimmer schleift.

»Es tut mir leid«, meint sie, bevor er die Tür zuschlägt und mich wieder einschließt, und ich weiß, dass es vorbei ist.

Meine einzige Fluchtmöglichkeit ist verloren.

ICH WEINE ZWEI STUNDEN LANG, BEVOR ICH ENDLICH einschlafe und sofort in eine Reihe von Albträumen versinke. Ich weiß nicht, warum das immer wieder passiert, aber als ich zitternd und schwitzend aus einem weiteren lebhaften Traum über das Ertrinken in meinem Küchenwaschbecken aufwache, weiß ich, dass ich heute Nacht nicht mehr schlafen werde.

Ich schlage meine Decke zurück, schwinge meine Beine über die Bettkante und stehe gerade auf, als das Türschloss klickt und die Tür leise aufgeht.

Erschrocken schnappe ich mir die Decke, um mich zu bedecken, aber niemand betritt mein Zimmer.

Ich wickele die Decke um mich, eile zur Tür, und am Ende eines Flurs sehe ich eine hohe, schlanke Gestalt um die Ecke verschwinden, deren blonde Haare wie ein Leuchtfeuer in der mondbeschienenen Dunkelheit glühen.

Yulia.

Sie ist gekommen, um mir zu helfen.

Ich habe keine Ahnung, wie sie es geschafft hat, sich von ihrem Mann wegzuschleichen, aber ich verschwende keine Zeit damit, mein Glück in Frage zu stellen. Ich werfe mir schnell ein Kleid über, ziehe ein Paar flache Sandalen an, schlüpfe auf den Flur und gehe in Richtung Küche, wobei ich darauf achte, keinen Lärm zu machen.

Ich brauche ein Telefon oder einen Computer. Alles, was mich mit der Außenwelt in Kontakt bringen könnte.

»Hier.« Plötzlich wird mir ein Schlüssel in die Hand geschoben, und ich unterdrücke ein Aufkreischen, als Yulia vor mir auftaucht und dabei aus der Wand rechts von mir zu kommen scheint. Mit dem Mondlicht, das durch die großen Fenster strömt, ähnelt ihr blasses Gesicht etwas Außerirdischem. »Der Mercedes steht direkt vor der Tür«, flüstert sie schnell, bevor ich mich von meinem Schock erholen kann. »Ich habe die Bewegungsmelder ausgestellt, die automatischen Tore geöffnet und die Drohnen Richtung Strand geschickt. Du hast zehn Minuten Zeit, verstanden? Sieben Kilometer südwestlich gibt es eine Tankstelle. Fahr direkt dorthin, dort gibt es ein Telefon.«

Ich nicke, und mein Herz rast, während ich die Schlüssel umklammere, die sie mir gegeben hat. »Vielen Dank. Vielen Dank dafür.«

»Geh.« Yulia wirft einen beunruhigten Blick hinter sich, schiebt mich zur Vordertür, und ich zögere keine Sekunde länger.

Mit dem Schlüssel in der Hand laufe ich aus dem Haus und springe ins Auto.

eter

»Fünf Minuten«, flüstere ich in mein Headset. »Macht euch bereit.«

Es ist genau zwanzig Minuten her, seit die Lichter im zweiten Stock von Arslans Villa angemacht wurden. Das bedeutet, dass unser Ziel in fünf bis zehn Minuten aus seiner Haustür kommen und in sein kugelsicheres Auto steigen wird. Wie wir gehofft hatten, ist er ein Gewohnheitstier, und seine Morgenroutine ist wochentags fast jeden Tag die gleiche. Die Zeit, zu der er das Haus verlässt, variiert ebenso wie der Weg zur Arbeit und wo seine Leibwächter sein Auto abstellen, aber die Zeit, die er zu Hause verbringt und sich sicher und geborgen fühlt, während er sein Frühstück isst, ist absolut vorhersehbar.

In ein paar kurzen Minuten wird es ein kleines Fenster geben, wenn er mit seinen Leibwächtern draußen ist, und dann werden wir zuschlagen.

»Die Panzerbüchse ist geladen, und Ilya hat das Auto bereit«, berichtet Yan in meinem Headset. Er ist auf dem Dach des gegenüberliegenden Hauses von dem, wo Anton und ich sind.

»Gut.« Ich blicke auf Anton, der neben mir auf dem Bauch liegt und in das Zielfernrohr seines Scharfschützengewehrs blickt. »Bereit?«

Er nickt, ohne seinen Blick vom Ziel zu lösen. »Ich werde es mit Kopfschüssen versuchen, für den Fall, dass sie Westen tragen.«

»Gut.« Ich konzentriere mich wieder auf meine M110 und richte mein Zielfernrohr neu ein. Kopfschüsse sind knifflig, vor allem, wenn die Ziele beginnen zu reagieren, aber sie sind der beste Weg, um sicherzustellen, dass das Opfer wirklich stirbt.

Körperpanzer werden heutzutage zu oft unter der Kleidung versteckt.

Die Sekunden ticken vorbei, jede dauert länger als die zuvor. Es ist einfach, in einem Moment wie diesem ungeduldig zu werden, also konzentriere ich mich darauf, gleichmäßig zu atmen, und stelle sicher, dass nichts meine Sicht behindert.

Das ist zu wichtig, um es zu versauen.

Ungebeten tauchen Gedanken an Sara in meinem Kopf auf. Ich frage mich, was sie macht, ob sie noch schläft oder schon wach ist. So aufregend das für mich auch sein mag – und es *ist* aufregend, ich kann nicht lügen –, ich wäre lieber zu Hause in Japan und würde ihren warmen, nackten Körper in meinen Armen halten, wenn sie aufwacht. In nur wenigen Monaten ist mir mein kleiner Singvogel wichtiger geworden als alles andere auf der Welt, meine Leidenschaft für sie hat alles andere verdrängt, was mich einst interessiert hat.

Das Geräusch einer Tür, die sich öffnet, reißt mich aus meinen Gedanken.

»Er kommt«, flüstert Yan im Headset und ich zwinge mich dazu, mich zu konzentrieren.

Ich werde später Zeit für Sara haben.

Natürlich nur, wenn wir heute überleben.

Sara

Zehn Minuten. Die Reifen des Autos quietschen, als ich die lange Einfahrt hinunterrase und durch die offenen Tore fahre, während ich das Lenkrad so fest umfasse, dass meine Finger sich in das Leder graben.

Ich habe nur zehn Minuten.

Zumindest, wenn Yulias Einschätzung stimmt. Ich weiß nicht, wie sie ihrem tödlich aussehenden Ehemann entkam und all diese Sicherheitsmaßnahmen außer Kraft gesetzt hat, aber es ist durchaus möglich, dass er mir bereits auf den Fersen ist.

Es gibt keine Lichter auf dieser einspurigen Straße, keine Schilder – nichts, was mir sagen würde, wohin ich fahre. Der Mond und die Scheinwerfer meines Autos sind die einzigen Lichtquellen. Ich habe keine

Ahnung, wo Südwesten liegt, also biege ich auf gut Glück nach links ab, als ich auf eine zweispurige Straße treffe.

Wenn ich falsch abgebogen bin, habe ich es versaut.

Mein Herz fühlt sich an, als würde es durch meine Brust hämmern, und mein Atem dröhnt in meinen Ohren. Schweiß sammelt sich in meinen Achselhöhlen und tropft an meinen Seiten herunter, und mein Knie zittert, als ich das Gaspedal durchtrete. Auf der linken Straßenseite zu fahren, mit dem Lenkrad auf der linken Seite des Autos, ist für einen Amerikaner wie mich mehr als verwirrend, aber ich wage es nicht, langsamer zu fahren.

Acht Minuten.

Sieben Minuten.

Ich kann das tun.

Ich kann es schaffen.

Scheinwerfer von einem entgegenkommenden Auto blenden mich und lassen meinen Adrenalinspiegel ansteigen. Ist das Kent? Seine Wachmänner?

Das Auto fährt vorbei, ohne anzuhalten, und ich atme erleichtert aus und nehme den Fuß vom Gaspedal, da eine scharfe Kurve kommt. Das Letzte, was ich brauche, ist, die Kontrolle über das Auto zu verlieren und durch die Leitplanke zu rauschen, so wie George es in dieser schrecklichen Nacht getan hat. Trotzdem fahre ich selbst mit reduzierter Geschwindigkeit noch 110 km/h. Wenn die Tankstelle sieben Kilometer weit entfernt liegt, sollte ich es locker in der Zeit schaffen.

Eine weitere Minute vergeht, bevor wieder eine scharfe Kurve kommt und ich sie sehe.

Scheinwerfer, diesmal hinter mir.

Ich umfasse das Lenkrad fester und trete das Gaspedal erneut durch.

Das Auto hinter mir beschleunigt ebenfalls.

Mein Magen zieht sich zu einem Klumpen zusammen. Aus dem Augenwinkel sehe ich ein Tempolimitschild. Es sind 50 km/h – über sechzig, nein, *siebzig* weniger als meine momentane Geschwindigkeit. Und wenn das Auto hinter mir aufholt, fährt es noch schneller als ich.

Es ist amtlich.

Vor mir kommt eine weitere Kurve, und ich halte einen Schrei zurück, als ein entgegenkommendes Auto vorbeirauscht, dessen Scheinwerfer mich für eine entscheidende Sekunde blenden. Die Seite meines Autos kratzt an der Leitplanke entlang, und Funken fliegen, als Metall gegen Metall quietscht. Keuchend nehme ich den Fuß vom Gas und lenke von der Leitplanke weg, um das Auto näher zur Mitte der kurvenreichen Straße zu führen.

Die Scheinwerfer, die mich verfolgen, holen auf, und als die Straße wieder in eine Kurve übergeht, sehe ich hinter mir zwei Autos, beide groß und dunkel. Zwei Geländewagen. Mein Puls ist jetzt ein donnerndes Gebrüll in meinen Ohren, meine Hände sind so verschwitzt, dass sie vom Steuer rutschen. Ich kämpfe gegen meine Panik an und trete wieder aufs Gaspedal, aber die Autos hinter mir beschleunigen schneller, und als sich die Straße nach rechts windet, flankiert eines meine Seite, während sich das andere vor mich setzt.

Verzweiflung packt mich mit eisiger Faust.

Es ist vorbei.

Sie haben mich.

Zitternd nehme ich den Fuß vom Gas.

Meine einzige Fluchtmöglichkeit – und ich habe es versaut.

Der Geländewagen vor mir reduziert ebenfalls die Geschwindigkeit, und der an meiner Seite lässt sich hinter mich fallen. Sie wissen, dass ich keine andere Wahl habe, als zu gehorchen.

Es ist definitiv vorbei.

Ich habe verloren.

Der Geländewagen vor mir verlangsamt weiter und zwingt mich zum Bremsen. Mein Tacho zeigt 40 km/h an, dann 35 ... dann 30. Ich krieche jetzt praktisch, und mir ist klar, dass sie mich zum Stehen bringen wollen.

Sie werden mich aus dem Auto holen und mich zu Kents Haus schleifen, wo ich eingesperrt bleiben werde, bis Peter mich abholt.

Die Zukunft streckt sich vor mir aus, so dunkel und gefährlich wie diese kurvenreiche Straße. Ich werde meine Freunde und Familie nie wiedersehen, nie mehr Frauen bei der Geburt ihrer Babys helfen. Wenn meine Eltern älter werden, werde ich nicht für sie da sein, und sie werden ihre Enkelkinder nie kennenlernen.

Alles, was ich habe, ist Peter, und die furchterregendste Sache von allen ist, dass das nicht einmal unattraktiv ist.

Ich sehe es so deutlich vor mir: wie er sich um mich kümmert, die Zärtlichkeit in seinen Augen, wenn er unser Baby hält. Er wird mich mit einer Intensität lieben, die meine Seele verbrennen wird, und schließlich wird meine eigene verdrehte Liebe aus ihrer Asche wachsen. Und nach einer Weile wird alles normal erscheinen, von meiner Gefangenschaft angefangen bis zur Gewalttätigkeit seines Berufes.

Wir werden eine Familie sein, so wie er es sich wünscht, und als ich den Tacho unter fünfzehn absinken sehe, weiß ich, dass ich das nicht zulassen kann.

Ich kann dem kränksten Teil von mir nicht nachgeben, der diese verdrehte Zukunft will.

Noch eine Kurve, noch mehr Scheinwerfer auf dem Weg zu uns. Mein hektischer Herzschlag wird gleichmäßig, und eine seltsame Ruhe breitet sich in mir aus, als ich an die Seite greife und meinen Sicherheitsgurt umlege. Ich habe weniger als eine Sekunde zum Handeln, also muss ich dafür sorgen, dass es ein Erfolg wird.

Ich nehme langsam den Fuß von der Bremse, umklammere das Lenkrad so fest wie ich kann, und als das entgegenkommende Auto, dessen Scheinwerfer mich und meine Verfolger gleichermaßen blenden, vorbeizieht, schlage ich das Lenkrad bis ganz nach rechts ein und ziehe auf die

Gegenfahrbahn, während ich das Gaspedal durchtrete.

Das Auto springt nach vorn und schießt an dem Geländewagen vorbei, der mich vorn blockiert. Ich kann praktisch das Fluchen meiner Verfolger hören, als ich sie in einer Staubwolke zurücklasse, während mein schlanker Mercedes mit dem kehligen Gebrüll eines V8-Motors an Geschwindigkeit gewinnt. Der Tacho springt auf 100 … 110 … 120 … 140 …

Die Funken fliegen, als Metall gegen Metall kratzt, als ich erneut an der Leitplanke entlangschabe, aber diesmal nicht bremse. Ich halte meinen Fuß stabil und korrigiere gerade genug, um die Kontrolle zu behalten.

Es ist ein Videospiel, sage ich mir. Nur ein Renn-Videospiel, bei dem ich auf der falschen Straßenseite fahre.

Nachdem sie sich vom Schock meines plötzlichen Manövers erholt haben, sind meine Verfolger wieder hinter mir, aber ich habe nicht die Absicht, es ihnen leicht zu machen. Jedes Mal, wenn sie näherkommen, lenke ich zur Mitte der Straße und hindere sie daran, mich zu überholen. Und ich halte mein halsbrecherisches Tempo und lasse meinen Fuß auch bei den engsten Kurven auf dem Gas. Vorzugeben, dass es ein Videospiel ist, hilft mir dabei – ich war als Kind immer gut darin.

Eine weitere Minute auf der Straße.

Zwei.

Drei.

Ich kann das tun.

Ich kann es schaffen.

In der Ferne sehe ich Lichter, und mein Puls steigt erneut an.

Das ist die Tankstelle. Das muss sie sein.

Mein Plan ist einfach: vor dem Laden mit kreischenden Bremsen anhalten und so laut ich kann nach einem Telefon rufen. Mit etwas Glück werden Kents Leute sich zu sehr um die Behörden sorgen, um mich in aller Öffentlichkeit festzunehmen, aber selbst wenn sie es nicht tun, wird jemand – ein Tankwart, andere Fahrer – sehen, was passiert und die Polizei rufen.

Es ist kein toller Plan, aber es ist alles, was ich habe.

Die Tankstelle rückt mit jeder Sekunde näher. Zu meiner Erleichterung sehe ich trotz der frühen Morgenstunde und der Wildnis der Gegend einen gut beleuchteten Laden mit ein paar Leuten darin und einigen Autos auf dem Parkplatz.

Meine Hoffnung ist, dass Kent nicht so nah an seinem Haus Ärger haben will und die Geländewagen hinter mir ihre Geschwindigkeit reduzieren, so dass mein Vorsprung größer wird, je mehr wir uns der Tankstelle nähern.

Triumph erfüllt meine Venen, als ich den Fuß vom Gas nehme und mich auf mein Anhalten-und-Rennen-Manöver vorbereite.

Ich bin da.

Selbst wenn sie mich vor dem Telefon erwischen, bleibt meine Gefangennahme nicht unbemerkt.

Ich bin weniger als sechzig Meter von der Tankstelle entfernt, als es passiert.

Ein Hund läuft vor mir auf die Straße.

Ich reagiere instinktiv, als ich auf die Bremse trete, um auszuweichen, und als mein Auto in die Leitplanke kracht, habe ich einen letzten unlogischen Gedanken.

Ich hoffe, Peter und seine Männer kehren unversehrt von ihrem Job zurück.

49

Peter

»Jetzt«, belle ich in das Headset, und Yan feuert die Panzerbüchse ab, als Arslans Leibwächter ihrem Boss in sein Auto helfen.

Bumm!

Einen Moment lang gibt es nichts außer dem blendenden Blitz der explodierenden Rakete und dem Klingeln in meinen Ohren, aber dann sehe ich es.

Die überlebenden Leibwächter zerstreuen sich wie Kakerlaken, während weitere aus dem Wachhaus angerannt kommen, um der Bedrohung zu begegnen.

»Tu es«, sage ich zu Anton, und er fängt an, sie einzeln mit seinem halbautomatischen Scharfschützengewehr zu erschießen. Ich schließe mich ihm an, und bald darauf verunreinigt ein

Dutzend Leichen den Boden, deren Köpfe von unseren Kugeln gesprengt wurden.

»Zwei Uhr«, ruft Yan im Headset, und ich sehe die Bewegung auf dem Boden. Ein Wächter hat sich tief hingehockt und benutzt das brennende Auto als Deckung. Sein Arm ist beschützend um den Rücken eines Mannes gelegt.

Wut überkommt mich, als ich den Mann erkenne.

Deniz Arslan.

Unser Ziel ist noch am Leben.

Der Mann ist blutverschmiert und dreckig, aber er läuft – was bedeutet, dass seine Leibwächter noch besser sind, als wir dachten.

»Das ist Arslan«, knurre ich in das Headset und verändere meine Position, um mein Zielfernrohr um das brennenden Auto herum auszurichten, das mir im Weg ist.

Ich muss diesen Wichser kriegen.

Er muss heute sterben.

In der Ferne heulen Sirenen, und weitere Leibwächter stürmen auf Arslans Grundstück. Wir haben Minuten, wenn nicht Sekunden, um unsere Aufgabe zu erledigen.

Ich schalte den Lärm und das Geräusch meines Herzschlags in meinen Schläfen aus, konzentriere mich und drücke den Abzug.

Arslans Beschützer fällt, sein Hirn explodiert und spritzt über den Politiker, während ich einen zweiten Schuss abfeuere.

»Scheiße.«

Durch Training oder reines Glück fällt und rollt mein Ziel genau zur richtigen Zeit.

Ich fluche leise, schieße erneut und höre das Stakkato-Gebrüll von Antons Waffe neben meiner.

Mit grimmiger Genugtuung sehe ich dabei zu, wie zwei unserer Kugeln in Arslans Schädel eindringen und sein Gehirn explodiert.

Es ist erledigt.

Der korrupte Politiker ist tot.

»Da kommt was«, schreit Yan, und ich springe auf meine Füße, als ich in der Ferne einen Hubschrauber höre.

Wie erwartet, werden wir verfolgt werden.

Es dauert nur Sekunden, bis Anton und ich uns vom Dach des Nachbarn heruntergehangelt haben und Yan unten auf der Straße treffen. Von hier aus sind es nur noch ein paar Straßen bis zum Zaun der Siedlung, und wir rennen so schnell wir können, während das Heulen der Sirenen immer lauter wird. Auch der Hubschrauber nähert sich schnell.

»Ilya? Sag mir, dass du da bist«, befehle ich außer Atem, während ich die Straße entlangsprinte.

»Bereit und auf Warteposition«, antwortet er. »Ihr solltet euch besser beeilen. Es wird hier gleich zugehen wie im Irrenhaus.«

Ich beiße die Zähne zusammen, werde schneller, und Yan und Anton tun dasselbe, als ein Fahrzeug mit quietschenden Reifen eine Querstraße hinter uns auf die Straße schießt.

Arslans verbliebene Leibwächter holen auf.

Der zehn Fuß lange Zaun ragt vor uns auf, und die Gemeindewachmänner strömen bis an die Zähne bewaffnet auf die Straße.

»Jetzt«, rufe ich Yan zu, der daraufhin eine Granate hervorzieht und die Nadel mit den Zähnen abreißt, ohne zu bremsen.

Die Wachen verstreuen sich, als Yan die Granate wirft, und Anton und ich ziehen unsere Waffen und feuern wahllos.

Wir müssen sie nicht alle töten, nur aus dem Weg schaffen.

Wir sind jetzt am Zaun, also springe ich hoch, schnappe mir einen Ast und ziehe mich an ihm hoch. Deshalb trainieren wir so hart und müssen stärker sein als die meisten Athleten. Meine Muskeln schreien, als ich mit einer Hand baumelnd den anderen Arm senke, um Anton hochzuziehen, und als Anton die Spitze des Zauns erklimmt, zieht er mich hoch, bevor er nach unten greift, um Yan hochzuziehen, während ich das Deckungsfeuer gebe.

Eine weitere Granate von Yan explodiert mit einem ohrenbetäubenden Knall und verjagt die Wachen, als wir vom Zaun herunterspringen und mit Höchstgeschwindigkeit weiterrennen.

Wir müssen zu unserem Treffpunkt.

Nur so schaffen wir es raus.

Der Hubschrauber dröhnt über uns, die Sirenen der Polizei heulen immer lauter.

»Jetzt, Ilya«, rufe ich in das Headset, und sein Auto

quietscht um die Kurve und bremst gerade genug ab, damit wir während der Fahrt hineinspringen können.

Wir entfernen uns von Arslans Siedlung, nehmen die Nebenstraßen in Richtung eines Tunnels, und als die Geräusche der Verfolgung nachlassen, wechseln wir die Fahrzeuge und fahren direkt zu unserem Flugzeug.

Wir haben es geschafft.

Unsere Zielperson ist tot, und niemand wurde verletzt.

Erfreut rufe ich Lucas an, sobald unser Flugzeug vom Boden abhebt.

»Es ist vorbei«, sage ich, als er ans Telefon geht. »Wir sind auf dem Rückweg, also kannst du Sara sagen, sie soll sich fertig machen. Wir werden sie abholen, bevor wir einen Abstecher nach Neuseeland machen.«

Für einen kurzen Augenblick herrscht Stille. Dann spricht Lucas.

»Peter …« Sein Ton ist ernst. »Wegen Sara ... Es tut mir leid, aber sie hatte einen Autounfall.«

eter

MEIN HERZ VERWANDELT SICH IN EINEN EISBLOCK, UND meine Lungen versteinern bei Lucas' Worten. Sara in einen Unfall verwickelt – das ist unmöglich, undenkbar.

Das ist mein schlimmster Albtraum.

Lucas redet und erzählt mir etwas über ein Auto und einen Hund, aber ich verarbeite nichts. In meinen Ohren dröhnt ein dumpfes Tosen, und ich denke nur an das andere Mal, als mir jemand in diesem Ton eine Nachricht übermittelt hat.

Der Gestank des Todes, Tamilas lange Wimpern angesengt und blutverklebt, Pashas winzige Hand um ein Spielzeugauto gelegt ... Meine Sicht verdunkelt sich, und mein ganzes Bewusstsein schwindet, als

Verzweiflung mich zerreißt und fast alles in mir auslöscht.

Ich durchsuche einen Haufen Leichen, höre das Summen der Fliegen, weiß, dass ich nicht da war, um sie zu retten ...

Ich kann nicht atmen, ich spüre nichts als herzzerreißendes Entsetzen.

Ein Autounfall. Sara. Ihr Körper zerquetscht in zerknitterten Metallhaufen.

Die Qual ist zu intensiv, um sie auszuhalten. Ich kann sie mir nicht tot vorstellen, nicht glauben, dass ihr Lebensfunke erloschen ist.

Etwas Rotes und Heißes läuft über meinen Unterarm. Verschwommen erkenne ich, dass sich meine Finger so fest in das Telefon graben, dass ich mir einen Nagel abgebrochen habe. Ich bemerke den Schmerz allerdings nicht. Ich nehme nichts wahr außer der hohlen Qual, die sich in meiner Brust ausbreitet.

Ich kann Sara nicht verlieren.

Ich könnte es nicht überleben.

»... also könnte sie eine Gehirnerschütterung haben, aber die Ärzte denken nicht, dass ...«

»Eine Gehirnerschütterung?« Ich klinke mich bei diesem einen Wort ein, das keinen Sinn ergibt. Meine Gedanken sind zerrissen und langsam, gelähmt vom Schock und der wachsenden Trauer. »Wovon sprichst du?«

»Die Ärzte halten ihre Verletzungen nicht für allzu ernst«, sagt Lucas, und seine Stimme klingt leicht verzweifelt. »Hast du mir nicht zugehört? Sie hat eine böse Wunde auf ihrer Stirn, aber sie sorgen dafür, dass keine Narbe zurückbleibt. Und natürlich werde ich alle Rechnungen bezahlen – das ist das Mindeste, was ich unter diesen Umständen tun kann.«

»Eine Narbe?« Ich schalte einen Moment lang nicht, da die Verzweiflung, die mich umgibt, zu dick und zu undurchdringlich ist, aber dann fangen meine Synapsen an zu schießen. Nach einem längst überfälligen Atemzug frage ich mit rauer Stimme: »Sie ist ... am Leben?«

»Was?« Lucas klingt verwirrt. »Ja, natürlich. Ich habe dir doch gesagt, dass sie eine ausgerenkte Schulter und vielleicht eine Gehirnerschütterung hat. Hast du dort einen schlechten Empfang oder so was? Ja, Sara ist natürlich am Leben. Ihr Auto knallte in die Leitplanke, und sie hat sich ihren Kopf aufgeschnitten und ihre Schulter verletzt. Wir haben sie in die Klinik in der Schweiz gebracht – diejenige, die Esguerra gerne benutzt, erinnerst du dich? Peter, hörst du mir zu?«

Das tue ich, aber das kann ich ihm nicht sagen. Meine Halsmuskeln sind zu verkrampft, genauso wie mein ganzer Körper. Die Erleichterung ist so intensiv, dass sie mich durchfährt wie ein Schrapnell aus einer Mine, auf ihre eigene Weise so schmerzhaft wie die Qual, die mich vorher erstickte. Ich erinnere mich nicht daran, geweint zu haben, als ich meinen Sohn verlor, aber jetzt fühle ich diese quälende Feuchtigkeit auf meinem Gesicht, die Tränen, die verbrannte Spuren auf den Überresten meines Herzens hinterlassen.

Ich habe Sara nicht verloren.

Sie lebt.

Sie wurde in meiner Abwesenheit verletzt, aber sie ist am Leben.

»Peter? Kannst du mich hören?« Lucas' Stimme wird lauter. »Scheiße, Mann, kannst du mich hören?«

»Ich bin auf dem Weg«, sage ich belegt und lege auf, bevor ich Anton befehle, Kurs auf die Schweiz zu setzen.

51

Sara

ICH TREIBE IN EINE SCHWEBENDE DUNKELHEIT HINEIN und hinaus, meine Sinne wechseln zwischen verschwommenem Bewusstsein und völliger Leere. Wenn ich klar genug bin, um zu denken, bin ich mir des Schmerzes bewusst, aber ich kann auch andere Reize wahrnehmen ... wie Stimmen.

»Wie konntest du das tun? Ist dir nicht klar, was er tun wird, wenn er zurückkehrt? Wir sollten für ihre *Sicherheit* sorgen.« Es ist eine männliche Stimme, hart und tadelnd. Ich kenne den Mann, dem die Stimme gehört, aber der pochende Schmerz in meinen Schläfen wird unerträglich, als ich versuche, auf den Namen zu kommen.

»Es waren *deine* Wächter, die sie verfolgt haben. Du

hättest sie gehen lassen können«, wirft eine weibliche Stimme ein. Die Frau klingt verärgert. Ich weiß, ihr Name ist fremd und exotisch, aber in meinem Kopf ist alles zu verschwommen, um mich daran zu erinnern. »Er hat sie missbraucht, Lucas ...«

Ja, Lucas, das war es, erinnere ich mich erleichtert. Lucas Kent, der Waffenhändler, der auf Zypern lebt.

»Sie missbraucht? Er betet den Boden an, auf dem sie steht. Hast du nicht gesehen, wie er sie ansieht?« Kent hört sich an, als würde er gleich jemanden umbringen. »Und ich habe dir erzählt, dass er jeden Tag angerufen hat und wissen wollte, ob sie isst, schläft ... ob sie verdammt nochmal *zufrieden* ist. Klingt das wie ein Mann, der eine Frau foltert? Und sie hat nach *ihm* gefragt. Würde sich eine Frau, die ihren Entführer hasst, um seine Sicherheit sorgen?«

»Nein, aber ...«

»Nichts aber! Selbst wenn er sie jede Nacht waterboardet, das geht uns nichts an. Ich habe ihm einen Gefallen getan, und jetzt haben wir Glück, wenn wir nicht auf seiner Liste landen.«

»Lucas, bitte.« Die Frau mit dem exotischen Namen – Kents Frau, die schöne Blondine – klingt noch verärgerter. »Es war ein scheiß Unfall, nichts mehr. Er wird es verstehen. Lass mich mit ihm reden, ihm erklären, was passiert ist.«

»Nein.« Kents Stimme ist grimmig resolut. »Ich will nicht, dass er erfährt, dass du auf irgendeine Weise darin verwickelt warst.« Du fliegst zurück nach Hause, bevor er hierherkommt. Und ich werde mir ein paar

Dutzend Wachen von Esguerra leihen, bis wir mehr für uns selbst einstellen können.«

»Aber was ist mit dir?«, fragt Kents Frau, und ihr besorgter Ton verstärkt die übelkeitserregenden Schmerzen in meinem Kopf. Ich zucke zusammen, als ich versuche, mich in eine bequemere Position zu bewegen – und muss einen Aufschrei unterdrücken, als ein Schmerz in meiner linken Schulter explodiert.

»Ich bleibe hier, bis er landet«, sagt Kent, während ich flach atme, um den Schmerz zu bewältigen. Ich will die Augen öffnen, aber etwas verhindert es, und ich traue mich nicht, meine Arme noch einmal zu bewegen, um herauszufinden, was es ist.

»Und wenn er versucht, dich zu töten?«, argumentiert Kents Frau. »Wenn du recht hast und er nicht hört ...«

»Ich behalte ein Dutzend Wachen bei mir, und außerdem wird er sich um *sie* Sorgen machen.« Ich spüre, wie er seine Aufmerksamkeit mir zuwendet, bevor er fortfährt: »Ich glaube, ich habe gerade gesehen, dass sie sich bewegt hat. Die Schmerzmittel müssen nachlassen. Hol die Schwestern her, schnell.«

Ich höre schnelle Schritte, und eine Minute später schwebe ich wieder im benebelten Nichts.

~

ALS ICH DAS NÄCHSTE MAL AUFTAUCHE, IST ES WEGEN einer weichen weiblichen Hand, die meine Haare streichelt. Es fühlt sich gut an, zumal sich mein Kopf wie ein mit Beton gefüllter Ballon anfühlt.

»Es tut mir so leid, Sara«, murmelt eine Frau, und dieses Mal fällt mir der Name ein. Yulia – so heißt Kents Frau. »Ich muss jetzt gehen, aber es tut mir leid. Ich dachte, du hättest mehr Zeit, um zu fliehen, aber Lucas vermutete, dass ich dir helfen würde, und hat zusätzliche Bewegungsmelder aufstellen lassen. Es tut mir leid. Ich wollte nicht, dass das passiert. Ich hoffe, du glaubst mir.«

Ich öffne meinen Mund, um ihr zu danken, aber stattdessen huste ich schmerzhaft. Meine Kehle ist trocken, und mein Kopf, der sich wie ein Ballon anfühlt, pocht vor Schmerz. Es scheint auch etwas über meinem Gesicht zu geben, das mich daran hindert, die Augen zu öffnen. Eine dicke Bandage auf meiner Stirn vielleicht?

»Hier. Du musst Durst haben.« Ein Strohhalm berührt meine Lippen, und ich nehme ihn in den Mund und sauge die lauwarme Flüssigkeit gierig auf.

»Was ist passiert? Wo bin ich?«, krächze ich, als ich den Becher Wasser ausgetrunken habe. Meine Stimme ist schwach und heiser, aber wenigstens kann ich wieder sprechen.

»Du bist in einer Privatklinik in der Schweiz«, erklärt Yulia sanft. »Du hattest einen Autounfall. Erinnerst du dich?«

Ich nicke und bereue es sofort. »Ja«, keuche ich, als die qualvolle Schmerzenswelle vorüber ist. »Da war ein Hund und ...«

»Ja, das stimmt.« Sie klingt erleichtert. Habe ich deshalb eine Kopfverletzung? Ich frage mich, wie schlimm es ist, und dann verkrampfen sich meine Lungen, als ich mich an etwas viel Wichtigeres erinnere.

Verzweifelt frage ich: »Wo ist Peter? Ist er ...«

»Ja, ich befürchte schon«, sagt Yulia, und mein Herz zerbricht bei dem echten Bedauern in ihrer Stimme. »Es tut mir leid«, fährt sie im gleichen Ton fort. »Er ist auf dem Weg zurück. Es gab nichts, was ich tun konnte.«

Meine Lungen dehnen sich für einen zitternden Atemzug aus. »Du meinst, er ist ... in Ordnung?« Meine Stimme ist angespannt, meine Extremitäten prickeln durch einen heftigen Adrenalinschub. »Er ist nicht verletzt worden?«

Einen Moment lang herrscht Ruhe. Dann sagt Yulia langsam: »Nein, das ist er nicht. Sara ... hast du mich das gerade gefragt, weil du Angst davor hast, dass er *nicht* verletzt wurde oder dass er es wurde?« Als ich aus Verwirrtheit nicht antworte, verdeutlicht sie: »Hast du Gefühle für diesen Mann?«

Ich befeuchte meine rissigen Lippen, und bin mir eines unwillkommenen Schuldgefühls bewusst. Ich wollte Yulia nicht anlügen oder ihre Freundlichkeit ausnutzen, aber das habe ich im Grunde genommen getan, als ich die negativen Aspekte meiner komplexen Beziehung zu Peter unterstrichen habe.

Ich habe nicht nur dabei versagt, zu flüchten, sondern sie auch noch in Schwierigkeiten gebracht.

Das Schlimmste aber ist, dass ich insgeheim erleichtert bin, froh, dass ich Peter und der Zukunft nicht entkommen konnte, die ich mir wünsche und gleichzeitig fürchte.

»Es ist ... kompliziert«, sage ich und wiederhole damit ihre Worte von damals.

Sie atmet scharf ein und steht auf. »Ich verstehe.«

»Yulia, warte«, sage ich, als ich ihre Schritte höre, aber es ist zu spät.

Sie ist weg, und kurz darauf übermannen mich die Medikamente wieder.

EINE AUSGERENKTE SCHULTER UND EINE WUNDE AN der Stirn.

Logischerweise weiß ich, dass keine dieser Verletzungen lebensbedrohlich ist, aber als ich Sara im Krankenhausbett anschaue, ihr blasses Gesicht voller Blutergüsse und halb von einem Verband bedeckt ist, brodeln Angst und Wut in mir und trotzen allen Versuchen, logisch zu denken.

Der vierstündige Flug in die Schweiz war einer der längsten meines Lebens. Nachdem wir den Kurs geändert hatten, rief ich Lucas noch einmal an und verlangte mehr Details und Erklärungen, und obwohl er mir immer wieder versicherte, dass Saras Zustand stabil ist und sie von den besten Ärzten Europas behandelt wird, glaubte ich ihm nicht ganz, bis ich sie sah.

Das Schicksal war noch nie gut zu mir.

Ich setze mich auf den Rand ihres Bettes, nehme vorsichtig ihre Hand in beide Hände und spüre die vergängliche Wärme ihrer Haut und die Zartheit ihrer schlanken Knochen. Meine eigenen Hände zittern, und meine Gefühle sind zu extrem, um kontrolliert werden zu können.

Ein Hund.

Sie wäre fast wegen eines verdammten Hundes gestorben.

Mein Herz zerbricht erneut, weil der Schmerz so heftig ist wie in dem Moment, als ich sie für tot hielt. Wenn die Leitplanke nicht so robust gewesen wäre, wenn das Auto keine Airbags gehabt hätte, wenn der Splitter des Glases, der ihre Stirn aufgeschnitten hat, stattdessen in ihr Auge eingedrungen wäre ... Ich zittere und stelle mir vor, wie sie auf grausame Weise hätte sterben können und welche lähmenden Verletzungen sie erlitten haben könnte.

Und das alles meinetwegen.

Ich kann mich nicht vor dieser brutalen Realität verstecken, kann die erstickende Schuld nicht beiseiteschieben.

Ich war nicht da, und Sara lief weg.

Sie hat ein Auto gestohlen und rannte in die Freiheit, wollte so verzweifelt von mir wegkommen, dass es ihr egal war, ob sie lebte oder starb.

Die Wut, die in meiner Brust kocht, ist nur teilweise

gegen Lucas gerichtet. Er wird natürlich für seine Nachlässigkeit zahlen, aber ich kann nicht so tun, als trüge er den Löwenanteil der Schuld.

Den trage allein ich.

Es war mein egoistisches Bedürfnis, sie zu haben, sie einzusperren und zu besitzen, das Sara dazu getrieben hat, dieses Risiko einzugehen. Ich habe die Frau, die ich liebe, beinahe getötet, und ich weiß nicht, wie ich das wiedergutmachen soll.

Ich weiß trotzdem selbst jetzt nicht, ob ich sie gehen lassen kann.

Ihre geschwollenen Lippen teilen sich, als sie sanft ausatmet, und ich sinke mit meinen Knien zu Boden und streiche mit ihrem Handrücken an meiner stoppeligen Wange entlang, während ich meine Augen schließe. Ihre Haut ist so weich, und ihre Finger sind im Vergleich zu meinen so klein. Meine Brust zieht sich qualvoll zusammen. Ich habe das Gefühl, zu ersticken, in Sehnsucht und Verzweiflung zu ertrinken. Warum kann sie mich nicht einfach lieben? Warum kann sie nicht akzeptieren, dass wir zusammengehören? Es gab Zeiten, da dachte ich, sie könnte es vielleicht, da war ich mir sicher, dass sie sich annäherte.

Und vielleicht hat sie das auch. Vielleicht könnte sie noch. Das Monster in mir knurrt und verlangt, dass ich sie behalte, egal um welchen Preis ... egal, was es ihr letztendlich antut. Mit der Zeit wird sie wieder zu sich kommen und verstehen, dass wir dazu bestimmt sind.

Wenn sie mir eine Chance gibt, werde ich sie glücklich machen ... sie und das Kind, nach dem ich mich so sehr sehne.

Ein schwaches Stöhnen rüttelt mich aus meinen Gedanken, und ich öffne die Augen, und sehe, dass sich Saras Lippen bewegen.

»P-Peter?«, flüstert sie, und eine Supernova explodiert in meiner Brust. Nur dieses eine Wort, und meine Welt ist tausend Grad wärmer und eine Million Watt heller. Die ganze Trauer und der Schmerz sind erloschen, die Dunkelheit ist verschwunden, anstatt meine Seele auszusaugen.

»Ja, Ptichka«, antworte ich heiser und drücke ihre Hand gegen meine Lippen. »Ich bin hier.«

Ihre schmalen Finger zucken, während ich sie einen nach dem anderen küsse. »Bist du ... Ist alles in Ordnung?« Sie klingt erschöpft von den Schmerzmitteln. »Ist jemand verletzt worden?«

Ein quälender Schmerz sticht in meiner Brust. »Nein, mein Liebling. Niemand außer dir.«

»Das ist gut.« Auf ihren Lippen formt sich ein kleines, glückseliges Lächeln. »Das freut mich.«

Ich atme angespannt ein, als die Schuldgefühle und die Qualen mich wieder überwältigen. In gewisser Weise wäre es einfacher, wenn Sara mich hassen würde, wenn alles, was sie für mich empfindet, Abscheu und Angst wären. Dann könnte ich weggehen und versuchen, meine Besessenheit in den Griff zu bekommen, damit sie ihr Leben leben könnte, während ich in meine kalte Leere zurückkehrte. Aber Sara hasst mich nicht einfach nur, es ist komplizierter als das.

Sie braucht mich. Sie hat es mir gestanden.

»Warum bist du weggelaufen?«, frage ich abgehackt und starrte dabei auf die blauen Flecken auf ihrem Kiefer. »Ist es wegen dem, was ich über die Kondome gesagt habe? Hast du so viel Angst vor einem Kind mit mir?«

Ich muss verstehen, was sie dazu gebracht hat, es zu tun.

Ich muss wissen, ob es noch Hoffnung für uns gibt.

Ihre Finger bewegen sich in meinem Griff. »Ich ... ja. Ich meine, nein. Ich weiß es nicht. Es ist nicht das, was ich will, aber vielleicht ...« Sie verliert sich in Gedanken, weil sie immer noch high von den Schmerzmitteln ist.

»Aber vielleicht?«, erinnere ich sie, und mein Herz klopft schmerzhaft in der Brust.

»Aber vielleicht würde ich das in einem anderen Leben gewollt haben.« Ihre Stimme schwindet und verwandelt sich in ein krächzendes Flüstern. »In einer anderen Welt, in der, in der ich für dich bestimmt gewesen wäre, wäre es anders. Du wärst kein flüchtiger Attentäter ... du hättest mich nicht entführt, nachdem du George getötet hast. Du wärst mein Ehemann, und ich wäre deine dich liebende Frau, und wir könnten einen Hund hinter einem Lattenzaun haben ... Wir würden unsere Kinder mit in den Park nehmen und die Geburtstage meiner Eltern feiern ... Es gäbe

Freunde, Barbecues und Musik ... und du würdest mich lieben, wirklich lieben ... mich so sehr lieben, dass du mir nicht mein Leben stehlen würdest.«

Ich kneife meine Augen fest zusammen, da sich ihre Worte in mich schneiden wie das Messer eines Killers. Es sollte nicht wehtun, ihr Geständnis unter Drogen; ich sollte froh sein, dass sie das alles mit mir will. Aber alles, woran ich denken kann, ist, dass ich sie nie wirklich haben werde, ihr niemals das Leben geben werde, das sie will. Selbst wenn es mir gelingt, aus uns eine Familie zu machen, auch wenn Sara mir im Laufe der Jahre mehr Wärme schenkt, wird die Vergangenheit immer wie eine Kluft zwischen uns liegen, der Lebensstil eines Flüchtigen für immer eine Quelle von Streit und Stress sein. Es gibt in unserer Zukunft keine Barbecues und Lattenzäune, keine Hunde und Kinder, die auf dem Hof spielen.

Sie wird unser Kind lieben, aber es wird sie nicht glücklich machen.

Ich könnte ihr alles geben, was ich habe, und es wäre nicht genug.

Ein Monitor piept leise, als Saras Atmung sich einpendelt, und als ich meine Augen öffne, ist sie wieder eingeschlafen, da die Schmerzmittel ihr dabei helfen, zu schlafen und gesund zu werden.

Ich atme ganz leicht aus, da ein unerträglich schweres Gewicht meine schmerzenden Lungen zusammendrückt.

Ich sollte aufstehen, meine Männer auf den

neuesten Stand bringen und Henderson verfolgen, aber ich kann mich nicht bewegen.

Ich kann nichts anderes tun, als vor Saras Bett zu knien und ihre Hand zu halten, während die leere Dunkelheit in den Raum eindringt.

*S*ara

ALS ICH WIEDER AUFWACHE, DIESMAL OHNE DIE DICKE Bandage über den Augen, sitzt Peter mit einem Computer auf seinem Schoß auf einem Stuhl neben meinem Bett. Er sieht erschöpft aus, müder, als ich ihn je gesehen habe. Dunkle Schatten umkreisen seine blutunterlaufenen Augen, und seine stoppelbedeckten Wangen sind hohl, so als ob er abgenommen hätte. Er arbeitet am Laptop, aber sobald ich mich rühre, heftet sich sein Blick an mich wie Metall an einen Magneten.

»Du bist wach.« Seine Stimme ist heiser, als er seinen Laptop beiseitelegt und aufsteht. »Wie fühlst du dich, Ptichka? Brauchst du etwas? Hier, trink etwas Wasser.« Er nimmt eine Tasse mit einem Strohhalm von dem Tisch neben meinem Bett und beugt sich über mich, um mir dabei zu helfen, eine halb sitzende Position einzunehmen, während er den Strohhalm gegen meine Lippen drückt.

Ich bin immer noch ein wenig benommen von den Medikamenten und sauge dankbar den größten Teil des Wassers ein. »Wie lange bin ich weg gewesen?«, krächze ich, als er die Tasse wegnimmt.

Selbst nach dem Trinken fühlt sich meine Kehle an, als sei sie mit Sandpapier bearbeitet worden, und mein Mund ist so trocken, dass meine Zunge dauernd an meinen Wangen klebt.

»Drei Tage«, antwortet Peter und setzt sich auf den Rand meines Bettes. »Die Ärzte dachten, das würde deinen Heilungsprozess beschleunigen.«

Ich fahre mit der Zunge über meine rissigen Lippen und fühle die schmerzhafte Schwellung auf einer Seite. Jetzt, wo ich wacher bin, merke ich, dass ich immer noch einen Verband auf meiner Stirn habe – ich spüre, dass er auf meine Augenbrauen drückt –, und dass meine linke Schulter steif und wund ist. »Wie schlimm ist es?«, frage ich und zucke zusammen, als ich versuche, mich zu bewegen.

Peters Kiefer spannt sich an. »Eine Glasscherbe hat dir tief quer die Stirn aufgeschnitten, und du hast dir deine linke Schulter ausgekugelt. Glücklicherweise hattest du einen Sicherheitsgurt angelegt, und der Airbag hat den größten Teil des Aufpralls abgefangen. Trotzdem hast du überall Blutergüsse, einschließlich einem Großteil deines Gesichts.« Seine Stimme wird rauer, während er spricht, und sein Gesicht spannt sich vor Schmerz an.

Ich muss wegen der plötzlich aufsteigenden Tränen blinzeln, greife vorsichtig mit der rechten Hand nach oben und befühle den Verband auf meiner Stirn. Ich sollte mir vielleicht Gedanken darüber machen, wie ich mit einer hässlichen Narbe aussehen werde, aber ich kann mich nur auf die Qualen in Peters silbernen Blick konzentrieren.

Ich habe ihn verletzt, diesen tödlichen, unbeugsamen Mann.

Ich habe ihn verletzt, als er schon so schwer verletzt war, als er nur Leid kannte.

»Es wird keine Narbe geben«, sagt er heiser und folgt der Bewegung meiner Hand. »Sie haben die besten plastischen Chirurgen hier, und sie werden es in Ordnung bringen. Ich verspreche es dir, mein Liebling, ich werde es in Ordnung bringen.«

Ich starre ihn an, und meine Augen brennen von einem Ansturm von Gefühlen. Vielleicht ist es die Nachwirkung der Schmerzmittel, aber ich kann den Schmerz in seinem Blick nicht ertragen, kann das Wissen nicht ertragen, dass ich ihn verletzt habe. Denn egal, was ich mir auch einreden möchte, ich freue mich wahnsinnig, ihn zu sehen, bin so erleichtert, dass er nicht getötet wurde, dass ich auf die Knie fallen und weinen möchte.

Wenn ich in diesem Moment zwischen ihm und meiner Freiheit wählen müsste, würde ich alles aufgeben, um ihn in meinem Leben zu haben.

Als es an der Tür klopft und zwei Krankenschwestern den Raum betreten, steht Peter auf, und ich atme stockend ein.

»Warte!« Ich ignoriere eine Welle schwindelerregender Schmerzen, setze mich hin und ergreife sein tätowiertes Handgelenk. »Bleib bei mir … bitte, Peter, bleib.«

Er setzt sich sofort wieder hin und bedeckt meine Hand mit seiner großen Handfläche. »Natürlich.« Seine Stimme ist tief und leise, so warm wie die dunkle Flamme in seinem Blick. »Alles, was du willst, mein Liebling.«

Er bleibt bei mir, während die Krankenschwestern den Verband an meinem Kopf wechseln, und als sie versuchen, ihn wegzuscheuchen und behaupten, dass ich Ruhe brauche, bitte ich ihn, zu bleiben und mich zu umarmen. Ich weiß, es hat keinen Sinn, aber ich habe alle Vernunft und Logik bereits hinter mir gelassen. Ich kann die Fluchtversuche nicht aufgeben – das schulde ich meinem zukünftigen Kind und meinen Eltern –, aber im Moment brauche ich Peter bei mir.

Ich will in seine Arme kriechen und nie wieder gehen.

Er bleibt den ganzen Rest des Tages und die ganze folgende Nacht bei mir, umarmt mich sanft in Löffelchenstellung, während ich schlafe, und als ich am nächsten Morgen aufwache, verjage ich die Schwestern, und er hilft mir beim Duschen, bevor er mich auf seinen Schoß setzt, um fernzusehen.

Ich klammere mich so für die nächsten zwei Tage

an ihn, unfähig, loszulassen, und er lässt mich, obwohl er es seltsam finden muss. Es gibt noch so viel Unausgesprochenes zwischen uns, so vieles ist noch ungelöst, aber im Moment interessiert mich nur, dass ich ihn habe.

Er gehört mir, um ihn zu lieben und zu hassen, egal was passiert.

~

ZU MEINEM ÄRGER GENESE ICH NUR LANGSAM, DA DIE Wunde auf meiner Stirn eine weitere Operation erfordert, um die Narbe zu minimieren, und meine Schulter bei jeder Bewegung schmerzt. Nach einer weiteren Woche in der Klinik weigere ich mich jedoch, den ganzen Tag auf meinem Zimmer zu bleiben, und Peter bringt beinahe den Arzt um, der mir erlaubt, aufzustehen und unbeaufsichtigt den Flur entlangzugehen.

Oder zumindest ohne seine Aufsicht.

Ich bin nicht die Einzige, die sich nach dem Unfall irrational benimmt. Nach dem, was die Schwestern mir erzählt haben, hat mich Peter seit seiner Ankunft in der Klinik nicht länger als ein paar Minuten aus den Augen gelassen. Er versucht sogar, mich auf die Toilette zu begleiten, unter dem Vorwand, dass mir von den Schmerzmitteln schwindlig wird. Als ich kategorisch ablehne, besteht er darauf, dass mindestens eine der Schwestern anwesend sein muss, damit er sofort informiert werden kann, wenn etwas schiefgeht. Er muss wissen, dass dieser Grad an Besorgnis nicht ganz normal ist, aber wie ich kann er nichts dagegen tun.

»Ich muss wissen, dass du in Sicherheit bist. Ich muss dich sehen, dich jederzeit berühren«, erklärt er grimmig, als ich ihm versichere, dass es mir besser geht, und es in Ordnung ist, wenn er mich eine Stunde lang für einen Geschäftstermin mit seinen Männern allein lässt.

»Du drehst durch«, meinte Anton gestern in meiner Gegenwart, als Peter einen wichtigen Anruf mit einem potenziellen Kunden absagte, damit er bei meinem Verbandswechsel dabei sein konnte. »Sara hat acht Schwestern, die sich um sie kümmern, und mindestens vier Ärzte. Glaubst du wirklich, dass sie dich dabeihaben muss?«

Das tue ich tatsächlich, aber ich habe das nicht ausgesprochen, da ich unseren gegenseitigen Wahnsinn nicht noch unterstützen wollte. Ich bin mir ziemlich sicher, dass Peter seine Verantwortung gegenüber dem Team nicht vernachlässigt hat – wann immer ich aufwache, arbeitet er gerade an seinem Laptop oder redet mit seinen Männern über Geschäfte –, aber die Krankenschwestern haben mir gesagt, dass alle Treffen der Russen im Nebenzimmer abgehalten worden sind, während ich geschlafen habe, und Peter alle zehn Minuten nach mir gesehen hat.

»Dein Mann ist so treusorgend«, schwärmt eine junge deutsche Krankenschwester, in deren Obhut mich Peter zurücklässt, um duschen zu gehen. »Ich wünschte, mein Verlobter wäre so verrückt nach mir.«

Ich bin versucht, sie zu korrigieren, ihr zu sagen, dass Peter mein Entführer ist, nicht mein Mann, aber ich kann es nicht über mich bringen, ihren Traum zerplatzen zu lassen. Es würde sowieso nichts nützen. Die Ärzte und das Pflegepersonal in dieser Klinik müssen für ihre Diskretion außerordentlich gut bezahlt werden, denn niemand, mit dem ich bisher gesprochen habe, war bereit, die Behörden in meinem Namen anzurufen. Nicht, dass ich alles versucht hätte, um sie zu überzeugen. Ich bin nicht nur krankhaft unfähig, von meinem Entführer getrennt zu sein, sondern fühle mich auch schrecklich, weil ich Yulia bereits in Schwierigkeiten gebracht habe.

Ich hoffe verzweifelt, dass Peter sie oder Lucas nicht auf seine Liste setzt.

Ich erwäge, mit ihm darüber zu reden und ihm zu erklären, dass sie keine Schuld an meinem Unfall haben, aber immer, wenn Peters Männer Zypern oder die Kents erwähnen, sieht er so hart und gefährlich aus, dass ich es nicht wage, die Sache zu forcieren. Im Moment scheint sich Peter nur auf meine Gesundheit zu konzentrieren, und das möchte ich so lange wie möglich so beibehalten.

Ich kann nicht zulassen, dass mein dunkler Ritter noch einmal Amok läuft – nicht, wenn es meine Schuld ist.

Wir haben überhaupt noch nicht über meinen Fluchtversuch oder die Ereignisse davor gesprochen. Keiner von uns beiden kann es ertragen, das anzusprechen. Ich weiß nicht, ob Peter mir immer noch ein Kind aufzwingen will und ob er das selbst überhaupt weiß. So oder so, er hat mich nicht angefasst – zumindest nicht auf sexuelle Art.

Zuerst war ich froh darüber – ich war definitiv in keiner Verfassung, in jenen ersten Tagen Sex zu haben –, aber jetzt, da ich mich besser fühle, fange ich an, mich zu wundern. Mein Entführer will mich noch immer; ich kann seine Erektion spüren, wenn ich in seiner Umarmung liege. Aber er tut nichts in dieser Richtung, küsst mich nur auf die Lippen. Selbst nachdem ich es mit den Ärzten ausdrücklich geklärt habe, hält er sich zurück, und ich weiß, dass es daran liegt, dass er sich selbst die Schuld an dem Unfall gibt. Wir haben vielleicht nicht darüber gesprochen, was passiert ist, aber es steht zwischen uns, meine Verletzungen sind eine ständige Erinnerung daran, was in jener Nacht geschah. Ich sehe die Qual in seinen Augen, wenn er auf meine verblassenden blauen Flecken schaut, die gleichen Schuldgefühle, die mich nach Georges Unfall verzehrt haben.

Was passiert ist, hat uns vielleicht einander nähergebracht, aber es zerreißt Peter innerlich.

ALS WIR ZEHN TAGE IN DER KLINIK WAREN, BESTAND
Sara darauf, allein herumzulaufen, und ich ließ sie, da
Yan die Kameras auf den Fluren angezapft hatte, damit
ich sie auf meinem Laptop beobachten konnte.

Ich bin so sehr mit Sara beschäftigt, dass es alles
verdrängt, sogar mein Bedürfnis nach Rache. Ich habe
es geschafft, mein Team ein paar Stunden nach meiner
Ankunft in der Klinik nach Neuseeland zu schicken,
aber vorhersehbarerweise hatte Henderson, als sie dort
ankamen, den Fehler seiner Frau erkannt und war
wieder verschwunden. Normalerweise hätte mich das
wütend gemacht, aber dafür konnte ich nicht genug
Energie aufbringen. Das kann ich immer noch nicht.

Selbst Lucas, der nach meiner Ankunft in der Klinik klugerweise nach Hause geflogen ist, ist trotz seiner Fahrlässigkeit bei Sara momentan nicht auf meinem Radar. Ich habe immer noch vor, ihn bezahlen zu lassen, aber im Moment geht es nur darum, dass sie lebt und richtig gesund wird.

Ich beobachte sie jetzt die ganze Zeit, Tag und Nacht. Es ist so weit gekommen, dass ich kaum noch essen oder schlafen kann. Ich weiß nicht, was ich tun soll, wie ich diese zwanghafte Angst um ihre Sicherheit abschalten soll. Jedes Mal, wenn ich meine Augen schließe, träume ich davon, dass Lucas mir sagt, dass sie verletzt ist, aber wenn ich ins Krankenhaus komme, finde ich heraus, dass er gelogen hat und sie stirbt.

Es ist mein neuer Albtraum, und ich kann ihn nicht beenden, genauso wenig, wie ich mich dazu bringen kann, sie nach Hause gehen zu lassen.

Das sollte ich tun, das weiß ich. Sara bei mir zu behalten wird sie zerstören. Ich sehe es jetzt so deutlich wie die Stiche auf ihrer Stirn. Auch wenn es Zeiten in Japan gab, zu denen sie zufrieden zu sein schien, war sie innerlich zerrissen und blutete. Die Trennung von ihrer Familie und der Verlust ihrer Karriere sind Wunden, die vielleicht nie ganz heilen können. Schon jetzt, hier in der Klinik, versucht sie den Ärzten bei den anderen Patienten zu helfen – wenn sie sie nicht gerade darum bittet, das FBI anzurufen.

Mein kleiner Vogel hat das Fliegen nicht aufgegeben, und ich fürchte, das wird er auch nie.

Die Telefonate mit ihren Eltern sind auch nicht gerade hilfreich. Ich habe sie diese Woche jeden Tag mit ihnen reden lassen, aber das scheint die Dinge nur noch schlimmer zu machen. Mittlerweile ist Sara seit fünf Monaten fort, und trotz ihrer gegenteiligen Zusicherungen ist ihre Familie davon überzeugt, dass sie gegen ihren Willen festgehalten wird.

»Warum kommst du nicht nach Hause?«, fragt ihre Mutter frustriert, als ich eines dieser Gespräche mithöre. »Wenn du mit dem Mann unterwegs bist, kannst du doch auch problemlos für einen Besuch nach Hause kommen. Du weißt, dass sie dich schon im Krankenhaus ersetzt haben, oder? Dein Vater und ich bettelten und baten sie, zu warten, aber sie waren überlaufen. Und deine Freundin Marsha ruft jede Woche an, um nach dir zu fragen. Warum hast du weder sie noch sonst jemanden aus dem Krankenhaus angerufen? Sie machen sich Sorgen um dich, Liebling, und wir auch. Und das Herz deines Vaters ...« Sie hört auf, aber nicht, bevor Sara unter ihren blauen Flecken kränklich blass wird.

»Was ist mit Vaters Herz?« Ihre Stimme nimmt einen panischen Ton an. »Bitte, Mutter, was ist mit Vaters Herz?«

»Nun, er wird nicht jünger, und ich auch nicht«, sagt Lorna Weisman, und ich höre Sara erleichtert ausatmen, als ihr klar wird, dass ihre Mutter nichts Konkretes meinte. Meine Hacker haben die Krankenakten der Weismans im Auge behalten, und ich hätte es Sara gesagt, wenn es neue Entwicklungen gegeben hätte. Trotzdem weiß ich, dass es ihr Angst gemacht hat. Es ist eine von Saras größten Ängsten, dass ihren Eltern etwas passieren könnte, während sie nicht da ist ... dass sie den Menschen, die sie am meisten liebt, nicht helfen kann, weil sie meine Gefangene auf der anderen Seite der Welt ist.

»Bitte, Mama, sprich nicht einmal von solchen Sachen«, sagt sie und zwingt eine falsche Fröhlichkeit in ihren Ton. »Mir geht es gut, und ich werde versuchen, bald nach Hause zu kommen.«

»Wann?«, drängt ihre Mutter. »Gib uns ein Datum.«

Sara blickt in meine Richtung. »Das kann ich nicht. Noch nicht.«

»Warum nicht? Ist es, weil er dich nicht lassen will?«

»Nein, Mama. Das habe ich bereits erklärt. Die ganze Sache mit dem FBI ist ein großes Missverständnis, aber solange es nicht geklärt ist, kann Peter nicht ...«

»Schwachsinn.« Es ist ihr Vater, er muss die ganze Zeit am Lautsprecher mitgehört haben. »Er kann nicht, aber du kannst – und solltest. Wenn er dich nicht gefangen hält, komm nach Hause. Geh weg von dem Verbrecher. Weißt du, dass sie denken, er hätte Menschen getötet? Sie erzählen uns natürlich nichts, aber wir haben sie reden hören und ...«

»Papa, ich muss los. Es tut mir leid. Wir reden später die Woche, okay? Ich hab' dich lieb!«

Sara legt auf, bevor ihr Vater ein weiteres Wort sagen kann, und obwohl ihr Gesicht ausdruckslos ist, kann ich sehen, dass sie am Rande der Tränen steht. Leise gehe ich hinüber zu ihrem Bett und achte darauf, nicht gegen ihre wunde Schulter zu kommen, während ich sie auf meinen Schoß ziehe.

Dann halte ich sie in meinen Armen, während sie weint, und meine eigene Verzweiflung wächst, als mir bewusst wird, dass sich etwas ändern muss.

Ich kann sie nicht gehen lassen, aber ich kann sie auch nicht behalten.

~

WAS MEIN DILEMMA NOCH VERSCHLIMMERT, IST, DASS sich seit dem Unfall etwas zwischen uns geändert hat. Ich fühle es, und es zermalmt meine nobleren Impulse, wann immer sie auftauchen. Was ich mir schon immer gewünscht habe – dass Sara meine Gefühle teilt –, scheint endlich in meiner Reichweite zu sein. Die Art und Weise, wie sie sich an mich klammert, die Art und Weise, wie sie mich in diesen Tagen ansieht – das verstärkt mein zwanghaftes Bedürfnis, sie in meiner Nähe zu haben, sie festzuhalten und sie niemals gehen zu lassen.

Ich will sie für immer in einem goldenen Käfig behalten, damit sie immer sicher ist.

Ich will sie vor allem beschützen, auch vor meinen eigenen verdrehten Bedürfnissen.

»Die Ärzte haben gesagt, dass es okay ist«, murmelt

sie in dieser Nacht und greift unter die Decke, um ihre schlanke Hand um meinen schmerzenden Schwanz zu legen. »Lass mich ...«

»Nein.« Ich verziehe gequält mein Gesicht und führe ihre Hand vorsichtig weg, obwohl jede Zelle in meinem Körper über den Verlust ihrer willigen Berührung weint. »Nicht heute Nacht, Ptichka. Dir geht es noch nicht gut genug.«

Die Ärzte haben vielleicht einige leichtere sexuelle Aktivitäten genehmigt, aber ich kenne mich, und die Intensität meiner Begierde nach Sara macht mir Angst. Mein Bedürfnis nach ihr ist zu heftig, zu unkontrolliert. Ich kann es nicht riskieren, sie zu berühren, bis sie vollständig geheilt ist, also zwinge ich mich, zu warten, bis es ihr besser geht.

Bis ich meine entsetzliche Unentschlossenheit überwunden habe und mir überlegen kann, was ich tun soll.

~

AM ENDE DER ZWEITEN WOCHE WERDEN SARAS FÄDEN gezogen, und die Ärzte sagen uns klipp und klar, dass es keinen Grund für uns gibt, in der Klinik zu bleiben. Einer wagt es sogar, darauf hinzuweisen, dass Sara in einem regulären Krankenhaus nach der ersten Nacht entlassen worden wäre. Natürlich schere ich mich einen Dreck um ihre Meinung, aber Saras ist eine andere Sache.

Sie hat es satt, in der Klinik zu sein, und ist bereit, überall hinzugehen, sogar zurück zu unserem Haus in Japan.

»Bitte, Peter, es reicht. Mir geht es hervorragend«, erklärt sie nachdrücklich, und ich gebe schließlich nach und weise Anton an, dass Flugzeug für morgen früh vorzubereiten.

»Wird auch verdammt noch mal Zeit«, murmelt er düster. »Wir waren uns sicher, dass du dich entschieden hast, hier in den Ruhestand zu gehen.«

Ich bekämpfe den Drang, ihn anzuschnauzen, weil er absolut recht hat. Seit Saras Unfall habe ich alles auf Eis gelegt und die Jobangebote ignoriert. Unser Ruf breitet sich in der Unterwelt aus, und das müssen wir ausnutzen.

Noch ein paar Jobs wie den in der Türkei, und meine Teamkollegen und ich werden tatsächlich in den Ruhestand gehen können.

Wir werden genug haben, um den Behörden ein Leben lang auszuweichen.

Es ist spät am Abend, als ich aufstehe und meine E-Mails checke. Wie üblich wird mein Posteingang mit Nachrichten von Kunden überflutet, sowohl aktuellen als auch zukünftigen. Einige der Angebote, die hereinkommen, sind lächerlich – fünfhunderttausend Dollar, um einen lokalen Kriminellen auszulöschen, eine Million Euro, um einen wohlhabenden Onkel loszuwerden –, aber viele sind durchaus interessant.

Ich bin fast fertig damit, die Nachrichten durchzulesen, als eine neue E-Mail eintrifft. Ich öffne sie und starre schockiert auf die angebotene Geldsumme.

Einhundert Millionen Euro.

Viermal mehr als unsere bisher lukrativste Bezahlung.

Es ist von Danilo Novak, dem serbischen Waffenhändler, der in das Geschäft von Kent und Esguerra eindringen will. Und wenn mir die Summe nicht ausreichen würde, um mich zu faszinieren, dann ist es der Name des Ziels.

Novak will, dass ich Julian Esguerra, meinen früheren Arbeitgeber, eliminiere – den Mann, der geschworen hat, mich zu töten, weil ich sein Leben gerettet und dabei das seiner Frau gefährdet habe.

Fassungslos gehe ich die E-Mail noch einmal durch, und mein Verstand rast wegen der Auswirkungen. Wenn man zwischen den Zeilen liest, scheint Novak einige Trümpfe im Spiel zu haben, die die Schwierigkeit des Anschlags von unmöglich auf nahezu unmöglich reduzieren würden. Unabhängig davon, ob wir diesen Job annehmen, wäre Esguerra unser bisher schwierigstes Ziel.

Es ist auch der einzige Job, durch den wir für Lebzeiten ausgesorgt hätten.

Während ich dort sitze und auf meinen Laptopbildschirm starre, kommt mir eine andere

Idee – eine ebenso gefährliche, aber unendlich verlockendere.

Wenn ich die Dinge richtig handhabe, könnte dieser Job in der Tat die Antwort auf alles sein.

Ich könnte Sara behalten ... und ihr das Leben geben, das sie will.

Vielen Dank, dass Sie dieses Buch gelesen haben! Ich würde mich sehr über eine Buchkritik von Ihnen freuen. Peter und Saras Geschichte endet mit *Mein Schicksal*. Sollten Sie benachrichtigt werden wollen, wenn ein neues Buch erscheint, tragen Sie sich bitte auf www.annazaires.com/book-series/deutsch/ für meinen Newsletter ein.

Wenn Ihnen diese Serie gefällt, mögen Sie vielleicht auch die folgenden Bücher:

- *Verschleppt: Die komplette Trilogie* – Die Geschichte von Julian und Nora, in der Peter als Nebenfigur auftaucht und seine Liste bekommt.
- *Ergreife Mich: Die komplette Trilogie* – Lucas' & Yulias Geschichte
- *Mia & Korum: Die komplette Krinar Chroniken*

Trilogie – Ein dunkler Science-Fiction-Liebesroman
- *Die Gefangene des Krinar* – Ein abgeschlossener dunkler Science-Fiction-Liebesroman

Gemeinschaftsprojekte mit ihrem Ehemann, Dima Zales:

- *Mindmachines* – Techno-Thriller
- *Gedankendimensionen 0, 1 und 2* – Urban Fantasy
- *Die letzten Menschen: Die komplette Trilogie* – Dystopische/postapokaliptische Science-Fiction
- *Der Zaubercode* – High Fantasy

Blättern Sie jetzt bitte weiter, um einen Blick in meine Bücher *Twist Me - Verschleppt, Capture Me – Ergreife Mich* und *Die Gefangene des Krinar* zu werfen.

Anmerkungen der Autorin: Dieses Buch gehört zu einer Reihe von Büchern, die auf Grund ihres sexuellen Inhalts definitiv als Lektüre für Erwachsene gedacht sind. Bewahren Sie deshalb dieses Buch am besten außerhalb der Reichweite von Kindern im lesefähigen Alter auf. Es unterscheidet sich außerdem von meinen anderen Büchern, da die Hauptperson diese Geschichte erzählt. Alle drei Bücher der Trilogie *Verschleppt* sind jetzt erhältlich.

~

Entführt und auf eine einsame Insel verschleppt.

Ich hätte niemals gedacht, dass mir so etwas passiert. Ich hätte mir niemals vorstellen können, dass eine zufällige Begegnung kurz vor meinem achtzehnten Geburtstag mein Leben völlig umkrempeln würde.

Jetzt gehöre ich ihm. Julian. Dem Mann, der genauso rücksichtslos wie gutaussehend ist – dem Mann, dessen Berührungen mich brennen lassen. Ein Mann, dessen Zärtlichkeit ich verstörender finde, als seine Grausamkeit.

Mein Entführer ist ein Rätsel für mich. Ich weiß nicht, wer er ist, oder warum er mich verschleppt hat. In ihm ist eine Dunkelheit – eine Dunkelheit, die mir genauso Angst macht, wie sie mich anzieht.

Mein Name ist Nora Leston und das ist meine Geschichte.

~

In dem Moment, als die Achtzehnjährige Nora Leston die Aufmerksamkeit von Julian auf sich zieht, verändert sich ihr Leben komplett. Sie wird verschleppt und auf eine einsame Insel im Pazifischen Ozean gebracht, wo sie die Begierden ihres sadistischen Entführers befriedigen muss – einem dunklen geheimnisvollen Mann, der genauso grausam wie gut aussehend ist ...

Hinweis: Dieses Buch ist dunkle Erotik, kein Liebesroman. Es bietet: eine junge und unberührte Heldin, beunruhigende Szenen mit dubiosem Inhalt,

Gefangenschaft, Machtspiele und sehr viel Sex, bei dem die Blümchen vor der Tür bleiben.

~

Jetzt ist schon Abend. Mit jeder Minute, die vergeht, werde ich ängstlicher bei dem Gedanken daran, meinen Peiniger wiederzusehen.

Ich kann mich nicht länger auf den Roman konzentrieren, den ich gerade gelesen habe. Ich lege ihn weg und drehe Runden in dem Zimmer.

Ich habe die Sachen an, die Beth mir vorhin gegeben hat. Es ist keine Kleidung, die ich mir selber ausgesucht hätte, aber sie ist besser als ein Bademantel. Ein sexy Spitzenhöschen und einen dazu passenden BH als Unterwäsche. Ein hübsches blaues Sommerkleid zum vorne zuknöpfen. Alles passt mir verdächtig gut. Hat er mich schon eine ganze Weile verfolgt? Hat er alles über mich herausgefunden, einschließlich meiner Kleidergröße?

Mir wird schlecht bei dem Gedanken daran.

Ich versuche, nicht darüber nachzudenken, was noch alles passieren kann, aber das ist unmöglich. Ich weiß nicht warum ich mir so sicher bin, dass er heute Nacht zu mir kommen wird. Es ist natürlich möglich, dass er einen ganzen Harem voller Frauen hier auf dieser Insel festhält und jede nur einmal die Woche besucht, wie das die Sultane damals taten.

Und trotzdem weiß ich irgendwie, dass er bald hier sein würde. Die letzte Nacht hatte lediglich seinen

Appetit angeregt. Ich weiß, dass er noch nicht mit mir fertig ist, noch lange nicht.

Endlich geht die Tür auf.

Er kommt herein, als würde ihm dies alles hier gehören. Was es natürlich auch tut.

Und wieder bin ich von seiner männlichen Schönheit beeindruckt. Mit so einem Gesicht hätte er ein Model oder ein Filmstar sein können. Wenn es auf dieser Welt Gerechtigkeit gäbe, wäre er klein oder hätte einen anderen Makel, der von seinem Gesicht ablenken würde.

Hat er aber nicht. Sein Körper ist groß und muskulös, mit perfekten Proportionen. Ich erinnere mich daran, wie es ist, ihn in mir zu haben und fühle ein unwillkommenes Aufflackern von Erregung.

Er trägt wieder Jeans und T-Shirt. Diesmal ein graues. Er scheint eine Vorliebe für schlichte Kleidung zu haben und das ist clever von ihm. So kommt sein Aussehen am besten zur Geltung.

Er lächelt mich an. Mit diesem Lächeln, dass ihn wie einen gefallenen Engel aussehen lässt – dunkel und verführerisch. »Hallo Nora.«

Ich weiß nicht, was ich ihm sagen soll, also platze ich mit dem ersten heraus, das mir in den Sinn kommt. »Wie lange wirst du mich hier fest halten?«

Er legt seinen Kopf leicht zur Seite. »Hier in diesem Raum? Oder auf der Insel?«

»Beides«

»Beth wird dir morgen die Umgebung zeigen und mit dir schwimmen gehen, falls du Lust dazu hast«, sagt er und kommt dabei immer näher. »Du wirst nicht mehr eingesperrt sein, außer du machst Dummheiten.«

»Wie zum Beispiel?« frage ich und mein Herz klopft, als er neben mir stehen bleibt und seine Hand hebt, um mein Haar zu berühren.

»Versuchen, dir oder Beth etwas anzutun.« Seine Stimme war sanft und sein Blick hypnotisierend als er zu mir hinunter sieht. Die Art und Weise, wie er mein Haar berührt, war sonderbar entspannend.

Ich zwinkere, um seinen Zauber zu brechen. »Und was ist mit der Insel? Wie lange wirst du mich hier festhalten?«

Seine Hand streichelt jetzt mein Gesicht und fährt an meiner Wange entlang. Ich erwische mich dabei, wie ich mich seiner Berührung hingebe, wie eine Katze, die gekrault wird, und versteife augenblicklich.

Seine Lippen verziehen sich zu einem wissenden Lächeln. Dieser Bastard weiß genau welche Wirkung er auf mich hat. »Eine lange Zeit, hoffe ich«, sagt er.

Aus irgendeinem Grund bin ich nicht überrascht. Er würde sich nicht die Umstände gemacht haben, mich bis hierherzubringen, wenn er mich nur einige Male ficken wollte. Ich habe Angst, aber bin nicht wirklich verwundert.

Ich nehme all meinen Mut zusammen und frage die nächste logische Frage. »Warum hast du mich entführt?«

Das Lächeln verschwindet aus seinem Gesicht. Er antwortet nicht, sondern schaut mich nur mit einem undurchschaubaren melancholischen Blick an.

Ich fange an zu zittern. »Wirst du mich töten?«

»Nein, Nora, ich werde dich nicht töten.«

Seine Verneinung beruhigt mich, auch wenn er mich gerade anlügen könnte. Ich bin ein kleines bisschen ruhiger, aber es gibt da noch eine weitere Sache, die ich unbedingt wissen muss. »Wirst du mir wehtun?«

Einen Moment lang antwortet er wieder nicht. Etwas Dunkles flackert kurz in seinen Augen auf. »Wahrscheinlich«, sagt er ruhig.

Und dann beugt er sich hinunter und küsst mich, mit seinen warmen Lippen weich und zärtlich auf meine.

Eine Sekunde lang stehe ich stocksteif da, ohne irgendeine Reaktion. Ich glaube ihm. Ich weiß, dass er mir die Wahrheit sagt, wenn er behauptet, dass er mir wehtun wird. Er hat etwas an sich, das mir Angst Macht – das mir schon von Anfang an Angst gemacht hat.

Er ist überhaupt nicht wie die Jungs, mit denen ich Verabredungen hatte. Er ist zu allem fähig.

Und ich bin ihm völlig ausgeliefert.

Ich denke darüber nach, mich zu wehren. Das wäre das Normale, was man in meiner Situation machen würde. Das wäre mutig.

Und trotzdem mache ich es nicht.

Ich kann die dunklen Abgründe in ihm fühlen. Irgendetwas stimmt mit ihm nicht. Seine äußere Schönheit verbirgt etwas Grauenvolles im Inneren.

Ich möchte diese Dunkelheit nicht entfesseln. Ich weiß nicht, was passieren wird, wenn ich es tue.

Also stehe ich bewegungslos in seiner Umarmung und lasse mich von ihm küssen. Und als er mich aufhebt und zum Bett trägt, versuche ich überhaupt nicht, etwas dagegen zu machen.

Stattdessen schließe ich meine Augen und gebe mich den Empfindungen hin.

Alle drei Bücher der Trilogie *Verschleppt* sind jetzt erhältlich. Um mehr darüber zu erfahren, besuchen Sie bitte meine Seite http://annazaires.com/series/deutsch/ und tragen Sie sich für meinen Newsletter zu Neuerscheinungen ein.

Anmerkungen der Autorin: Dieser Ausschnitt wird aus Yulias Perspektive erzählt. Für alle diejenigen, die die *Twist Me – Verschleppt* Reihe kennen: diese Szene spielt sich zu dem Zeitpunkt in Moskau ab, als Lucas und Julian sich dort mit den russischen Funktionären treffen.

~

Sie fürchtet ihn von dem Moment an, in dem sie ihn das erste Mal sieht.

Yulia Tzakova kennt gefährliche Männer. Sie ist mit ihnen aufgewachsen. Sie hat sie überlebt. Aber als sie Lucas Kent trifft, weiß sie, dass dieser ehemalige Soldat der gefährlichste von allen sein könnte.

Eine Nacht – das sollte alles sein. Eine Gelegenheit, um einen verpatzten Auftrag wiedergutzumachen und Informationen über Kents Boss, einen Waffenhändler, zu bekommen. Sobald das Flugzeug abstürzt, sollte alles vorbei sein.

Stattdessen fängt es gerade erst an.

Er will sie von dem Moment an, in dem er sie zum ersten Mal sieht.

Lucas Kent hatte schon immer eine Schwäche für Blondinen mit langen Beinen und Yulia Tzakova ist ein besonders schönes Exemplar. Die russische Übersetzerin mag versucht haben, seinen Boss zu verführen, aber landet stattdessen in Lucas' Bett – und er hat definitiv vor, sie erneut dort zu haben.

Dann stürzt sein Flugzeug ab und er erfährt die Wahrheit.

Sie hat ihn verraten.

Jetzt wird sie dafür bezahlen.

Er betritt mein Apartment sobald sich die Tür öffnet. Er zögert nicht, er grüßt nicht — er tritt einfach ein.

Überrascht weiche ich zurück und der kurze, enge Flur fühlt sich plötzlich bedrückend klein an. Ich hatte ganz vergessen wie groß er ist, wie breit seine Schultern sind. Für eine Frau bin ich groß — groß genug um so zu tun als sei ich ein Model, falls es für einen Auftrag nötig ist — aber er überragt mich um einen Kopf. Mit der schweren Daunenjacke die er trägt, nimmt er fast den ganzen Flur ein.

Immer noch schweigend schließt er die Tür hinter sich und kommt auf mich zu. Instinktiv trete ich noch weiter zurück, da ich mich wie eine in die Ecke getriebene Beute fühle.

»Hallo Yulia«, murmelt er und hält an, als wir aus dem Flur treten. Sein blasser Blick ruht auf meinem Gesicht. »Ich habe nicht erwartet, dich so zu sehen.«

Ich schlucke und mein Puls rast. »Ich habe gerade gebadet.« Ich möchte ruhig und selbstsicher wirken, aber er hat mich völlig aus dem Konzept gebracht. »Ich habe keine Besucher erwartet.«

»Das kann ich sehen.« Ein leichtes Lächeln erscheint auf seinen Lippen und die harte Linie seines Mundes wird weicher. »Und trotzdem hast du mich hineingelassen. Warum?«

»Weil ich mich nicht weiter durch die Tür hindurch unterhalten wollte.« Ich atme beruhigend ein. »Kann ich dir einen Tee anbieten?« Es ist dumm das zu fragen wenn man bedenkt weshalb er hier ist, aber ich benötige noch einen Augenblick um mich zu fangen.

Er zieht seine Augenbrauen in die Höhe. »Tee? Nein, Danke.«

»Kann ich dir deine Jacke abnehmen?« Offensichtlich kann ich nicht damit aufhören die Gastgeberin zu spielen, da ich mit der Höflichkeit meine Angst überspiele. »Sie sieht ziemlich warm aus.«

Ein Hauch von Belustigung flackert in seinem eisigen Gesichtsausdruck auf. »Gerne.« Er zieht seine Daunenjacke aus und reicht sie mir. Er trägt einen schwarzen Pullover und eine dunkle Hose, die er in schwarze Winterstiefel gesteckt hat. Die Jeans sitzt eng an seinen muskulösen Oberschenkeln und kräftigen Waden, und an seinem Gürtel sehe ich eine Waffe in einem Holster.

Ungewollt atme ich bei seinem Anblick schneller und muss mich anstrengen, damit meine Hände nicht zittern während ich ihm die Jacke abnehme und sie in meinen winzigen Kleiderschrank hänge. Es ist keine Überraschung, dass er eine Waffe trägt — ich wäre entsetzt wenn das nicht der Fall wäre — aber die Waffe erinnert mich deutlich daran, wer Lucas Kent ist.

Was er ist.

Das ist keine große Sache, sage ich mir um meine angespannten Nerven zu beruhigen. Ich bin an gefährliche Männer gewöhnt. Ich wuchs unter ihnen auf. Dieser Mann ist nicht anders. Ich werde mit ihm schlafen, so viele Informationen herausholen wie ich kann und dann wird er aus meinem Leben verschwunden sein.

Genauso wird es sein. Je schneller ich es hinter mich bringe, desto eher wird das ganze vorbei sein.

Ich schließe die Schranktür, setze mein geübtes Lächeln auf und drehe mich herum um ihn anzuschauen, da ich endlich bereit bin, in die Rolle der selbstsicheren Verführerin zu schlüpfen.

Aber er befindet sich bereits neben mir, da er offensichtlich lautlos den Raum durchquert hat.

Mein Puls rast erneut und ich verliere meine neuerrungene Fassung. Er steht so dicht neben mir, dass ich die grauen Schlieren in seinen blassblauen Augen erkennen kann, so nahe bei mir, dass er mich berühren könnte.

Und eine Sekunde später tut er es auch.

Er hebt seinen Arm, um mit seinem Handrücken über mein Kinn zu streichen.

Ich blicke ihn an und werde von der augenblicklichen Reaktion meines Körpers überrascht. Meine Haut erwärmt sich, meine Nippel werden hart und meine Atmung beschleunigt sich. Es ergibt keinen Sinn, dass mich dieser harte, rücksichtslose Fremde so sehr erregt. Sein Chef sieht besser aus, und trotzdem reagiert mein Körper auf Kent. Er hat nur mein Gesicht berührt. Das sollte mir nichts bedeuten, aber trotzdem geht es mir nahe.

Es geht mir nahe und verwirrt mich.

Ich schlucke erneut. »Herr Kent — Lucas — bist du sicher, dass ich dir nichts zu trinken anbieten kann? Vielleicht einen Kaffee oder —« Meine Worte enden damit, dass ich nach Luft schnappe als er nach dem Gürtel meines Bademantels greift und so selbstverständlich daran zieht, als würde er ein Paket auspacken.

»Nein.« Er sieht dabei zu, wie der Bademantel zu Boden gleitet und meinen nackten Körper freigibt. »Keinen Kaffee.«

Und dann berührt er mich wirklich, bedeckt meine Brust mit seiner großen, harten Handfläche. Seine Finger sind schwielig und rau. Und kalt, da er gerade von draußen kommt. Sein Daumen streicht über meinen harten Nippel und ich spüre tief in mir ein Ziehen, ein wachsendes Bedürfnis, das sich genauso fremd anfühlt wie seine Berührung.

Ich kämpfe gegen meinen Drang an, zurückzuweichen, und befeuchte meine trockenen Lippen. »Du bist sehr direkt.«

»Ich habe keine Zeit für Spielchen.« Seine Augen blitzen auf, als sein Daumen erneut über meinen Nippel streicht. »Wir wissen beide, warum ich hier bin.«

»Um Sex mit mir zu haben.«

»Ja.« Er gibt sich keine Mühe die Dinge zu beschönigen, mir etwas anderes als die brutale Wahrheit zu sagen. Er bedeckt meine Brust immer noch so mit seiner Hand, als hätte er das Recht dazu, mein nacktes Fleisch zu berühren. »Um Sex mit dir zu haben.«

»Und wenn ich nein sage?« Ich weiß nicht einmal, warum ich ihn das frage. So war das Ganze nicht geplant. Ich sollte ihn verführen und nicht versuchen, ihn vom Sex abzubringen. Trotzdem wehrt sich etwas in mir gegen seine selbstverständliche Annahme, dass er mich einfach so nehmen kann. Andere Männer sind auch davon ausgegangen und es hat mich nicht ansatzweise so sehr gestört. Ich weiß nicht, was dieses Mal anders ist, aber ich möchte, dass er zurücktritt und aufhört mich zu berühren. Ich möchte es so sehr, dass sich meine Hände an meinen Seiten zu Fäusten ballen und sich meine Muskeln anspannen, da ich den Drang verspüre, gegen ihn anzukämpfen.

»Sagst du nein?« Er fragt ruhig während seine Daumen über meine Brustwarze kreist. Als ich nach einer Antwort suche, fährt er mit seiner anderen Hand in mein Haar und umfasst besitzergreifend meinen Hinterkopf.

Ich blicke ihn an und atme stockend. »Und wenn ich es tun würde?« Zu meinem Missfallen klingt meine Stimme dünn und verängstigt. Es ist, als sei ich wieder eine Jungfrau, die von ihrem Trainer in der Umkleidekabine in die Ecke getrieben wird. »Würdest du gehen?«

Einer seiner Mundwinkel verzieht sich zu einem halben Lächeln. »Was denkst du?« Seine Finger verstärken ihren Griff in meinem Haar und ziehen genau so fest, dass ich einen Hauch von Schmerzen verspüre. Seine andere Hand, die auf meiner Brust liegt, ist immer noch zärtlich, aber das bedeutet nichts.

Ich weiß meine Antwort bereits.

Als seine Hand meine Brust verlässt und meinen

Bauch hinunterfährt, wehre ich mich nicht. Stattdessen öffne ich meine Beine und lasse ihn meine glatte, frischgewachste Muschi berühren. Als sein harter, direkter Finger in mich stößt, versuche ich nicht, mich wegzubewegen. Ich stehe einfach nur da und versuche meine abgehackte Atmung zu kontrollieren, versuche mich davon zu überzeugen, dass sich dieser Auftrag nicht von den anderen unterscheidet.

Aber er tut es.

Ich möchte nicht, dass es so ist, aber genau das ist der Fall.

»Du bist feucht«, murmelt er und betrachtet mich, während er seinen Finger tiefer hineinschiebt. »Sehr feucht. Wirst du immer so feucht bei Männern, die du nicht begehrst?«

»Warum denkst du, dass ich dich nicht begehre?« Zu meiner Erleichterung ist meine Stimme diesmal fester. Meine nächste Frage hört sich sanft an, fast amüsiert, während ich seinen Blick erwidere. »Ich habe dich hineingelassen, oder etwa nicht?«

»Du hast dich ihm angeboten.« Kents Kiefer spannt sich an und seine Hand auf meinem Hinterkopf bewegt sich, greift nach einem Büschel meiner Haare. »Vor einigen Stunden hast du ihn gewollt.«

»Das habe ich.« Diese Darstellung typisch männlicher Eifersucht macht mich sicherer, da ich mich durch sie auf vertrauterem Terrain befinde. Meine Stimme wird noch sanfter, noch verführerischer. »Und jetzt möchte ich dich. Stört dich das?«

Kents Augen verengen sich. »Nein.« Er zwängt einen zweiten Finger in mich und drückt gleichzeitig seinen Daumen auf meine Klitoris. »Überhaupt nicht.«

Ich will etwas Intelligentes sagen, eine knackige Antwort geben, aber ich kann nicht. Die Lust überkommt mich durchdringend und überraschend. Meine inneren Muskeln ziehen sich zusammen, umschlingen seine rauen, eindringenden Finger und ich kann nichts Anderes tun, als wegen der Gefühle die mich überkommen laut aufzustöhnen. Ungewollt hebe ich meine Hände an und greife nach seinem Unterarm. Ich weiß nicht, ob ich versuche ihn wegzudrücken oder möchte, dass er weitermacht, aber das ist auch unwichtig. Der Arm unter der weichen Wolle seines Pullovers ist voller stahlharter Muskeln. Ich kann seine Bewegungen nicht kontrollieren — alles was ich tun kann, ist, mich an ihm festzuhalten während er mit diesen harten, gnadenlosen Fingern immer tiefer in mich eindringt.

»Das gefällt dir, nicht wahr?«, murmelt er, schaut mir in die Augen und ich ziehe scharf Luft ein als er beginnt, mit seinem Daumen über meine Klitoris zu streichen, von links nach rechts, von oben nach unten. Er krümmt seine Finger in mir und ich unterdrücke ein Stöhnen, als er einen Punkt berührt der eine noch schärfere Lustwelle durch meine Nervenbahnen jagt. Eine Spannung beginnt sich in mir aufzubauen, die Lust wird stärker und intensiver, und mit Entsetzen wird mir klar, dass ich kurz vor einem Orgasmus stehe.

Mein Körper, der normalerweise sehr langsam

reagiert, pocht mit schmerzhafter Begierde nach der Berührung eines Mannes, der mir Angst macht — eine Entwicklung, die mich erstaunt und mich verunsichert.

Ich weiß nicht, ob er das von meinem Gesicht ablesen kann oder ob er die Anspannung in meinem Körper spürt, aber seine Pupillen weiten sich und seine blassen Augen werden dunkel. »Ja, genau so.« Seine Stimme ist ein leises, tiefes Grollen. »Komm für mich, meine Schöne« — sein Daumen drückt fest auf meine Klitoris — »jetzt.«

Und ich komme. Mit einem unterdrückten Stöhnen ziehe ich mich um seine Finger zusammen und die harten Kanten seiner kurzen, stumpfen Fingernägel bohren sich in mein kontaktierendes Fleisch. Mein Blick verschwimmt, meine Haut prickelt heiß als ich auf einer Welle aus Gefühlen reite, bevor ich zusammensacke und nur von seiner Hand in meinen Haaren und seinen Fingern in meinem Körper gehalten werde.

»Na bitte«, sagt er belegt und als ich meine Umwelt wieder wahrnehmen kann, sehe ich, dass er mich eindringlich betrachtet. »Das war doch nett, oder nicht?«

Ich kann nicht einmal nicken, aber er scheint meine Bestätigung auch nicht zu benötigen. Und warum auch? Ich kann die Feuchtigkeit in mir fühlen, die Nässe, die diese rauen männlichen Finger bedeckt — Finger, die sich langsam aus mir zurückziehen, während er die ganze Zeit mein Gesicht anschaut. Ich will meine Augen schließen oder mich wenigstens von seinem stechenden Blick abwenden, aber ich kann nicht.

Nicht, ohne dass er bemerken würde, wie viel Angst er mir macht.

Anstatt meinem eigentlichen Bedürfnis nachzugeben, betrachte ich ihn ebenfalls und sehe Zeichen von Erregung auf seinen starken Gesichtszügen. Sein Kiefer ist angespannt, während er mich anblickt und ein kleiner Muskel neben seinem rechten Ohr pulsiert. Selbst durch den sonnengebräunten Teint seiner Haut kann ich die rötlichere Farbe auf seinen flügelartigen Wangenknochen erkennen.

Er will mich unbedingt — und dieses Wissen gibt mir den Mut zu handeln.

Ich fasse nach unten und bedecke die harte Ausbeulung im Schritt seiner Jeans mit meiner Hand. »Es war nett«, flüstere ich und sehe zu ihm hoch. »Und jetzt bist du dran.«

Seine Pupillen werden noch größer und seine Brust weitet sich durch ein tiefes Einatmen. »Ja.« Seine Stimme ist voller Begehren, als er seine Hand in meinem Haar dazu benutzt, mich näher an ihn heranzuziehen. »Ja, ich denke das bin ich.« Und bevor ich darüber nachdenken kann, ob es clever war ihn so unverhohlen zu provozieren, beugt er seinen Kopf hinunter und nimmt meinen Mund mit seinem in Besitz.

Ich schnappe nach Luft, meine Lippen öffnen sich überrascht und er nutzt diese Tatsache sofort aus, um den Kuss zu vertiefen. Sein Mund, der so hart aussieht, fühlt sich erstaunlich weich an, seine Lippen sind warm und glatt als seine Zunge hungrig meinen Mund erforscht. In diesem Kuss verbinden sich Können mit Selbstsicherheit; es ist der Kuss eines Mannes der weiß, wie er einer Frau Lust verschaffen kann, wie er sie mit nichts weiter als der Berührung seiner Lippen verführen kann.

Die Hitze, die in mir glüht, verstärkt sich und die Anspannung in mir nimmt zu. Er hält mich so nahe bei sich, dass meine nackten Brüste gegen seinen Pullover drücken und die Wolle gegen meine aufgestellten Nippel reibt. Ich kann seine Erektion durch das raue Material seiner Jeans spüren. Sie drückt sich in meinen Unterbauch und lässt mich erkennen, wie sehr er mich will, wie schwach seine vorgespielte Kontrolle in Wirklichkeit ist. Ich bekomme kaum mit, dass der Bademantel von meiner Schulter geglitten ist und ich jetzt komplett nackt bin, aber ich vergesse die Tatsache sofort wieder, als in seiner Kehle ein knurrendes Geräusch ertönt und er mich gegen die Wand stößt.

Der Schreck über die kalte Oberfläche an meinem Rücken lässt mich einen Moment lang zu klarem Verstand kommen, aber er öffnet bereits den Reißverschluss seiner Jeans, seine Knie zwängen sich zwischen meine Beine, spreizen sie und er hebt seinen Kopf um mich anzublicken. Ich höre das Geräusch einer Folie die geöffnet wird und dann nimmt er meine

Pobacken in seine Hände und hebt mich hoch. Mit rasendem Herzen halte ich mich instinktiv an seinen Schultern fest, als er mir rau befielt: »Schlinge deine Beine um mich« — und mich auf seinen steifen Schwanz hinabsinken lässt, ohne auch nur einen Moment lang seinen Blick von mir abzuwenden.

Sein Stoß ist hart und tief, da er komplett in mich eindringt. Mein Atem stockt wegen der Gewalt dieses Eindringens, seiner kompromisslosen Brutalität. Meine inneren Muskeln ziehen sich um ihn zusammen und versuchen erfolglos, ihn nicht hineinzulassen. Sein Schwanz ist so groß wie sein restlicher Körper, so lang und dick dass er mich bis zu einem Punkt ausdehnt, der schmerzhaft ist. Wäre ich nicht so feucht, hätte er mich zerrissen. Aber ich bin nass und nach einigen Augenblicken gibt mein Körper nach und gewöhnt sich an seine Dicke. Unbewusst hebe ich meine Beine an und umschlinge seine Hüfte, genauso wie er es befohlen hat. Diese neue Stellung lässt ihn noch tiefer in mich hineingleiten und ich schreie wegen der überwältigenden Sensation auf.

Jetzt beginnt er sich zu bewegen und seine Augen funkeln, als er mich betrachtet. Jeder Stoß ist genauso hart wie derjenige, der uns vereinigt hat, aber mein Körper versucht nicht länger, sich dagegen zu wehren. Stattdessen gibt er mehr Feuchtigkeit ab, um seinen Weg zu erleichtern. Jedes Mal wenn er in mich stößt, drückt seine Lende gegen mein Geschlecht, presst sich auf meine Klitoris, und die Anspannung tief in mir ist wieder da, wächst mit jeder Sekunde die vergeht.

Fassungslos wird mir klar, dass ich mich meinem zweiten Orgasmus nähere … und dann ist er auch schon da. Die Anspannung erreicht ihren Höhepunkt und ich explodiere so stark, dass ich nicht mehr denken kann, sondern nur noch meine geladenen Nervenbahnen spüre.

Ich fühle mein eigenes Pulsieren, spüre, wie sich meine Muskeln immer wieder abwechselnd um seinen Schwanz zusammenziehen und ihn freigeben. Ich bemerke, dass sein Blick abschweift und er gleichzeitig aufhört zuzustoßen. Ein raues, tiefes Stöhnen entweicht seiner Kehle als er sich in mir reibt und ich weiß, dass er ebenfalls gekommen ist, ihn mein Orgasmus mitgerissen hat.

Meine Brust hebt und senkt sich schwer während ich zu ihm hochblicke um dabei zuzusehen, wie sich seine blassblauen Augen wieder auf mich richten. Er ist immer noch in mir und plötzlich kann ich diese Intimität nicht mehr ertragen. Er ist niemand für mich, ein Fremder, und trotzdem hat er mich gefickt.

Er hat mich gefickt und ich habe es zugelassen, weil es mein Job ist.

Ich schlucke, drücke gegen seine Brust und meine Beine geben seine Hüfte frei. »Bitte, lass mich runter.« Ich weiß, ich sollte ihn umschmeicheln und sein Ego polieren. Ich sollte ihm sagen wie unglaublich es war, und dass er mir mehr Lust bereitet hat als jemals ein anderer Mann zuvor. Das wäre nicht einmal gelogen — ich bin noch nie zweimal hintereinander gekommen.

Aber ich kann das nicht tun. Ich fühle mich zu verwundet, zu überfallen.

Bei diesem Mann verliere ich die Kontrolle und dieses Wissen macht mir Angst.

Ich weiß nicht, ob er das spüren kann oder ob er einfach nur mit mir spielen will, aber ein ironisches Lächeln erscheint auf seinen Lippen.

»Es ist zu spät um es zu bereuen, meine Schöne«, murmelt er und bevor ich etwas erwidern kann, setzt er mich ab und nimmt seine Hände von meinem Po. Sein erschlaffendes Geschlecht gleitet aus meinen Körper als er zurücktritt und ich sehe ihm ungleichmäßig atmend dabei zu, wie er beiläufig das Kondom abnimmt und es auf den Boden fallen lässt.

Aus irgendeinem Grund erröte ich deshalb. Etwas an diesem Kondom, das hier liegt, ist falsch und schmutzig. Vielleicht ist der Grund dafür, dass ich mich wie dieses Kondom fühle: benutzt und weggeworfen. Ich sehe meinen Bademantel auf dem Boden und bewege mich um ihn aufzuheben, aber Lucas Hand auf meinem Arm hält mich davon ab.

»Was tust du?«, fragt er und blickt mich dabei an. Es scheint ihn überhaupt nicht zu stören, dass seine Jeans immer noch einen geöffneten Reißverschluss haben und sein Schwanz heraushängt. »Wir sind noch nicht fertig.«

Mein Herz setzt einen Schlag aus. »Sind wir nicht?«

»Nein«, sagt er und tritt näher an mich heran. Entsetzt bemerke ich, dass er sich schon wieder aufrichtet, da er meinen Bauch berührt. »Wir sind noch lange nicht fertig.«

Und damit führt er mich an meinem Arm zum Bett.

∼

Capture Me – Ergreife mich ist jetzt erhältlich. Falls Sie mehr darüber erfahren möchten, besuchen Sie bitte meine   Homepage http://annazaires.com/series/deutsch/.

AUSZUG AUS DIE GEFANGENE DES KRINAR

Anmerkungen der Autorin: *Die Gefangene des Krinar* ist ein abgeschlossener Roman, der ungefähr fünf Jahre vor der Trilogie *Die Krinar Chroniken* spielt.

Emily Ross hatte in keinem Moment erwartet, ihren tödlichen Absturz im costa-ricanischen Dschungel zu überleben, und mit Sicherheit hatte sie nicht damit gerechnet, in einer eigenartig futuristischen Unterkunft aufzuwachen und von dem schönsten Mann gefangen gehalten zu werden, den sie jemals gesehen hatte. Einem Mann, der mehr als menschlich zu sein scheint …

Zaron befindet sich auf der Erde, um die krinarische Invasion vorzubereiten – und die schreckliche

Tragödie zu vergessen, die sein Leben zerstört hat. Als er den verletzten Körper des menschlichen Mädchens findet, ändert sich allerdings alles. Zum ersten Mal seit Jahren fühlt er mehr als nur Wut und Trauer, und Emily ist der Grund dafür. Sie gehen zu lassen, würde seine Vorhaben verraten, aber sie zu behalten, könnte ihn erneut zerstören.

~

Ich will nicht sterben. Ich will nicht sterben. Bitte, bitte, bitte, ich will nicht sterben.

Diese Worte wiederholten sich in ihrem Kopf, ein hoffnungsloses Gebet, das nie erhört werden würde. Ihre Finger rutschten weitere Zentimeter auf dem hölzernen Brett entlang, und ihre Nägel brachen ab, als sie versuchte, nicht den Halt zu verlieren.

Emily Ross krallte sich – im wahrsten Sinne des Wortes – an einer kaputten, alten Brücke fest. Hunderte Meter unter ihr rauschte das Wasser über die Felsen, da der Gebirgsbach durch die jüngsten Regenfälle angeschwollen war.

Diese Regenfälle waren zum Teil verantwortlich für ihre derzeitige Notlage. Wäre das Holz auf der Brücke trocken gewesen, wäre sie vielleicht nicht ausgerutscht und hätte sich auch nicht den Fuß dabei verdreht. Und sie wäre mit Sicherheit nicht auf das Brückengeländer gefallen, das unter ihrem Gewicht zerbrochen war.

Allein ihr verzweifeltes Zugreifen in der letzten

Sekunde hatte verhindert, dass Emily nach unten in den Tod stürzte. Während des Fallens hatte ihre rechte Hand einen kleinen Vorsprung an der Seite der Brücke zu fassen bekommen, so dass sie jetzt einige hundert Meter über den harten Steinen in der Luft hing.

Ich will nicht sterben. Ich will nicht sterben. Bitte, bitte, bitte, ich will nicht sterben.

Das war nicht fair. Das hätte nicht passieren dürfen. Das waren ihre Ferien, ihre Zeit, wieder zu sich zu finden. Wie konnte sie jetzt sterben? Sie hatte noch nicht einmal begonnen zu leben.

Bilder der letzten zwei Jahre gingen Emily durch den Kopf, wie die PowerPoint-Präsentationen, mit deren Erstellung sie so viele Stunden verbracht hatte. Jedes Arbeiten bis spät in die Nacht, jedes Wochenende, das sie im Büro verbracht hatte – das alles war umsonst gewesen. Sie hatte ihren Job während der letzten Entlassungswelle verloren, und jetzt war sie kurz davor, ihr Leben zu verlieren.

Nein, nein!

Emily ruderte mit den Beinen und grub ihre Nägel tiefer in das Holz. Sie hob den anderen Arm in die Höhe und streckte ihn nach oben zur Brücke aus. Das würde nicht geschehen. Das würde sie nicht zulassen. Sie hatte zu hart gearbeitet, um sich von einem blöden Dschungel alles kaputtmachen zu lassen.

Blut lief an ihrem Arm hinunter, als sie sich an dem rauen Holz die Haut ihrer Finger abschürfte. Ihre einzige Hoffnung, doch noch zu überleben, war, zu versuchen, mit ihrer linken Hand die andere Seite der Brücke zu ergreifen, damit sie sich wieder hochziehen konnte. Es gab hier niemanden, der ihr helfen konnte, niemanden, der sie retten konnte, wenn sie sich nicht selbst rettete.

Die Möglichkeit, dass sie allein im Regenwald sterben könnte, war ihr nicht in den Sinn gekommen, als sie diese Reise angetreten hatte. Sie ging häufig wandern und zelten. Und trotz der Hölle, die ihr Leben in den letzten zwei Jahren gewesen war, war sie immer noch gut in Form, kräftig und durchtrainiert vom Laufen und den ganzen anderen Sportarten, die sie an der Highschool und an der Uni ausgeübt hatte. Costa Rica wurde durch seine niedrige Kriminalitätsrate und seine touristenfreundliche Bevölkerung als ein sicheres Reiseziel angesehen. Und ein billiges – ein wichtiger Aspekt bei ihrem schnell schwindenden Sparguthaben.

Sie hatte diese Reise schon vorher gebucht. Bevor die Börse erneut eingebrochen war, bevor eine neue Entlassungswelle kam, die Tausende von Menschen, die an der Wall Street arbeiteten, ihre Jobs gekostet hatte. Bevor Emily am Montag zur Arbeit gegangen war, übernächtigt von der ganzen Wochenendarbeit, nur um am gleichen Tag das Büro mit einem kleinen Karton zu verlassen, in dem sich alle ihre privaten Habseligkeiten befanden.

Bevor ihre Beziehung nach vier Jahren zerbrochen war.

Ihr erster Urlaub in zwei Jahren, und sie war kurz davor, zu sterben.

Nein, das darfst du nicht denken. Das wird nicht passieren.

Aber Emily wusste, dass sie sich selbst belog. Sie konnte spüren, wie ihre Finger weiter abrutschten und ihr rechter Arm und ihre Schulter von der Anstrengung brannten, das Gewicht ihres ganzen Körpers halten zu müssen. Ihre linke Hand war nur noch einige Zentimeter davon entfernt, die andere Seite der Brücke zu erreichen, aber diese Zentimeter hätten genauso gut Meter sein können. Ihr Halt war nicht stark genug, um sich mit nur einem Arm hochzuziehen.

Tu es, Emily! Denk nicht lange darüber nach, tu es einfach!

Sie nahm ihre ganze Kraft zusammen, schwang ihre Beine in die Luft und nutzte die Schwungkraft, um ihren Körper für den Bruchteil einer Sekunde etwas in die Höhe zu ziehen. Ihre linke Hand ergriff das hervorstehende Brett, hielt sich daran fest ... und das schwache Holzstück zerbrach. Die überraschte Emily schrie entsetzt auf.

Ihr letzter Gedanke, bevor ihr Körper auf dem Boden aufschlug, war, dass sie hoffentlich augenblicklich tot sein würde.

~

Der vollmundige und kräftige Geruch der Dschungelvegetation umspielte Zarons Nase. Er atmete tief ein, damit die feuchte Luft seine Lunge füllen konnte. Dieses winzige Fleckchen Erde hier war so sauber, so unverschmutzt wie sein Heimatplanet.

Genau das brauchte er gerade. Er brauchte die frische Luft, die Isolation. In den letzten sechs Monaten hatte er versucht, vor seinen Gedanken wegzulaufen, nur den Augenblick zu leben, aber das war ihm nicht gelungen. Selbst Blut und Sex reichten ihm nicht mehr. Er konnte sich zwar während des Fickens ablenken, aber der Schmerz kam danach sofort zurück, genauso stark wie immer.

Schließlich war ihm das alles zu viel geworden: der Schmutz, die Menschenmengen, ihr Gestank. Sobald er nicht von einem Nebel der Ekstase umgeben war, wurden seine Sinne von der vielen Zeit, die er in menschlichen Städten verbrachte, überreizt. Hier, wo er Luft holen konnte, ohne Gift einzuatmen, wo er Leben anstatt Chemikalien riechen konnte, war es besser. In einigen Jahren würde alles anders sein, und er könnte vielleicht erneut versuchen, in einer menschlichen Stadt zu leben, aber jetzt noch nicht.

Nicht, bis sie sich nicht vollständig hier niedergelassen hatten.

Das war Zarons Aufgabe: die Niederlassung zu überwachen. Er hatte jahrzehntelang Nachforschungen über die Flora und Fauna der Erde durchgeführt, und als der Rat ihn um seine Hilfe bei der anstehenden Kolonisation gebeten hatte, hatte er nicht gezögert. Alles war besser als zu Hause zu sein, wo die Erinnerungen an Laritas Gegenwart überall waren.

Hier gab es keine Erinnerungen. Trotz seiner Ähnlichkeiten mit Krina war dieser Planet fremd und exotisch. Sieben Milliarden Menschen auf der Erde – eine unglaubliche Anzahl –, und sie pflanzten sich mit einer schwindelerregenden Geschwindigkeit fort. Wegen ihrer kurzen Lebensspanne fehlte ihnen allerdings ein gewisses Langzeitdenken, und sie verbrauchten die Ressourcen ihres Planeten, ohne auch nur das kleinste bisschen an die Zukunft zu denken. Auf eine gewisse Weise erinnerten sie ihn an die Schistocerca gregaria – eine Spezies der Grashüpfer, die er vor einigen Jahren untersucht hatte.

Natürlich waren die Menschen intelligenter als Insekten. Einige Individuen wie Einstein ähnelten den Krinar in einigen ihrer Denkweisen sogar. Das überraschte Zaron nicht besonders; er hatte immer angenommen, dass das die Absicht des großen Experiments der Ältesten gewesen war.

Während er durch den costa-ricanischen Wald lief, dachte er über seine Aufgabe nach. Dieser Teil des Planeten war vielversprechend; er konnte sich leicht vorstellen, dass essbare Pflanzen von Krina hier gedeihen würden. Er hatte den Boden ausgiebigen Tests unterzogen, und jetzt hatte er einige Ideen, wie er ihn für die krinarische Flora noch verbessern könnte.

Der Wald um ihn herum war saftig und grün, roch nach blühenden Helikonien, und Zaron konnte das Rauschen der Blätter und das Gezwitscher der einheimischen Vögel hören. In einiger Entfernung ertönte der Schrei eines Alouatta palliata, eines in

Costa Rica heimischen Mantelbrüllaffen, und etwas anderes.

Zaron runzelte seine Stirn und hörte genauer hin, aber das Geräusch wiederholte sich nicht.

Neugierig eilte er in die Richtung, aus der es gekommen war, da seine Jagdinstinkte in Alarmbereitschaft versetzt worden waren. Eine Sekunde lang hatte das Geräusch ihn an den Schrei einer Frau erinnert.

Zaron, der mit Leichtigkeit die dichte Vegetation des Dschungels durchdrang, begann zu rennen, wobei er über einen kleinen Bach und einige Büsche sprang, die sich in seinem Weg befanden. Hier draußen, weit entfernt von menschlichen Augen, konnte er sich wie ein Krinar bewegen, ohne sich Sorgen machen zu müssen, dabei gesehen zu werden. Nach einigen wenigen Minuten nahm er einen durchdringenden, metallischen Geruch wahr, durch den sein Mund wässrig und sein Schwanz steif wurde.

Blut.

Menschliches Blut.

Als er sein Ziel erreichte, blieb Zaron stehen und starrte auf den Anblick vor ihm.

Vor ihm befand sich ein Bach, ein Gebirgsbach, der wegen der jüngsten Regenfälle angeschwollen war. Und auf den großen schwarzen Steinen in der Mitte, unter einer alten Holzbrücke, die über den Bach führte, befand sich ein Körper.

Der gebrochene und verdrehte Körper eines menschlichen Mädchens.

~

Die Gefangene des Krinar ist jetzt erhältlich. Falls Sie mehr darüber erfahren möchten, besuchen Sie bitte meine Homepage www.annazaires.com/book-series/deutsch/.

Anna Zaires ist eine *New York Times*, *USA Today* und Internationale Nr.1 Bestseller Autorin. Anna Zaires hat sich schon im zarten Alter von fünf Jahren in Bücher verliebt, in dem ihr ihre Großmutter das Lesen beibrachte. Kurz darauf schrieb sie auch schon ihre erste Geschichte. Seitdem lebt Anna neben der realen Welt auch ständig in einer Phantasiewelt, in der ihr nur ihre eigene Vorstellungskraft Grenzen setzen kann. Zurzeit lebt die verheiratete Autorin in Florida, zusammen mit ihrem Traummann, dem Sience-Fiction und Fantasy Romanautoren Dima Zales, der auch eng mit ihr zusammenarbeitet.

Bitte besuchen Sie www.annazaires.com/book-series/deutsch/ um mehr zu erfahren.